UNE FOIS TROIS

TOME 1

LES AVENTURES FOLLES
DE TRIPLÉS HORS NORMES

Photo de couverture : © Shutterstock
Couverture : Ariane Galateau

Pour la présente édition,
Collection dirigée par Franck Spengler

34-36 rue La Pérouse
75116 Paris
www.hugopublishing.fr

Collection New Romance® créée par Hugues de Saint Vincent,
dirigée par Arthur de Saint Vincent
Ouvrage dirigé par Sylvie Gand

ISBN : 9782755663792
Dépôt légal : janvier 2023
Imprimé en Espagne par Liberduplex

AXELLE AUCLAIR

UNE FOIS TROIS

TOME 1

LES AVENTURES FOLLES
DE TRIPLÉS HORS NORMES

Hugo Poche

NEW ROMANCE®

CHAPITRE 1
Retour à Boise

NELL

Installée dans un fauteuil aussi étroit que mon budget est serré, j'attends le décollage, les yeux rivés sur la photo que je tiens entre mes doigts. Ma préférée, bien que cornée et abîmée à force d'être manipulée. Dessus, trois enfants enlacés m'adressent le même sourire espiègle, avec la même étincelle dans leurs yeux noisette et les mêmes reflets dans leurs cheveux clairs. Ils se ressemblent tant. Un soupir m'échappe au moment de la ranger. L'impatience me gagne et les doutes refont surface.

Après trois années d'études en France, avec en poche un diplôme d'ingénieur en informatique, je rentre enfin chez moi, dans l'Idaho. Partir si longtemps, juste après le lycée, pourrait laisser penser que je souhaitais voyager, découvrir la vie sans ma famille. C'est tout l'inverse. Un séjour, ou plutôt un chantage, initié par mes parents pour que je m'éloigne des garçons. Il ne s'agit pas d'une ribambelle de petits amis, mais de mes frères. Matt et Ben, deux parties de moi. Nous sommes des triplés. Après une séparation brutale, sans même avoir pu nous dire au revoir, je n'étais qu'une boule d'amertume. Ensuite, j'ai vécu ces années exactement comme je l'avais prévu : mal. J'imagine que c'est également leur cas, mais à quel point ?

Arrivée à l'aéroport de Boise, mon premier réflexe est de chercher Raven, mon amie d'enfance et l'unique personne prévenue de mon retour anticipé. Je repère vite la tignasse rousse flamboyante qui se détache dans le hall, mais au cas où je ne l'aurais pas reconnue, elle agite haut les bras en sautant. Mon cœur fait un salto et je me précipite vers elle. Nous nous télescopons, nous embrassons, pleurons comme des madeleines et rions comme des pintades. Trois ans d'hystérie mise en boîte, c'est bruyant quand on soulève le couvercle. Rassasiée de m'avoir enlacée, elle me repousse et me détaille.

– Laisse-moi te voir. Je n'en reviens pas comme tu as changé et… en même temps pas du tout. C'est l'émotion, je dis n'importe quoi. Purée que tu m'as manqué !

Et elle se jette à nouveau dans mes bras, je la serre contre moi.

– Toi aussi, tout pareil. Tu m'as affreusement manqué.

– Viens, on va vite chez moi. On a des années de conneries à se raconter.

Elle me presse en tirant ma manche et ne lâche pas ma main jusqu'au parking. Une fois devant sa voiture, j'éclate de rire.

– Nan, je n'y crois pas ! Tu as toujours la même poubelle.

– Tssss, elle tourne sans aucun problème. Son moteur n'a pas l'âge de sa carrosserie.

– Si tu le dis. Les garçons assurent toujours son entretien ?

Passionnés de mécanique, mes frères refusaient que nous confiions ce travail à quelqu'un d'autre. Ils tenaient à se charger de tout ce qui touchait à notre sécurité, voitures comprises.

– Oui, là-dessus, je peux encore compter sur eux. Bien qu'en fait ils ne me demandent pas mon avis. Ils débarquent à la maison, prennent les clefs et me la ramènent ensuite.

– Comme avant. Tu es habituée depuis le temps.

– C'est vrai et c'est toujours aussi pratique. Mais quand j'ai voulu la changer il y a deux ans, ils ont refusé tout net. Pas moyen. Ils étaient vent debout même pour un coup de peinture ! Je vais pouvoir repartir à la charge parce que je sais que c'était à cause de toi, comme s'il ne fallait rien modifier en ton absence. Heureusement que tu n'as pas mis quinze ans pour revenir, ma voiture n'aurait jamais survécu !

– Je ne sais déjà pas comment j'ai tenu trois ans, alors quinze, c'est juste impensable. Cette année était la pire puisque j'ai fêté mes vingt et un ans sans eux, alors qu'on s'était promis depuis longtemps de faire une immense bringue à cette occasion.

– Ils n'ont pas eu la leur non plus, tu t'en doutes.

Pendant le trajet, nous parlons de tout et de rien, mais surtout pas de ma famille, sujet que je ne suis pas encore prête à aborder et qui pourtant me taraude. Raven m'apprend qu'elle est en dernière année de son diplôme d'infirmière et qu'elle est partie de chez ses parents. Rien d'autre et ce n'est pas normal.

– Tu ne me feras pas croire que tu n'as eu aucun copain depuis mon départ.

Elle réfléchit, retrousse son nez mutin, puis grimace avant de se livrer :

– Si, mais rien de durable. Je n'arrivais pas à envisager l'avenir avec eux. Un truc clochait chaque fois. Je suis à fond dans mes études, c'est peut-être ça.

Ou un déséquilibre brutal dans sa vie, comme la perte de repères sous forme de triplés avec qui elle a grandi. Nous étions inséparables, au point que mes frères l'ont totalement incluse dans leur cercle. Ce qui est manifestement toujours le cas.

Nous traversons ensuite la ville en silence, je m'imprègne à nouveau des lieux. Je repère des coins marqués par des souvenirs d'enfance ou de nos bêtises d'ados, de nouveaux bâtiments et des enseignes disparues, remplacées par d'autres. Les choses bougent vite dans une capitale de plus de deux cent mille habitants, je vais devoir reprendre mes marques.

Nous nous garons devant une petite maison plutôt charmante située dans un quartier calme. Après une visite expresse, Raven me traîne dans la chambre d'amis, sans aucune intention de me laisser dormir ailleurs. J'en suis ravie, d'autant que, insouciante chronique, je suis rentrée la bouche en cœur sans m'être posé une seule fois la question de mon hébergement. Immobile, j'observe la pièce tout en fraîcheur pendant que mes sentiments s'affrontent. Le bonheur de retrouver ma fidèle amie contre la mélancolie d'avoir raté un pan de sa vie. Raven se méprend sur mon silence, me pensant mal à l'aise, alors elle hésite puis se lance :

– Si tu préfères, tu peux dormir avec moi. Enfin… comme tu n'étais jamais seule et… je ne sais pas en fait. Bref, ça ne me dérange pas du tout.

– Raven, ça fait un moment que je dors seule. Bien obligée. C'était étrange les premiers mois, mais ça va mieux.

– On fait comme tu le sens, tu sauras où me trouver. Allez, viens ! On a dix mille trucs à se raconter.

Installées dans le salon, nous sirotons une boisson pendant qu'elle répond à toutes mes questions. Je veux tout savoir de sa vie en mon absence. Surtout, je retarde autant que possible le moment d'aborder les affaires sérieuses. J'ai beau être rongée de curiosité, je sais, je le sens, qu'il s'est passé des choses qui vont me déplaire. Aux fins de les éloigner encore, lorsque nous avons fait le tour de sa vie et de la mienne à Paris, plutôt que d'embrayer sur la météo, je choisis l'immobilier.

– Elle est vraiment chouette ta maison, j'aime beaucoup.

– Ce sont tes frères qui l'ont trouvée. C'était pour eux, mais ils ont préféré me la céder.

– Pourquoi voulaient-ils que tu emménages ici ?

– J'aurais bien aimé profiter d'un programme d'échange d'étudiants comme toi, mais mes parents ne voulaient pas que je m'éloigne.

– L'inverse des miens qui ont choisi la France pour mettre un océan entre nous, je bougonne.

– Ils savaient qu'il fallait au moins ça pour empêcher les garçons de te rejoindre à la nage. En ce qui me concerne, faire mes études en vivant chez les parents m'emballait moyen. Comme les garçons ne voulaient plus mettre les pieds dans notre quartier, ils ont accéléré les choses. Mais ils ne t'ont pas raconté ?

J'aurais dû parler de la météo ! Il semblerait que retarder l'échéance des révélations soit impossible. Soit, je me jette dans la fosse d'une voix lasse :

– Rien. J'avais envie de les bouffer. Nos échanges étaient brefs et s'ils insistaient pour tout savoir sur moi, de leur côté, ils ne cédaient que des « on va bien, t'inquiète pas pour nous ». Quant à mes parents, pas mieux. À croire qu'ils n'avaient aucune idée de ce que faisaient les garçons. En fait, je n'avais que ma mère en ligne et c'est moi qui l'appelais, mais de plus en plus rarement, jusqu'à ce qu'elle devienne totalement injoignable il y a trois mois. Sûrement partis en voyage tous les deux je ne sais où. Mes frères n'ont rien voulu dire à leur sujet.

Raven se décompose au fil des mots pour finir carrément blême. Je m'affole aussitôt.

– Quoi ? Tu sais quelque chose ?

– Oui, c'est… Tes parents n'habitent plus ici depuis longtemps. À vrai dire, je ne sais pas où ils se sont installés. Tes frères non plus et ils ne veulent surtout pas le savoir.

Je suis stupéfaite ! Mais que s'est-il passé dans mon dos ? Raven est gênée et tient à se justifier.

– Je ne t'en ai jamais parlé parce que j'étais persuadée que tu étais au courant de tout et, aussi, les garçons me rembarrent dès que j'aborde le sujet.

– Non, je ne sais absolument rien. Le contrat était de ne pas rentrer avant la fin de mes trois années, je ne pouvais donc rien découvrir. Ils m'ont tous bien promenée !

– Ils abusent !

– Venant de mes parents, je ne suis qu'à moitié surprise puisque nos relations étaient plutôt froides, pour ne pas dire glaciales. Je leur en veux toujours de m'avoir obligée à partir. Pour mes frères… je n'imaginais pas qu'ils me le reprochaient.

– Mais pas du tout ! Ils sont uniquement remontés contre vos parents. Ils se doutaient que c’était contre ton gré. Tu penses, les quitter trois ans sans même revenir pour les vacances ! C’était tellement débile comme décision que ça ne pouvait qu’être la leur.

– Alors pourquoi je ne sais rien ? On se disait toujours tout. Matt et Ben connaissaient mon placard mieux que moi.

– Aussi caractériel que soit Matt, il est sensé. Quitte à ce que tu sois partie, il a préféré que tu mettes ces années à profit pour obtenir ton diplôme au lieu de te les pourrir avec leurs problèmes. Parce qu’il y a un autre truc que tu ne sais pas et ça te donnera une idée de l’ambiance ici, c’est que tes frères n’ont pas continué leurs études, comme prévu.

– Pardon ? Ils ne sont pas allés à l’université ?

Elle confirme en hochant la tête. Je suis atterrée. Évidemment qu’ils ne voulaient rien me dire, ils me connaissent trop bien ! J’aurais tout abandonné pour revenir au galop. Ils vont m’entendre ! J’aurais apprécié qu’ils me laissent décider de mon avenir. Moi qui rentrais tout sourire pour retrouver ma famille avec l’espoir que l’ambiance s’était apaisée… Tu parles ! Je suis la seule à avoir respecté mon contrat, pendant qu’ils s’écharpaient en douce.

– Donc, ça s’est mal passé avec nos parents, pas surprenant. On peut dire qu’ils l’ont bien cherché, ce dernier acte était le coup de grâce.

Pour être honnête, cela faisait quelques années que les relations se dégradaient au sein du foyer, pour devenir de plus en plus houleuses avec les garçons, surtout entre Matt et notre père. Moi, j'étais toujours mise à l'écart par Ben dès que ça pétait. Au point que, durant l'année de mon départ, j'étais plus souvent dehors ou dans ma chambre que dans le salon.

– Que s'est-il passé ?

– Ben s'est contenté de les rayer de sa vie après leur avoir hurlé dessus. Quant à Matt…

Elle souffle en fermant les yeux.

– Quoi, Matt ?

– Nell, on parle du Matt hyperprotecteur qui ne vit que pour son frère et sa sœur. Comment voulais-tu que ça se passe quand on le lui a arraché ? Il a tout cassé.

Exactement ce que je redoutais. Il a une fâcheuse tendance à exprimer son désaccord avec les poings. Misère. Autant en finir, alors d'un geste, je l'invite à dérouler les évènements.

– Quand tout a commencé, j'étais chez moi et j'entendais un barouf pas possible venant de votre maison. D'ailleurs, des voisins ont appelé le shérif, qui a géré le drame.

– C'était le jour de mon départ ?

– Bien sûr. Si tes parents t'ont prise de court en te chargeant dans un avion à la va-vite dans le dos de tes frères, il a bien fallu qu'ils s'expliquent à leur retour. Engueulade générale, Matt a pété un câble et a démonté la maison. Ton père est parti en ambulance, mais rien de grave. En revanche, Matt a passé la nuit au poste, et quelques autres depuis. Par chance, tes parents n'ont pas porté plainte.

Muette, j'oscille entre stupéfaction et ahurissement pendant son récit. Pourtant, une fois les faits intégrés, je ne suis pas si étonnée.

– Donc, j'imagine que la rupture entre eux est définitive ?

– Oh oui ! C'est moche de dire ça, mais entre nous, ce n'est pas plus mal pour Matt.

– Leurs relations étaient déjà en carton depuis un bon moment. Je n'ai jamais compris cet acharnement, des deux côtés, pour se détester à ce point. Qu'ont fait les garçons après ?

– Ils ont ramassé toutes leurs affaires sous la surveillance du shérif, ainsi que les tiennes, et ils sont partis. C'est là que… dans la nuit, la maison a brûlé.

Je suis bouche bée. Matt l'a incendiée ! Ce n'était même plus de la colère, c'était de la haine.

– Je te rassure, aucun blessé. Pas plus de preuves, soit dit en passant. Le shérif était dans une de ces colères ce soir-là ! Je me demande s'il n'était pas content de se débarrasser du clan Barett après ça.

Gérer nos problèmes n'a pas dû le réjouir étant donné que c'est un très proche ami de mes parents et un oncle d'adoption pour nous. Il nous a vus naître et s'est même beaucoup occupé de nous. Burke est un type adorable, qui nous faisait toujours rire, nous offrait des glaces dans le dos des parents et qui n'a jamais loupé notre anniversaire. Devoir jouer l'arbitre entre ses amis, leurs enfants et la justice, pas étonnant qu'il ait été dans tous ses états. Il a dû s'en remettre depuis et ce n'est pas ce qui m'inquiète.

– Les garçons se sont retrouvés à la rue. Mais quelle horreur !

– Pas tout à fait. Ils ont squatté avec Wade le temps de se retourner. Maintenant, ils vivent dans une maison à dix minutes d'ici. Tu verras, ils…

– Stop ! Tu viens de me perdre alors on reprend. Qui est Wade ?

Elle s'affale dans le canapé en soufflant.

– Tu vas vite être présentée, ils ne se quittent plus, toujours fourrés ensemble. Tu te souviens du gars louche à moto ?

Euh… à Boise, il y en a pas mal. De plus, sans être une princesse choyée, je ne fréquentais pas non plus les coins à motards. D'ailleurs, Raven pas davantage, alors comment connaîtrait-elle… Lumière !

– Non ? C'est ce type qui zonait dans notre quartier ? Il craint, c'est une petite frappe ou un truc du genre, c'est ça ? Pourquoi mes frères traînent-ils avec ce voyou ?

– Il craint peut-être, mais il les a pris sous son aile. Ses activités, enfin si on peut appeler ça comme ça, me semblent bien indéterminées, si tu vois ce que je veux dire, répond-elle en fronçant le nez.

– On a toujours cru qu'il trafiquait du pas net, oui. Es-tu en train d'insinuer qu'il a embringué mes frères là-dedans ?

– Pour être honnête, je ne pense pas. Tu sais, ils ne me parlent pas vraiment. Ils viennent ici, vérifient que tout va bien, s'occupent de la voiture ou d'éventuelles réparations, mais c'est tout.

Cette attitude leur ressemble bien, mais ils étaient aussi proches de Raven que moi, alors je ne comprends pas.

– Ils ont mal tourné, ce sont des délinquants ?

– Non, ils ont même rebondi en faisant la seule chose qu'ils maîtrisent : la mécanique. C'est juste Matt qui pose problème avec son comportement violent. Il ne supporte presque personne, il effraie tout le monde à s'emporter pour un rien. Moi, je sais qu'il n'est pas méchant, mais comment le défendre devant ceux qui ne le connaissent pas ? Même quand il est tranquille, tu sens planer la colère au-dessus de lui comme un nuage menaçant. À mon avis, il ruminera tant que tu ne seras pas revenue dans sa vie.

J'ai beaucoup de mal à superposer l'image de mon frère avec celle de l'énergumène qu'elle décrit. Matt est formidable, tellement attentionné et doux avec nous. Même s'il a une grande gueule, un caractère bien affirmé et qu'il ne crache pas sur une bagarre de temps en temps. Ça maintient en forme, d'après lui.

– Maintenant, j’ai peur de te demander comment va Ben.

– Je ne dirais pas que c’est un ange, mais il intériorise. Il s’est renfermé. Lui, c’est plus de la tristesse qu’il dégage.

CHAPITRE 2
Prometteur

Nous avons trop de temps à rattraper pour en perdre à cuisiner, alors nous continuons à discuter en grignotant quelques chips.

Si je résume bien la situation, je n'ai plus de parents actifs, ce que confirme leur long silence. Ils sont relégués hors de nos vies avec pertes et fracas. Je ne vais pas faire semblant d'être dévastée puisque nous n'avions déjà plus de relations normales. C'est tout de même moche car j'espérais qu'elles s'arrangent un jour, raison pour laquelle je maintenais un lien, même ténu. Concernant mes deux frères, l'un est devenu peu fréquentable et le second n'est que l'ombre de lui-même. Des couards, une brute, un dépressif, et moi, perdue au milieu. Quelle famille ! Ça valait le coup de me presser pour revenir ! Si, pour mes frères, évidemment, même si je ne suis pas aussi optimiste que Raven sur l'accueil qu'ils me réservent. Lorsque je lui confie mes doutes, elle les balaye d'un revers de la main.

– Tu n'as pas à t'inquiéter. Je vous ai vus vivre ensemble et les ai aussi vus sombrer après ton départ. Je suis bien placée, contrairement à tous ces cons d'adultes qui ont sans cesse voulu vous séparer, pour savoir que vous avez besoin les uns des autres. C'est comme un tabouret à trois pieds. S'il en manque un, tout se casse la gueule ! Tes parents avaient tout faux.

– Le souci, c'est qu'ils ne trouvaient pas normale une telle proximité entre frères et sœur, et c'est ce que leur répétaient inlassablement les gens de la paroisse.

– Les enseignants et les bigotes voient le mal partout, surtout chez les autres. Votre proximité ne m'a jamais choquée, mes parents non plus d'ailleurs. De toute façon, peu importe, le mal est fait, et dès que tes frères te retrouveront, ils iront mieux, j'en suis persuadée.

– Tu as sûrement raison, ce doit être la nervosité et l'impatience plus que l'appréhension. Après trois années à compter les jours, je peine à réaliser que c'est enfin terminé.

– Tu vas réaliser très vite, on ne va pas tarder à partir.

– Tu m'emmènes chez eux ? Tu as bien fait comme prévu, tu ne les as pas prévenus ?

– Non, ils croient toujours que tu rentres dans deux semaines. On est samedi, alors on les trouvera à la sortie de la ville, dans un lieu que les jeunes ont investi. On y est plus libres et ça évite les problèmes parce que les bagarres ne sont pas rares, généralement avec tes frères dedans. C'est un endroit sympa, caché dans les bois, mais ça s'est bien organisé au fil du temps.

– Oh, ça me plaît déjà. Ça me fera du bien de me lâcher un peu.

– Hum hum. Aurais-tu oublié comment ils collaient leur petite sœur adorée ? Si tu comptais draguer du mâle local, remets ça à plus tard.

– Dis donc, j'ai grandi ! Ils ne vont pas m'empêcher de m'amuser, je voudrais bien voir ça.

– Ils vont t'étouffer, j'en rigole d'avance. Ne t'inquiète pas, j'irai draguer à ta place.

Moqueuse, elle m'adresse une moue aguicheuse. Je lui jette un coussin à la figure, juste parce qu'elle a raison. Ce soir, je me contenterai de mes frères, ils m'ont trop manqué.

Pour une fiesta dans une clairière uniquement éclairée par un feu de camp, inutile de sortir le grand jeu. Un jean, un tee-shirt avec un sweat à capuche par-dessus, ma paire de *Vans*, qu'il est temps que je change, et ça ira bien. Toujours bien habillés, mes frères vont râler, mais pour les brins d'herbe collés ou les insectes sur les jambes, je passe mon tour. Raven me rejoint dans le salon en portant une tenue quasi identique, j'ai donc tout bon.

Dehors, la nuit est totale et mon enthousiasme prend du plomb dans l'aile une fois que nous sommes dans la voiture. Au premier carrefour, je commence à cogiter sévère. Au second, une tempête de sentiments m'assaille. J'ai la boule au ventre, et dans le même temps, je suis sur un nuage. Je ne gère plus rien. Heureusement que la route n'est pas longue, sinon ça finirait en crise d'angoisse.

Nous nous garons en lisière de forêt, sur un parking sauvage qui contient plus d'ornières que d'herbe. De la musique et un brouhaha ambiant emplissent la nuit. Je m'attendais à trouver une dizaine de personnes, mais il y a une foule là derrière !

– C'est une *rave party* ou quoi ?

– Presque ! répond-elle en riant. Tu vas voir, c'est vachement sympa.

Elle me guide sur un petit chemin qui serpente entre les arbres. Un classique de film d'horreur. Il fait sombre, vraiment. Je trébuche tous les deux mètres et prends des branches dans le visage. Je vais arriver en sang avec ces bêtises ! Je n'ose imaginer le retour avec quelques verres d'alcool en plus, ça va être épique.

– C'est encore loin ?

– Une cinquantaine de mètres.

– Ils ne pouvaient pas s'installer plus près du parking ? C'est franchement pas pratique, je ronchonne en détachant une ronce prise dans mon jean.

– Le concept, c'est pas d'être vus. Si les flics nous trouvent, ça ne sert à rien.

– Le chef des flics, c'est Burke. Malin comme il est, ça m'étonnerait qu'une bande de gamins puissent le rouler.

– D’accord avec toi. Mais je suis persuadée qu’il préfère justement nous savoir là, plutôt qu’à faire nos conneries dans sa ville.

Plus nous approchons, plus le bruit et les exclamations augmentent.

– Euh… Raven, tu es sûre de ton coup ? Ça m’a l’air bien agité pour une petite réunion dans les bois.

– Tu te fais une mauvaise idée de l’endroit.

Quand le trek prend fin, nous débouchons sur un terrain et je pile net. Ah ouais ! Pas du tout le bout de pelouse avec dix gugusses qui s’ennuient en buvant des bières. J’ai sous les yeux une immense clairière si peu éclairée que je ne vois pas le fond. La petite cabane pourrie fabriquée à l’arrache, que j’imaginais presque comme un tipi de branches aux feuilles roussies, fait bien dix mètres de long, en planches solides, et même avec une terrasse et une dizaine de tables devant. Deux gars s’activent derrière le comptoir pris d’assaut. Ça doit sacrément débiter ici. Je ne parviens pas à définir le nombre de personnes, c’est un essaim. Des enceintes crachent la musique, c’est presque une boîte de nuit. Les seules sources lumineuses proviennent du bar et d’un grand feu autour duquel les gens boivent et chahutent. Conquise, j’ai les yeux qui pétillent. Pas peu fière de son effet, Raven me colle un coup de coude :

– Alors ?

– J’adore. Par contre, ça doit être moins sympa l’hiver. Tu viens souvent ?

– Malheureusement non. Plutôt déconseillé de venir seule. Ça picole, les mecs s'échauffent et mes quelques copines de cours ne sont pas fans de l'ambiance. Pour être honnête, je me suis fait suer comme un rat mort sans toi, il était temps que tu rentres. Je vais enfin pouvoir m'éclater ! crie-t-elle en levant les bras.

Aïe ! Sa remarque me fait l'effet d'une bonne claque, celle de la culpabilité. C'est vrai qu'elle a également souffert de mon départ.

– Je suis sincèrement désolée. Tu as été un dommage collatéral.

– Stop ! Pas d'excuses, pas de remords. C'est terminé. Maintenant, on rattrape ces trois années d'actes manqués. Notre slogan pour les prochains mois est : les mecs, garez vos fesses, on arrive !

– Yes ! Préparez-vous, les lionnes sont lâchées !

– Ça tombe bien, je suis chaud bouillant. Je commence par qui ? répond une voix grave juste derrière moi.

Je bondis de peur et me tourne d'un bloc. L'intrus ricane, ravi de son coup. Malgré la faible luminosité, je vois… Non, pas possible. J'inspecte mieux pour être certaine de ce qui se présente à moi. Houlà ! Mais où étais-tu caché toutes ces années, toi ?

J'oublie tout pendant que je régale mes rétines, de la raison de ma venue jusqu'à mon nom. Je ne crois pas avoir déjà approché plus viril que ce gars immense. Il est perché sur une souche, ce n'est pas possible. Je ne suis pas un cheval ni une naine, mais là, je pense qu'il peut poser son verre sur ma tête pour m'utiliser comme table. Et il est aussi sacrément large. La vache ! Oui, c'est presque ça, un taureau. C'est une putain de bombe. Zut, il ne faut pas dire putain, c'est pas bien. Mais putain, quoi !

Je n'ai jamais croisé un gars pareil et ce jour béni arrive pile quand je me trouve au fond d'un bois en pleine nuit. Le truc improbable. Beau gosse semble plus âgé que moi, mais c'est à confirmer à la lumière. Un visage taillé à la serpe, un nez droit et fier, une mâchoire solide parsemée d'une légère barbe aussi foncée que ses cheveux très courts, et des yeux clairs dont je ne parviens pas à distinguer la couleur. Le tout est emballé dans un jean, des bottes et un blouson en cuir. Difficile de deviner ce qu'il a laissé sur le parking, cheval ou moto ?

Malheureusement, mon manque de discrétion me grille, voilà qu'il m'observe avec un rictus moqueur. Il sait l'effet qu'il fait, ce con, et ça l'amuse.

– Alors, ça te plaît ? Donc tu passes la première ?

Il n'avait pas besoin de posséder, en plus du reste, une voix veloutée qui incite à la débauche. Bien sûr de lui, le bonhomme. En même temps, si j'étais moins transparente, je serais également moins ridicule. Attends mon petit père, j'ai quand même ma fierté.

– J'avoue. Tu frises la perfection. Mais là, ça ne va pas être possible, mon planning est overbooké.

En plus, je n'aime pas passer après toute une meute de filles, ce dont je ne doute pas te concernant.

Je me décale pour libérer le chemin, non sans en rajouter une couche :

– Allez zou, tu peux bouger. Je suis occupée, mais je te ferai signe si besoin. Bye.

Il cille et reste pantois, sûrement pas habitué à se faire remballer par une gamine. Trop drôle. Je me marre, intérieurement seulement. Je suis téméraire, pas inconsciente. Il ne faut pas trop les titiller ces bêtes-là.

D'ailleurs, il ne bouge toujours pas et ne répond pas. Ça craint. Il peut très bien être impulsif, voire violent. Si je pouvais réfléchir avant de jouer à la maligne, mais non, c'est à croire que je n'apprendrai jamais. Comment me sortir de là sans manger une salve d'insultes ? Par chance, il me reste un temps d'avance puisqu'il semblerait que rien ne soit encore monté jusqu'à sa cervelle. La faute à sa taille, on n'a pas idée d'avoir la tête aussi haut. Donc, vite en profiter avant qu'il ne se réveille. Hop ! J'attrape Raven et nous filons bras dessus, bras dessous en pressant le pas. Alors qu'elle s'apprête à courir, je la retiens.

– Non, il ne faut pas que ça ressemble à une fuite.

– Pourtant, c'est exactement ça !

– Nous, on le sait. Pas lui. Par chance, la taille de son cerveau n'est pas proportionnelle à celle de ses épaules. Il est beau, mais il est lent, ça nous laisse de l'avance.

Nous nous lançons dans une marche nordique, sans les bâtons. Nous ralentissons lorsque nous sommes hors de portée et Raven se lâche :

– T'es folle ou quoi ?! J'ai dit qu'on devait s'éclater, Nell, pas qu'on devait se faire éclater !

– N'exagère pas, j'ai juste égratigné sa fierté. Il avait trop d'assurance et je n'aime pas qu'on piétine la mienne, tout magnifique qu'il soit.

– Ouais, nous n'avons jamais eu les mêmes goûts. Pas mon genre du tout celui-là, mais peu importe.

– Pourquoi crois-tu que je t'ai choisie comme meilleure amie ?

– Parce que je suis la fille la plus géniale de la planète ?

– Après moi. Non, c'est parce que je sais que tu ne me piqueras jamais mon mec puisque nous ne sommes jamais d'accord à leur sujet.

– C'est sûr. Le problème, c'est que tu n'as pas misé sur le bon cheval. Ça va être lourd à gérer maintenant avec ton entrée en matière.

– Pourquoi ? C'est le fils du maire, du gouverneur, du pape ? Ah non, pas lui, pas possible.

Elle secoue la tête, déjà blasée par mon humour, puis se penche pour chuchoter :

– Nell, c'est lui.

– Lui ? Lui qui ? L'Apollon du bois ? Le diable de la clairière ? Le mangeur de vierges ? Je ne le suis plus, donc pas grave. Raven, je ne vois pas de qui tu parles.

– Mais c'est Wade ! couine-t-elle avec un air horrifié.

Je stoppe net. J'assimile, puis je m'emballe :

– Tu ne pouvais pas me marcher sur les orteils, me tirer le pull, me faire un signe avant que je parte dans mon délire ?!

C'est tout moi ! Le seul gars avec qui je ne devais pas m'embrouiller, je mets direct les pieds dans le plat. Non que je le craigne, un peu quand même, mais ses activités louches, son air sombre – que je trouve craquant malgré moi –, et surtout, son grand rapprochement avec mes frères, tout cela risque de former un cocktail amer.

– Ben voyons. Ce n'est pas comme si tu m'en avais laissé le temps. Au fait, bravo pour ton show. Je retire ce que je t'ai dit, tu as changé. Ce nouveau toi n'est pas pour me déplaire, je sens qu'on ne va pas s'ennuyer.

Elle rit en jetant un coup d'œil en arrière et reprend plus doucement :

– Magne-toi discrètement, il nous suit. Il faut le semer avant qu'il nous tombe dessus parce qu'il n'a déjà pas une gueule d'ange en temps normal, mais là, il fulmine.

– Je veux bien, mais tu m'expliques comment on fuit un taureau furieux de façon discrète ?

D'un commun accord et sans un regard en arrière, nous nous hâtons en direction du bar afin de nous mêler à l'attroupement d'assoiffés, ce qui devrait suffire pour disparaître. Ou non, car lorsque je m'apprête à monter sur la terrasse, on m'attrape par le bras, puis par la taille, et je m'envole littéralement. Si vite que Raven ne se rend compte de rien, elle continue sa progression pendant que je suis transportée vers mon funeste destin. Il y a un tel potin qu'elle ne m'entend même pas l'appeler. La prochaine fois, je m'équipe d'un sifflet ou d'une corne de brume. Mes pieds retouchent le sol quand nous sommes sur le côté de la cabane, là où il fait bien sombre. Merveilleux ! Finalement, je crois que Taureau est vexé et va m'en coller une.

Plaquée contre les planches et maintenue par les épaules, je fais face à un visage d'homme toujours autant à mon goût, mais en colère, ce qui est déjà moins plaisant. Il se penche sur moi lentement, nul doute que ce n'est pas pour m'embrasser si je me fie à son regard mauvais. Verts, ses yeux sont verts. Maintenant à dix centimètres de mon nez, je vois moins bien, un peu flou dirons-nous, mais ses narines palpitent. Il s'apprête à beugler. Moi, je n'aime pas que l'on me crie dessus, alors je le coupe dans son élan. Des années de pratique sur mes frères, ça aide.

– Je t'ai dit que j'avais autre chose de prévu. Donc, tu es gentil, mais tu viendras m'embrasser une autre fois. Rassure-toi, ce n'est pas personnel, c'est juste une question de timing, parole de Nell.

Je lance ma tirade sans reprendre mon souffle et son air ahuri confirme que j'ai fait mouche. L'effet de surprise est primordial pour s'en sortir, la preuve, il relâche même la pression sur mes épaules. Ni une ni deux, d'un mouvement leste, je me baisse et parviens à lui échapper. Maintenant, sauve qui peut ! Je fonce sans un regard en arrière jusqu'à la terrasse et me faufile dans la foule.

Je retrouve vite ma rouquine préférée qui, *girl power* oblige, venait dans la mêlée pour m'aider. Je m'accroche à elle en soufflant, pas trop fière, et nous rejoignons le bar, seul endroit où nous serons plus ou moins protégées contre une attaque taurine.

– À ton avis, il est vexé ou furieux ? Histoire que je me prépare à la suite.

– Hum, je dirais furieux que tu l'aies vexé.

– Cool… ça promet. Juste pour savoir, il est du genre à aboyer ou à mordre ?

Maintenant, elle se marre carrément. Je lui fais les gros yeux, alors elle daigne m'en dire plus :

Je ne l'ai jamais vu taper sur une fille, si c'est ta question. Quant à te mordre, je crois qu'il en a très envie. Finalement, c'est toi qui vas devoir garer tes fesses. Oh purée, ce qu'on va se marrer !

– Je doute que la grosse marrade soit pour ce soir, c'est plutôt en train de déraper. Vivement que les garçons arrivent.

Nous commandons nos boissons, un Black Russian pour moi, j'en ai bien besoin. Nos verres en main, nous inspectons les lieux à la recherche du furieux, histoire d'éviter de croiser sa route. Ne voyant aucune tête qui dépasse les autres, je suis prise du fol espoir qu'il soit parti. Raven casse ma joie en me donnant un coup de coude :

– À deux heures.

– Tu causes militaire, maintenant ? Et il faut que tu arrêtes de me frapper, je vais avoir le bras tout bleu.

Je suis la direction de son doigt. Wade est bien là, seul et pas du tout sur le départ à en juger par sa position. L'épaule appuyée contre un arbre, une bouteille de bière à la main, il me fixe intensément. Surtout, il s'est judicieusement placé sur le passage qui mène au feu, en embuscade. Impossible de l'éviter sauf à s'enfoncer dans la forêt pour le contourner. Option non retenue, il a de grandes jambes. Je l'ai mal jugé, il est rusé. La situation n'échappe pas à Raven :

– Bien, nous avons deux choix : soit on s'installe ici en guettant l'arrivée de tes frangins, soit on reste ici et on attend tes frères.

– Euh… ce n'est pas un peu pareil ?

– Si, c'est juste pour nous donner l'impression que nous ne sommes pas bloquées. C'est psychologique.

– À défaut d'idée pour une issue de secours, c'est gentil de t'occuper de notre mental.

En attendant de trouver une échappatoire, ou une dose de courage pour l'affronter, nous nous asseyons sur le bord de la terrasse car toutes les tables sont bondées. Une gorgée revigorante, puis deux, les minutes s'égrènent et je constate un fait étrange. Mes yeux ne m'obéissent plus. Ils se posent sans cesse sur Wade, qui braque les siens sur moi. Surtout, il ne montre plus aucune trace d'agressivité. À croire qu'il ne s'est rien passé juste avant, tant son revirement est extrême, voilà qu'il dégage de la douceur, ce qui lui va merveilleusement bien. Sans parler de son regard d'une telle intensité qu'il remplace toute parole pour exprimer ses pensées. Heureusement que je n'ai pas les images du scénario qui doit traverser sa tête en ce moment, car ça m'a l'air très chaud. Il n'est donc pas rancunier, c'est un bon point.

Maintenant que les choses repartent sur de bonnes bases, l'effet que ce gars a sur moi me déconcerte. C'est celui que j'ai toujours attendu, lu dans tous les bouquins, vu dans tous les films, et que je n'avais pas ressenti jusqu'ici. Cette chaleur qui s'insinue dans les veines, ce frémissement qui titille le ventre, c'est nouveau et très agréable. Plus il insiste et plus je suis troublée, je commence vraiment à me sentir toute bizarre. Presque ramollie. Il y a indéniablement un truc qui m'attire chez lui, plus qu'une histoire de physique, mais je suis incapable de déterminer lequel. Je n'ai pas eu le coup de foudre dans un bois en pleine nuit pour un type louche, quand même ? Pourtant, ça y ressemble, et pour le gars qu'il ne fallait pas. C'est tout moi. Des fois, je me collerais des baffes.

Puisque ce genre d'émotion est difficilement contrôlable, il est temps que j'en sache un peu plus sur lui avant de prendre totalement feu. Non mais le cliché ! Je dois me calmer, je me fais peur.

– Raven, que peux-tu me dire sur lui et les femmes ?

– Wade et les femmes ? Je n'en sais trop rien. Je dirais qu'il est comme tes frères, il utilise sans aucune attache.

Charmant ! Très frustrant venant d'un gars qui m'intéresse, mais affligeant de la part de mes frères. Je les ai connus plus respectueux. Quant à Wade, cette histoire va droit dans le mur, zut ! Je formalise ma déception par un long soupir suivi d'une gorgée de mon cocktail.

– Toi, tu as craqué dessus.

– Un peu, c'est vrai, je bougonne.

– Un peu ? Si tu voyais cette perversité qui brille dans tes yeux, c'est limite un attentat à la pudeur. Remarque, j'admets que c'est une belle bête, mais tu as intérêt à avoir les reins solides pour tenter un truc avec lui. Et je parle au sens propre comme au figuré, finit-elle en éclatant de rire.

Elle a raison, je n'ai pas la carrure. J'ai beau jouer les fières, je n'ai pas le plumage en accord avec le ramage. Je dois me reprendre. De toute manière, je me trompe certainement, car après tout, ce gars ne peut pas me faire un tel effet. C'est l'excitation du retour qui me rend perméable, c'est tout.

Voyons voir encore une fois, je serai fixée. Deux lasers m'épinglent, effet immédiat, je me liquéfie. Crotte ! Pourquoi a-t-il fallu que ça tombe sur lui ? Et moi, qu'est-ce qu'il me prend ? J'ai dépassé ma période rebelle de pacotille il y a plus de cinq ans. Pourtant, le fait est qu'il m'attire. Son côté sombre n'est plus, il s'est envolé pour laisser place au séducteur. Je trouve qu'il dégage une force plus rassurante qu'inquiétante.

J'ai beau cogiter, tenter misérablement de me raisonner, mon corps, ce truc en guimauve, prend le pas sur ma jugeote. Après tout, si Wade est aussi intéressé qu'il le montre, je ne peux pas passer à côté de toutes ces sensations enivrantes. J'admets faire preuve de légèreté et je m'en mordrai peut-être les doigts, mais je suis trop jeune pour être constamment réfléchie. J'ai besoin de m'amuser, d'un peu d'aventure. Et lui, bon sang qu'il est envoûtant !

C'est décidé, je pars à l'attaque. Je ne vais pas lui crier ma décision à travers la foule, alors je lui fais passer le message. Tentative d'œillade suggestive en cours. Sans talent aucun pour le mime, je me rends vite compte de mon ridicule. Pourtant, il me décrypte, car sans me lâcher des yeux, alors qu'il s'apprête à boire sa bière, il stoppe son geste, le goulot à quelques centimètres des lèvres. Sa soudaine incrédulité disparaît pour laisser place à… pas de meilleure description que bouillant. Nous sommes en phase !

Notre envie ainsi déclarée et comprise par l'autre, chacun avec un sourire satisfait sur le visage, nos regards s'échangent de chaudes promesses. Nous sommes dans notre bulle, imperméables au brouhaha qui devient ronronnement lointain. Nous buvons de manière sensuelle, essuyant nos lèvres langoureusement. Nous nous aguichons, presque des préliminaires, et la température monte irrémédiablement. Raven a raison, c'en est presque indécent, mais qu'est-ce que c'est bon.

Notre bulle éclate. Par ma faute, ou plutôt celle de Raven qui m'envoie encore son coude dans les côtes alors que je suis en train d'avaler une gorgée, que je me renverse sur le visage, évidemment. En deux secondes, je passe du statut de bombe sexuelle à celui de godiche. Mortifiée, je m'essuie avec la manche de mon sweat, pendant que lui, sans complexe, se tord de rire. Je n'ai pas le temps de m'apitoyer sur mon sort ou d'aller lui trancher la tête, car Raven m'attrape le bras en s'excitant :

– Les garçons arrivent !

Elle pointe l'entrée du chemin d'où déboulent deux ombres que je reconnais bien. Mon cœur rate un battement. Adieu Wade, c'était sympa, mais on jouera une autre fois, tu ne fais pas le poids contre eux.

CHAPITRE 3
Retrouvailles

Le visage fermé et le pas déterminé, mes frères traversent la pelouse sans un regard pour ce qui les entoure. Ils sont là et je ne réalise toujours pas. Matt et son air revêche, les poings enfoncés dans les poches de son blouson, suivi de Ben et son air… las, les bras ballants et les yeux baissés sur le sol. Les mêmes cheveux clairs en bataille, mais les traits plus creusés et plus de poils sur le menton. Ces trois années les ont transformés en hommes. Matt a encore pris en carrure, il en impose. Loin d'être un gringalet, Ben est moins massif. Cette différence a toujours été, l'un faisait du judo pour se défouler, quand le second courait sur les pistes d'athlétisme pour se libérer. Quant à leurs tenues… elles ont bien changé aussi. Ils respectent le *dress code* d'ici, mais les jeans sont usés, même déchirés, et pour Matt, des bottes en cuir ont remplacé les baskets. Il y a comme un léger laisser-aller. Raven m'a dit qu'ils habitaient une maison, j'espère que ce n'est pas un squat. Je les aime, mais pas question pour moi, je préfère encore un camping-car. Ils ont beaucoup changé en apparence, plus écorchés, mais toujours les mêmes à l'intérieur, je le sens. Mon cœur tambourine et leurs silhouettes deviennent floues, alors j'essuie du bout des doigts mes yeux embués.

Ils bifurquent lorsqu'ils aperçoivent Wade. Une fois devant lui, ils se cognent le poing en guise de salut. Je ne bouge pas. Je les admire avec un sourire niais, qui ne faiblit pas malgré les réflexions désagréables qui parviennent à mes oreilles, formulées sous forme de marmonnements. Mes frères ont dû en faire de belles pour inspirer autant de méfiance. Pourtant, ce sont des amours. Si je le disais à haute voix, les grincheux autour me prendraient pour une cinglée.

Ils discutent sans porter le moindre intérêt à l'entourage et ne risquent pas de me repérer. N'y tenant plus, je m'apprête à me lever, mais voilà que Wade me désigne d'un signe du menton. J'espère que cette andouille ne vient pas de sortir une ânerie du style « j'ai une ouverture avec la jolie petite blonde là-bas, je vais passer une bonne nuit », parce que j'en connais deux qui n'apprécieraient pas du tout. D'ailleurs, pas franchement intéressés, les garçons tournent la tête uniquement par politesse. Lorsqu'ils posent leur regard blasé sur moi, ils écarquillent les yeux. Pour sûr, ils pensent voir un mirage.

Je tends mon verre à Raven, qui au passage affiche aussi un sourire débile, et je m'élance. Matt inspire fortement, ouvre grand les bras et se met en position pour recevoir le boulet de canon qui s'annonce. J'allonge le pas en fixant son sourire et, dans un cri de joie, je finis ma course en lui sautant dessus. Enroulée à lui comme un koala, le serrant à l'étouffer, je plonge le nez dans son cou. Son odeur si familière me prend de plein fouet. L'odeur du bercail, de la maison, celle qu'on n'oublie jamais. Encore figé, Ben n'a toujours pas réalisé, alors je lui tends la main qu'il attrape vivement avant de se plaquer dans mon dos. Nous n'échangeons pas un mot, mais nous avons le même en tête : enfin !

Je sanglote de joie pendant que mes frères, ne pouvant se le permettre, tentent de contenir leurs larmes. Il ne faudrait pas qu'on les croie humains et doués de sentiments… Pourtant, leur voix les trahit, brisée dans les aigus, comme des ados en pleine mue.

Des murmures se font entendre autour. Les autres doivent s'interroger sur la folle qui saute sur Matt et qui en plus obtient un gros câlin. Quant à Wade, il est bouche bée sur une exclamation qui ne sortira jamais. Mes pieds retouchent le sol, je fais volte-face pour me pelotonner contre Ben pendant que le timbre grave de Matt résonne :

– On va s'asseoir près du feu. Wade, tu peux aller nous chercher à boire ?

– Mais… Tu ne me présentes pas ?

– Et pourquoi je te présenterais ma sœur ?

– Euh… Parce qu'elle va faire partie de ma vie aussi.

– Wade, tu te calmes tout de suite !

– Non mais c'est juste qu'on est tout le temps ensemble. T'excite pas.

Il ne faut jamais dire à Matt de se contenir, ça ne fait qu'empirer les choses. Ce serait dommage qu'ils se fâchent alors que je n'ai pas encore pu m'approcher de ce grand brun. J'interviens avant que ça dégénère :

– Matt, il a raison et je veux connaître tes amis.

Il grommelle, puis souffle en se tournant vers Wade.

– C'est Nell, notre sœur. Nell, c'est Wade, notre meilleur pote.

Ravi, il s'avance vers moi avec un large sourire qui lui fend le visage. Qu'il perd subitement lorsque Matt le rattrape par le col de son blouson.

– Hé, garde tes distances ! Va plutôt nous chercher des boissons.

Wade ne cache pas sa déception, mais il est bien avisé de ne pas insister. Je ne saurai jamais s'il avait l'intention de me serrer la main ou de m'offrir une accolade de bienvenue. M'embrasser, c'est sûr que non s'il connaît réellement mon frère.

– Et récupère Raven au passage, ajoute Ben.

Leurs réflexes sont toujours là. Contrairement à ce qu'elle pense, je suis certaine qu'ils n'ont jamais cessé de veiller sur elle, même discrètement. Pour l'instant, les yeux brillants, Matt nous emmène auprès du feu où du monde est déjà rassemblé. Un verre à la main, ça discute et chahute au son d'une guitare grattée dans un coin. L'ambiance est vraiment sympa, très bon enfant.

– Dégagez de là !

C'est Matt qui aboie sur trois jeunes qui n'ont rien demandé à personne, sagement assis sur un rocher absolument identique à tous les autres. Pour l'ambiance sympa, mon instinct sans faille me dit qu'elle va nettement se rafraîchir. Les agressés se lèvent promptement et murmurent même des excuses. Y aurait-il le nom de mon frère gravé sur cette pierre ? Non mais c'est quoi ces manières ? Je lui adresse un regard réprobateur qui le fait ricaner. Pas de changement sur ce point, il est toujours aussi désagréable avec les humains qui ont le malheur de se trouver hors de son cercle et sur son chemin.

Ayant fait place nette, il s'assied en me tirant contre lui, Ben se pose juste à côté. Adossée à mon frère qui m'enlace, ces bras familiers, ceux qui m'ont invariablement protégée et consolée, je me détends instantanément. Encore sous l'émotion, nous contemplons le feu en silence, le sourire aux lèvres, pendant que les conversations reprennent autour de nous. Elles débutent par des chuchotements interrogateurs. « C'est qui ? » « D'où sort-elle ? » La preuve que mes frères sont plus connus de réputation que personnellement.

Wade nous rejoint avec Raven sur les talons, les mains chargées de boissons. La distribution nous sort de nos pensées, ce qui me permet de remarquer que Matt est vraiment mal élevé ! Il s'empare de la bière que lui tend Raven sans même la remercier. Je reprends une de mes vieilles habitudes en lui pinçant la cuisse. Sans relever mon geste, il marmonne un « merci ». Ben rit et ironise :

– Cool, il va réapprendre la politesse.

– Possible. Ses rappels à l'ordre m'ont manqué. Et tout le reste. C'est bon de te retrouver, souffle-t-il contre mon oreille.

Nous sirotons nos boissons en silence et je fais le tour de notre petit groupe avec un regard attendri. Oui, c'est comme avant. Les garçons sont sereins, une ébauche de sourire sur les lèvres, et Raven fixe le feu qui illumine son visage et irise ses cheveux. Quant au nouveau venu, Wade, à qui elle a dû expliquer la situation, il nous observe – moi un peu plus que mes frères – avec un air doux, même chaleureux. Je ne saurais dire s'il est heureux pour ses amis ou ravi de voir notre rapprochement facilité. J'espère qu'il ne compte pas trop là-dessus parce qu'il va déchanter. Certes, nous allons nous croiser souvent, mais il faudra attendre que mes frères aient fait le plein de nos retrouvailles avant que nous puissions batifoler en toute liberté.

Je ne sais pas si c'est l'euphorie, la lueur des flammes qui se reflètent dans ses yeux ou son discret sourire, mais je le trouve encore plus craquant. J'espère juste que ce n'est pas le décalage horaire qui me brouille la vue, parce qu'il me plaît vraiment.

Il soupire avant d'avaler une gorgée de bière. Mais, au fait…

– Pourquoi je suis la seule à ne rien avoir à boire ? Je m'assèche.

– J'ai renversé le tien quand tu t'es ruée comme une possédée sur tes frères, répond Raven.

– C'était pour la bonne cause, s'amuse Matt.

Je me défais de ses bras et me lève.

– Je vais m'en chercher un vite fait.

– Non ! Tu n'y vas pas seule.

Il s'apprête à se dresser, mais je le stoppe en plaquant une main sur son épaule.

– Je ne risque rien puisque la terreur des bois sera ici, son cul bien au chaud dans ton jean. Tu vois, la voie est libre et je ne crains rien.

Et je me sauve pendant qu'ils éclatent de rire, sauf Matt que j'entends râler sur plus d'une vingtaine de mètres. Quelle grande gueule, celui-là !

Je me dépêche en me faufilant entre les groupes, quand je tombe nez à nez avec celui d'Alex. Je pile et peste entre mes dents en cherchant une issue de secours. À part grimper en haut d'un arbre, je n'en vois pas. La poisse ! J'aurais été moins prise de court si j'avais percuté un gros barbu en tutu, mais non, c'est bien l'ennemi juré de mes frères qui approche.

La raison de leur inimitié ? Des broutilles de mômes – ce qu'ils étaient à l'époque – qui enflent au fil des années pour devenir un réflexe, un fait ancré : je déteste ce type ! Je suis prête à manger mes *Vans* pourries si un seul des trois est capable d'expliquer la cause exacte de son ressentiment. Moi, je la connais. Uniquement un orgueil mal placé de petit coq, le même qui les empêche aujourd'hui de lâcher l'affaire.

Pour ce qui est du caractère, Alex n'a rien à envier à Matt, il est juste moins impulsif. C'est le blondinet modèle play-boy issu de famille aisée. Des fringues à la voiture en passant par la coiffure, il a toujours mieux que tous les autres et est habitué à ce qu'on lui cire les pompes. Mes frères lui ont tenu tête dès leur première rencontre, à huit ans. Le conflit était né et il n'a plus jamais cessé. Il ne s'en est jamais pris à moi, mais je devais choisir mon camp, ce qui ne l'empêchait pas de m'approcher en douce à la moindre occasion. Mes souvenirs sont remplis d'affrontements avec lui, mais pas uniquement. De très bons moments aussi, il est même l'auteur de mon premier baiser.

Alex et moi, ça a toujours été bizarre. Indéfinissable. C'est lié à ses deux facettes et ce n'est pas celle qu'il exprime en public que j'apprécie. En revanche, celle qu'il dissimule, j'ai eu l'occasion de la découvrir lorsque nous nous retrouvions seuls, cachés aux yeux de tous. Dans ces moments-là, il était différent, charmant, attentionné et drôle. Ces courtes pauses partagées nous grisaient, avaient le goût piquant de l'interdit. Parfois, il m'embrassait et j'aimais bien, mais il n'a jamais été question de plus entre nous.

Et encore moins ce soir, alors je cherche un moyen de m'échapper.

Trop tard, son regard se pose sur moi. Il a une brève hésitation puis tressaille. Son air surpris s'efface lentement pour laisser place à celui des mauvais jours, pas du tout celui des bisous. En trois pas rapides, le Alex arrogant se plante devant moi. Il renifle de mépris avant d'attaquer de sa voix grave et mélodieuse, mais sèche comme un coup de trique :

– T'es rentrée ? C'était pas la peine, on t'avait oubliée.

Ouh ! Direct à la gorge. Pas très poli comme entrée en matière, mais il ne faut pas s'y fier. Son ton vindicatif ressemble plus à de l'amertume. Lui aussi je l'ai abandonné sans prévenir et il semblerait qu'il n'ait pas encaissé.

– Mais tu m'as reconnue, gros menteur. Tu m'as manqué également.

– Oh, mais tu réponds maintenant ? Tu t'es acheté une personnalité pendant ton voyage. Il était temps !

Ah ouais ! Il tape où ça fait mal, le bougre. Il m'en veut vraiment et cherche le conflit. Moi, je préfère désamorcer, alors j'attrape le col de son blouson et je me rapproche en susurrant :

– Alex… Alex… Ne fais pas comme si tu n'étais pas heureux de me revoir.

– Non mais tu te prends pour qui ? Je n'en ai rien à battre de toi. Tu peux te barrer tant que tu veux et où tu veux, je m'en tape !

Oh toi, je te connais et je sais que tu penses exactement l'inverse. Son agressivité suinte la déception. Je n'ai pas envie qu'il m'en veuille au point de ne plus jouer avec moi, alors je le provoque un peu, comme avant. Je me rapproche encore. Nos torses se frôlent, il reste sur ses gardes mais ne recule pas. C'est bon signe.

– Tu es fâché ? Nos rencontres secrètes t'ont manqué à ce point ? je chuchote contre son oreille.

– Tu t'es barrée ! Sans rien dire ! Même pas à tes frères. Ça se fait pas !

– Non mais depuis quand tu te soucies de leur bien-être !? Vous êtes soudainement devenus potes ?

Il cille puis ricane avant de grincer :

– Tu as bu ou quoi ? C'est surtout que tu as cassé mon jouet avec tes conneries. Matt n'est plus drôle. Avant, il fallait que je lui rentre un peu dedans, maintenant, il attaque tout ce qui bouge. Aucun intérêt.

– Tu crois vraiment que je serais partie de moi-même sans les prévenir ? Je pensais que tu me connaissais mieux que ça.

– Je pensais aussi, je me suis trompé.

– Allez, ne fais pas ta sale tête. Tu étais plus rigolo. Et plus câlin, je murmure en déposant un baiser sous son oreille.

Il inspire fortement.

– Nell, fais très attention à toi. Je ne suis plus un gamin, tu vas te brûler, ma belle.

Malgré ses menaces, il ne rompt pas le contact. Au contraire, sa joue caresse la mienne. Il est doux et il sent bon, comme toujours. Oui, nos jeux lui avaient aussi manqué.

– C'est ce que tu souhaites, Alex ? Me brûler ?

– Ne joue pas avec le feu, je t'aurai prévenue.

– En parlant de feu, ne va pas là-bas. Ne nous gâche pas cette soirée. Attends un peu et tu pourras recommencer à te coller des peignées avec Matt.

– Au cas où tu l'aurais oublié, je fais ce que je veux. Toujours.

Et il dépose un baiser sous mon oreille avant de s'en aller sans un regard en arrière, mais dans la direction opposée. Il est contrarié, mais le Alex sympa prend quand même le dessus. Ses amis semblent perdus, mais le suivent sans poser de questions. Et un affrontement évité de justesse, bravo moi ! Je me dépêche de récupérer une boisson et de rejoindre les miens. Lorsque je m'assieds entre les jambes de Matt, il m'arrache le verre des mains, le renifle et fronce les sourcils en râlant.

– Tu bois ça, toi ?

– Oui, j'ai arrêté la grenadine il y a deux mois.

J'essaye de saisir mon verre, mais il le lève hors de ma portée. Ben s'en mêle :

– Attention, Nell. On ne te laissera pas te saouler.

– Hé, ne commencez pas ! On se chamaillera plus tard sur mes droits et vos devoirs.

Raven plaque une main sur sa bouche pour camoufler son rire, elle boit du petit-lait.

– Je t’avais prévenue. Ils vont surveiller tes verres, tes fringues, tes mecs…

– Tes mecs ? gronde Ben aussi sec.

Matt tire mon sweat en me faisant les gros yeux.

– Vas-y doucement si tu ne veux pas qu’on brise le crâne de… tes mecs !

Égal à lui-même, il décolle plus vite qu’un missile, sauf quand il est malade. De toute évidence, il est en pleine forme ce soir. Pourtant, il n’a pas à s’inquiéter puisqu’un seul spécimen m’intéresse et c’est un choix qu’ils devraient approuver tous les deux.

D’ailleurs, Wade n’en mène pas large, soudainement captivé par les flammes. Je ne peux pas lui en vouloir puisque je vais moi-même laisser du temps aux garçons. Ils doivent se faire à l’idée que je n’ai pas passé trois ans en hibernation dans de l’azote liquide, mais que j’ai bel et bien grandi.

– Matt ? Je peux avoir mon verre à défaut d’un mec ?

Il me le tend en la ramenant encore :

– Je te vois venir. Si tu crois que le coup de me parler d’un truc énorme pour me détourner d’un plus petit va marcher à chaque fois, tu te goures.

– Tu as raison. Je resterai sur le truc énorme, c’est quand même plus excitant, je susurre avec effronterie.

Ils s’étouffent en avalant leur bière de travers, Wade recrache carrément la sienne et s’essuie vite le visage avec sa manche. Un partout, la balle au centre, nous sommes faits l'un pour l'autre.

– Nell, quand j'ai dit de nous laisser un peu de temps, je voulais dire plus de cinq minutes, OK ? Promis, on va s'y faire et on pourra parler de mecs d'ici… cinq ou six ans, ça devrait le faire.

Comme la seule réponse valable à cette absurdité est le châtiment corporel, je lui pince la cuisse. Il couine, tant mieux puisque ça fait rire les autres. Sauf Wade que le sujet n'amuse pas du tout. Tu m'étonnes… s'il avait des vues sur moi et une envie de conclure d'ici quelques jours, il sait que son plan est compromis. J'espère qu'il a un peu de patience, ce serait dommage d'abandonner pour si peu. Quoique, si Ben est assez gérable, Matt ne peut pas être qualifié de « peu ». Lui, il est plutôt « extrême », dans son genre.

CHAPITRE 4

Le plan

Matt avale une dernière gorgée de bière puis se lève :

– On rentre, on sera plus tranquilles.

Matt décide pour nous, Matt est comme ça, c'est le meneur. On ne va pas se mentir, ça nous arrange souvent et nous permet d'éviter les palabres interminables avec des « On fait quoi ? » « Je sais pas, tu veux quoi ? » « M'en fiche, et toi ? » L'option Matt est un gain de temps considérable, surtout qu'il pense même aux détails :

– Nell, où sont tes affaires ?

– Chez Raven, je me suis installée avec elle.

– N'importe quoi ! On passe les chercher et on rentre chez nous. Chez toi.

Ben se penche vers moi.

– Bienvenue à la maison. Tu vas voir, nous avons le meilleur système de sécurité au monde. Un nouveau modèle ultra performant qui s'appelle le M.A.T.T.

– Je n'ai aucun doute sur son efficacité, mais avec une option « respect de l'intimité », sinon ça ne va pas le faire.

L'intéressé affiche un petit sourire arrogant. Sûr qu'il va doucher mes espoirs.

– Je suis le seul à avoir la télécommande, donc, c'est moi qui gère. Une autre question ?

– Pas de souci, je débrancherai la machine. Au fait, j'ai ma chambre au moins ?

– Et depuis quand tu veux ta chambre ?

– Environ depuis que je n'ai plus l'âge de la partager avec vous ? Matt, tu vas subir un grave choc, mais il faut que tu le saches… j'ai une vie sexuelle. Enfin, pas là maintenant, mais j'y compte bien dans un futur proche. Très proche.

Malgré son air désintéressé, Wade n'en perd pas une miette. Il a même du mal à dissimuler son enthousiasme, son regard de braise hurle presque « Oh oui ! Tout plein de galipettes très vite ! » Matt accueille plus fraîchement ma déclaration.

– Mais…

– Oh, ça va ! Ne fais pas ton effarouché. Tu en as une aussi, non ?

– Je… Mais enfin !

Ben vient à sa rescousse :

– Nell, on ne parlera pas de ça ce soir, surtout ici. Tu ne vas pas bien ou quoi ?

– Et d'abord depuis quand… Non ! Désolé, ne réponds surtout pas, je ne veux pas savoir. Du temps, Nell, je t'ai demandé du temps !

– Oui, mais sûrement pas cinq ans. Tu devras t'y faire rapidement.

Ben serre mes doigts avec un regard compatissant mais ajoute avec un hochement de tête :

– On va trouver un compromis, ne t'inquiète pas. Toi, laisse-le profiter de nos retrouvailles, il a sacrément morflé.

Il a raison. Toujours. Et c'est la particularité de Ben, le plus posé de nous trois. Il m'arrive d'avoir la sensation que, lors de notre conception, quelqu'un en a eu marre de tout faire trois fois. Il a eu la gentillesse de nous attribuer tous nos organes et de les placer au bon endroit, mais arrivé aux détails de la personnalité, il a tout jeté en vrac et chacun a pris ce qui lui est tombé dessus. Par chance, nous les partageons tout de même en nous écoutant. Comme à cet instant, par exemple, avec Matt qui veut rentrer et Ben que l'on cesse de parler de sujets qui fâchent, c'est donc en silence que nous nous mettons en route.

Comme je l'avais prédit, le chemin du retour sur ce petit sentier n'est pas des plus aisés. Et nous n'avons bu qu'un verre, merci Matt. Nous progressons en file indienne, je n'y vois rien du tout tant il fait noir, je bute sans cesse sur une pierre ou une racine, en plus de manger des feuilles. La randonnée et moi… une vieille histoire qui tourne souvent mal. Matt étant devant, j'empoigne l'arrière de son blouson pour me guider et utiliser la largeur de son torse pour me protéger des branches. À peine l'ai-je attrapé qu'un réflexe de notre enfance refait surface. Il s'immobilise, se baisse sans se retourner, je saute sur son dos et nous repartons. J'en ai parcouru des kilomètres ainsi.

J'ai pleinement conscience d'adopter un comportement contradictoire après avoir réclamé une reconnaissance d'adulte. Nous allons évoluer naturellement, comme cela aurait dû se passer s'il n'y avait pas eu cette séparation brutale et prolongée. Qui, tout compte fait, aura eu l'effet inverse de celui qui était désiré par nos parents. Au lieu de nous aider à nous envoler, le vide a créé un stress.

En parlant de vide, la vie sentimentale de Matt me semble être un abysse de néant et je ne souhaite pas qu'il la remplisse uniquement d'amour fraternel. Je dois me pencher sur son cas pour lui dégoter une occupation plus intéressante que sa sœur et son frère, chacun y trouvera son compte. Quoi de mieux qu'une fille pour lui occuper la tête, et le reste ? L'idée est excellente, mais dénicher la perle rare, un sacré défi. Déjà, elle doit aussi me plaire car je me vois mal devenir proche d'une pouffe qui m'horripile. Ensuite, il ne faut pas qu'elle le craigne, ce qui n'est pas gagné. Pour finir, qu'elle accepte de le partager avec son frère et sa sœur. Mouais… cumulés, ça fait beaucoup de critères.

Un couinement résonne derrière et me sort de mes pensées. Matt ralentit pour interroger Raven :

– Ça va ?

– Oui, j'ai trébuché, mais c'est bon.

Raven ! Mais bien sûr ! Que je suis bête, je l'avais sous le nez et elle coche toutes les cases. En voilà un beau challenge, je m'en régale d'avance. Matt me grille pendant que je me bidonne.

– Qu'est-ce que tu prépares comme connerie encore ?

– Je pense à toi et à ton bonheur.

– Mon bonheur, c'est toi et Ben. Laisse-moi gérer le reste, par pitié. Je me méfie de tes coups tordus.

– N'importe quoi ! Je suis la moins tordue de nous trois.

– La bonne blague ! s'exclame Ben.

– Carrément. En deux heures, tu nous as montré une nouvelle facette qui me laisse songeur.

– Tais-toi et marche, je le rembarre en lui tapotant le haut du crâne.

Surtout qu'il y a plus intéressant devant nous, c'est la silhouette de Wade qui ouvre la voie. Le pas sûr, la démarche souple, presque féline… m'imaginer allongée sous lui me rend toute chose.

Nous déboulons enfin sur le parking, c'est la fin de l'interminable randonnée. Matt se dirige vers un alignement de deux-roues et me dépose au sol. Déconcertée, j'observe les grosses machines peu engageantes.

– Vous roulez à moto, maintenant ?

– Oui, chacun la nôtre, répond Matt, enthousiaste. Tu vas adorer, ce sont des modèles confortables.

– On a prévu pour que tu sois à l'aise derrière, précise Ben.

– Euh… c'est gentil d'avoir pensé à moi, mais non merci. Je vais rentrer avec Raven sur quatre roues, j'ai le décalage horaire dans les jambes et pas l'équipement.

Matt est déçu, mais « sécurité » n'étant pas un vain mot pour lui, il m'accompagne jusqu'à la voiture, puis épingle la conductrice du regard.

– Tu me suis. Tu ne me dépasses pas.

Blasée des directives de l'énergumène qu'elle connaît trop bien, Raven ne répond même pas. À la place, elle roule des yeux en ouvrant sa portière. Je l'imite, et lorsque nous sommes enfermées, elle soupire en se tournant vers moi.

– Tu sais que ça ne va pas être de la tarte pour lui faire entrer dans le crâne que nous sommes de grandes filles.

– Sûr que ça va nous occuper un moment avant qu'il lâche du lest. Mais j'ai un plan, une lumière s'est allumée au beau milieu du chemin.

– Une vision dans le noir ? Intéressant. Tant que tu ne me dis pas que tu as vu la Vierge, tout va bien.

– Pfff, c'est une façon de parler. Raven, tu vas adorer parce que la lumière, c'est toi !

Alors qu'elle allait démarrer, elle se tourne vivement et agite la clef sous mon nez.

– Oublie ça ! Je sais à quoi tu penses et c'est non. Je ne fais pas le poids contre Matt.

Je pousse sa main avant qu'elle ne m'éborgne.

– Tout d'abord, il ne s'agit pas que tu lui colles une raclée, donc ton histoire de poids ne tient pas. Ensuite, tu ne vas rien faire du tout, ou presque, nous allons juste lui ouvrir les yeux. Crois-moi qu'après il se chargera du reste.

– Qu'entends-tu par le reste ? Sois précise quand tu planifies de me jeter dans l'arène.

– La plus logique, bien sûr. Il faut qu'il cesse de te voir comme l'amie de sa sœur. Il pourra enfin se rendre compte que tu es belle et désirable.

– Et intelligente. Et drôle…

– Oui, oui, mais il le sait déjà tout ça, sauf qu'il nous voit encore avec des couettes. Il doit découvrir ton côté sexy et, c'est obligé, il craquera pour toi. Moi, je pourrai gérer mon Wade. Mon plan n'est pas génial ?

Pleine d'enthousiasme, je sautille sur mon siège. Raven ouvre la bouche, mais aucun son n'en sort, alors je l'encourage en riant :

– Une question, peut-être ?

– Tu es complètement dingue, ça ne marchera jamais. Matt a de la crotte dans les yeux, il ne m'a jamais regardée comme une potentielle petite amie. Je ne sais même pas s'il est conscient que je suis une femme, et je crois même qu'il n'a pas une définition bien précise du concept de femme. Il comprend mieux le son d'un V8 qu'un regard aguicheur.

Elle s'enfonce dans son siège en lâchant un soupir à fendre l'âme. Mince, mais elle est déçue ? La cachotière !

– Je m'attendais à ce que tu hurles au grand délire pour une histoire entre toi et Matt.

Elle m'observe, l'air contrarié, je lui offre un immense sourire en retour. Raven a toujours eu un faible pour Matt, mais je ne pensais pas que c'était à ce point. Surtout, elle ne me l'a jamais avoué. C'est le bon moment pour le faire, alors je lui laisse du temps. Elle tapote les doigts sur le volant pendant quelques secondes en regardant dehors puis me fixe, très sérieuse.

– Tu y crois vraiment ?

Sa petite voix défaitiste me brise le cœur. Tant d'années à espérer, pour finir par étouffer son attirance et enterrer ses illusions. Ce qui, au départ, n'était qu'un plan devient désormais une croisade pour le bonheur de ma meilleure amie, et de mon frère. Houlà, je m'emballe un peu trop. On va tenter et on verra si ça colle entre eux, ce sera déjà pas mal.

– Oui, tu es parfaite pour lui. Nous allons faire pénétrer cette vérité dans son cerveau. Ensuite, il pourra s'occuper de pénétrer…

– Stop !

Nous éclatons de rire, mais nous nous ressaisissons quand une pétarade de moteurs résonne. Nous connaissons la patience légendaire de Matt, dont le potentiel est d'environ trois secondes et demie, alors Raven s'empresse de mettre le contact. En route derrière les trois motos, elle relance la conversation :

– Tu savais déjà que j'accepterais ton plan, n'est-ce pas ?

– Je l'espérais. Maintenant que nos soucis ont disparu, c'est l'occasion parfaite pour tenter une approche. Si ça fonctionne entre vous, c'est tout bénef pour tout le monde. Donc, nous devons commencer par lui ouvrir les yeux, à coups de pelle si nécessaire.

– Quelle stratège. Tout ça pour que tu puisses te faire Wade… tsss.

– Pas du tout. Je prends soin de mes proches et tant mieux si ça sert aussi ma cause. Il faudra quand même que tu me briefes un peu sur lui. J'avance en eaux troubles.

– En eaux boueuses, tu veux dire. Il est tellement opaque que je ne suis pas certaine que tes frères sachent tout sur lui.

– Je ne suis pas trop inquiète puisque c'est leur meilleur pote. Il m'attire à un point… Ce n'est pas raisonnable parce que je m'en mordrai sûrement les doigts, mais mes regrets seront bien pires si je ne goûte pas un peu de cette sensation explosive. Tu as déjà ressenti ça et vécu un dilemme pareil ?

– Oh oui… avec ton frère, soupire-t-elle. Tu viens de résumer l'histoire de ma vie.

Je lui serre l'épaule.

– On va mettre le feu à la baraque à nous quatre.

– Pour ça, il faudra dégeler Matt et on parle d'un iceberg qui aurait fait couler le *Titanic*.

– Ton enthousiasme est renversant. Tu oublies à quel point nous pouvons être retorses. Il ne verra rien venir, on va le retourner comme une crêpe.

– Alors, flambée, la crêpe, parce qu'il va me falloir un peu d'alcool par moments pour tenir le choc, dit-elle en mimant l'effroi.

Nous arrivons chez elle. Les garçons garent les motos, nous font signe de ne pas bouger et, tranquilles, ils ouvrent la porte. Je suis sidérée par leur sans-gêne.

– Raven ! Ils rentrent chez toi comme ça ?

– Ne t'inquiète pas, ils ont toujours eu les clefs. Parfois, je découvre qu'une ampoule a été changée ou un robinet réparé. C'est aussi cool que flippant, s'amuse-t-elle.

Ça résume bien mes frères. Ils ressortent avec ma valise et un sac qu'ils chargent dans le coffre.

– Ils n'ont rien pris pour toi, ça me soulage.

– Pourquoi ? Tu ne voulais pas que je dorme chez vous ?

– Bien sûr que si, je veux dire par là qu'ils n'osent pas fouiller dans tes affaires.

– Il est à toi le sac bleu qu'ils ont mis dans le coffre ? demande-t-elle d'une voix traînante.

Atterrée, je réfléchis quand même, mais pas longtemps.

– Non. OK, ils fouillent dans tes affaires. Ça, il ne faut pas laisser faire, ils vont m'entendre.

CHAPITRE 5
Déménagement

Quelques kilomètres plus loin, ils s'engagent dans une allée et coupent le moteur. Nous sommes donc arrivés chez eux. Non, je dois maintenant dire chez nous. C'est un quartier de classe moyenne plutôt tranquille, composé de propriétés avec jardin dont certains sont clôturés de palissades. Raven se gare le long du trottoir, devant une maison à un étage, en bois et peinte en bleu-gris. C'est mignon et cela m'étonne car je les imaginais plus dans un truc en béton. En raccord avec leur caboche. Le contact coupé, elle se penche pour jeter un coup d'œil par-dessus mon épaule.

– Pas mal.

– Mais tu n'es jamais venue ?

– Eh non ! Pas invitée.

Les chameaux. S'ils lui ont servi de plombiers ou de garagistes, ils ont été nuls comme amis.

Une fois dans l'allée, j'observe mon nouveau domicile avec un sourire ravi. Deux bras se posent sur mes épaules et deux corps m'encadrent.

– Bienvenue à la maison, murmure Matt.

– C'est tellement bon de vous retrouver. Mais dites-moi, il ne manque plus que les pots de fleurs devant et ça pourrait être la maison de tata Mildred. Ou de n'importe quelle grand-tante.

– Tu t'attendais à un taudis ? Merci pour la confiance, grince Ben.

– Il y a bien un pot de fleurs derrière, mais il est rempli de canettes de bière écrasées, ajoute Matt en riant.

Ben m'attrape par la main et me tire jusqu'à la porte. Lorsque je découvre l'intérieur, je perds le sourire et l'envie de me moquer. Mais qu'est-il arrivé à mes frères, les deux ados qui semaient une quantité astronomique de bordel derrière eux ? Plus de vêtements sales sous les meubles, plus de chaussures crottées à ramasser, ni de restes suspects de nourriture. C'est propre, rangé et chaleureux. Sincèrement, je n'aurais pas fait mieux, sauf à y mettre une touche féminine. Curieuse, je me promène dans le salon spacieux meublé de deux canapés autour d'une table basse si grande qu'elle pourrait servir de lit d'appoint. L'unique décoration dans la pièce, si on ne compte pas les bouteilles alignées sur une étagère, c'est un immense écran que je sais être spécialement choisi par ces fans de sports en tous genres.

Dans la cuisine qui lui fait face, c'est aveuglant de propreté. Rien ne traîne, même pas un verre. Elle est bien agencée et équipée, assez spacieuse pour contenir la table et ses chaises. J'adhère à tous les tons chauds qu'ils ont mis, mais il faut dire que nous avons toujours eu les mêmes goûts. Raven passe le doigt sur la gazinière rutilante, puis elle ouvre la porte du four pour l'inspecter en sifflant.

– Ils ont une femme de ménage ou ils ne mangent jamais ici, c'est pas possible autrement. J'ai presque honte de mon appart.

– Attends que je cuisine, ils vont déchanter.

– Tu passeras l'éponge, comme tout le monde, intervient Ben.

J'allais répondre, mais je reste coite en les voyant ranger leur blouson sur des cintres dans le placard de l'entrée. Je rêve. Dans deux secondes, ils vont retirer leurs bottes et enfiler des chaussons. Ou pire, sortir des patins.

– Qui êtes-vous ? Qu'avez-vous fait de mes frères ? Ceux qui expédiaient tout en vrac dans un coin de la pièce ?

– Les temps changent, surtout quand c'est toi qui ranges, s'amuse Matt en me poussant dans le salon.

Avant que j'aie pu choisir une place sur un canapé, je me retrouve propulsée au milieu du premier, puis écrasée au fond lorsqu'il se jette presque sur moi. Raven, empruntée, s'installe en face, les deux mains serrées sur ses genoux, Wade à l'opposé, lui aussi mal à l'aise. Depuis notre arrivée, il observe en silence. Son humeur semble osciller entre contrariété et joie pour ses amis. Pour une tentative de rapprochement entre nous, le constat est sans appel : nous verrons plus tard. Chacun a compris que l'autre lui plaît, c'est déjà une bonne chose.

Ben nous rejoint avec un plateau, passe une bière aux gars et un verre de je ne sais quoi à Raven et moi. Je renifle le mien, du jus de pomme.

– Pourquoi nous n'avons pas de bière, nous ?

– Parce que tu supportes mal le gaz. Pas envie de t'entendre roter pendant qu'on parle.

– Charmant. Du moment que je le fais avec élégance, je ne vois pas le problème. Et Raven ?

– Vous nous saoulez depuis des années avec votre *Girl Power*, alors voilà, répond-il avec un sourire provocateur.

– Raven, je vais vivre chez toi. Ils vont me faire la vie et c'est trop… trop propre ici. Ils sont fous. Tu crois qu'ils rangent les conserves et les boîtes par couleurs ?

– Recommence à insinuer que chez moi c'est crade et je t'abandonne à ton triste sort. Je les entends déjà râler parce que tu laisses des cheveux dans la douche ou que tu ne remontes pas la lunette des toilettes, répond-elle avant d'éclater de rire.

– Très drôle. J'appréhende de voir les chambres et leurs placards. Si tout est plié au carré, je me sauve chez toi.

– Dans tes rêves ! clament mes deux gardiens préférés.

– Inutile de me briser les tympans ! Comme si j'allais repartir alors que je viens de rentrer.

– Alors, vas-y. Raconte-nous tes trois années, demande Matt qui n'y tient plus.

Enfin, nous pouvons aborder tous les sujets possibles et je m'y plie volontiers en premier. Ils m'écoutent avec une attention qui m'incite à bien choisir mes mots, ou à sélectionner les détails que je peux révéler sans qu'ils sautent au plafond. Je passe sur le jeune Français très gentil qui m'a initiée à la vie d'adulte, cet épisode ne regarde que moi, ou Raven, mais plus tard. En trois phrases, c'est bouclé, mon expérience n'en mérite pas plus. D'ailleurs, leurs premières questions abordent un tout autre sujet :

– Tu as eu des contacts avec les parents ?

– Tu les as revus ?

Leur inquiétude est palpable.

– Non, ni revus ni aucune nouvelle depuis plusieurs mois. Ils sont aux abonnés absents. Les conversations que nous tenions avant étaient plutôt courtes et évasives.

Ils opinent du chef sans commenter, puis se lancent à leur tour en se relayant. Sans vouloir me fournir les détails, ils confirment qu'ils ne sont pas allés à l'université et qu'après un moment de latence nécessaire pour passer leur colère, ils se sont inscrits dans une formation diplômante en mécanique, puis ont ensuite repris un garage de réparation et vente de motos d'occasion. Leur affaire tourne bien et ils ont une bonne réputation. Pour cette activité-là du moins.

– Même si les débuts après ton départ ont été difficiles…

– Douloureux, corrige Ben.

– Ouais, bref. Depuis un an, on s'en sort. On se débrouille bien. Il ne manquait plus que toi pour que tout soit parfait.

Je retire de leurs paroles que Ben paraît avoir été le plus ébranlé, mais Matt est le plus abîmé. Toujours sur la défensive, il se dévoile peu, intériorise sa douleur qu'il juge être une faiblesse. C'est quand il devient violent dans ses propos ou ses réactions que nous le savons atteint. Il est temps que nous nous soignions tous les trois, il est temps de revivre.

J'aurais bien aimé en apprendre plus sur Wade, mais il reste spectateur, quand, d'un coup, il se redresse et s'en va en prétextant un truc urgent chez lui, juste à côté d'ici. Il revient une demi-heure plus tard et s'assied, sans un mot. Ce n'est pas ce soir qu'il lèvera le voile sur sa vie.

Il est presque trois heures du matin et j'ai beau être heureuse de retrouver mes frères et ma vie, je commence à fatiguer. Je m'affale de plus en plus dans le canapé et lorsque je bâille pour la énième fois, Matt me tape sur la cuisse et se lève en me tirant par la main.

– Au lit ! Raven, tu dors ici. Wade aussi si tu veux.

– Ça marche.

Il ne peut pas faire deux cents mètres pour rentrer chez lui ? Ce grand garçon n'a quand même pas la trouille la nuit ? Vu sa réaction, il est clair qu'il a l'habitude de squatter ici. Cependant, son regard navigue de l'un à l'autre, le nombre de locataires lui pose visiblement un problème.

– En fait, je ne sais pas. Je n'ai pas envie de dormir sur le canapé.

– Ben non, tu prends la chambre bleue, comme d'hab, s'étonne Matt.

– Et les filles vont dormir ensemble ?

– Raven dormira dans la verte. Donc tu vois, pas de souci, mec.

Wade tique, hésite, puis repart à la charge :

– Et Nell ?

Raven et moi connaissons déjà la suite, alors nous ne mouftons pas. Dormir dans la même pièce est la pierre angulaire de nos problèmes. On pourrait rejeter l'entière faute sur nos parents, responsables d'avoir créé ce besoin en nous faisant dormir ensemble dès notre naissance. Ils estimaient que c'était plus pratique, mais c'est surtout que nous remplissions la maison de cris dès qu'ils nous divisaient. Plus grands, nous aurions pu nous séparer, ce que nous avons fait au moins pour les lits, mais Matt ne voulait pas entendre parler de chambres individuelles, sans jamais vouloir m'expliquer pourquoi. Nous étions assez organisés pour conserver chacun notre intimité, alors ça m'allait bien.

Évidemment, il n'est pas question de refaire chambre commune, nous sommes des adultes, mais notre séparation complète doit se faire en douceur.

Et pas ce soir alors que nous avons plein de choses à nous raconter, rien qu'à nous. Malheureusement, mes frères ne se rendent pas compte de la confusion de leur ami et Ben en rajoute une couche :

– Dans la chambre beige, elle est con ta question.

Cet échange est captivant. Wade se renfrogne, il ne comprend rien du tout et ça l'agace.

– Je connais votre chambre et je ne suis pas débile. Vous n'allez pas être à trois dedans. Donc ma question est : où allez-vous dormir ?

Il est en surchauffe, j'espère qu'il a assez de neurones en stock parce qu'il en crame quelques-uns. Je pouffe quand Raven se mime en train de manger du pop-corn, alors que mes frères soufflent d'impatience. Parfois, ils ne se rendent pas compte que notre façon de vivre déroute les gens, et qu'elle est pourtant la cause de notre séparation forcée. Là où notre proximité n'est qu'un lien fraternel apaisant devenu une habitude, d'autres y voient quelque chose de malsain. Comme le dit si bien Matt : c'est dans leur tête qu'il doit y avoir un sacré paquet de merde pour qu'ils imaginent des horreurs sur nous.

Pour le moment, Matt inspire fort en se pinçant l'arête du nez. Nous ne sommes pas loin de la perte de contrôle, alors Ben décide que ça ira pour ce soir :

– Wade, tu es con ou tu le fais exprès ? Si on dort dans la chambre beige, on dort dans la chambre beige. Quel mot tu ne comprends pas ? Beige ?

Il cille, puis les lèvres pincées, les narines dilatées, il hésite à poser la question dont il redoute déjà la réponse. Homme courageux, j'imagine, il se lance :

– Vous allez dormir… tous les… trois ?

Les mots sortent enveloppés de papier de verre, ça accroche douloureusement. Si mâle et pourtant si naïf, c'est trop mignon. Les garçons lèvent les yeux au ciel sans prendre la peine de lui répondre. Wade refuse de lâcher l'affaire :

– Dans la même chambre ?

– Oui, Wade !

Il se raidit, ouvre la bouche, reste bloqué quelques secondes, puis ses dents claquent quand il la referme. Intense réflexion, encore. Sous le choc, il me fixe de biais en contenant difficilement son envie de grogner de frustration. Mon petit, il faudra t'habituer au côté intrusif de mes frères, tu les auras sur le dos pour quelques jours encore.

Les choses étant clarifiées, d'après Matt, il tape dans ses mains.

– Maintenant que tout le monde sait où il dort, au lit !

Ben me tire vers l'escalier, direction l'étage, Matt pousse Raven. Nous arrivons sur un palier dont les murs sont parsemés de cadres. Nos têtes partout, à tous les âges et toujours à trois. Je lève les yeux au ciel en bougonnant :

– Vous abusez, on dirait un mausolée.

– Parce que c'en était un depuis trois ans, rétorque Matt.

Devant la première chambre, Ben annonce à Raven que c'est la sienne en précisant qu'elle a sa salle de bains. Commençant aussi à accuser la fatigue, elle s'engouffre dans la pièce en nous souhaitant bonne nuit. Wade file dans la sienne au fond du couloir en marmonnant des « n'importe quoi… ça va pas le faire… tu vas voir… »

Ben me mène dans la dernière pièce, juste face à celle du bougon mignon. Me savoir à côté, voilà qui va l'aider à passer une merveilleuse nuit, le pauvre. Je m'immobilise sur le seuil. La chambre est spacieuse et agréable, mais ce lit… Il est immense, c'est au moins un cinq places ce truc.

– Vous faites quoi là-dessus ? Des parties de base-ball ?

– On dort, c'est tout. Au cas où tu ne l'aurais pas remarqué, nous n'avons plus dix ans, nous avons tous épaissi.

– Parle pour toi. Et n'insiste pas ou ça va te rendre désagréable. Il n'empêche que je veux mon lit, à moi.

– On a pris du muscle, pas du gras. Pour ton lit, tu l'auras, c'est promis. On devait même t'en trouver un avant ton arrivée, ça t'apprendra à ne pas prévenir.

Tout un pan de mur de placards en guise de meubles et, détail pour lequel je les reconnais bien, un écran plat géant face au lit. Tout est parfaitement rangé et propre. Ils commencent vraiment à m'inquiéter.

– On vous a jeté un sort ? Vous vous êtes transformés en ménagères ?

– Presque, et c'est l'effet que ça nous a fait au début, répond Matt en riant.

– En fait, c'est à cause de Wade. Il a un souci… Il faut que tout soit à sa place, sinon il est perdu. À force, on a pris l'habitude.

– C'est chez vous et votre chambre. Je ne vois pas en quoi ça le regarde, mais c'est une bonne chose qu'il ait réussi à vous discipliner.

Le grand costaud à l'allure de garçon pas sage est un toqué de la propreté. Elle est excellente, celle-là ! Je l'imagine déjà avec ses gants en caoutchouc et son plumeau, terriblement pas sexy. Je rigolerai moins quand il cherchera la chaise ensevelie sous mes fringues empilées dessus.

Matt dépose ma valise sur le lit et Ben est en train de ranger mes affaires dans un espace vide qui m'était réservé. Ils ont vécu comme si j'allais revenir le lendemain. Je m'en doutais, mais c'est un doux sentiment de le constater. Je ne me suis jamais autant sentie aimée et chez moi qu'avec eux. Je m'empare d'un pyjama au passage et j'en profite pour demander à Matt de prêter un de ses tee-shirts à Raven pour la nuit puisque je doute qu'ils aient pensé à lui prendre ce qu'il faut. Pour une fois, il s'exécute sans discuter.

Je pique la salle de bains en premier. Je l'imagine à la hauteur de cette pièce, avec une immense baignoire à bulles. Ah non, ce sera une douche, tant pis. Nul besoin de m'enfermer à clef, ils ont toujours respecté mon intimité. C'est avec un sourire attendri que je découvre trois brosses à dents dans un pot, dont l'une à mon intention, encore emballée et qui doit se trouver ici depuis qu'ils ont emménagé.

Épuisée, je ne traîne pas et file au lit. Je n'hésite pas, je saute dessus et rebondis à ma place du milieu. Les garçons me rejoignent un peu plus tard et pendant qu'ils enfilent leur tee-shirt, j'inspecte leurs tatouages pour vérifier s'ils en ont des nouveaux. Non, uniquement le motif tribal pour Matt qui s'étale sur tout le dos et déborde sur une épaule. Celui de Ben est composé de volutes entremêlées sur un bras.

Ils ne savent pas que je m'en suis offert un en France. Ils me manquaient énormément, alors le tatoueur m'en a dessiné un qui reprend un morceau des leurs, sur ma hanche. Ils le découvriront une autre fois, j'ai sommeil.

Allongés sur le dos, nos doigts serrés entre nous, nous sourions bêtement. Nous discutons deux minutes, mais la fatigue aidant, nous sombrons rapidement.

CHAPITRE 6
La mêlée

Il fait terriblement chaud, je suis en nage. Inutile de baisser le chauffage ni d'ouvrir les yeux pour en comprendre la raison. Le tas de triplés est de retour, presque identique depuis notre naissance, avec des jambes et des bras dans tous les sens. Si ma position préférée est sur le côté, les garçons s'étalent. Ils trouvent que les lignes droites sont contraignantes dans la vie, alors ils adoptent les diagonales dès que possible, même dans un lit.

Il faudra régler ce problème de couchage séparé avant l'été, sinon je vais mourir de déshydratation pendant mon sommeil. Je n'ai toujours pas le courage d'ouvrir un œil, juste celui d'attraper la grosse main posée sur mon visage et de la repousser. En plus de me faire mourir de chaud, ils vont réussir à m'étouffer.

Pendant que je somnole, du bruit me parvient du couloir, puis je sens une présence sur le seuil. Notre porte reste toujours ouverte, une habitude d'enfants qui veulent prouver qu'ils n'ont rien à cacher parce qu'ils ne font rien de mal. D'autres pas se rapprochent et un conciliabule démarre.

– Ça fait drôle au début, mais on s'y fait à les voir comme ça, chuchote Raven.

– Sûrement pas. C'est trop bizarre leur truc. Je vais régler ça, râle Wade.

– C'est le but, oui, mais par étapes.

– Je te considère donc de mon côté pour la mission « séparons les triplés » ?

Je dissimule mon sourire sous la couette, ravie qu'il ait déjà pris sa décision. Enfin, j'imagine que s'il veut tant nous séparer la nuit, c'est qu'il a dans l'idée d'opérer mon transfert vers son lit. J'approuve totalement.

– Bien sûr que oui et Nell aussi. Elle a un plan.

– Un plan ? Mais voilà qui m'intéresse. Je peux le connaître ? Je n'aime pas les missions à l'aveugle.

– Ça ne pourra que te plaire. Enfin… si je me fie à votre numéro d'hier. D'ailleurs, vous devriez cesser de vous lécher du regard comme ça, conseil d'amie. En attendant, allons faire le petit déj.

– Ouais, mais faudra pas que ça traîne trop, ce plan.

Ils s'éloignent tous les deux, mais un détail semble tarauder Wade.

– Vrai ? Elle me lèche du regard ?

– C'est une expression. Ne commence pas à t'exciter.

Là-dessus, ils empruntent l'escalier. Finalement, il n'impressionne pas tant Raven. Encore la faute aux rumeurs si elle s'en méfiait, parce qu'il n'a rien du sale type qu'elle m'a dépeint. Je vais leur laisser cinq minutes d'avance avant de me lever, comme ça, le café sera prêt.

Au moment de bouger, je me retrouve coincée par Ben dont le bras pèse un âne mort, alors je lui pince la couenne à la taille. Il se pousse en grognant. Lui, il est aussi aimable que moi au réveil, il ne faut pas nous parler tant que nous n'avons pas avalé un café.

J'escalade les masses inertes, j'attrape des vêtements et file dans la salle de bains. J'aimerais autant faire bonne impression pour mon premier petit déj avec mon prétendant. Déjà, me déchiffonner avec un peu d'eau froide, puis un brossage de dents au cas où il m'approcherait. Il s'agirait de ne pas le terroriser avec l'haleine d'un poney.

Présentable et un sourire plaqué sur le visage, je les retrouve dans la cuisine. Les fesses de Raven dépassent de la porte du frigo, le reste apparaît quand elle en ressort avec une brique de jus d'orange. Wade est déjà assis devant un mug de café fumant, en jean, tee-shirt et pieds nus. Je suis vraiment atteinte parce que je trouve ça sexy. Des pieds, quoi. Il délaisse son breuvage pour m'observer de haut en bas, lentement, puis il remonte avant de m'épingler. Pas de sourire, monsieur est renfrogné, mais son regard n'en est pas moins ardent.

Je lance un bonjour auquel Raven répond, alors qu'il tapote l'assise de la chaise à côté de lui. J'accepte l'invitation avec grand plaisir, je vais donc m'installer sur sa main. Ah non, il l'enlève à temps, dommage. Toujours fermé, il boit comme si je n'existais pas. Agaçant. Je le déride avec un air mutin, il finit par sourire. Le premier, et ça lui va merveilleusement bien. Même beaucoup trop, très dangereux pour mon *self-control*. Allons, allons ! Calmons-nous, ce n'est ni le lieu ni le moment, le café avant tout. J'engage une conversation des plus banales pour noyer ce qui couve entre nous.

– Tu as passé une bonne nuit ?

Il se penche vers moi en répondant d'une voix basse :

– Tu étais dans un lit à quelques mètres du mien et avec un autre mec que moi. Donc non, je n'ai pas bien dormi.

Ses lèvres et son souffle contre mon oreille enflamment la petite braise qui n'attendait que ça. Vite, je jette un seau d'eau virtuel dessus.

– Deux, en fait. Deux autres que toi. Mais bon, vu que ce sont mes frères, ça enlève toute connotation érotique, non ?

– J'espère bien, mais ça ne me plaît pas quand même. Ça va être compliqué pour que tu rejoignes mon lit sans qu'ils le remarquent, mais on doit trouver une solution et le plus vite possible. Je suis clair ?

Médusée, j'écarquille les yeux et il me faut quelques secondes pour réagir.

– Mais que trop ! Brut et sans filtre, difficile de faire plus limpide. On va rester calmes, hein ?

– Quoi ? Je dis les choses et je ne tourne pas autour du pot. Je ne suis pas un romantique cul-cul, j'ai horreur de ça.

– Je te ferai changer d'avis. Pour être franche, tu as une attitude d'homme des cavernes et j'ai été mieux habituée en France. Là, c'est un peu rude comme transition.

– Aurais-je mal interprété ton message hier soir ? Tu ne veux pas de moi ?

– Non. Je veux dire, si, tu l'as bien compris.

– Tu as changé d'avis depuis ?

– Non, pas du tout.

– Alors sois heureuse, moi non plus. Donc, nous sommes d'accord, on est ensemble, au moins dans la tête pour le moment, conclut-il avec un brin de contrariété.

– Tant de conviction ! J'en suis presque flattée, mais tu oublies que tu ne me connais pas.

– Détrompe-toi. Ça fait trois ans que je vis avec deux gars qui ne parlent que de toi, qui font tout en pensant à toi, qui prévoient tout en fonction de toi. Alors, sois-en sûre, je te connais. Et autant continuer sur la franchise, sache que je te voulais avant même de te rencontrer. À force de me farcir la tête, tes frères ont réussi à me faire craquer sur toi.

Non mais lui… Quel est ce spécimen étrange ? Un peu excessif, le garçon, ça me refroidit. S'il m'annonce qu'il a ma photo dans son portefeuille depuis un an, je me sauve en courant.

– Tu parles ! Tu ne m'as même pas reconnue hier soir alors qu'il y a ma tronche dans le couloir. Et puis tu insinues quoi au juste ? J'ai du mal à suivre ton raisonnement.

Pas échaudé par ma réserve soudaine, il rive ses yeux aux miens pour s'expliquer à quelques centimètres de mon visage.

– Pourtant il est simple, je te le résume : toi et moi, ensemble, c'est comme ça. C'est vrai que je ne te laisse pas beaucoup de temps pour l'intégrer, mais au moins, tout est posé dès le départ. Je n'en ai peut-être pas l'air, mais je suis un type sérieux qui veut du sérieux. Je veux bien laisser du temps à tes frères pour s'y faire, mais toi, il faut que ce soit clair dans ta tête pour t'engager. Et je te rappelle qu'il faisait noir hier et que tu as quand même un peu changé.

– Et avec ça, tu trouves que nous, les triplés, sommes étranges ?

– Je n'ai pas de sœur, mais tu peux être certaine qu'elle n'approcherait pas de mon lit si elle existait, grince-t-il.

Oui… Bon… j'admets qu'il a raison sur ce détail, mais nous allons bientôt le régler. Ce qui fait la différence, c'est que pour lui, un lit est synonyme d'outil à jeux torrides, alors que pour nous, c'est une surface confortable pour dormir, rien de plus. Si je trouve sa détermination émoustillante, il n'empêche que je suis dotée d'un pouvoir de décision, ce que je m'empresse de lui rappeler un peu sèchement :

– J'ai le droit de donner mon avis ou je suis juste une proie ?

– Tu l'as déjà donné deux fois, ton avis. Hier soir de façon bien nette et pas plus tard qu'il y a cinq minutes.

Il me sidère. Et me vexe un peu en me mettant le nez dans mon comportement léger d'hier soir. À ma décharge, j'étais euphorique et me suis laissée emporter.

– Je dois encore dormir. Cette conversation est surréaliste.

Manifestement, Raven le pense aussi. Planquée au fond de la cuisine et nous tournant le dos, elle pouffe dans sa main. Lâcheuse ! Wade ne se démonte pas :

– Soit, je te repose la question et sois franche avec toi-même. Tu me veux vraiment ou tu voulais juste jouer ?

Il m'agace à me pousser dans mes retranchements. Et avant mon café, en plus ! De toute évidence, il ne s'amuse pas. Suis-je en phase avec lui pour entamer une vraie relation ? Ce n'était pas vraiment le but que je recherchais, mais sauter dans le grand bain en sa compagnie ne me terrorise pas, même si je ne suis pas aussi confiante que lui sur la durée de notre couple. Après tout, je ne peux pas dire qu'assumer mon attirance se fasse à contrecœur. Mais pas non plus avec assurance, d'où la voix de petite fille prise au piège quand je l'avoue du bout des lèvres :

– Je ne joue pas. C'est OK pour moi.

– Pour du sérieux ou tu as juste l'intention de te servir de moi et de me jeter ?

C'est bon ! J'ai dit oui, pas la peine d'insister. C'est embarrassant à la fin.

– Mais pas du tout, ce n'est pas mon genre !

– Donc, tu vois, nous sommes d'accord. Alors on est ensemble, conclut-il en levant sa tasse.

Wade avec un immense sourire… Qu'il cesse tout de suite ! Je n'ai déjà pas beaucoup de neurones en état de fonctionnement ce matin, là, c'est pire que tout. De plus, cet excès d'assurance devrait me faire râler, mais autant être franche, j'adore. Je connais des féministes très modérées qui se jetteraient par la fenêtre en voyant mon comportement. Pas grave, surtout qu'il m'excite encore plus à s'autoproclamer « homme de moi ». Juste pour la forme, je joue à la princesse qui a le mot de la fin.

– OK, c'est bon pour moi.

Il ricane, pas dupe. Si je ne me méfie pas, il va me manipuler à sa guise. Aussitôt me viennent des images de lui en train de me manipuler dans un lit. On se calme, Nell !

Mes pensées disparaissent d'elles-mêmes au son d'un troupeau de mammouths descendant l'escalier. Mes frères déboulent dans la cuisine en courant, sont-ils affamés à ce point ? Matt s'immobilise sur le seuil, me fixe, puis expire tout l'air contenu dans sa poitrine.

– Réveille-moi, la prochaine fois ! Ça m'a fait flipper de ne pas te trouver dans le lit.

– Va falloir t'y faire, mec, marmonne Wade entre ses dents.

Lui, il n'a pas fini de ronchonner. Maintenant que l'étrange séance de « drague » est terminée, Raven s'installe sur une chaise. Matt la salue, puis il me soulève et s'assied en me posant sur ses genoux. Wade cille une seconde avant de se renfrogner. Nos particularités vont l'achever si je n'interviens pas.

– Matt, tu pourrais prendre une autre chaise.

– Où ? Nous sommes cinq et il n'y en a que quatre. Autre chose ?

Oui, mais il est trop tôt pour te suggérer que Raven serait ravie de se trouver à ma place. À l'aise, il pique le café qu'elle vient de me servir si gentiment. Impossible de laisser passer !

– Ah non ! Ça, c'est comme les brosses à dents, c'est privé ! je m'indigne en le lui arrachant des mains.

Il n'a pas le temps de râler, Ben dépose un mug plein devant lui avant de m'embrasser sur le crâne.

– Alors, le programme du jour ? je questionne.

– Aller chez Raven chercher ses affaires, rétorque Ben en s'asseyant.

Nous le fixons avec étonnement, Raven la première.

– Mes affaires ? Et pourquoi donc ?

– Parce que tu t'installes ici, bien sûr.

Il est le seul à trouver cela évident. J'interroge Matt du regard, il hausse les épaules, alors Raven attaque Ben :

– J'ai un chez-moi, tu as oublié ?

– Et alors ? C'est plus pratique que de courir d'une maison à l'autre pour vous voir. En plus, tes parents seront ravis de te savoir sous notre garde.

Pour lui, c'est tellement logique que nous ne trouvons même pas quoi lui répondre. Raven non plus, elle gobe de l'air.

– Pas de problème, on s'en occupe dans la journée, conclut Matt.

Abasourdie, elle passe de l'un à l'autre, puis n'y tient plus :

– Est-ce que quelqu'un pourrait me demander si j'ai envie de m'installer ici avant que vous alliez mettre le souk dans mes affaires ?

Ben lève les yeux au ciel en soupirant, ensuite, il l'interroge d'une voix moqueuse :

– Raven, tu veux bien vivre ici, avec nous ?

Elle le fusille du regard en lui grognant dessus. Bien sûr qu'elle veut rester avec les triplés, elle l'a toujours fait.

– D'accord. Mais vous nous laissez respirer entre filles, ne soyez pas trop intrusifs.

– Je ne vois pas de quoi tu parles, répond Matt en me piquant des mains le petit pain que j'allais croquer.

Nous nous regardons en soufflant avec la même pensée : la route sera longue. Pour l'instant, nous discutons des affaires à prendre chez elle, pendant que j'arrache des morceaux de pain que je lève par-dessus mon épaule et que Matt avale au fur et à mesure. Un pour lui, un pour moi. Tout à coup, Raven fait des mimiques étranges, elle essaie de me passer un message. Je cherche lequel, jusqu'à ce que mon regard tombe sur Wade, éberlué, qui suit mes doigts allant du pain à la bouche de Matt. D'accord, j'admets que lui donner la becquée est bizarre, ça aussi, alors je tends à Matt un pain entier pour qu'il se débrouille. Raven cache son sourire dans son mug, Wade approuve d'un grognement avant d'ajouter nonchalamment :

– Il faudra prendre une chaise pour que chacun ait la sienne ici.

Il ne loupe rien, mais cela suscite mon intérêt.

– Tu comptes t'installer ici aussi ?

– Va savoir. J'ai l'impression qu'il manque quelqu'un de sensé dans cette maison.

Raven lève la main en souriant :

– C'est moi ! Je le suis !

– Peut-être, mais tu n'as pas l'autorité qui va avec. Pour ça, j'ai ce qu'il faut.

S'il a dressé mes frères, je veux bien le croire, mais cela ne m'empêche pas de le taquiner.

– Et ta maison ?

– Comme celle de Raven, elle va bien, merci, ne se démonte-t-il pas.

La situation est improbable. Trois frères et sœurs qui vivent ensemble, déjà, ce n'est pas banal. La copine de la sœur qui s'en mêle, c'est encore un cran au-dessus. Et maintenant, le copain des frères qui veut se faire leur sœur qui ajoute sa valise…

On dirait une sitcom, un truc pas très réaliste en plus. Le scénariste de ma vie boit trop, ou fume des plantes louches, ou… est fou, tout simplement.

Le fait que Wade annonce venir squatter chez eux n'a pas l'air de perturber mes frères, ils ne réagissent même pas. En revanche, lorsqu'ils se lèvent, je n'en crois pas mes yeux. Je pense qu'ils vont finir par me traumatiser. Ils se mettent à ranger, laver, essuyer, c'est limite s'ils ne font pas le sol. C'est vraiment flippant.

Nous, les filles, décidons de laisser les hommes à leurs occupations ménagères – la phrase que je n'aurais jamais cru dire un jour – et montons nous préparer pour le déménagement de Raven qui n'avait rien demandé. Mais qui est ravie et qui ne l'avouera jamais à mes frères, ce serait leur donner raison à vouloir diriger nos vies.

Vu l'activité prévue, on ne change pas une équipe qui gagne, c'est-à-dire la team jean, sweat et baskets. Fin prête ! J'ai à peine posé un pied hors de la chambre que je me fais happer par une grande main surmontée d'un bras solide. Le tout me tire dans la pièce d'en face et me plaque contre la porte qui se referme d'un coup de botte. L'action a été si rapide que lorsque je réagis Wade est penché sur moi, les deux mains posées à plat sur le mur pour encadrer mon visage. Émoustillée, mais néanmoins embarrassée, je fais ma maligne aguicheuse :

– Bonjour toi.

– Pas le temps pour jouer.

Avec un air farouche, il fond sur mes lèvres en me plaquant au mur sous son corps. Son baiser est impatient, empli de frustration, mais sans demi-mesure. Si dévastateur que je ne vais pas tarder à ronronner. Autant ne pas rester les bras ballants et en profiter pour tâter ce corps appétissant. Mes doigts curieux rencontrent un dos musclé, vivement que je fasse le tour de cette merveille sans les couches de tissu.

Il met fin à notre baiser sans pour autant me lâcher, me fixant intensément. Ses yeux hurlent qu'il rêve de me jeter sur le lit, et à la sensation chaude qui traverse mon corps, les miens doivent lui répondre qu'il devrait vite céder à cette envie.

– C'est une torture de ne pas pouvoir te toucher, murmure-t-il contre ma bouche.

– J'espère bien que tu vas me toucher très souvent et beaucoup plus.

– Oh que oui, même si je dois feinter tes frères pour ça. On fera l'amour sur le toit si besoin, mais il faut vite conclure où je vais péter un plomb.

Mais quel prince charmant ! Je suis prête à tenter le coup tout de suite, mais il recule, ouvre la porte et me fiche dehors en me tirant par l'épaule. Le battant claque derrière moi, je reste hébétée, et vexée d'être éjectée de la sorte. On se demande qui allume qui.

Raven sort de sa chambre et s'immobilise en me découvrant. Suspicieuse, elle m'inspecte de haut en bas. Mince ! Mon visage doit claironner « il m'a embrassée ! » Elle n'a pas le temps de me tirer les vers du nez, car Wade sort à son tour et rejoint l'escalier en me donnant une tape sur les fesses au passage. Il a prévenu, il n'est pas romantique. Avec ses déclarations et ses gestes, aucun doute n'est permis, mais j'assume. J'aime ce côté sauvage et cette franchise.

C'est pensive que je l'observe s'éloigner d'une démarche assurée en rapport avec sa prestance. Raven le détaille également avec une moue admirative.

– Tu as trouvé un mec à ta pointure. Tu vas en baver, ma grande.

Je soupire avec un air rêveur.

– En baver, sûrement, mais au sens littéral. Je l'ai rencontré hier et je crois que je suis déjà accro.

– Il vaut mieux car c'est bien net dans sa tête. Et pas que dans la tête apparemment.

– Arrête, j'en frémis d'impatience. Allez, on file chez toi. Au fait, tu me confirmes que ça ne te dérange pas de venir ici, au moins ?

– Tu plaisantes ? Me faire entretenir par les garçons et t'avoir sous la main ? C'est le top. Mais ne leur répète pas, ils sont assez envahissants comme ça.

Lorsque nous sommes dehors, les garçons sortent du garage dans un 4 × 4. Un énorme machin rutilant avec ses grosses jantes alu et sa carrosserie sombre comme la nuit. Quelle horreur !

– On part devant ! Prenez la voiture de Raven, déclare Matt avant de démarrer sur les chapeaux de roues.

– Son empressement perpétuel ne m'avait pas manqué tant que ça, dis-je en soupirant.

CHAPITRE 7

Le pouvoir des petites culottes

Lorsque nous arrivons chez Raven, les garçons sont déjà dans la maison. Elle râle en se garant, je la comprends.

– S'ils ont commencé à emballer mes affaires, ils vont m'entendre !

Prêtes à leur sauter dessus, nous les découvrons en train de trier le contenu du frigo, lisant les dates de péremption. Ça suffit, il est temps de jouer un peu.

– Matt, on va dans la chambre. Tu viens nous aider pour les fringues ? C'est là qu'il y a le plus de trucs à prendre.

– J'arrive dans une minute.

Raven me fait les gros yeux et me tire la manche en chemin :

– Toi, tu as une connerie en tête.

– Évidemment, je confirme avec un sourire angélique.

J'ouvre son placard pendant qu'elle pose les sacs sur son lit. Matt nous rejoint, je lui en lance un.

– Toi, tu t'occupes de la commode.

Raven couine, horrifiée, puis m'adresse un regard suppliant. Je la tranquillise d'une moue assurée parce que je me régale d'avance. Il tire le premier tiroir, plonge la main dedans et se fige. Que mettent généralement les filles dans le tiroir du haut ? Les sous-vêtements, bien sûr ! En partant à l'assaut de son contenu avec la délicatesse qui le caractérise, Matt vient de le découvrir bien malgré lui. C'est brutal, même, il reste pétrifié, le poing enfoncé dans un amas de dentelles multicolores agrémentées d'adorables petits nœuds en soie. Éclater de rire desservirait notre plan, alors nous faisons comme si tout était normal, devisant devant l'armoire sur les vêtements à emmener en priorité. Il sort tout à coup de son mutisme en se raclant la gorge.

– Euh… il faut tout prendre ?

Sa voix est incertaine, et ne sachant pas si je vais résister face à lui, je réponds sans me retourner :

– Oui, tout.

Les portes sont équipées d'un miroir à l'intérieur, en plus d'être pratique, cela nous permet de l'espionner. Il tergiverse, se dandine, marmonne, puis se lance en attrapant une culotte. J'ai toujours connu mon frère franc et assuré, mais là, je le découvre décontenancé devant un minuscule bout de dentelle mauve pincé entre deux doigts. Il inspecte la chose, fronce le nez, puis la pose dans le sac. Plein de courage, il s'apprête à continuer, mais hésite à nouveau avec la main au-dessus du tiroir.

– Matt ?

– Mmm ?

– Tu peux en prendre plusieurs à la fois, sinon, nous ne sommes pas rendus. Et cesse d'en avoir peur, ça ne va pas t'exploser à la figure ni te mordre.

– N'importe quoi ! Je n'ai pas peur ! C'est juste que… en fait… je n'imaginais pas… pas ça du tout.

Mon tiroir est bien un des rares endroits que mes frères ne touchent jamais et ils ne m'ont jamais vue en petite tenue depuis au moins mes huit ans. Pour qu'il soit aussi déstabilisé, j'en conclus qu'il est encore persuadé que ma boutique favorite est « Petit Bateau », idem pour Raven. Le travail pour lui ouvrir les yeux s'annonce colossal. Ça urge, alors commençons tout de suite à l'asticoter.

– Arrête de baver dessus et range-les.

Il sursaute et lâche la culotte comme si elle lui brûlait les doigts.

– Nell, ferme-la !

Avec un rictus satisfait, nous emballons les vêtements en l'ignorant, histoire de lui laisser tout loisir de se représenter Raven dans les petites choses mignonnes. Un premier sac plein, je pars avec dans le salon pour vérifier ce que font les autres, mais une fois dans le couloir, j'entends Raven lui parler. Curieuse, je m'immobilise pour profiter de la deuxième couche de gêne qu'il va certainement subir.

– Alors, tu imaginais quoi ?

– Comment ça, quoi ?

– Ma lingerie.

Il s'étrangle. Quelle petite nature, parfois.

– Tu l'imaginais comment ?

– Mais enfin ! Je n'ai jamais pensé que tu avais des petites culottes !

– Pardon ? Tu croyais que je n'en portais pas ?! s'indigne-t-elle.

– Non !

– Pervers !

– Mais non ! Je voulais dire que je ne pensais pas à tes culottes, pas que tu n'en portais pas ! Et d'abord, c'est quoi cette conversation ? C'est n'importe quoi ! Je refuse de discuter de ça avec toi, c'est clair ?

Mais le froussard ! S'il espère s'en sortir en aboyant, il se leurre. Raven est aussi tenace que moi, elle ne se démonte pas :

– Ah oui ? Et tu en parles avec qui alors ?

– Oh, arrête ça !

Il est énervé, mais elle en remet une couche :

– Et tu les trouves comment ?

– Raven, tu me gonfles !

– Réponds où je demande l'avis d'un autre. J'ai besoin de savoir si mes culottes sont jolies, c'est important quand même.

– Tu me… Bordel !

Il souffle si fort qu'il a dû en décrocher les rideaux.

– Elles sont belles, elles sont superbes, ne change rien. Ça te va comme ça ? Et il n'est pas question que tu les montres à un autre. C'est clair ?!

– OK. Tu vois, ça me rassure parce que je me demandais si l'ensemble en dentelle rouge…

– Raven, stop ! Tout de suite !

Silence. Je pouffe dans ma main et m'apprête à partir, mais Matt s'énerve une nouvelle fois :

– Mais bordel ! C'est quoi, ça ?!

– Quoi ? Ah, ça. Euh… rien, mets-le dans le sac, c'est tout.

Tiens ? Au tour de Raven d'être gênée. Matt aurait réussi à inverser la vapeur ? Au bruit de l'impact, il ne pose pas l'objet en question, il le jette carrément.

– Je te préviens ! Tu montres ça à Nell et je t'étrangle.

– C'est ça, continue de prendre ta sœur pour une quiche, marmonne-t-elle.

J'aimerais bien savoir de quoi il s'agit pour qu'il se mette dans cet état. Finalement, sa rééducation sera plus facile que prévu, il est toutes griffes dehors dès la première attaque. Ce sera trop drôle quand il se mettra à charger. Surtout de mon point de vue, car Raven rigolera moins.

Ravie, je les laisse se chamailler en paix. Quand je pose le sac dans le salon, Wade sort de la cuisine.

– J'entends Matt beugler depuis tout à l'heure, j'en conclus que vous avez mis votre plan en action.

– Bien vu. Moi en stratège et Raven pour l'action. Nous allons le rétamer, il n'aura rien vu venir, le pauvre.

– Le pauvre ? C'est une blague ? Tu l'envoies dans le lit de Raven, ça n'en fait pas un martyr à ce que je sache. Et vous avez intérêt à être bonnes, car je te rappelle que le transfert de Matt dans le lit de Raven a une influence directe sur ton arrivée dans le mien. Tu vois ce que je veux dire ? me provoque-t-il en remuant ses sourcils.

– Toi, il faut te calmer. Tu as un degré de confiance qui frise l'indécence.

– Avec plaisir, calme-moi, je n'attends que ça. Je dois t'expliquer ou tu trouveras le meilleur moyen toute seule ? Dans le doute, je te donne un indice : ça cherche toujours mon nord, déclare-t-il avec un air mystérieux.

Confuse, je me reprends quand Ben déboule avec des cartons qu'il dépose au sol.

– C'est bon ! J'ai débranché le frigo, coupé l'eau, fait le tour et tout est OK. Matt ! Raven ! On y va ! hurle-t-il juste devant moi.

– Oh ! Ça ne va pas ? Ils sont à peine à dix mètres !

Raven apparaît avec un grand sourire et un sac bien garni, suivie de Matt, renfrogné et chargé aussi. Ses sourcils se rejoignent, son échange avec Raven le travaille encore. Pendant que nous fermons et embarquons dans les voitures, je cogite. Donc, Wade a un nord ? Mais à quoi peut-il bien faire référence ?

Une fois en route, un autre sujet me titille :

– Qu’as-tu dit à Matt pour qu’il explose comme ça ? Et surtout, dès que nous arrivons, tu me montres le truc que je n’ai pas le droit de voir.

– Juste une peccadille, il est tombé sur mon vibro sous la lingerie. J’ai cru qu’il n’allait pas s’en remettre, répond-elle avant d’éclater de rire.

– Excellent ! Matt la terreur, effrayé par un vibro.

– Pas effrayé du tout, plutôt en colère. À deux doigts de me traiter de dévergondée. Ton plan a décollé en l’espace d’une heure, c’est sûr qu’il ne me voit plus de la même manière.

Ensuite, je lui parle de cette histoire de nord qui m’intrigue. Nous cogitons ensemble, quand elle tape tout à coup sur son volant. Je sursaute de peur.

– Son pistolet !

– De quoi, où ça ? dis-je en cherchant sur les trottoirs.

– Wade ! Son nord ! C’est une histoire de boussole. L’aiguille, c’est sa… son machin quoi.

– Non, tu crois que… ah, mais oui ! C’est logique et ça lui ressemble bien. Raven, tu es la meilleure. Après moi, bien sûr.

J’aime bien l’idée de son aiguille qui pointe vers son pôle, c’est-à-dire moi. Il n’est pas romantique, c’est sûr, mais il y a quand même un petit quelque chose de mignon. Et je ne parle pas de son outillage, car je l’espère tout sauf petit et mignon, ça n’irait pas avec le reste. Non, je n’ai pas pensé ça ! Si, je ne me reconnais plus.

Une fois chez nous, les garçons attrapent sacs et cartons qu'ils répartissent dans les pièces. Ben et Wade s'affairent à ranger ceux de la cuisine alors que Raven et Matt se chargent de la chambre. Et moi ? Rien, je me retrouve inoccupée, donc je monte jouer la curieuse. Je fais bien, car la voix de Matt résonne dans le couloir.

– Tu n'en as pas besoin, donc oui, je l'ai laissé là-bas.

– Qu'en sais-tu si j'en ai besoin ou pas ? Que connais-tu de ma vie sexuelle, Matt ?

– Que…

C'est la deuxième fois aujourd'hui qu'elle lui coupe le sifflet, Raven est juste magique.

– Alors ? J'attends que tu m'expliques pourquoi je n'ai pas besoin de mon vibro. Tu as l'intention de m'en offrir un autre, peut-être ?

– Raaaaven, ne recommence pas avec ça. Si tu continues à me gonfler là-dessus, je vais couper l'eau chaude de ta douche, ça te calmera.

Mon frère est en petite forme, je vais y mettre mon grain de sel. Je rentre joyeusement dans la chambre.

– Tu cherches quoi, Raven ? Je peux peut-être te prêter le mien, on ne sait jamais.

Matt s'étouffe, Raven éclate de rire avant de se reprendre.

– Non, Nell, c'est comme la brosse à dents, c'est perso.

– Pas de souci, je demandais juste. Sinon, l'après-midi au Park Barber, ça vous tente ?

– Bonne idée, je descends prévenir les autres, déclare Matt qui sort en trombe.

Quel petit joueur ! Il ne va quand même pas déjà abandonner le combat ? Il va voir le pétochard, nous sommes tenaces.

– Raven, tu me dégotes ton maillot le plus sexy, histoire de l'achever au plus vite.

– J'ai ce qu'il faut !

À mon entrée dans la cuisine, Ben me colle à la corvée d'épluchage, pendant que chacun s'active à sa tâche. Je les découvre très organisés, ils me fileraient presque des complexes. Au cours du repas, j'engage la conversation sur l'éventuel changement de voiture de Raven. Après un moment de réflexion pendant lequel ils s'interrogent du regard, les réponses tombent :

– Ouais, on pourrait.

– Oui, maintenant on peut.

Notons le « on » qu'ils utilisent. Ça me démange de leur rappeler que ce n'est pas leur véhicule, mais je sais d'avance que cela ne mènera à rien puisqu'ils ne font pas la différence. « Ce qui est à vous est à nous » pourrait être leur devise, mais c'est valable à l'inverse alors on leur pardonne. Cela a pris du temps pour qu'ils intègrent Raven à notre groupe, mais une fois décidés, on ne peut pas dire qu'ils ont fait les choses à moitié. Rompue à leur langage autant qu'à leurs spécificités, elle ne relève même pas, mais elle se contrefiche de leur autorisation cette fois-ci.

Entassés dans le 4 × 4, c'est parti pour le parc. J'arrive sur place déjà surexcitée. J'adore cet endroit qui rime avec détente et rigolade ! Fidèles à nos anciennes habitudes, nous louons deux bateaux gonflables pour flâner sur l'eau. Les garçons les déposent sur la rive et se déshabillent en discutant, c'est le moment idéal pour passer à l'offensive. Nous échangeons un regard complice puis nous faisons tomber nos vêtements. Comme je traînasse, on me rappelle à l'ordre :

– Bouge-toi et arrête de mater Wade comme ça !

Comment le pourrais-je ? Je savais qu'il était bien fait, mais admirer ces kilomètres de peau tendue, c'est autre chose. Pourtant, c'est la découverte d'un tatouage qui me laisse pantoise. Il arbore des volutes qui s'étendent sur la moitié de sa poitrine et continuent sur le bras jusqu'au poignet. Des flammes stylisées sans autre motif. Le résultat est impressionnant, pour qui aime l'encre, et c'est une chance que ce soit mon cas étant donné les litres qu'on a dû lui injecter pour obtenir cet immense motif. C'est vraiment…

– Nell !

– Je… oui… mais tu as vu comme il m'aguiche ?

– Il ne te regarde même pas.

– C'est mort, je le veux.

– Comme s'il y avait encore du suspense. Je dois te rappeler votre conversation au petit déj ?

– Eh bien, on va dire que ça tombe bien, le charme opère dans les deux sens.

– Tant mieux puisque tu ne pourras plus t'en débarrasser. Alors ? Tu penses que ça fera l'affaire ?

– Carrément ! Vivement qu'on…

– Mais pas vous deux ! Tu pourrais te concentrer sur autre chose que ton dîner ? Je te parle de moi.

Je pivote la tête et j'écarquille les yeux, stupéfaite en la regardant qui tourne sur elle-même avec un sourire radieux.

– Alors ?

– Raven ! Il faut que tu séduises Matt, pas que tu le tues !

Est-ce qu'on peut appeler un maillot ces minuscules triangles taillés dans un tissu blanc irisé, reliés sur les hanches et autour du cou par de fines cordelettes argentées ? Nul doute que Matt n'a encore rien vu, sinon, il ne serait pas en train de parler du joint de culasse qu'il doit changer demain.

Bien que joli, mon maillot une pièce est plus printanier et moins osé, échancré et plongeant pour rester sexy quand même. Je préfère y aller doucement avec mes deux gardiens à proximité. Une fois prêtes, c'est avec un niveau de confiance réglé au maximum que nous paradons devant eux pour rejoindre le bord de l'eau. Ils sont si prévisibles… Soudainement silencieux, inutile de me retourner pour savoir que leurs regards sont braqués sur nous.

Si leurs yeux étaient équipés de laser, nos culs seraient en feu. Le mien sûrement moins que celui de Raven, car il n'y a que Wade pour baver dessus.

Comme aucun ne retrouve la parole, nous continuons le jeu, en agitant nos orteils dans l'eau, non sans nous étirer, bras en l'air, seins en avant et fesses contractées. Nous n'avions pas dit que nous ferions dans le subtil. Ça ne servirait à rien, c'est une langue inconnue de Matt.

– Elle est un peu fraîche, non ?

– Il paraît que ça raffermit la couenne, ce sera parfait.

N'étant pas particulièrement mollassons de nature, les gars réagissent enfin. Des pas rapides martèlent le sable et on se plante dans mon dos. Je plaque un air angélique sur mon visage en me retournant, pour buter sur un buste que je connais bien, celui de Ben. Pareil pour Raven avec Matt qui lance les hostilités :

– Vous n'aviez pas encore plus petits comme maillots ?!

– Ou peut-être que vous auriez dû les acheter au rayon pour adultes.

– C'est plus pratique pour étaler la crème, je me défends sans perdre mon sourire.

– Alors enfile une combinaison de surf, marmonne Matt en vérifiant le gonflage des embarcations.

Pour couper court, Raven pointe du doigt la petite ombre au bas de mon dos, puis celle qui est aussi présente sur celui des garçons :

– J'avais oublié vos taches de naissance. D'ailleurs, pourquoi vous n'avez pas la même ?

– Pour la même raison que je n'ai pas le nez de Matt. Ouf ! j'ironise en levant les bras au ciel.

– Ce n'est pas toujours héréditaire puisque nos parents n'en ont pas, précise Ben.

– Et c'est Matt qui a la plus grosse.

– Évidemment ! s'exclame-t-il avant d'éclater de rire devant notre air blasé.

– Matt ! Elle a un tatouage ! hurle Ben en pointant ma hanche.

Les voilà à me scruter, à me retourner sans manières pour vérifier s'il y en a d'autres. L'inspection terminée, Matt donne son avis :

– Il est petit et joli, j'aime.

– C'est un mélange des nôtres, c'est une super idée, approuve Ben en pressant mon épaule.

Cette découverte leur a fait oublier nos maillots de bain, à croire qu'ils ont une capacité de concentration limitée dans le temps. Pendant qu'ils mettent les bateaux à l'eau, je me rapproche discrètement de Wade pour m'incruster dans le sien, Raven en fait autant pour embarquer dans le second. Les couples, ou presque, sont formés, reste à savoir lequel va choisir Ben. Il hésite, calcule sûrement les probabilités de se retrouver spectateur d'une scène de drague, et porte son choix sur mon embarcation. Je n'arrive pas à deviner si c'est pour couper court à toute tentative entre Wade et moi, ou bien, jugeant ce scénario trop improbable, s'il pense être plus tranquille avec nous. Mince, moi qui souhaitais taquiner Wade, c'est raté. Pas grave, le cas « Matt » est plus urgent que le mien.

Les gars rament pour nous éloigner du bord, ce qui me permet d'admirer la beauté du paysage. En vrai, derrière mes lunettes de soleil, je mate Wade en action, ses bras et les tendons de son cou qui se contractent sous l'effort. Mais pourquoi a-t-il remis un tee-shirt ? Je veux voir le reste ! Ben est affalé sur le boudin, la tête en arrière qui touche presque l'eau et déjà en train de bronzer, alors je fais signe à Wade de remonter le tissu. Il s'exécute sans broncher avec un sourire en coin. Mieux, il l'enlève carrément. Je le remercie en relevant mes lunettes et il reprend son travail de forçat sans me quitter des yeux. C'est mieux qu'un film. Un soupir de contentement m'échappe. J'aimerais pouvoir suivre toutes ces courbes du doigt, ou de la langue.

Pendant que je me rince l'œil, l'objet de mes pensées coquines essuie le coin de sa bouche du bout de l'index en ricanant. Ce type est né avant la modestie ! Je suis persuadée que je peux lui faire de l'effet également. La tête renversée, je me passe langoureusement la main sur le corps en partant de mes seins jusqu'à ma cuisse. Il n'en rate pas une miette. Voilà qu'il déglutit avant de me lancer un regard sévère en se tortillant sur place.

Je piaille lorsqu'un linge trempé et gelé s'abat sur mon dos. Je le retire vivement et le renvoi sur le fautif en le fusillant du regard. Ben reçoit son tee-shirt en pleine face mais se contente de l'enlever en ricanant. Ensuite, il l'essore en se justifiant :

– Tu avais besoin d'être refroidie.

– C'est lui qui a commencé. Je ne faisais que me défendre.

– Tu me l'avais demandé ! proteste Wade.

– Exact, et je te remercie pour le spectacle. Rien à jeter sur cette belle grosse bête.

– Stop tous les deux ! Calmez-vous ou je vous balance à l'eau pour de bon, s'agace Ben.

– Tu ne vas pas faire ton Matt ?

– Je fais ce que je veux et je te reprends quand je le juge nécessaire, privilège de grand frère. Mais surtout, là, j'aimerais bien profiter du calme et du soleil sans avoir deux trucs en chaleur à côté. Vous dégagez une telle quantité d'hormones que ça devient irrespirable.

Nous rions de son air dégoûté, puis Wade prend pitié de lui, ou de moi, et enfile son tee-shirt. Quelques coups de rame plus tard vient le moment de sauter à l'eau pour chahuter. Simplement nager n'est pas dans nos habitudes, c'est trop convenu dans de l'eau. Matt est ravi de s'en prendre à sa petite sœur et je bois la tasse quelques fois. Quant à Wade, il garde ses distances et c'est bien dommage.

Il est temps de remonter sur les bateaux. Raven se lance la première, Matt l'aide en lui attrapant les jambes sans manières. Alors qu'elle se hisse hors de l'eau, il se met à râler.

– Mais en plus ton maillot est transparent quand il est mouillé !

– Et alors, il n'y a personne pour le voir.

– Si, moi !

– Je suis désolée de te choquer. Je croyais que tu avais déjà vu une femme.

– Purée, Raven ! Je ne sais pas ce que tu as aujourd'hui. Si je ne te connaissais pas, je penserais que tu me cherches des poux.

– Matt, si je dois chercher quelque chose chez toi, ce ne sont sûrement pas des poux. Quitte à m'y risquer, je chercherais un truc plus utile. Tu vois ?

Il s'étrangle, puis saute dans le bateau et se jette sur les rames. Il fulmine tant qu'il y met tout son cœur. Sont-ils équipés d'un moteur pour aller aussi vite ?

– Là, s'il n'a pas compris, il ne comprendra jamais, déclare Ben en soufflant.

Il se hisse dans l'embarcation et va directement s'affaler contre le boudin du fond, les yeux fermés, pour sécher sous les rayons du soleil. Je m'apprête à le rejoindre quand je suis brutalement écrasée contre le plastique. Outch ! Si je pensais que Wade avait un peu de réserve, il n'en est rien. Il pose les deux mains sur ma taille, puis l'une dévie sur mon ventre qu'il se met à effleurer, tout en répondant à Ben comme si de rien n'était :

– Mouais, il a de la ressource quand il ne veut pas comprendre ou voir.

Et il empaume mon sein qu'il caresse langoureusement. J'interroge Ben, non sans moduler ma voix pour ne pas trahir mon trouble :

– Dis donc, quand as-tu deviné notre plan ? Tu n'as pas l'air surpris.

– Nell, tu me prends pour l'agneau que je ne suis pas. Je vous connais tous très bien, et surtout, je vous observe. Je ne fais pas autant de bruit que Matt, alors vous vous méfiez moins de moi.

Wade remonte son autre main jusqu'à mon sein et le presse doucement, même tendrement. Depuis quand l'eau du lac est-elle chauffée ?

– Donc, je suppose qu'on peut te compter comme allié ? j'interroge Ben.

– Bien sûr que oui. Il est temps que Matt vive sa vie au lieu de veiller sur les nôtres. Pour toi et Wade, ça ne me pose pas de problème, on vit déjà tous ensemble, alors…

L'aventurier effleure mon pubis du bout des doigts, douces caresses circulaires. Je vais miauler, il faut qu'il arrête ça. Avant de perdre la tête, je continue mon dialogue avec Ben :

– Sûr que si on aborde les choses du côté pratique, on jouera juste aux chaises musicales, mais avec les lits.

Cette fois-ci ma voix est étrangement aiguë, ça suffit ! Je plonge la main dans l'eau pour attraper celle de Wade, que je remonte ensuite sur ma taille. Il ricane, je le fusille du regard par-dessus mon épaule. Aussi sec, il me tourne d'un bloc face à lui et écrase ses lèvres sur les miennes. Un baiser insolent, mais langoureux à en oublier de respirer. Il cache bien son jeu. Derrière cette apparence revêche, on n'imagine pas la douceur dont il peut faire preuve. C'est exactement ce que j'espérais. Il détache sa bouche et me sourit avec un air canaille. Qu'il est craquant !

– Arrête ou ça va mal finir, murmure-t-il contre ma joue.

Mal ? Mais non, beau gosse. Au contraire, ça ne peut que bien finir. En revanche, une petite mise au point s'impose.

– Pardon ? Qui chauffe l'autre ? Regarde l'eau autour de toi, elle fume. Calme-toi ou on va avoir des problèmes pour attentat à la pudeur.

– Tu as raison, grimpe avant que ça dégénère.

Il effleure mes lèvres et me tourne. Je m'agrippe au boudin pour me hisser, si j'y arrive, car je galère. Pour me venir en aide, il plaque les deux mains sur mes fesses et pousse fort. Trop fort, je sors de l'eau comme un missile lancé par un sous-marin. Je n'ai pas le temps de me rattraper, je bascule tête la première contre le fond en plastique. Wade était également absent le jour de la distribution de la délicatesse. Il monte d'un mouvement souple, s'installe face à moi en me fixant intensément. Notre échange mental est rompu par Ben qui ne lève même pas la tête :

Si vous avez fini, on peut y aller ? Mais vous devriez ôter de vos faces cet air de bête en rut avant qu'on retrouve Matt. C'est juste un conseil.

Il abuse un peu. On ne peut pas deviner nos intentions sur nos visages. Nous nous observons, perplexes, puis éclatons de rire. Si j'ai le même air émoustillé que Wade à cet instant, Matt nous grille !

– Rame, ça te calmera, je le taquine.

– Et toi, plonge la tête dans l'eau pour te rafraîchir.

Nous arrivons sur la berge quelques minutes plus tard, largement suffisantes pour que nous reprenions nos esprits. Finalement, il n'y avait pas péril en la demeure puisque Matt ne s'intéresse pas à nous, trop occupé à jeter ses vêtements à Raven en la pressant de les enfiler.

– Mais arrête ! Tu m'envoies plein de sable avec !

– Tu vas prendre une douche en rentrant, alors pas grave.

– Ça, ce n'est pas à moi, râle-t-elle en lui renvoyant un tee-shirt sur la tête.

Matt le regarde, le reconnaît et le passe sans rien dire. De son côté, Ben inspecte le sien encore trempé en fronçant le nez, ça lui apprendra à le plonger dans l'eau juste pour m'embêter. Pas enthousiaste à l'idée de l'enfiler, il le jette sur son épaule et rentre torse nu.

C'est parfaitement détendus que notre retour se fait dans une joyeuse ambiance. À l'exception de Matt qui marmonne des choses incompréhensibles et nous envoie paître lorsqu'on l'interroge. L'effet

Raven se fait sentir. Il l'a enfin vue et il ne s'en remet pas. Prochaine étape : ses hormones devraient se réveiller et le mener par le bout du nez. En plus, nous sommes quatre contre lui, alors il est condamné d'avance.

CHAPITRE 8
Exciter les chats

En début de soirée, c'est le rassemblement dans la cuisine et tout le monde s'active. C'est qu'il y en a des bouches à nourrir. Le jour où je devrai m'en charger, je ferai livrer. En plus, je me retrouve encore de corvée d'épluchage, seule tâche qui ne risque pas de compromettre le contenu de leur assiette. Ils sont vexants à douter de mes talents culinaires ! D'ailleurs, c'est Ben le cuistot alors que je ne l'avais jamais vu faire autre chose que réchauffer des pizzas livrées la veille.

Entre deux carottes, j'ai tout loisir de cogiter sur Wade qui nous a lâchés, parti sans un mot après avoir reçu un texto. J'essaie de ne pas y songer, mais rien à faire, c'est tellement intrigant. Aïe ! Je viens de me peler le bout du doigt, il faut que je pense à autre chose. C'est le bon moment pour interroger mes frères.

– Dites, vous pouvez me dire d'où vous vient votre argent ? Je ne crois pas que votre garage vous rapporte autant pour vous offrir une maison, des motos, une voiture neuve et tout ce que je n'ai pas encore vu.

Ben lève le nez de sa casserole.

– Les parents nous avaient ouvert un compte avec une bonne somme dessus avant de couper les ponts. Celui pour les études que nous n'avons pas faites.

Matt s'emporte aussi sec.

– Des études ? Tu parles ! Ils ont voulu s'acheter une conscience.

– C'était juste le prix pour se débarrasser de nous, approuve Ben.

– Pour ça, ils n'avaient pas besoin de payer. Je les aurais même aidés à faire leurs valises. Nell, tu as eu des contacts avec eux ?

– Je te l'ai déjà dit et j'étais sincère. Maintenant, je comprends pourquoi nos rares conversations étaient aussi creuses.

– Matt, doucement avec les tomates, tu en fais de la bouillie ! le tance Ben.

– J'ai envie de les remassacrer. Je suis vert de rage qu'ils t'aient laissée seule à l'étranger, bordel !

Je lui serre l'épaule en souriant.

– Calme-toi, c'est fini. De plus, je ne m'en suis pas si mal sortie. Ce n'était pas la grande fête, mais au moins, j'ai bossé et j'ai eu mon diplôme.

Embarrassée par cette conversation trop privée à son goût, Raven pose son couteau et s'apprête à quitter la pièce. Je plaque une main sur son bras pour la retenir et je tempère les garçons :

– Vous êtes en train de monter en pression, alors on va en revenir à nous pour le moment.

Ils acquiescent.

– Pour répondre à ta question initiale, la maison et les motos sont à nous, tout le reste a été acheté à crédit.

– Nous n'étions plus moralement en état de continuer nos études. Une fois qu'on a repris le dessus, on s'est formés par cours du soir en bossant la journée et on a finalement acheté un vieux garage.

Raven lève la pointe de son couteau vers moi.

– Et toi, qu'as-tu prévu pour la suite ?

– J'ai pris les devants et j'ai obtenu un rendez-vous lundi. Une société qui gère des entrepôts logistiques à la recherche d'un informaticien. C'est un secteur que j'aime bien et j'ai déjà eu un entretien téléphonique. Je pense que ça va le faire.

– Tu n'es pas obligée de bosser, mais si c'est ce que tu veux, alors je préfère que tu viennes au garage, rétorque Matt.

Le couteau de Raven pointe maintenant vers Matt.

– Nell a besoin de voir d'autres gens. Elle ne peut pas rester dans vos bras jusqu'à la fin de sa vie.

– Ben si. Moi ça me va très bien, ronchonne-t-il. Tu veux bien baisser ta lame ?

– Désolée, ce n'était pas menaçant.

– Un peu quand même.

– Matt, je t'aime énormément, mais Raven a raison. De plus, j'aimerais profiter d'autres bras, moins fraternels que les vôtres, si tu vois ce que je veux dire.

Il tranche une tomate d'un coup sec. Ils sont effrayants avec les couteaux ! Pendant les prochaines courses, j'achèterai des économes.

– Oh ça ! J'ai bien compris que vous avez des trucs en tête, Raven et toi. Mais rien ne presse, on vient de se retrouver. Vous pouvez museler vos envies quelque temps, non ?

– Tout à fait. Tu penses bien que je ne vais pas sauter sur le premier venu.

Dit avec assurance la fille qui fait exactement le contraire, mais je mens pour la bonne cause, celle de la santé mentale de mon frère. Ben ricane, je lui lance un regard noir. C'est lui qui va finir par me faire griller. Changeons de sujet, un qui mettra Matt mal à l'aise pour lui couper l'envie d'insister.

– Matt, pourquoi le feu à la maison ?

Les deux lèvent vivement la tête.

– Quoi ?!

Leur stupeur n'est pas feinte.

– Ce n'était pas moi ! Ni Ben qui était avec moi. Et avant que tu ne poses la question, nous ne savons pas qui a fait ça.

Ça alors, mais qui aurait provoqué l'incendie, et pourquoi ? Les parents pour toucher l'assurance avant de partir ailleurs ? Ce serait étonnant, ils n'ont jamais eu de problèmes d'argent puisque notre père est cadre dans une grande banque avec un revenu très confortable. Peu importe, nous le saurons bien un jour et c'est un autre détail qui me titille, alors je dérive dessus, mine de rien :

– Et Wade, il fait quoi pour gagner sa vie ?

– On ne sait pas trop, juste qu'il vend des trucs.

– De quel genre ? Des maisons ? Des voitures ? Des peluches ?

Ils éclatent de rire, on peut oublier les peluches. Malgré tout, ils ne répondent pas. Déçue qu'ils me laissent à l'écart, je fais la moue. Ben secoue la tête en souriant.

– C'est son business, il reste secret dessus. On ne sait pas en quoi ça consiste, mais assez pour qu'il ne manque de rien.

Matt m'épingle ensuite avec son air de prof pénible.

– Et ça ne nous regarde pas, compris la fouineuse ?

– Dis donc ! Il vit presque avec nous, c'est normal de se renseigner quand même.

– Maintenant, tu l'es.

Tu parles ! Lui qui est si attentif à tout ce qui nous concerne, son désintérêt pour une activité qui pourrait nous être préjudiciable me surprend. Il se sentirait à ce point redevable ? Voire mouillé ? Il peut dire ce qu'il veut, je fouinerai. Ma rébellion interne n'échappe pas à Ben.

– Nell, arrête. C'est un type bien. Fais-nous confiance.

C'est le cas, mais je suis curieuse. Bien que vu où j'en suis avec lui, il est un peu tard pour m'inquiéter, ou trop tôt. Après tout, si mes frères le valident pour rester dans notre entourage proche, alors tout va bien. En parlant du loup, le voilà qui revient avec un grand sac à la main. Comme chez lui, il monte directement dans sa chambre et ne redescend que dix minutes plus tard pour s'asseoir avec nous, m'épinglant d'un regard de braise, mais sans une explication sur sa sortie.

Pendant le repas, Matt nous annonce que Tyron, un ami du collège, organise une petite fête ce soir et que nous y allons tous. J'aimais bien Tyron et je suis ravie qu'ils soient restés en contact. En revanche, il s'agit d'une réunion décontractée et ce n'est donc encore pas cette fois que je vais enfiler une robe. J'apprécie mes jeans, mais aussi de me pomponner de temps en temps. Plantée devant mon placard depuis plusieurs minutes, je me creuse la tête pour ne pas porter une nouvelle fois des baskets. En dehors des sous-vêtements, ça ressemble à quoi, du décontracté féminin ? Je dois ruser et j'ai une idée. J'attrape ce qu'il me faut et file le montrer à Raven, qui valide avec enthousiasme et adopte la même tenue.

Nous nous observons dans le miroir, une fois prêtes, nous sommes parfaites. Si, si. Au premier coup d'œil, rien d'affriolant, short et top à bretelles, mais ils sont pourvus de pièges. Pour moi, un dos ouvert avec des rubans de soie qui tiennent les deux pans, et des nœuds qui incitent à tirer dessus. Pour Raven, un décolleté sage, mais avec une ouverture circulaire sur la naissance des seins. Une fine chaîne autour du cou au bout de laquelle pend une perle nacrée, placée pile-poil au centre de l'ouverture, l'appât parfait pour attirer le regard de Matt. C'est comme avec les chats, on agite un truc sous leur nez et ça les affole. Pour le bas, un foulard en guise de ceinture, avec le nœud sur le côté. Des rubans, des nœuds, des trucs qui remuent, des ouvertures, de quoi rendre les gars complètement fous. Des chaussures à petits talons pour finir la tenue et un léger maquillage pour parfaire le tout. Je souris en observant Raven. Elle est magnifique, pas besoin de robe sexy.

Nous descendons au salon, telles des reines qui se présentent à leur cour. Du fond du canapé, Ben se met à rire avant d'approuver en levant le pouce.

– Vous êtes terribles. Vous maîtrisez l'art de chercher les emmerdes sans en avoir l'air. Sages en apparence, mais carrément tentantes de près. Tous ces petits trucs qui font loucher ou donnent envie de tirer dessus, c'est juste génial.

Du barouf nous parvient du couloir, Raven s'affole.

– Ils arrivent !

Nous prenons la pause, détendues et faussement captivées par l'émission débile qui passe à l'écran. Ah non, c'est du sport. Tout d'abord rien ne les choque, leurs regards approuvent nos choix et ils engagent la discussion avec Ben, mais Matt fronce les sourcils au fur et à mesure qu'il scrute Raven.

Il vient de repérer la perle qui s'agite, plisse les yeux pour mieux distinguer et se renfrogne. Je jubile avant d'être déconcentrée par Wade qui tripote discrètement un ruban dans mon dos et tire sur un nœud. Des chats, je vous dis… Pareil. Voyant qu'ils comprennent petit à petit notre stratagème, je tape dans les mains pour couper court.

– Bon ! C'est pas tout ça, mais il faut y aller.

Sans attendre de réponse, nous sortons toutes les deux en vitesse pour ne pas leur donner l'occasion de réclamer un changement de tenue, qu'ils n'obtiendraient pas, mais nous passerions une heure à nous disputer. Nous patientons sagement devant la voiture pendant qu'ils nous rejoignent et un double grognement résonne. Là, ils viennent de découvrir nos fesses moulées dans les shorts. Raven se jette sur la portière, l'ouvre violemment, et nous nous engouffrons dans le 4 × 4 pour cacher tout ça. Les garçons marmonnent, sauf Ben qui lutte pour ne pas éclater de rire en montant à l'arrière avec nous.

À l'avant, les visages sont fermés, nous démarrons dans un silence pesant. Je tends discrètement mon poing à Raven qui cogne dedans en souriant. Encore un point pour l'équipe des filles !

À notre arrivée, alors qu'ils n'ont pas desserré les dents, nous descendons en les ignorant. La maison est petite, mais avec un bout de pelouse déjà investi par une trentaine de personnes. Pendant que je cherche des visages connus, en vain, les garçons se dirigent vers Tyron. J'ai un instant d'hésitation avant de le reconnaître, toujours aussi charmant, mais indéniablement plus mature. Encore un rappel des années qui ont passé sans moi. Il repère les garçons et se précipite sur eux pour une séance d'accolades, agrémentée de vannes, bien sûr. Ensuite, il recule d'un pas et écarquille les yeux.

– Nell ! Waouh ! La France t'a rendue…

Matt le tire par le col.

– Rien du tout. Attention à toi.

Pas impressionné, Tyron rit en décrochant sa main.

– Tu parles ! Nell, tu es vachement plus femme, plus… mais… aïe !

Il se frotte la tête en poussant l'auteur de la claque qu'il vient de prendre, Matt ne se démonte pas :

– C'est pour te rappeler les bonnes manières.

– Genre. Lui dire qu'elle est…

Il lève les deux mains quand Matt le menace à nouveau de la sienne.

– C'est bon, j'arrête ! Salut, Raven. Tu es superbe !

Et il l'enlace vigoureusement pendant que Matt hésite, mais baisse la main parce qu'il n'a pas de motif réel pour intervenir, sauf à déclarer quelque chose qu'il n'a pas encore accepté. À son regard noir, c'est un vrai conflit interne qui va nous le mettre de mauvaise humeur pour au moins un quart d'heure. Chance pour lui, Tyron revient vite vers moi. Je ne sais pas ce qu'il a bu, mangé ou fumé, mais j'ai droit à une avalanche de questions auxquelles je n'ai même pas le temps de répondre. Bon, en gros, il est très content de me revoir, mais moi j'aimerais bien boire.

Cette fois, c'est Wade qui surveille, le regard sévère, mais il ne bronche pas. Ben vient à mon secours pour me libérer du moulin à paroles en me tirant par la main jusqu'au fond du jardin. En fin stratège, il me pousse sur un banc et s'assied à côté de moi sans laisser de place pour Matt, qui aura ainsi tout loisir de se rapprocher de Raven. D'ailleurs, il hésite, incertain sur l'endroit où il doit se poser. Je le connais, il calcule la possibilité de grimper sur le dossier de notre banc. L'idée d'un mal au cul le rebute, il choisit celui d'à côté où se trouve déjà la belle rousse. Wade reste debout, pas vraiment l'air aimable, c'est à croire qu'il monte la garde. Je tapote le genou de Ben pour le féliciter, il se penche pour murmurer à mon oreille.

– Avec ce spécimen, nous ne serons pas trop de quatre pour lui retourner la tête.

Tyron nous offre à boire puis les discussions démarrent. Pendant ce temps, j'observe autour, toujours à la recherche de visages familiers. Je reconnais bien quelques personnes du lycée, mais la plupart des gens présents me sont inconnus. Boise étant la capitale de l'Idaho et non un petit village, c'est assez logique puisque nous avons en plus changé de quartier.

La soirée se déroule dans une ambiance joyeuse, avec de la bonne musique, les invités éparpillés dans le jardin et dans la maison. Exactement ce qui m'a manqué ces trois années, du monde et des rires, alors ça me fait un bien fou. Tyron joue bien son rôle d'hôte, il vient régulièrement me présenter une personne, mais je me demande si ce n'est pas uniquement pour le plaisir d'annoncer fièrement que je suis la troisième du gang des triplés. La plupart découvrent mon existence, c'est vraiment charmant. Certains pensaient que c'était Wade et juste une bande. Il semblerait que j'étais plus ou moins un sujet tabou.

Le plus délicieux, c'est que Matt n'arrête pas de loucher sur Raven, carrément hypnotisé par la perle qui s'anime entre ses seins. On le perd régulièrement. Il ne se rend même pas compte que nous rions avant de l'interpeller, en insistant, pour qu'il revienne dans la discussion. Raven reste stoïque, mais se savoir ainsi scrutée ne l'aide pas à se détendre. Ça y est, le cerveau de Matt sort de la brume, celui qui se situe plus bas s'apprête à prendre les commandes.

En revanche, ce défilé d'inconnus commence à me barber, alors je me lève en prévenant Ben :

– Je vais faire un tour en cuisine, histoire de bouger et de voir si je peux être utile.

– Tu abandonnes Raven dans les griffes de Matt ?

– Elle se débrouille très bien sans moi.

Une dizaine de personnes sont installées dans le salon, et ne les connaissant pas, je les salue poliment en filant dans la cuisine. Elle est vide. Ou pas tout à fait si on considère le monceau de vaisselle sale qui forme des piles un peu partout. Comme je suis d'un optimisme à toute épreuve, je pars à la recherche d'un lave-vaisselle. Un tour de la pièce en enjambant les caisses de bières, un deuxième, et il me semble évident qu'un troisième sera inutile, alors je me poste devant l'évier, m'empare d'une éponge et pars à l'assaut d'une pile d'assiettes.

À peine ai-je commencé que deux filles entrent à leur tour. De l'aide, chouette ! Ravie, je jette un coup d'œil par-dessus mon épaule pour les saluer, et je retourne aussi sec à ma plonge. Juger sur l'apparence, c'est mal. Mais là, désolée, leur style me laisse penser que nous ne deviendrons pas copines. Vestimentairement parlant, je les trouve vulgaires, et encore plus avec un maquillage aussi lourd. Sans parler des talons dont la hauteur permettrait d'entrer dans la maison directement par la fenêtre du premier étage. Je ne suis pas une précieuse et encore moins à la pointe de la mode, mais un océan de bon goût nous sépare quand même. L'une est brune et l'autre blonde, fausse, et elles sont plutôt jolies. C'est vraiment dommage qu'elles aient choisi ce style qui ne les met pas en valeur de la bonne manière. Mais ce n'est pas mon problème et elles se fichent certainement de mon avis. D'ailleurs, elles doivent me trouver bien fade.

Plus intéressée par la crasse à décoller, je me concentre sur ma tâche pendant qu'elles s'approchent et me coincent contre l'évier. Je lâche l'éponge et me tourne tant bien que mal pour leur faire face. Au premier coup d'œil, je sens poindre les embrouilles. Elles dégagent de l'hostilité par tous les pores. Allons bon, elles voulaient laver les assiettes ? Je me renseigne en restant très calme :

– Oui ? Il y a un problème ?

La brune m'attaque d'une voix mauvaise :

– Tu t'approches encore une fois de mon mec et je te démonte la tronche.

Mais ? Je suis totalement prise au dépourvu par l'agressivité et le langage. Son mec, donc.

– Mmm, tu pourrais préciser ?

– Quoi, tu piges pas ? T'es conne en plus ? Tu l'approches plus ou t'es morte. C'est plus clair, là ? crache-t-elle en se penchant en avant pour m'intimider.

Ma fille, tu fais déjà deux têtes de plus que moi grâce aux plateformes qui te servent de chaussures, alors inutile de te déplacer une lombaire pour en rajouter. De toute façon, je ne pense pas me faire trucider dans cette cuisine, je lui réponds donc avec un air ennuyé :

– En fait, non. Une information me fait défaut et cela m'aiderait si tu pouvais être plus précise. Par exemple, me dire de qui tu parles ?

Un peu pompeuse aussi, je sais être peste quand il le faut.

– Ah ouais, en plus d'être conne, t'es une salope. T'embrasse tellement de mecs que tu ne sais plus lesquels ?

De mon point de vue, c'est plutôt l'inverse, je n'embrasse pas assez, donc il doit y avoir erreur sur la personne. Wade est le seul auquel j'ai pu goûter dernièrement et je ne crois pas une seconde qu'elle puisse être sa copine. Qu'il se la soit faite une fois, j'admets que c'est possible, mais plus que ça, je ne pense pas.

– Sincèrement, tu dois confondre. Je n'ai pas embrassé ton mec.

– Je vous ai vus !

Voilà qui devient intéressant.

– Gagnons du temps et ne gâchons pas cette merveilleuse soirée, dis-moi donc qui est ton cher et tendre afin que je te confirme la méprise.

Si par malheur elle répond « Wade », il y en a un qui passera un sale quart d'heure. Ou une sale semaine, ou plus.

– Alex ! Ça te parle ? Tu l'as pas embrassé peut-être ?

Stupéfaction. Mais c'est un gag ?! Inutile de feindre, je suis réellement sur les fesses.

– Alex est ton mec ?

– Ouais ! Il est à moi alors tu dégages !

Pas possible ! Alex est spécial, mais je ne l'imagine pas un instant avec elle. Mais bon, après tout, il a pu beaucoup changer en trois ans. Surtout, ça ne me concerne pas, alors je balaye ça en lui montrant que je m'en contrefiche.

– OK, on va dire que c'est ton mec.

– Non, on va pas juste le dire, c'est mon mec, c'est tout !

Houlà, elle monte vite dans les tours, la demoiselle. L'ambiance s'électrise, on va calmer le jeu.

– Bien, je m'incline, c'est ton mec. Tous mes vœux. Par contre, je ne l'ai pas embrassé.

– Tu me traites de menteuse, en plus !

Je devais l'adoucir, pas la faire sortir de ses gonds. Je dois revoir ma stratégie parce qu'elle fulmine.

– Le « en plus » ne tient pas puisque je ne t'ai aucunement insultée, pour l'instant en tout cas. De plus, navrée d'insister, mais je ne l'ai pas embrassé.

– Putain, mais c'est quoi cette fille débile, là ? Tu te prends pour qui à me parler comme ça ?!

Bon, ça suffit ! L'intermède a assez duré, il est temps de me fâcher parce qu'elle me gonfle. Dire que je voulais juste rendre service en venant ici, quelle excellente idée ! Je m'apprête à répliquer sèchement quand une voix grave tonne dans la pièce, si fort que je tressaille.

– Hé ! La grosse pouffe ! Tu t'écrases et tu recules tout de suite !

Ben ! Mais enfin, qu'est-ce qu'il lui prend ? Il perd en style quand il s'énerve, mais on ne peut pas lui reprocher un manque de clarté. Ni l'accuser de marmonner, car je ne suis pas la seule à sursauter aux alentours. Les deux filles s'écartent vivement d'un pas. J'ai à nouveau de l'air, mais la plus vindicative reprend vite contenance en me pointant du doigt.

– C'est elle qui me cherche.

– Pardon ? Je faisais la vaisselle avant que vous me sautiez sur le poil.

– Pour t'apprendre qui commande ici ! Je vais te faire ta fête !

Elle agite son index sous mon nez et je ne sais pas ce qui me retient de le croquer. Peur de m'empoisonner peut-être. Ce qui est certain, c'est qu'elle vient encore de marquer des points. Sortir ça devant Ben qui est rouge de colère… C'est du suicide. En deux pas rapides, il est sur elle et l'assomme d'un regard dur dans lequel je reconnais mon bagarreur. Parce qu'il ne faut pas se fier à son air angélique, il dissimule un sacré tempérament. Démonstration.

– Deux solutions s'offrent à toi. En un, tu dégages illico et tu ne t'approches plus jamais de ma sœur. En deux, pareil. Décide-toi très vite avant que ce soit moi qui te vire sans que tu touches terre.

Deux fils viennent de se toucher dans ce qui leur sert de cervelle, elles tressaillent à l'annonce de notre lien. Tout à coup craintives, elles reculent sans lui tourner le dos. Là, j'avoue qu'elles me font pitié. Bon, juste un peu parce qu'elles sont tout de même venues attaquer à deux contre une. Très teigneuses, mais fort peu courageuses. La brune le montre en s'adressant à moi avec un net changement de ton :

– Je ne savais…

– Tu ne lui parles pas ! Dégaaaage ! hurle Ben.

Oh, mais c'est qu'il me ferait presque peur. J'hésite également à me sauver, je l'ai rarement vu si hargneux. Les vilaines détalent aussi vite qu'elles le peuvent, si bancales sur leurs échasses qu'elles se cognent aux meubles. Se moquer est mal, mais c'est drôle. Je me tourne vers Ben en souriant.

– Eh bien… Tu es remonté comme un coucou suisse !

– J'étais flippé en te voyant dans leurs griffes, surtout la folle. Nell, fais attention. Cette fille est une véritable vipère. Je t'assure qu'elle t'aurait vraiment frappée, je l'ai déjà vue s'en prendre à d'autres lors de nos soirées dans la clairière. J'y suis allé fort, mais au moins, elles ne t'approcheront plus jamais et passeront le message à leurs copines.

– Eh bien ! Charmantes demoiselles, autant à l'intérieur qu'à l'extérieur. Ce sont des amies de Tyron ?

– Sûrement pas ! Je ne sais pas qui les a amenées, mais on va s'en occuper, ne t'inquiète pas.

M'inquiéter ? Il est mignon. Déjà, je pense que j'aurais su me défendre avec la gamelle en fonte à portée de main, mais avec eux juste à côté, rien que l'idée qu'on m'attaque me fait rire. Ben ne parvient pas à quitter son sérieux alors il se vexe.

– Tu trouves ça drôle ?

– Mais enfin, tu as vu ton sketch ? Je ne vois pas comment je pourrais être inquiète avec trois pitbulls qui me surveillent.

– Il te faut au moins ça. Ton insouciance te joue parfois des tours.

Si Ben, le plus posé, a réagi aussi violemment, je n'ose imaginer si cela avait été Matt. À mon avis, les filles auraient atterri sur la pelouse comme des goélands, le nez en avant. Il n'empêche, je fais ma maligne parce que j'ai mes deux gardes du corps, même trois maintenant, mais sans eux, elles m'auraient sûrement mise minable. J'aurais certainement fini avec la tête plongée de force dans le bac à vaisselle. À écouter Ben, j'ai eu chaud et j'ai tendance à lui faire confiance pour juger les gens.

Donc, elle serait la copine d'Alex… je n'arrive pas à y croire, alors pendant que nous rejoignons les autres, je l'interroge :

– Elle m'a dit qu'Alex était son mec. C'est vrai ?

Il secoue la tête en levant les yeux au ciel.

– N'importe quoi ! Alex ne sortirait jamais avec une fille comme elle. Il ne la baiserait même pas.

Lorsqu'il tient ce type de langage, c'est qu'il est sous pression, mais ce n'est pas sa vulgarité qui m'interpelle. Il vient de prendre la défense d'Alex. C'est assez incroyable, mais qu'il connaisse en plus ses goûts est troublant. Aurait-il enfin posé un mouchoir sur leur guerre de gosses ?

– Vous n'êtes plus ennemis ?

– Oui et non. Matt le déteste toujours, mais moi… Si on ne compte pas les peignées auxquelles j'ai participé pour soutenir Matt, Alex ne m'a jamais rien fait.

C'est sûr qu'ils ne tiennent pas le même poste dans l'équipe. Matt est l'attaquant, Ben le défenseur. Moi, la pom-pom girl.

Malgré l'intermède désagréable en cuisine, nous passons le reste de la soirée tranquillement, bien que je remarque de nombreux regards dans ma direction. Nul doute que le message transmis par Ben fait le tour : si on approche sa sœur, ce sera distribution de taloches dans les dents.

Mais il y a plus intéressant comme spectacle, celui de Wade et Matt qui ont bien du mal à rester concentrés sur la discussion, hypnotisés par nos pièges à chats. Un régal, même Ben lutte pour ne pas éclater de rire. Il faut dire que nous n'avons jamais vu Matt dans cet état et c'est magique. Combien de temps va-t-il tenir avant de sauter sur Raven ? C'est la question du jour.

De son côté, Wade réussit à me déstabiliser à coup de regards torrides. Le voilà qui se recule d'un pas pour échapper à celui de Matt, qui est pourtant déjà fort occupé ailleurs. Il m'embrasse de ses pupilles transformées en lance-flammes. Ouh ! Je vais finir en torche. Il faut absolument qu'on passe la seconde pour l'opération « Matt *in the bed* de Raven » afin que je goûte cet homme flamboyant.

En attendant ce moment, je vais marcher, ça permettra à ma température de redescendre un peu. Le jardin fait le tour de la maison, parfait pour me dégourdir les jambes, mais aussi risqué si je me retrouve nez à nez avec l'irascible fille de tout à l'heure dans un coin isolé. D'un coup d'œil circulaire, j'essaie de la repérer quand Ben me tapote le bras.

– Elle est partie avec sa copine. Tyron ne l'avait pas invitée alors il l'a mise dehors.

Eh bien ! On ne peut pas dire qu'elle soit appréciée. Elle devrait peut-être revoir sa manière d'aborder les gens, sans leur mettre un coup de boule en guise de salut, par exemple. Au moins, je peux partir à l'aventure sans risque.

L'arrière de la maison est désert. Avec le son étouffé de la musique, il règne un semblant de calme dont je profite avant d'arriver au dernier côté qui me ramènera vers la foule. Le chemin est ravissant, bucolique à souhait, c'est à croire qu'ils ont tout planté en vrac au même endroit. Je suis en train de m'extasier sur une plante grimpante quand une main se referme sur mon bras, me tire dos contre le mur, puis un grand corps s'écrase sur moi. Je ne crie pas, je ne suis pas inquiète non plus, j'ai déjà vécu ça il y a peu. Wade doit aimer bloquer sa proie et j'aime la chasse avec lui, encore plus lorsqu'il plonge le visage dans le creux de mon cou. Il le butine en murmurant :

– Tu ne devrais pas te promener toute seule.

– Je n'ai pas peur du grand méchant loup, encore moins quand il est si doux.

– Profite. J'en ai marre de faire doucement et en cachette. J'ai envie de te dévorer et de t'entendre crier.

Mais celui-là ! Je m'apprête à le faire redescendre sur terre avec une réflexion bien sentie, mais ce gros malin me voit venir. Dès que j'entrouvre les lèvres, il les referme avec les siennes. Si je m'attendais à un baiser envahissant, il n'en est rien. Ardent, certainement, mais si tendre qu'il est enivrant.

Wade est décidément riche en surprises et sa délicatesse en est une qui n'est pas pour me déplaire. Comme à cet instant, lorsqu'il glisse une main sous mon haut et continue son chemin jusqu'à mon sein qu'il effleure du bout des doigts. Un frisson me traverse, que c'est bon de se sentir si vivante. Je mollis dans ses bras, il me serre en remuant lentement contre moi. Mais qu'on lui décerne une médaille !

Puis, sans prévenir, il recule subitement, laissant la fraîcheur de la nuit s'engouffrer entre nous. C'est aussi désagréable que frustrant. Qu'on lui reprenne sa médaille !

– C'est juste un avant-goût. Je m'arrête là sinon je te bascule dans les buissons.

Et il me plante en faisant volte-face. Encore troublée, je le regarde s'éloigner en évaluant rapidement avantages et inconvénients de l'inconfort d'un buisson face à celui d'un grand plaisir possible. Je pense vraiment à me rouler dans la terre ? Il m'a fait perdre la tête, il serait temps que je me reprenne. Pour une première fois, un lit sera bien plus adapté pour nous découvrir.

CHAPITRE 9
Faisons sobre

Ce lundi matin, je me retiens de gémir devant l'horreur qui me fait face, c'est-à-dire moi dans le reflet du miroir. Merci Wade d'avoir bousillé ma nuit en la polluant de rêves dignes d'une nymphomane en manque.

Et ça ne pouvait pas plus mal tomber étant donné que j'ai mon entretien d'embauche. M'y rendre avec l'allure d'une fille qui sort de boîte de nuit sans passer par la case salle de bains me semble être une mauvaise idée, alors au travail et dégainez la truelle !

Douche fraîche, même froide sur la fin, tartinade d'anticerne et tout l'attirail de sauvetage, puis je m'habille avec soin. Classique, mais surtout pas rigide ou ennuyeuse. C'est faussement lumineuse que je descends déjeuner, alors que les garçons finissent de ranger.

– Raven n'est pas là ?

– Déjà partie. Elle démarre son stage aujourd'hui.

– Et Wade ?

– Parti travailler.

Leur demander où et à quoi me brûle les lèvres, mais ils ne m'en laissent pas le temps, ils attrapent leurs clefs et enfilent leur blouson. Je m'empare d'un mug et je râle :

– Hé ! Il n'y a même plus de café !

– Le service est terminé depuis dix minutes.

– On rentre manger avec toi ce midi. Salut !

Mon air dépité les amuse, ils partent en ricanant. Cette journée n'est franchement pas prometteuse, j'espère que mon entretien en début d'après-midi remontera le niveau.

En attendant, je m'occupe utilement et lorsque mes frères reviennent, la table est mise, le poulet est rôti à point, posé sur des pommes de terre moelleuses. Pourtant, je sais qu'ils vont trouver à y redire. Pour ne pas me faire mentir, figé sur le seuil, Ben lance les hostilités.

– Juste poulet et patates. Tu peux m'expliquer comment tu as réussi à dévaster la cuisine ?

– Tu abuses. Un « merci sœurette » aurait suffi.

Il entre en scrutant autour de lui et s'arrête devant la gazinière en écarquillant les yeux. Quoi ? Juste des coulures quand j'ai retourné la bête, ce n'est pas un drame, quand même !

– Hallucinant, ajoute Matt qui pointe les épluchures au sol.

– Oh ! Les sœurs Mary Poppins, vous me faites flipper. Vraiment.

Malgré tout, je récupère la pelle et je balaye, car ils ne pourront pas manger sans loucher dessus. Il va falloir les soigner avant que je vire dingo.

– C'est crade ici. Vous avez eu un problème ?

Il ne manquait plus que lui. Je me redresse et le fusille du regard en ouvrant la poubelle. Wade lève les mains et se rattrape précipitamment :

– Ouh ! Je recommence. Ça sent vachement bon et j'ai la dalle.

Au moins, il est de mon côté. Il a raison s'il veut que tout se passe bien entre nous.

Au cours du déjeuner, Ben s'empare de mon portable et vérifie mon répertoire. Il ajoute le numéro de Tyron qui manquait – parce qu'on ne sait jamais, tous les soldats qui m'entourent pourraient être indisponibles le même jour – puis, fier de lui, il me montre comment créer une conversation de groupe et consulter le planning en ligne. Je sursaute.

– Pardon ? Quel planning ?

– Chacun le remplit pour qu'on sache toujours où se trouvent les autres.

Je secoue la tête en ricanant.

– Pourquoi pas une puce GPS dans le derrière ? Ça éviterait de l'administratif.

Matt m'épingle d'un regard sévère en agitant un index sous mon nez :

– Tu verras que c'est bien pratique alors il faut le tenir.

Ben approuve d'un hochement de tête et reprend son cours. Je le laisse parler dans le vide, saoulée et m'attendant presque à ce qu'il aille jusqu'à me montrer comment composer un numéro. Avec eux, j'ai juste l'impression d'avoir huit ans et de faire ma rentrée scolaire. Par chance, Raven continue à prendre ses repas avec nous et la voilà qui arrive. Ma sauveuse ! Je bondis de ma chaise.

– Bon, ce n'est pas tout ça, mais nous avions prévu d'aller traîner en ville.

– Ah bon ? Mais non…

– Si ! Tu as encore oublié, ma petite rousse adorée, je la coupe en me jetant sur son bras pour la tirer hors de la cuisine.

Pendant que je passe ma veste, elle ronchonne.

– Nell, j'ai faim.

– On t'achètera un truc. Allez !

Je la pousse carrément dehors et je claque la porte.

– Qu'ont-ils fait ou dit pour que tu veuilles fuir ?

– Dix minutes de plus et ils m'apprenaient à lacer mes chaussures.

– Rien d'anormal, donc.

– Je voulais leur annoncer notre projet, mais je ne l'ai pas senti. Tant pis, ils découvriront quand ce sera fait. Allez, on y va !

Elle monte dans sa voiture encore chaude sans poser de questions, mais hésite au moment de démarrer.

– Mais quel projet ? Tu m'emmènes où ?

– Acheter une nouvelle voiture.

Arrêt sur image, puis elle secoue la tête.

– Holà ! On se calme. Ça ne va pas bien ? On ne peut pas faire ça en cachette, il leur faudrait des semaines pour s'en remettre. Ils nous accuseront de haute trahison et nous pourriront la vie jusqu'à nos trente ans ! Je ne veux pas avoir tes frères sur le dos.

– Mouais. Tu dis ça, mais avoir Matt sur toi ne te dérangerait pas tant que ça.

– Nell, gronde-t-elle.

– On ne peut pas leur confier le choix de nos voitures ! Tu veux vraiment te retrouver à conduire un tank ? Un truc qu'ils vont brider et qui ne dépassera pas les soixante ?

En ce qui me concerne, j'en ferais une crise. Les voitures, c'est mon petit plaisir. J'aime que ça claque, que ça ronfle sous le capot ! Je les aime belles et puissantes, mais surtout pas trop grosses, car je ne suis pas la reine du créneau. Je suis plutôt du genre à choisir les parkings aux places bien larges où on peut se garer par l'avant.

– Et moches, pour que personne ne soit tenté de nous draguer, ajoute Raven en faisant la moue.

Elle les connaît si bien… Inutile d'insister, elle mesure le danger.

– Voilà ! Pendant le cours de Ben, j'ai vu sur le planning que tu n'as que deux heures de stage cet après-midi. Tu me laisses en ville, je vais à mon entretien et on se retrouve quand tu as fini.

– Tope là ! Je vais enfin changer ma vieille carriole. Depuis que j'attends, j'ai eu le temps de mettre l'argent de côté, même pas besoin de crédit.

C'est également mon cas. Je n'ai pas dépensé beaucoup du pécule fourni par mes parents pendant mes années en France. Un logement dans une résidence étudiante, peu de sorties et pas d'extra, même en vêtements, me laissent une somme plus que correcte pour me faire plaisir pour mon premier véhicule personnel. Malgré tout, je vais rester sage. Je choisirai joli, mais sobre.

La journée se déroule sans surprise. Je ressors ravie de mon entretien qui s'est très bien passé et j'aurai la réponse sur mon éventuelle embauche vendredi au plus tard. Je suis plutôt optimiste, le contact était bon et mon manque d'expérience est contrebalancé par mes connaissances. J'ai la banane en me dirigeant vers la sortie, mais mon enthousiasme prend du plomb dans l'aile lorsque je remarque qu'une dizaine de postulants attendent leur tour. Le petit tout maigre qui remonte ses lunettes sur le nez en m'adressant un regard dédaigneux semble un concurrent sérieux. D'ailleurs, je suis la seule femme. Avantage ou non ? Ce n'est clairement pas gagné.

Ayant un peu de temps à tuer avant de retrouver Raven, je me pose sur une terrasse de café pour profiter des rayons du soleil. Avant de sortir ma liseuse, j'envoie un texto groupé pour annoncer la fin de mon entretien. Les garçons réagissent immédiatement avec un message encourageant. Vient ensuite un mot isolé, d'un certain « Perfection ».

Sérieusement ? Wade a osé ? Avant même de lui répondre, je change son nom.

Wade : Cool. Tu as vu ton futur bureau ? Il est grand ? Je pourrai te renverser dessus ?

J'apprécie que mes frères ne tournent jamais autour du pot, mais lui, il saute carrément à pieds joints dedans. Je vais m'habituer, mais c'est assez déstabilisant pour l'instant.

Moi : Bien sûr, mais tu partageras, car nous y sommes trois dont deux hommes. Toujours partant ? Moi oui.

Wade : Nan, mais en fait, le bureau c'est surfait. On trouvera mieux, et surtout SEULS.

Ça me démange de lui répondre qu'il promet beaucoup de choses, mais que je n'ai encore rien vu venir. Comme ce n'est pas entièrement sa faute, je m'abstiens et range mon téléphone.

Je suis perdue dans l'intrigue d'un polar alambiqué, à me demander si j'ai bien tout compris, car je trouve assez perturbant que ce soit le commissaire qui tue les gens, quand une voix grave résonne derrière moi :

– Alors comme ça, on terrorise les mauvaises filles de Boise ?

Alex. Avant de lui répondre, je dois savoir auquel j'ai affaire aujourd'hui, le petit con ou le gentil ?

– Ami ou ennemi ?

– Ami bien sûr, nous sommes seuls.

À l'aise, il s'assied face à moi, m'aveuglant d'un sourire éblouissant.

– Salut toi. Pour être plus précise, c'est plutôt Ben qui les a terrorisées. Comme toujours, je nc faisais qu'assister au match. J'ajoute qu'elles l'avaient amplement mérité.

– Connaissant tes frères, ça ne veut pas dire grand-chose. Elles t'auraient juste demandé ton nom qu'elles auraient risqué leur vie.

– Je reconnais qu'ils sont excessifs, mais là, tu exagères.

– C'est vrai, s'amuse-t-il. Surtout que Ben a eu raison de l'éloigner de toi.

Je le détaille pendant qu'il commande une boisson. Tenue décontractée, s'il travaille, il ne doit pas être dans un bureau.

– C'est réellement ta copine, la brune qui voulait me réduire en charpie ?

– Tu penses que c'est possiblc ?

– D'emblée, ce serait non, mais tu peux avoir changé depuis. Ou être mort de faim.

– Tsss, pas à ce point-là. Tu me vexes en m'imaginant avec une… Je ne vais pas le dire, je serais vulgaire.

– Donc, c'est juste une folle qui a des vues sur toi. Tu ne peux pas lui dire clairement de t'oublier ? Tu es pourtant du genre direct.

– Tu ne connais pas le personnage. Si je ne lui ai pas dit vingt fois et de toutes les manières, alors je ne lui ai jamais dit. Le souci vient des liens entre deux de mes potes avec les siens.

– Je dois m'attendre à avoir des problèmes plus graves ?

– Je ne pense pas. Ben a été clair d'après ce qu'on m'a rapporté et j'ai remis une couche derrière. Si on te cherche, on me trouve aussi.

– Évite que ça vienne aux oreilles de mes frères, ils n'apprécieraient pas que tu te mêles de ma vie.

– Comme si tu m'apprenais un truc ! Je te rappelle qu'on se tape dessus depuis l'enfance. Même si je t'accorde que ce n'est pas la plus simple, c'est quand même une façon de connaître les gens. Mais je redoute plus Matt que Ben.

Il ouvre grand les yeux puis s'esclaffe.

– Pas étonnant que les filles te courent après, tu es toujours aussi mignon. Célibataire ?

– Merci et oui, toujours libre. Tu es intéressée ? Parce que je te trouve encore plus jolie qu'avant. Tu es plus… femme.

Il affiche une moue approbatrice, ça devient gênant.

– C'est trop tard, Alex. Ça aurait pu, mais je suis passée à autre chose.

– Pareil. J'admets que j'ai beaucoup d'affection pour toi, j'en ai toujours eu. Même si j'avais une drôle de façon de te le montrer, confie-t-il en grimaçant.

– Ne te flagelle pas, nous aimions tous les deux ce jeu. En plus, tu embrasses bien.

Il éclate de rire. Que ça fait du bien de le retrouver, lui aussi. Nous discutons plus d'une heure, échangeons nos impressions sur le passé comme le présent. J'apprends que son conflit avec mon frère était pour lui une façon d'être proche de nous puisque nous le rejetions, alors que je pensais que c'était juste pour le plaisir de défier. Les hommes sont quand même tordus.

– Tu es toujours étudiant ?

– Non. Après mes études de commerce, j'ai rejoint la concession de mon père.

– Tu es vendeur de voitures ? Tu m'intéresses, tu ne pouvais pas mieux tomber.

– Ça m'étonnerait que tes frères en achètent une chez moi, ironise-t-il.

– Non, c'est pour moi.

Il lève les deux mains avec un air effrayé.

– Hors de question ! Je n'ai pas envie de me battre avec Matt pour ça. Même Ben m'en collerait une.

– Dis donc, je t'ai connu moins pétochard !

– J'ai toujours une grande gueule, mais je m'assagis avec le temps. Nos relations se sont calmées, tu ne vas pas jeter un seau d'huile bouillante dessus ?

– Bien sûr que non, mais là, ça n'a rien à voir. Écoute-moi avant de te braquer.

J'insiste, j'argumente pendant de longues minutes. Après tout, je suis majeure et il serait bon que tout le monde s'en souvienne. Surtout, je sais que lui ne m'empêchera pas d'acheter ce que je veux comme il ne me refourguera pas non plus une mauvaise affaire.

– Stop ! Arrête de me saouler, tu as gagné. Tu passeras ce week-end et…

– Non, je ne prends pas le risque que tu changes d'avis ou que tu me vendes à mes frères. On attend Raven et on file à ta concession parce qu'il lui en faut une aussi. Pour deux, tu vas nous faire un tarif.

– Vous allez me plumer. Ça va être la pire affaire de ma carrière, gémit-il, mais en souriant.

– Tu trouveras d'autres pigeons pour te refaire. Si tu ne me fais pas une faveur, tu ne sers à rien.

– Sympa, j'apprécie, grince-t-il.

– Voilà Raven !

En approchant de notre table, elle a un moment d'hésitation à la vue d'Alex. Lui, dans son rôle de charmeur, il l'accueille avec un sourire éclatant qui fait son effet, mais elle se penche d'abord vers moi :

– Tu m'expliques ?

– Tu connais le métier d'Alex ?

– Ah oui, c'est vrai. Cela dit, ce n'est pas à lui que j'aurais fait appel. Tu n'as pas peur qu'il nous trafique les freins ?

– Hé ! Je suis pro, s'insurge-t-il.

– Et il nous fera un prix. Allez, on y va !

Sa concession est grande, c'est d'ailleurs la fierté de son père, mais il y a à boire et à manger. D'une allée à l'autre, nous passons de la poubelle à la merveille, ou presque. Nous en faisons le tour en discutant, avec Raven qui couine dès qu'elle repère une petite voiture à la peinture pastel. Elle ne joue plus aux poupées Barbie, mais a conservé son amour pour le girly.

– Tu veux le même genre ? se renseigne Alex.

– Pas du tout. Je préfère un truc plus sport. Surtout pas un 4 × 4, je n'aime pas l'escalade.

Je partais confiante, mais je déchante au fil des allées. Tous les modèles qu'il me propose sont corrects, mais juste bien, pratiques, en bon état. Aucun coup de cœur alors que je voulais me faire plaisir pour ma première voiture rien qu'à moi.

– Alex, je veux un vrai moteur, pas une mobylette.

Il s'immobilise en me regardant, pensif. Il hésite, c'est prometteur.

– Je sens bien que tu me caches quelque chose. Crache !

Il secoue la tête comme s'il s'apprêtait à commettre une grave erreur et me fait signe de le suivre. Raven rouspète face à une horreur mauve, déçue que je ne craque pas dessus. Nous arrivons devant un hangar fermé qui annonce du sérieux. Alex déverrouille en tapant un code puis fait coulisser la grande porte en métal. Je manque de défaillir.

– Oh ! s'exclame Raven.

J'inspire fort, les mains sur les joues.

– Je dirais même plus : oh-la-la !

Deux rangées de voitures alignées et une allée au centre qui brille autant que leur carrosserie. J'avance lentement, émue devant la vingtaine de véhicules endormis. Que des merveilles !

– Même les pneus sont cirés ! Nell, sérieux, aucune n'est pour toi là-dedans. Viens revoir la petite mauve.

Alex attend, un sourire en coin. Raven a raison, il a tapé trop fort, encore un de ses stratagèmes pour me remettre à ma place. Déçue, je me tourne vers lui.

– Elles sont magnifiques, mais je n'ai pas les moyens.

– Parfait. Allez, on retourne sur le parc extérieur !

Comme soulagé, il commence à tirer la grande porte quand Raven m'interpelle :

– Non, attends ! Nell, viens voir au fond, il y a des occasions.

– Eh merde, bougonne Alex.

Il a raison de s'inquiéter, car je me fige devant l'une d'elles. C'est la voiture de ma vie !

– Je le savais. J'étais sûr que tu me ferais ce coup-là.

– Lequel exactement ?

– Celui de m'obliger à te vendre une voiture à cause de laquelle tes frères vont vouloir me pendre à l'entrée de la ville.

Il rit de bon cœur puis m'adresse un clin d'œil.

– Tu es magnifique quand tu es joyeux. Tu pourrais faire craquer toutes les filles de Boise.

– Et d'ailleurs, ajoute Raven.

– Vous êtes gentilles, mais je ne suis pas à caser.

– Tu as raison, soyons sérieux. Combien pour cette voiture qui, elle, me fait craquer ?

– Dans la tranche haute de ton budget, mais cinq mille dollars de moins que ton maximum.

– Elle a un défaut, c'est obligé à ce prix.

– Du tout. Elle est parfaite, mais c'est un ancien modèle. Le nouveau a un moteur plus puissant, mais je pense que tu as largement de quoi faire avec celui-ci, et pour une fois tes frères seront d'accord avec moi. C'est un V8 à 421 chevaux. Ça te suffira ?

– Un chouïa juste, mais ça ira, dis-je en crânant.

– Mais bien sûr. Sois gentille, arrête de baver dessus, tu laisses des traces.

– Je la lèche si je veux parce qu'elle va être à moi.

– C'est quoi comme modèle au juste ? interroge Raven.

– C'est la Mustang Shelby 350. Ça claque comme bagnole, non ?

– Elle fait très sportive, trop mec. En plus, ça manque de pastel à mon goût.

Je secoue la tête en souriant.

– En rose, ça ne le ferait pas du tout. T'y connais rien.

Je suis déjà amoureuse de cette merveille gris anthracite, ça me démange même de m'allonger sur le capot, pile entre les deux larges bandes noires qui la traversent sur toute la longueur. Mais non, je risque de la rayer. Alex ouvre la portière et m'invite d'un geste à m'installer derrière le volant. Il ne faut pas me prier, je saute dedans. L'intérieur est très sport, cuir et chromes. Le confort du fauteuil ! Je veux le même dans mon salon. Pendant qu'Alex monte à côté de moi, j'empoigne le volant matelassé, je m'y crois à fond, puis je caresse le tableau de bord d'une douceur incroyable. Tout est beau, je suis sur un nuage, comme une petite fille devant le poney, cadeau pour son anniversaire.

– Tu es prête ?

Je l'interroge du regard, et avec un coin de lèvres retroussé, il appuie sur le bouton de démarrage. Un tigre surgit dans l'habitacle, puis un ronronnement me fait frémir. Quelle douce musique.

– Énerve-le un peu, appuie sur l'accélérateur.

Oh my God ! J'ai presque un orgasme quand le V8 rugit. Alex est hilare. Je coupe le moteur et m'adosse au fond du siège en soupirant. Après quelques secondes, toute chose, je reviens sur terre en murmurant :

– Merci.

Il me serre l'épaule, attendri.

– Te voir aussi heureuse… tu n'imagines pas ce que ça me fait.

Avant de rompre notre petite séquence émotion, je dépose un baiser sur sa joue bien rasée et nous sortons de MA voiture, car c'est décidé, je la veux.

Les garçons vont hurler, peut-être faire un malaise, mais je m'en fiche.

– Ce bruit ! Elle déchire, dis-moi que tu la prends ! s'excite Raven en sautillant.

– Mon rêve à ce prix, je ne peux pas rater ça.

Nous passons à la recherche de la sienne et Alex lui déniche une Honda noire, parfaite jolie citadine.

– Pas très girly, mais elle est chouette. Je la prends !

Après une heure de paperasses pour les ventes et les assurances, nous rejoignons nos carrosses d'un pas décidé. Nous sommes les stars sur cette planète. Je me bidonne en ouvrant ma portière.

– Les garçons vont faire une jaunisse.

– Pas pour la mienne qu'ils approuveront. Toi, en revanche…

– On se fait un tour avant de rentrer, histoire de les prendre en main ?

– Et comment…

En ce qui me concerne, je suis immédiatement à l'aise. C'est un tel régal à conduire que je partirais bien pour un road trip d'un mois, là, tout de suite. Non, un an.

À environ cinq kilomètres de Boise, sur une belle route à travers bois, nous rattrapons une moto. Un rictus se forme sur mes lèvres lorsque je repère le motif sur le blouson de Matt. Quelle aubaine ! Impossible de ne pas lui faire un coup. Avec l'ombre des arbres et le pare-soleil baissé, il ne me reconnaîtra pas, alors je me colle derrière lui et j'attends. Le simple fait de m'avoir à son cul l'agace, il agite la main plusieurs fois pour que je le double, son geste se faisant de plus en plus sec. Au bon moment, j'écrase la pédale, les chevaux rugissent quand je déboîte et le dépasse à fond, en terminant par une presque queue de poisson. Jouer, OK, mais je tiens trop à mon frère pour risquer de l'envoyer dans le décor. Mon V8 a parlé, je lui mets un vent pas croyable, il n'a même pas le temps de comprendre ce qui lui arrive.

Je le fixe dans le rétroviseur et j'éclate de rire en le voyant me faire des doigts d'honneur en gesticulant. Il est fou de rage et doit me traiter de tous les noms. Quand il va savoir que c'est moi, j'ai intérêt à me planquer derrière Ben ou Wade. Ou mieux, derrière Raven, les deux autres seraient capables de me livrer en pâture, et en souriant en plus.

Là, il tente de me rattraper, mais c'est peine perdue. Surtout qu'il n'est pas sur sa moto, il doit donc faire un roulage de contrôle pour un client, ce que confirme son changement de direction soudain.

Nous nous garons devant la maison et Raven bondit de sa voiture pour courir vers moi en se bidonnant.

– Tu as mis Matt dans un état ! Il était tout fou, il hurlait. J'ai eu peur qu'il ne me reconnaisse, alors j'ai attendu qu'il se calme pour le dépasser.

J'agite la main en mimant un air effrayé.

– Il va me tuer. Je ne regrette pas, c'était trop drôle, mais je vais prendre cher.

– Carrément ! Remonté comme une pile atomique, il insultait la terre entière. J'ai juste entendu « retrouver », « scalper », « mort », c'était à hurler de rire.

Prise d'un fou rire, nous mimons Matt pendant quelques minutes. Ensuite, nous repartons pour un peu de shopping comme au bon vieux temps. Le choix de la voiture ne se pose même pas, Raven grimpe dans la mienne.

Nous furetons dans les boutiques avec entrain, ces moments de complicité nous avaient beaucoup manqué. Pour les achats, nous craquons sur de très jolies nuisettes. Outre le plaisir de les porter, nous espérons déboussoler nos cibles. J'ajoute un adorable ensemble short pour dormir, en attendant mon changement de chambre. Au hasard, dans celle d'en face.

Nous finissons notre virée sur la terrasse d'un café, ma voiture en vue que je ne peux m'empêcher d'admirer en tripotant le porte-clefs de mon nouvel engin. Quelle belle journée ! Alors que nous sommes en pleine discussion, des motos pénètrent sur le parking et nous tournons la tête par réflexe. Matt et Ben.

– Mince.

– Crotte. Comment pourrait-on fuir sans qu'ils nous voient ?

– En partant à pied parce qu'ils viennent de repérer ta voiture.

Inquiète, je les observe pendant qu'ils s'en approchent lentement. Raven verbalise exactement ce à quoi je pense :

– S'ils la reconnaissent, ils vont la casser.

– Tu crois qu'ils oseraient ? En plein jour ?

– Comme si ça pouvait les arrêter. Pourquoi crois-tu qu'ils ont passé quelques nuits dans la chambre d'amis du shérif ?

– Parce qu'ils se connaissent bien ?

– Non, je parlais de la pièce qui est dotée de barreaux, à son boulot.

– Je vois, même si je ne l'ai jamais visitée. Ils vont péter les vitres, les rétros, rayer la peinture et crever les pneus.

Pas le choix, je dois assumer, maintenant, sinon je vais y laisser ma voiture. Et bien sûr, ça ne loupe pas, Matt s'arrête quand il passe à côté.

– Vite !

Prises de panique, nous bondissons en renversant les chaises, attrapons nos sacs et partons en courant avant le drame. Ben n'est pas encore descendu de sa moto que Matt s'empare de quelque chose sur la sienne et s'avance vers mon superbe capot. La colère sur le visage, il lève une barre en fer, prêt à l'abattre sur mon pare-brise.

Nous hurlons en piquant un sprint, j'ai envie de pleurer. Par chance, notre voix porte, merci aux aigus, Matt nous repère et baisse le bras. Ouf, ma voiture est sauvée. Enfin je crois, il n'oserait pas me faire ça, si ? Je finis ma course en levant les deux mains devant lui.

– Matt, stop ! C'est la mienne.

– T'es pas drôle.

Il souffle en me repoussant alors je m'accroche à son bras.

– Je ne plaisante pas, je l'ai achetée tout à l'heure. J'avais besoin d'un véhicule, tu te rappelles ?

Sidérés, ils me fixent, puis ma voiture, à nouveau moi. Matt range sa barre et ils ôtent leur casque. Bien, il ne violentera pas mon bijou. Il en sera peut-être autrement pour mes fesses, mais gérons les priorités dans l'ordre. Ben refuse de me croire :

– Nell, tu déconnes, hein ?

– Non, je suis très sérieuse. Regarde.

Je brandis les clefs et les agite sous son nez. L'un se tape sur le front, l'autre se frotte le visage en gémissant. Mais toujours suspicieux, Ben insiste en tendant la main :

– Fais voir les papiers.

Je lui cède en soupirant, Matt me les arrache et ils s'empressent de les inspecter. Ils prennent leur temps, relisent plusieurs fois, refusant d'accepter l'inéluctable : c'est bien mon nom. Puis, subitement, ils se mettent à crier en faisant de grands gestes.

– Mais t'es malade ou quoi ?!

– Tu as besoin d'une voiture, pas d'un tel bolide !

– C'est n'importe quoi ! Tu ne peux pas conduire un truc pareil !

Ils me postillonnent dessus alors je recule et je hausse aussi le ton :

– On se calme ! D'abord, ce n'est pas le modèle le plus puissant, j'ai le petit moteur.

– Le petit moteur ! vocifèrent-ils.

Matt fulmine, presque à s'étouffer. Ben se contient mieux, un peu, il me toise.

– Vas-y, dis-nous ce qu'est ton petit moteur que je rigole ?

– C'est juste l'ancien, là. Tu sais, le moins gros, quoi, je louvoie en agitant une main en l'air.

Matt ressort les papiers et ils les relisent ensemble pour ensuite redresser la tête, les yeux ronds de stupeur.

– Un putain de V8 ! Le petit moteur ! Tu sais ce qu'il va faire ton petit moteur, Nell ?! Il va retourner direct chez le connard qui a osé te vendre ça !

Leur dire que le machin truc de vendeur est Alex ne me semble pas une bonne idée, là, tout de suite. De toute façon, ce n'est pas le problème. Le vrai, c'est leur réaction.

– Vous me fatiguez. J'aime cette voiture et je n'en veux pas une autre. C'est ma voiture !

– Mais c'est une voiture de mec !

– Pardon ? Est-il fait mention dans la notice qu'un pénis est un élément requis pour le bon fonctionnement de ce véhicule ?

– Qu'est-ce que…

Ça gobe de l'air. Ils semblent même choqués, alors j'enfonce le clou :

– Je vais vous aider, ce n'est pas un accessoire indispensable, elle démarre très bien sans. Donc, c'est juste un véhicule pour amateur de belles mécaniques et ça tombe bien, je le suis !

– Mais…

– Hé ! Vous avez toujours fait confiance à Nell et à sa conduite. Elle est prudente, je l'ai vue.

Merci Raven, mais cela n'enlève pas que ma conduite n'est pas le souci. Le plus important est que c'est mon choix, à moi, et ils vont devoir s'y plier.

– Moi aussi je l'ai vue ! Elle a failli me foutre en l'air avec ma moto !

– Oh, ça va, c'était juste une blague. Tu exagères.

– Une blague ? Tu as un humour de merde, Nell !

Ben se place au milieu, les mains levées.

– On va se calmer avant que quelqu'un n'appelle les flics. On rentre à la maison et on s'explique. Je n'ai pas envie de finir au poste.

Matt bougonne, mais l'idée d'une nuit enfermé est plus forte que celle d'en rajouter. Moi, je peux, alors je me dirige vers ma voiture en leur lançant une dernière pique :

– On y va. Mais profitez du trajet pour vous répéter « c'est son choix ».

Je déverrouille et ouvre la portière, Matt la bloque.

– Mais non ! Tu ne vas pas la conduire.

– Si, je conduis ma voiture. Pousse-toi.

– Elle ne peut pas rester sur le parking, précise Raven.

– Sûr que c'est risqué de la laisser là, quelqu'un pourrait l'abî…

Silence coupable. Chacun s'observe, ils se renfrognent quand Raven et moi lâchons un ricanement moqueur. Matt se reprend pour endosser son rôle de papa inquiet.

– Tu roules derrière moi. Tu gardes tes distances. Tu surveilles bien tes rétros et…

– Encore un mot et je te roule dessus !

– Tu…

– C'est bon ? On peut partir avant le dégel ? le coupe Ben en le tirant par l'épaule.

Nous nous mettons enfin en route, mais qu'elle est longue ! Beaucoup plus qu'à l'aller alors que j'avais respecté les limitations de vitesse. Ils vont me rendre dingue !

– Sérieusement ? Ils se fichent de moi, ce n'est pas possible !

– Sûr. Ils seraient à pied à côté de leurs motos, je pense que nous n'irions pas moins vite, soupire Raven.

– Ça me démange de les doubler en leur faisant un doigt d'honneur, vraiment.

– Pareil, mais c'est une mauvaise idée. Je te rappelle que le plus important est de faire en sorte qu'ils te lâchent sur la voiture.

– Et un petit coup d'accélérateur, juste pour les réveiller ?

– Non plus, Nell. Tu leur donnerais du grain à moudre, ils diront que tu ne la maîtrises pas. De toute façon, on est bientôt arrivés.

Je me gare devant la maison de notre voisin puisque le 4 × 4 et les motos occupent déjà l'allée. Si ça continue, il faudra qu'on achète le terrain mitoyen pour en faire un parking privé.

Nous sommes tous installés dans le salon et les pourparlers débutent. Même pas un verre pour accompagner, ils ont encore leur blouson sur le dos. Les deux camps se font face, filles contre garçons, ou gentilles contre pénibles, pareil. Pour l'instant, nous jugeons plus efficace de taire la seconde acquisition pour Raven. Chaque chose en son temps, éteignons cette guerre-là.

La discussion dure une bonne heure, parfois houleuse, mais nous gagnons du terrain, car ils ont peu d'arguments à avancer. Enfin… peu qui soient objectifs et ils les ravalent vite quand nous bondissons du canapé, furieuses qu'ils profèrent de telles inepties. Bref, nous en sortons victorieuses, c'est ma voiture à moi. Ils insistent tout de même lourdement sur un point : la leur prêter. En fait, j'en suis sûre, ils sont jaloux.

Nous décidons de fêter ça en buvant enfin un verre de la paix à défaut d'un calumet et nous discutons calmement, même si les sourcils de Matt se rejoignent et son front se plisse par intermittence. Il cogite. Il a l'impression de s'être fait avoir sans savoir comment. Son ego s'en remettra. L'ambiance commence à se détendre à la deuxième tournée quand la porte d'entrée s'ouvre à la volée pour finir sa course en percutant violemment le mur. Wade entre comme une bombe dans le salon en criant :

– Les mecs ! vous avez vu l'avion de chasse chez le voisin ? C'est une tuerie cette bagnole. Il doit y avoir un putain de moteur de sa mère là-dessous ! Je veux la même, bordel !

Donc, l'ambiance se détendait juste avant. Ben prend un air de conspirateur, signe qu'il prépare une vengeance. Et ça ne loupe pas, il s'adresse à Wade avec un petit rictus sadique :

– Génial que tu la kiffes. C'est Nell qui vient de l'acheter.

Silence assourdissant. Je me tiens bien droite, travaillant mon air assuré face à un Wade stupéfait. Il papillonne des paupières puis ses traits se transforment au fur et à mesure que l'information pénètre son cerveau – à la vitesse d'un goutte-à-goutte – pour devenir contrarié. Il n'a aucune légitimité à faire la moindre remarque, alors avant qu'il n'ouvre la bouche, je plaque un grand sourire et lui coupe l'herbe sous le pied :

– J'ai promis aux garçons qu'ils pourront la conduire occasionnellement. Je pourrai aussi te la prêter, si ça te fait plaisir.

Je rajouterais bien « et si tu es gentil, ça va de soi », mais vu sa tête, je ne pense pas qu'il goûte mon humour. Il cligne des yeux à plusieurs reprises avant d'observer les garçons, pour déceler une trace sur leur visage qui lui dirait « mais non ! C'est une grosse blague, bien sûr ». Mais leur mine consternée est limpide. Il insiste :

– Les gars ? Vous me charriez, hein ?

Ils secouent la tête en écartant les mains, fatalistes. Wade sursaute, choqué, quand il saisit que l'avion de chasse est réellement à moi. Il ouvre la bouche pour… rien du tout, il la referme aussi sec. Le clan des filles mène une lutte acharnée contre un fou rire qui exploserait au visage des garçons et qui ne ferait que remettre une pièce dans la machine à râler.

Sincèrement, je comprends Wade. Il encaisse en silence, pinçant les lèvres de contrariété en ne pouvant ni donner son avis ni faire une remarque, bonne ou mauvaise. Ben vient à sa rescousse en se plantant face à moi et en me présentant la paume de sa main. Pas un mot, mais je décrypte le message, alors j'y dépose mes clefs. Il tire aussitôt Wade par le bras et l'emmène dehors, Matt les suit. Ils vont inspecter ma Mustang, voire l'essayer. Le vol en bande organisée commence.

Quand la porte d'entrée se referme, nous soufflons un grand coup et éclatons de rire. Et une bataille de gagnée ! Donc, pour ma voiture, j'avais dit sobre.

CHAPITRE 10
Au(x) feu(x) !

Mademoiselle Barett, bonjour. Je suis Roy Parker. Si vous êtes toujours disponible, nous avons retenu votre candidature. Le poste est vacant et nous aimerions que vous commenciez dès la semaine prochaine. Merci de me recontacter le plus rapidement possible.

Il y a des messages qui ne parlent pas d'amour, mais qui font plaisir quand même. Alors voyons, qu'est-ce que j'ai de prévu pour la semaine suivante ? C'est marqué « prendre mon autonomie financière » à lundi, ça tombe bien. Je le rappelle donc aussitôt.

Mon futur patron me propose de le retrouver dans une annexe à Twin Falls, où il se trouve avec le responsable informatique, mon supérieur direct. C'est à deux heures en voiture, même avec la mienne puisque je ne suis pas exemptée de respecter les limitations de vitesse. Nous nous entendons donc pour que je les rejoigne le lendemain en fin de matinée, nous déjeunerons ensemble pour faire plus ample connaissance.

À peine ai-je raccroché que je m'empresse d'annoncer la bonne nouvelle en modifiant mon agenda en ligne, juste pour voir s'ils sont vraiment à l'affût de mes faits et gestes. Ça ne rate pas, je suis aussi surveillée qu'un œuf à la coque puisqu'à 2 minutes 50 secondes Matt et Ben me répondent par une flopée de smileys débiles et heureux. Le message de Wade qui arrive me surprend plus. Pourquoi a-t-il accès à notre planning alors qu'il n'y met jamais rien, lui ? Ce n'est pas équitable.

Wade : Bravo ! Tu me donneras les horaires et je t'y amènerai demain.

Moi : Je te sens venir d'ici. Tu veux juste en profiter pour conduire ma voiture. Donc non, j'irai seule avec mon volant dans les mains.

Wade : C'est loin, je t'accompagne. Et si tu veux me sentir, j'ai un truc à te montrer, tu aimeras.

Moi : C'est non. J'y vais seule. C'est débile que tu poireautes pendant quatre heures dans MA voiture. Je te sentirai (peut-être) à mon retour, promis.

Wade : Un jour, je vais t'expliquer qui de nous deux est le chef.

Je n'y crois pas, il me fait son gros macho ! Je ne prends même pas la peine de répondre, mon silence outré s'en chargera très bien.

Le soir, alors que nous sommes tous dans le salon à regarder un film, je les quitte un instant pour préparer mes affaires. Je préfère m'y prendre tôt pour éviter de retourner mon placard en hésitant demain matin. Mon petit tas terminé et bien plié, je sors et j'ai à peine le temps de refermer la porte qu'on m'attrape par les épaules et me tire au fond du couloir. Une fois qu'il m'a coincée, c'est la troisième fois, Wade me prend dans ses bras et m'embrasse langoureusement en se pressant contre moi. Encore une étreinte pleine de douceur malgré la frustration liée à notre situation. Ses gestes mesurés ne sont décidément pas en accord avec ses discours bruts de décoffrage.

Il met fin au baiser, me regarde avec un sourire ému en caressant ma joue du bout des doigts, avant de se pencher pour chuchoter contre mon oreille :

– Tu ne veux vraiment pas que je te conduise demain ?

– Non, je n'aurai pas de temps libre, donc tu vas perdre le tien sans raison.

– Je ne perds pas mon temps quand c'est pour toi, murmure-t-il en me mordillant la mâchoire.

– Tu peux m'embrasser toute la nuit, je ne changerai pas d'avis.

– Hummm… toute une nuit ensemble ? Je suis sûr qu'on trouvera mieux à faire que s'embrasser.

– Je n'en doute pas. Le petit truc que je sens contre moi me dit que tu as déjà une idée d'activités ludiques.

– Est-ce que je parle de ton gros cul ?

Je me raidis instantanément. Il n'a pas osé ?!

– Je n'ai pas un gros cul !

– Et moi, je n'ai pas un petit truc.

– C'est bon, j'en parlerai avec plus de respect, mais tu laisses mon derrière tranquille.

– Sûrement pas, j'ai bien l'intention d'en profiter, de ton adorable petit cul. Pour mon « truc », je n'y peux rien, il pointe vers toi dès qu'il te repère, susurre-t-il en m'assenant un coup de reins lascif.

– Ah oui, l'effet nord de ta boussole, j'avais oublié.

Ma voix faiblit, la faute aux lèvres qui butinent agréablement mon cou.

– Tu me cherches, ce soir. Tu n'as pas le droit d'oublier quoi que ce soit sur moi et encore moins ma boussole.

– Arrête d'ordonner ou d'interdire si tu veux qu'il se passe quelque chose avant l'année prochaine.

– Tu ne tiendras jamais, ricane-t-il.

Mais ? Ce décalage entre ses paroles de gros prétentieux et la douceur de ses gestes donne le tournis. Lui, il a besoin d'une petite leçon.

– Parie donc avec ta main pour ce soir.

Je dépose un baiser sur ses lèvres, m'extirpe de ses bras et fais deux pas quand il me rattrape et m'enlace par-derrière en posant la bouche sur mon oreille.

– Ma main, tu vas la sentir sur tes jolies fesses.

Je ricane à mon tour et il me pince en reculant, fier de lui. Je lui fais les gros yeux et file vers le salon, où je me vautre dans le canapé et me blottis contre mes frères. De son côté, il laisse passer quelques minutes avant de nous rejoindre, autant pour se calmer que pour noyer le poisson. Lorsqu'il revient, son regard noir se pose sur moi. Nul doute qu'il me trouvera mal encadrée tant que ce ne sera pas par ses bras.

Le lendemain, pendant le petit déjeuner, Wade nous annonce qu'il rentrera plus tard ce soir. Il dévie aussitôt la conversation sur un autre sujet, mais ça me démange trop.

– Tu vas faire quoi ?

Il m'épingle de son regard sévère, se mord la joue pour ne pas me rembarrer d'un « de quoi je me mêle ? », puis baisse le nez dans son café en marmonnant :

– Des livraisons.

Je ne saurai pas de quoi, car il passe la fin du repas en me montrant l'arrière de son crâne et en prenant soin d'avoir toujours la bouche pleine de pain ou de café. Le gros malin n'est pas si fin s'il pense que ça suffira pour m'entourlouper. J'attends patiemment qu'il ait fini, tout simplement. On y arrive, mais il me prend de court en avalant les dernières gorgées debout au-dessus de l'évier, puis son mug déposé, il file comme s'il avait le diable aux trousses en lançant un salut à la volée. Vlam ! La porte claque derrière lui et je reste hébétée. Peut-être un peu lent à comprendre parfois, mais c'est le maître de l'esquive.

En me préparant, je rumine. Ça me turlupine de ne pas avoir une idée sur la nature de ses activités, ne sachant toujours pas à quel point il flirte avec l'illégalité. Je n'aime pas me retrouver en terrain inconnu.

En attendant d'y voir plus clair, je prends la route en direction de Twin Falls. La conduite est un tel plaisir avec ce bolide que je ne vois pas le temps passer et j'arrive devant un entrepôt logistique un peu en avance. Je vais devoir apprendre à gérer la pression sur la pédale d'accélérateur, car elle répond au moindre chatouillement. Je me signale à l'accueil puis patiente en admirant ma voiture à travers les portes vitrées. Mes pensées divaguent, voilà que je suis en train de m'imaginer en plein test « hot » avec Wade. Les sièges baquets ne vont pas simplifier l'affaire, mais je suis persuadée que mon homme a de la ressource et trouvera comment s'adapter.

J'ai la tête emplie d'images affriolantes lorsque le DRH et mon futur responsable apparaissent. Je redescends brutalement de mon nuage face aux deux hommes bedonnants à la calvitie prononcée, mais au sourire sincère. Mon chef me met tout de suite à l'aise en proposant d'aller déjeuner au restaurant.

Je ricane intérieurement en décidant de vérifier si, sous leur costume, ils sont aussi mecs surfaits que les miens quand il s'agit de frime mécanique. Je suggère donc nonchalamment de prendre mon véhicule. Ils acceptent, mais leur sourire crispé indique que c'est par politesse, car je les sens réticents à l'idée de monter dans une microvoiture de fille. Une fois sur le parking, je déclenche l'ouverture de ma merveille et j'ai la réponse à ma question. Cravate ou pas, ce sont bien des mecs normaux, ils expriment bruyamment leur surprise, font le tour en s'exclamant sur tous les détails et s'engouffrent dedans avant même que je les y invite. Pendant le trajet, ils parlent à peine, en extase sur le chant du moteur dont ils ne veulent pas rater un régime.

Je passe un très bon moment en leur compagnie. Ils sont sympathiques et la conversation est sans cesse alimentée. Tant mieux, car rien de pire que les blancs gênants. Ils récupèrent même les coordonnées d'Alex pour explorer sa concession. Lui qui râlait de me faire un prix, il a intérêt à me remercier si je lui envoie des clients.

Puis nous visitons l'entrepôt et on me charge littéralement d'informations qu'il va me falloir digérer en un temps record. Nous ne voyons pas le temps passer et c'est à vingt heures que je prends le chemin du retour.

Mon premier geste est de rallumer mon téléphone, car certains doivent commencer à s'inquiéter. Que je m'estime heureuse si Matt n'a pas déjà déclenché une alerte enlèvement. Ça bipe en continu pendant une minute ; au nombre d'appels manqués et de textos reçus, mes doutes se confirment. Plus les messages défilent et plus le ton est anxieux, pour finir en colère. Les derniers me font rire.

Matt : Il est trop lourd ton portable
pour que tu ne l'aies pas sur toi ?!
Tu abuses !!!

Il est en panique dès que je m'éloigne ! Je dois vraiment découvrir ce qui se cache derrière cette angoisse irrationnelle.

Ben : Sérieux, ça se fait pas, ça.
Tu vas morfler à ton retour !

Lui, il est plus mesuré, juste un grand frère pénible.

Raven : Dis-moi si tu rentres avant
demain. Juste pour savoir si je dois
mettre du calmant dans le verre de tes
frères pour qu'ils arrêtent leur cirque.
Je n'en peux plus.

Wade : Tu fais quoi, là ? Tu réponds
ou je viens mettre le feu à Twin Falls !

D'où leur vient cette manie de tout vouloir brûler dès qu'ils sont énervés ? Ça suffit les âneries, il faudrait voir à ranger les allumettes ! D'un texto groupé, je rassure tout le monde et les réponses fusent avant que j'aie eu le temps de démarrer.

Raven : Alléluia ! Ils vont se calmer et je vais pouvoir réviser.

Ben : Tu vas morfler quand même !

Matt : Je vais te tuer !

Wade : Tu gères pas. Tes frères doivent être verts.

Je démarre en riant parce qu'ils ne m'impressionnent pas. Ils aboient beaucoup mais ne m'ont jamais mordue. Surtout, je vais vite les détendre de force, car je ne veux pas les avoir dans les pattes en ce qui concerne mon boulot.

Il fait nuit noire lorsque j'arrive à Boise. Je roule tranquillement dans la grande avenue quand je reconnais la moto de Wade, sans lui, dans une ruelle sombre entre deux immeubles. Curieuse de nature et d'autant plus qu'il a ses secrets, je ralentis et me gare discrètement en dissimulant autant que possible mon véhicule, ce qui n'est pas une mince affaire, surtout avec les deux poubelles rouillées qui m'encadrent. Je pourrais mettre un panneau lumineux « Youhou ! C'est Nell ! » que ça ne serait pas moins voyant. Ce qui m'intrigue pour l'instant, c'est la porte métallique entrouverte, qui crée une flaque de lumière dans la ruelle. Il va bien finir par sortir. Et puis ? Il va juste fermer la porte et grimper sur sa moto, je serai bien avancée. Je suis ridicule à l'espionner de la sorte et ce constat me rend honteuse. Je m'apprête à repartir, quand une voiture de police entre lentement dans la ruelle et s'immobilise devant la porte.

La poisse ! Ils vont voir Wade et l'arrêter. Je me jette sur mon téléphone pour le prévenir puis reste figée en fixant l'écran. Je ne sais rien de ce qu'il fait, à quel point c'est illégal, donc aucune idée de la gravité de la situation. Me poser trop de questions fait de moi un guetteur pitoyable, car voilà Wade qui apparaît. Il franchit la porte avec un carton sous le bras et tombe nez à nez avec les policiers. Trop tard, je ne peux plus l'aider et je commence vraiment à paniquer.

Pas longtemps, car lui ne s'affole pas du tout. Souriant, il se dirige vers la vitre du passager et tend le colis aux deux bras qui le réceptionnent. Ensuite, tranquille, il s'accoude sur le toit et se penche pour discuter avec les occupants. Quelques minutes passent avant qu'il ne serre une main et s'écarte. Les policiers repartent et Wade retourne dans son local en refermant la porte derrière lui.

Je me retrouve bêtement à fixer la ruelle vide sans savoir quoi penser. Que Wade trafique, je m'en doutais, mais assister à un échange rend la chose plus concrète. C'est un premier choc, mais l'entrée en scène des policiers me sidère. Qu'il fraye avec des flics véreux me met très mal à l'aise. C'est d'ailleurs assez croustillant de préférer des voyous à des flics, ma morale prend l'eau. Pourtant, s'il n'y a aucun doute possible sur le fait qu'il m'attire énormément, je ne me vois pas en couple avec quelqu'un qui trempe dans du louche. Il va bien falloir que je prenne mon courage à deux mains pour lui en parler, qu'il m'explique où je mets les pieds. Malgré la petite voix qui me souffle que je ne veux surtout pas savoir. Et pour cause ! Si les réponses ne me plaisent pas, je devrai me faire violence et le quitter. Ce dont je n'ai pas du tout envie.

J'abrège mes interrogations, on verra plus tard, et rentre avant que les garçons me harcèlent encore par textos. J'ai à peine le temps de refermer la portière qu'ils sortent de la maison et me tombent dessus. Même pas peur, je les affronte le menton haut. Après quelques minutes à nous assener des reproches accompagnés de grands gestes exaspérés, nous trouvons un compromis : j'évite de les laisser trop longtemps sans nouvelles et eux me laissent diriger ma vie professionnelle. On avance.

Wade arrive après la bataille et c'est tant mieux car ça m'en fait un de moins à gérer. Je suis heureuse de le revoir, mais pas vraiment à l'aise. J'ai horreur des non-dits, je suis pour la franchise et assez lucide pour reconnaître que ses cachotteries sentent mauvais, au point que ça commence à m'indisposer. Ce n'est clairement pas son cas, il se comporte comme à son habitude en me lançant des regards enflammés ou en me frôlant dès qu'il le peut. Ses mains curieuses s'expriment plus que lui. C'est plaisant, mais cette situation ne pourra pas durer bien longtemps. Il faudra qu'il ouvre la bouche pour m'en dire davantage.

Ce ne sera pas pour ce soir, car nous profitons d'un misérable quart d'heure pour nous retrouver tête à tête, le temps que les garçons mettent à faire la vaisselle, alors nous l'employons plus agréablement qu'en parlant. Chaque fois, il me prouve avec la plus grande douceur qu'il est loin d'être le butor que ses paroles le laissent penser. Si je le retrouve en lui faisant un peu la tête, il parvient à se faire pardonner avec des excuses voilées et la promesse de se surveiller. Non seulement cela le rend encore plus attachant, mais surtout, je le crois sincère.

Le lendemain, étant la seule à ne pas avoir d'occupation, je vais me promener à Boise sans but précis. Je découvre de plus près ce qui a changé et cède très vite à un ancien plaisir : faire quelques boutiques pour les garçons, qui, eux, ont toujours détesté cette corvée. Leurs fringues usées et trouées, ce n'est plus possible. Il est temps d'y remédier et je repars avec la totale, jusqu'aux boxers et aux chaussettes puisque les premiers ont les élastiques tout flagada et que les secondes sont en lambeaux. Je ne m'arrête pas en si bon chemin, et après un voyage sur le parking pour ranger les sacs dans le coffre, je leur achète des chaussures. Parce que les bottes de Matt dont le cuir est tout craquelé et les baskets de Ben qui devaient être beiges dans une autre vie, ça suffit aussi.

Avant de rentrer, je m'octroie une pause dans un square. J'apprécie ces courts moments tranquilles, mais je n'en suis pas encore à jeter du pain aux pigeons. Je me laisse une cinquantaine d'années pour y penser. Je me prélasse à l'ombre d'un grand arbre depuis quelques minutes lorsque je reçois un texto.

Wade : Pas pu t'approcher ce matin,
ça commence à me gonfler.
Envie de toi.

Salut, comment tu vas, tout ça. Que de formules simples dont ce modèle est dépourvu, trop tiraillé par sa libido. Mais au fait… C'est peut-être l'occasion d'en apprendre plus sur ses activités puisqu'il travaille.

Moi : Tu es où ? Je peux passer te
voir pour une pause bisous si tu es en
manque.

Wade : Pas possible. Tu fais quoi ?

Raté ! C'est à croire qu'il m'a vue venir. Puisqu'il joue à ça, je peux le faire aussi.

Moi : Du poney.

Wade : Hein ?

Moi : Je te laisse, je m'empêtre
avec les rênes.

Wade : Qu'est-ce que tu racontes ?
Où tu es ?!

Moi : Dans la carrière, sur mon poney.

Wade : Nell ?! Arrête de te foutre
de moi !

Moi : Pas plus que toi. À plus tard.

Wade : Nell !!

Au revoir, je range mon téléphone. Ça lui apprendra à jouer au mystérieux jusqu'à refuser que je passe le voir.

Ce n'est pas tout ça, mais comme nous sortons ce soir pour fêter mon embauche, je dois rentrer pour me préparer. Wade ne se calme pas, il continue à m'envoyer des messages. Je réponds à quelques-uns de façon laconique pour l'agacer un peu plus. Ça donne des échanges bizarres.

Wade : Mais tu vas répondre, oui ?!

Moi : Oui.

Wade : Tu es où ?

Moi : Juste derrière toi.

Là, ça a dû le faire paniquer. J'imagine sa tête et me marre tout en me déshabillant. Une fois nue, je ne résiste pas à le taquiner encore une fois. Je me contorsionne pendant quelques minutes, me déboîte presque une épaule pour prendre une photo de mon tatouage. Cliché soft, ma hanche en gros plan que je lui expédie.

J'entre ensuite sous la douche en soupirant. Cette relation qui ne l'est pas encore physiquement est sympathique, mais extrêmement frustrante. Pour qu'elle le soit autant pour moi, nul doute que Wade doit ruminer dans son coin, cherchant mille moyens pour mettre fin à cette abstinence forcée. Je compte sur lui pour nous en sortir au plus vite.

Agréablement recouverte de savon et de shampoing, j'entends du bruit dans la chambre. Rien de grave, un des garçons a dû rentrer plus tôt. Je continue sans m'en préoccuper, en train de me rincer les cheveux, quand deux grandes mains m'attrapent par les hanches. J'ai encore du savon dans les yeux lorsque je me retrouve collée à un solide corps à la peau chaude. Celui d'un homme, aucun doute possible. Je ne m'affole pas, bien au contraire, puisque c'est Wade. Je vais l'agacer plus souvent si j'obtiens chaque fois cette réaction.

Sans un mot, il part à la découverte de mon corps, observant ses mains frôler ma peau. Lentement, sensuellement. Il fait preuve d'une douceur ensorcelante. Pendant de longues minutes, je suis à sa merci, victime consentante aux joues rosies d'un plaisir qui se déploie furieusement. Mains caressantes, lèvres butineuses, langue goûteuse, et doigt intrépide. Il va me tuer.

– Wade…

Un murmure, une supplique à laquelle il réplique en s'introduisant lentement en moi. Il entame une danse enivrante qui nous mène très vite dans un état d'apesanteur. Nos souffles erratiques se mélangent, nos gémissements étouffés se répondent, nous partageons un moment que je n'aurais imaginé aussi intense.

Puis je perds pied, agrippée à lui et plaquée contre la paroi qui rafraîchit ma peau. Wade patiente, mon plaisir lui importe plus que le sien. Lorsque je redescends sur terre, il se laisse aller à son tour en me serrant fort dans ses bras.

La tempête se calme, nos cœurs tambourinent l'un contre l'autre pendant que nous restons quelques instants immobiles, le temps de reprendre nos esprits. Le nez au creux de mon cou, Wade dépose un baiser et sa voix basse résonne dans la pièce humide :

– Tu es mon attraction. Tu m'aimantes, tu es mon nord et j'adore ça.

Il redresse la tête et me sourit tendrement.

– Je t'aimante… c'est étrange à entendre, presque un sens caché, je le taquine.

– Je fais rarement les choses à moitié et j'espère bien qu'un jour tu le diras aussi, mais en enlevant quelques lettres de ce mot.

Il annonce ça avec le plus grand sérieux. Flippant. Vite, revenons sur un terrain moins grave en détournant la conversation sur un sujet plus… dangereux.

– On a bien le temps d'en parler, mais on ne peut pas traîner. Si on ne bouge pas avant le retour de Matt, il va gâcher cet agréable moment.

L'effet Matt est magique. Un bruit de caoutchouc retiré d'un coup sec, et le battant de la poubelle ne s'est pas encore rabaissé que Wade s'est volatilisé. Disparu si vite que je reste hébétée. J'observe autour de moi, l'eau coule toujours et aucune trace de la venue d'un homme chaud bouillant. Aurais-je finalement fantasmé cette étreinte ?

Non, je n'ai pas rêvé puisque ses paroles résonnent encore. Il confirme à nouveau qu'il veut du sérieux. Pour être honnête, je ne suis pas de nature volage, loin de là, et ma minuscule expérience avec les hommes en atteste. Malgré tout, je ne m'attendais pas à ce que Wade soit du genre à chercher plus que de l'amusement, raison pour laquelle j'avais accueilli sa première déclaration avec légèreté. Elle me semblait incongrue si tôt. Il est vraiment surprenant et la tournure des évènements n'est pas pour me déplaire.

CHAPITRE 11
Une histoire de tache

Wade n'a pas seulement fui ma chambre, il s'est carrément sauvé chez lui. Il perd un point, le froussard. Fin prête, j'attends avec Raven le retour de mes frères. Ils rentrent, nous saluent rapidement, et pendant qu'ils montent se laver, nous comptons sur nos doigts avec un sourire narquois. C'est à six qu'ils réagissent bruyamment.

– Aaaaah ! Mais trop bien !

– Nell, t'es la meilleure !

Une exclamation enthousiaste retentit à chaque vêtement découvert, je n'ai donc apparemment pas perdu la main. Il faut dire que je connais bien leurs goûts, depuis le temps. Les voici qui redescendent propres et radieux, sans plus aucune trace de cambouis sur les mains. L'un après l'autre, je les détaille, attendrie. De toute évidence, leur maniaquerie d'entretien de la maison n'était pas arrivée jusqu'à leur placard. Adieu tee-shirts aux taches suspectes et jeans déchirés, bonjour pantalons éclatants et chemises repassées. D'ailleurs, une amélioration en amenant une autre, c'est coiffés et parfumés qu'ils me foncent dessus et m'écrasent dans le fond du canapé pour me remercier.

Nous voici partis au Jack's, le bar que nous fréquentons depuis des années pour son ambiance conviviale. De style country avec une piste de danse pour les amateurs, il fait aussi restauration. De la bonne cuisine américaine avec des grillades, des sauces avec du gras et du sucre, tout ce qu'on aime. Ravie d'y revenir, je suis tout de même étonnée, et surtout déçue, qu'il manque une personne.

– Wade ne vient pas ?

– Il avait un truc à faire. Il nous rejoindra plus tard.

Encore un truc, un bidule ou un machin. Ça me saoule tous ces mystères ! Heureusement que l'excitation prend le dessus lorsque je redécouvre la salle habillée de bois du sol au plafond. Le bar est comme dans mes souvenirs, très animé, et la musique entraînante un peu trop forte. Les garçons se dirigent vers le fond, où c'est plus calme pour manger. En les suivant, je laisse mon regard dériver sur les clients en souriant, quand mon enthousiasme retombe aussi brutalement qu'un ballon qui éclate. Je suis tellement interloquée que je pile au milieu de l'allée. Raven tique également en découvrant Wade, assis à une table et entouré de trois filles. Déjà, ça pique, mais ce serait moins dramatique si l'une d'elles n'était pas un peu trop proche de lui, pas sur ses genoux mais il n'en faudrait pas beaucoup plus. L'ambiance est à la fête, ils parlent fort et rient beaucoup. Une tempête de sentiments désagréables s'abat sur moi, une de celles qui me donnent envie de foncer dans le tas, grimper sur la table et distribuer des tartes. Wade aura la sienne, peut-être même la première.

– Laisse tomber pour l'instant et avance, souffle Raven en me pinçant la taille.

– Tu plaisantes ?

– Non. C'est ta soirée alors on va en profiter. Tu lui feras sa fête demain.

Ma soirée, elle a raison. Par chance, les garçons se dirigent vers une place éloignée, ce qui m'évitera d'avoir les autres sous les yeux.

Les verres sont commandés et l'ambiance est joyeuse, même si j'ai bien du mal à ne pas laisser mon regard dériver vers la tablée bruyante plus loin. Est-ce que cette fille est obligée de se coller à mon mec comme ça ? Je manque d'avaler de travers lorsqu'elle l'embrasse. Il va y avoir un bain de sang ! J'admets que Wade la repousse, mais trop gentiment à mon goût. J'enrage. Il ne nous a même pas remarqués, trop accaparé par les chaudasses, si bien que l'instant d'après, lorsque le hasard l'amène à croiser mon regard, il cille. Lui est surpris, moi méchamment contrariée, ce qui ne devrait pas lui échapper.

C'est pourtant le cas. Il devrait être mal à l'aise face à ma colère, blêmir ou afficher un air contrit, mais pas du tout. Il m'adresse un grand sourire et reprend sa discussion. J'en reste baba. Il a intérêt à avoir une bonne explication, du genre ce sont mes sœurs ou ma mère et mes tantes, parce que rien d'autre ne me conviendra. Le plus perturbant dans l'histoire, c'est le décalage entre son comportement et les paroles qu'il a prononcées dans la douche. Non, pas un décalage, un gouffre. Monsieur veut du sérieux alors qu'il se fait tripoter par trois nénettes deux heures plus tard. Et pas trois jeunes filles sages, elles font carrément mangeuses d'hommes dans leurs tenues moulantes en cuir, avec les seins qui menacent de s'éjecter d'un haut trop serré. L'autre va lui crever un œil à force de les agiter sous son nez.

Je pourrais aller le trouver et lui coller mon verre dans la figure. Je pourrais, mais ça ne me ressemble pas. Déjà, sauf si j'ai peur, je ne crie pas, jamais, parce que c'est désagréable et que ça fait mal aux oreilles. De plus, c'est inutile quand on a un frère comme Matt, qui monte le volume bien plus fort que moi, même capable de couvrir trois chanteurs de *death metal*. Ensuite, je fonctionne sur le mode de la confiance… Là, clairement, celle que j'ai en Wade vient de s'ébrécher. Certes, je ne hurle pas, mais je ne suis pas un ange non plus. Ce sera dent pour dent, j'aurai ma revanche.

Le voilà qui se lève. Très bien ! Qu'il parte, j'ai ma dose pour ce soir. Pour l'année, même. Persuadée qu'il a atteint le niveau maximum de mec en carton, il trouve le moyen d'en rajouter une couche en venant à notre table. Et accompagné de ses pintades, s'il vous plaît. Cet inconscient affiche un air radieux que je lui effacerais bien à coups de talon. Il va réussir à me rendre violente.

– Je les ramène chez elles et je vous rejoins.

– OK. À tout de suite.

C'est Matt qui répond, il est évident que ça ne peut pas être moi puisque j'ai les dents soudées pour retenir le flot d'insultes qui se bousculent derrière mes lèvres dans l'espoir de les franchir. Je lutte, vraiment. C'est ça, tire-toi avec tes greluches ! Dégage de ma vue le menteur ! Du sérieux... Je t'en ficherais à coups de pelle sur la tête du sérieux !

Si Raven est renfrognée par solidarité, les garçons se désintéressent royalement de l'attitude de Wade, même Ben qui devrait comprendre et compatir. Pourtant, ça dérape – chouette ! – quand l'une d'elles, visiblement attirée par Matt, l'aborde en minaudant. C'est mal, mais je jubile lorsque mon colérique adoré recule vivement afin d'échapper aux ongles longs et peinturlurés qui s'accrochent à son épaule.

– Tu me touches pas !

Elle sursaute et bondit en arrière, puis rajoute trois pas pour être hors zone de morsure. C'est bien mon Matt. Pour une fois, son sale caractère me met en joie. Wade, qui sent le vent tourner, pousse ses protégées vers la sortie. C'est ça, de l'air ! En plus, son comportement m'estomaque. Ni un mot ni un coup d'œil, il s'en va tranquillement. Il ne m'a même pas calculée !

Je suis furieuse et ma soirée est bel et bien gâchée. Je participe à peine aux conversations, laissant mon regard dériver sur la salle pour essayer d'oublier Wade l'abruti, ce qui me permet de repérer une tête connue. Alex se trouve dans la partie jeux avec un groupe. Je le fixe malgré moi pendant qu'il chahute avec ses amis autour d'un billard. J'envie surtout sa bonne humeur, mais Raven me rappelle à l'ordre en me collant un coup de pied sous la table puis en me faisant les gros yeux. Elle me connaît trop bien. J'admets que ce n'est pas la décision la plus logique que d'aller parler à l'ennemi de Matt, mais il me changerait les idées. Il l'a toujours fait. De plus, je n'ai vraiment pas envie de me retrouver face à Wade, je suis trop en colère. Raven se penche pour chuchoter à mon oreille :

– Tu veux vraiment faire ça ?

– Si tu parles de me tirer d'ici avant son retour, oui, c'est l'idée.

– J'approuve, il l'a bien mérité. Mais Matt et Ben ne te laisseront pas partir avec… machin. Tu rêves tout debout.

– Je sais bien, raison pour laquelle je ne vais pas leur demander l'autorisation. Il faut la jouer fine.

Elle gémit en plaquant une main devant ses yeux. Je suis en pleine réflexion quand Ben, sans le vouloir, m'offre la solution.

– Matt, on se fait un billard ? Ça fait un bail que je ne t'ai pas collé une raclée.

– Toi, tu as une vie parallèle. Tu ne m'as jamais battu. Viens, je vais encore te le prouver.

La déesse de l'amour est en vacances ce soir, mais celle des femmes contrariées déboule à ma rescousse.

– Vous venez, les filles ?

– Non merci. Vous allez encore nous demander de prendre parti et ça va mal finir. Pour nous.

– Pas du tout ! Si vous restez de mon côté, tout se passera bien, ironise Matt.

Il ravale son sourire pour lâcher un grognement en apercevant la bande déjà en place. Ben l'encourage d'une tape dans le dos et le mène vers la table libre à l'opposé. Maintenant que leurs oreilles sont hors de portée, Raven se tourne vers moi.

– Mais pourquoi Alex ?

– Difficile à expliquer. Ma relation avec lui est si étrange qu'elle m'échappe aussi.

– Les garçons vont se rendre compte que tu es partie, ne rêve pas.

– Évidemment, mais je vais les prévenir par message que je suis avec un ami.

– Un ami ? Sûr que ça va les rassurer ! se moque-t-elle. Ils vont retourner la ville pour te retrouver et avec moi dans leur bagage, alors merci du cadeau.

– Pour Matt, c'est sûr. Pour Ben, je compte sur toi pour lui faire comprendre que tout va bien. Si tu lui expliques, il gérera Matt.

– Je fais comment ? Je lui demande de m'accompagner aux toilettes ?

– Roooh, tu es la fille la plus débrouillarde que je connaisse, alors improvise.

– Je sais faire, je l'enverrai me chercher un verre. J'avoue qu'à ta place je serais partie aussi, pas envie de me retrouver face à Wade après ça. File, je vais gérer, mais tu me tiens au courant.

Une accolade en remerciement et je me dirige discrètement vers Alex. Je ne connais pas ceux qui l'entourent, alors je m'immobilise derrière un poteau, hors de la vue de mes frères, et patiente jusqu'à ce qu'il me remarque. Je ne m'attends pas à jouer la plante verte longtemps car il est toujours à l'affût, encore un trait de caractère qu'il partage avec Matt. Quelques secondes sont à peine passées quand il accroche mon regard. Il ne me reste plus qu'à utiliser mon don pour parler mentalement, autant dire que si Alex n'est pas réveillé, nous ne sommes pas sortis de l'auberge. J'attaque par le plus simple, je pointe l'extérieur du pouce en accompagnant mon geste d'un coup de menton. Il me fixe, en pleine confusion. Puis un sursaut et il attrape sa veste en s'adressant à ses amis. Hop, je file dehors sur la pointe des pieds en rasant les murs. À chaque pas, j'ai la trouille d'entendre beugler « Nell ! Reviens ici tout de suite ! » Mais non, Matt est trop occupé à charrier Ben qui prend sa tôle au billard, comme toujours.

J'attends sagement sur le parking, Alex me rejoint très vite, l'air inquiet.

– Un problème ?

– Tu veux bien qu'on aille faire un tour ?

Il acquiesce et tend le doigt vers la droite.

– Ma voiture est là.

Je le suis jusqu'à une berline grise toute simple, ce qui me fait ricaner. Alex est pincé et se justifie une fois que nous sommes à l'intérieur en agitant la main :

– Tu sais bien, le coup des cordonniers les plus mal chaussés, tout ça.

– Oui, je vois bien. Elle n'est pas si mal, propre, récente. Juste… ultra simple, quoi.

– J'en avais marre d'être la cible des filles à la recherche d'un mec friqué. Je suis beaucoup plus tranquille depuis que j'ai cette bagnole passe-partout.

Je me tasse brutalement dans le fond de mon siège quand le 4 × 4 de Matt surgit sur le parking, avec Wade au volant. Je reste planquée jusqu'à ce qu'il soit entré dans le bar. Alex ne dit rien mais sourit devant la scène de polar que je lui fais vivre.

– C'est donc lui le problème ?

– Oui. Il m'a énervée.

– Tu veux que je te ramène chez toi ou on va faire un tour ?

– Un tour pour me calmer, s'il te plaît.

Nous roulons en silence pendant une dizaine de minutes, puis il pénètre sur un parking privé, se gare au pied d'un bâtiment et coupe le moteur.

– On est chez moi. Viens.

Voilà une nouveauté. Nous franchissons encore un cap. Curieuse de découvrir son intimité, je le suis jusqu'à une porte au quatrième étage. Papa a dû fournir un joli petit chèque, l'immeuble est plutôt classieux.

Avant d'entrer chez lui, j'envoie un texto à Matt, à Ben, puis un autre à Raven pour lui préciser où je me trouve. J'ai confiance en Alex, mais c'est un vieux réflexe que nous avons pris toutes les deux, y compris le temps d'une course rapide, parce qu'il y a trop de tarés sur cette planète. Aucun message pour Wade bien entendu. Lui, il faut qu'il cogite. D'ailleurs, va-t-il seulement s'inquiéter ? Se pavaner devant moi avec trois nénettes au bras ne l'a pas vraiment interpellé, autant il ne se rendra même pas compte de mon absence.

– Installe-toi, je nous sers à boire.

J'ai juste le temps de poser une fesse sur le canapé, pas deux, que mon téléphone vibre. J'ai peu de doute sur le plus réactif de la bande, alors c'est sans surprise que je découvre son nom qui clignote sur l'écran.

Matt : C'est qui ? Où tu es ? Pourquoi tu nous laisses en plan comme ça ?

Réaction normale. Je ne vais pas lui mentir, je n'aime pas ça.

Moi : J'avais besoin de partir, ne m'en veux pas. Je t'expliquerai, mais en attendant, fais-moi confiance s'il te plaît. Je t'aime

Matt : Tu vas bien ? Dis-moi si on t'a fait quelque chose, je lui démonte sa face. Ça va ?

Là, il vaut mieux mentir.

Moi : Oui, ça va très bien. Je ne sais pas quand je rentre, peut-être demain. Je suis en sécurité, ne t'inquiète surtout pas.

Matt : Ben me gonfle pour que je te lâche, tu as de la chance. Tu m'appelles si besoin. Tu me sonnes et je viens te chercher, à n'importe quelle heure. Je t'aime aussi.

Il cède. Stupéfiant ! Assez facilement, en plus. Je peux remercier Ben et Raven, ce que je fais aussitôt pour saluer leur prouesse. Ensuite, je m'affale dans le canapé quand Alex me rejoint avec un plateau garni de verres.

– Tu veux boire quoi ?

– Du lourd, j'en ai besoin. Je te fais confiance.

– Un Black Russian, donc, répond-il en souriant.

Il m'épate, il connaît ma boisson « lourde » favorite. Pendant qu'il s'affaire, je cogite. Je me sens amorphe et vide, une sensation de trahison qui prédomine, accompagnée d'un pincement au cœur. Et un gros. Wade me plaisait beaucoup et j'étais confiante. « Je suis sérieux. » Tu parles ! Le pire, c'est qu'il n'a même pas eu l'air de se rendre compte de ce qu'il me faisait. Parce que ça fait vachement mal ces conneries de mec à la con ! Me serais-je fait avoir comme une débutante ?

À y repenser, je peux assumer ma part de faute. Notre histoire a démarré trop vite, je n'ai rien contrôlé, et je me suis carrément emballée après ses belles paroles. Je me suis trompée, maintenant je dois encaisser. Mais la vache, ça pique fort ! Voilà un apprentissage dont je me serais bien passée.

Les vibrations de mon téléphone me sortent de mes lamentations. Wade. Alors là, pas question de lui parler ! Il ne va pas s'en tirer aussi facilement qu'avec un coup de fil. D'ailleurs, pourquoi je pense à ce qu'il s'en tire ? Impossible, pas si tôt. Je refuse l'appel, il retente immédiatement. Il ne peut pas être pire que Matt, quand même ? Je refuse à nouveau et mets mon téléphone en silencieux afin de rester joignable pour mes frères. Pour Wade, je m'en fiche.

Quelle grosse menteuse ! Je ne m'en fiche pas du tout, je voudrais qu'il s'inquiète. Non, autant être franche, je voudrais qu'il se fasse un méga flip, qu'il implore mon pardon demain à mes pieds. Ouais, c'est ça que je veux, au minimum. C'est beau de rêver. Autant, il ne fera rien de tout cela, peut-être qu'il m'engueulera et m'enverra promener. En vrai, il n'en a rien à faire de moi, juste un amusement et maintenant c'est fini. Génial, je me plombe toute seule le moral, je suis vraiment très forte. Où se trouve mon verre que je m'y noie tout de suite ?

Alex me le tend, et lorsque je m'en empare, je vois flou. Il ne manquait plus que ça. C'est la débâcle, voilà que je chiale pour un mec. Compatissant, Alex me serre l'épaule.

– On parle en buvant ou on boit en silence ? C'est comme tu veux.

– Tu es d'humeur à écouter chouiner une fille qui vient de se faire plaquer et qui va te pourrir la soirée ?

– Te concernant, je suis toujours prêt à tout. Viens là.

En souriant, il m'invite en ouvrant les bras. Je ne peux pas refuser un peu de réconfort, alors je me pelotonne contre lui. Ça aussi c'est une vieille habitude. La première fois qu'il m'a consolée, je venais de tomber de mon vélo fraîchement dépouillé de ses petites roues. Décidément, Alex doit me prendre pour une gamine. Il faut dire que j'y ressemble fortement à cet instant précis.

– Allez, raconte tes malheurs avec Wade.

– On sortait ensemble, jusqu'à ce soir du moins, et en cachette de Matt. Enfin, je crois qu'on sortait ensemble, je ne suis plus très sûre maintenant. Tu vois, c'est déjà tordu dès le départ notre histoire, normal que le final soit un crash.

– Il s'est passé quoi ? Raconte-moi que je puisse juger.

Je lui confie tout, y compris ce que je ressens, ou ressentais, je ne sais même pas quel temps je dois utiliser. Si, au présent. Après tout, l'envie de le frapper, c'est bien un sentiment.

– Analysons par étapes vu que tu n'y connais rien en relation amoureuse.

– C'est un bien grand mot en l'occurrence. Tu pourrais dire une histoire de sexe, je crois que ça y ressemblait plus.

– Pour lui, peut-être, mais vu ta tronche, c'était plus que ça pour toi.

– Voilà qui me fait beaucoup de bien. Tu es une épaule parfaite pour enfoncer, pas pour remonter le moral.

– Tu m'as toujours apprécié pour ma franchise et ce n'est pas moi le sujet ce soir. Déjà, contrairement à ce que tu penses, il ne t'a pas plaquée, tu le saurais au lieu de te poser la question. Moi aussi, parce que tu mouillerais ma chemise. Il s'est juste comporté comme un con.

– Si tu le dis, je bougonne.

– Ton portable s'allume comme un sapin de Noël, j'imagine que c'est lui qui appelle puisque tu ne réponds pas. Donc, j'insiste, il ne t'a pas plaquée. Personnellement, je ne harcèle pas une fille dont je veux me débarrasser.

Pas faux. C'est étonnant comme il parvient à étouffer mes envies de violence. Dans deux minutes, il va réussir à me culpabiliser, ça ne va pas du tout !

S'il était aussi posé quand il fait face à Matt, ils n'en seraient pas à se bouffer le nez tous les deux.

Nous discutons de tout, de rien, et petit à petit, je me sens bien mieux. Je me surprends même à rire de plus en plus souvent, il est magique. Il est trois heures du matin, Wade s'obstine à épuiser la batterie de mon téléphone. Matt ne m'a envoyé que cinq messages auxquels j'ai répondu aussitôt, bien entendu.

– Il est temps de voir ce que Wade te raconte. On lit, et en fonction, nous verrons si nous lui répondons, ou pas.

– Nous ? je m'amuse.

– Ouais, nous formons une équipe, ce soir. Je suis l'entraîneur, tu es le joueur débutant.

Je fais défiler les messages, les quarante-sept messages de Wade. Je remonte pour suivre le cheminement de ses pensées et je ne suis pas déçue en lisant les premiers.

– Tu vois ! Il râle et me demande des comptes.

– Ça commence mal, il ne pose pas les bonnes questions, approuve Alex en grimaçant.

– Ah ! Regarde, il change de ton, il devient inquiet.

– Il est peut-être long à la détente. Continue, il finit sûrement par te demander pardon.

Nous arrivons au dernier envoi. Je soupire et le verdict tombe de la bouche d'Alex :

– Ah non. Il n'est pas lent, il est juste con.

Aucune excuse ou explication sur son comportement. Il n'a rien pigé. Je fais à nouveau défiler les messages tant ça me semble impossible.

– Il est à côté de la plaque. Il ne fait pas le lien entre ton départ et les trois filles.

– Pourtant, elles étaient voyantes, je grommelle.

– Dis, tu y tiens vraiment à ton Wade ? Parce que ce n'est pas le couteau le plus affûté du tiroir, hein.

Il se bidonne, je lui fais les gros yeux.

– OK, je n'ai rien dit, mais vu ses capacités d'analyse, tu n'avanceras jamais si tu persévères dans le silence.

– C'est-à-dire ?

– En clair, puisqu'il a l'air trop à l'ouest pour faire le rapprochement, il faut que tu t'en charges.

Soit, je vais l'aiguiller. Pour commencer, je sélectionne le message qui m'agace le plus pour y répondre.

Wade : c'est quoi ce bordel, tu es partie où et avec qui ?!!!

Moi : Tout va bien, je suis avec les trois frères de tes copines.

Ça me paraît assez clair pour qu'il fasse le lien.

Wade : C'est pas trop tôt ! Tu es fatigante à pas répondre ! C'est quoi ces conneries ? Tu es où ? Je viens te chercher.

Moi : Non, je suis occupée.

Wade : Arrête de te foutre de moi !
Si tu es avec un mec, ça va barder !!!

Moi : Oui, mais moi, je ne suis qu'avec
un seul mec, pas trois.

Wade : Tu racontes n'importe quoi, je
ne pige rien. Tu cherches quoi ? Juste
à faire ton intéressante ? Tu veux que
je retourne la ville pour te retrouver,
c'est ça ?

Alex est dépité et claque sa langue avant de se taper la tête.

– Non, mais sérieux, il est grave.

– Il ne décode pas le second degré. Je vais passer au premier, sinon on ne va pas y arriver.

Moi : Soit tu as décidé de me pousser
à bout, soit tu es vraiment débile.
C'est quoi que tu ne comprends pas
au juste ? Pourquoi je suis partie à ton
avis ? Réfléchis !

Statu quo pendant quelques minutes, sa cervelle doit tricoter. Enfin, un message ! Voyons le résultat d'une intense réflexion chez Wade.

Wade : Je sais pas ! c'est pour ça que
je suis en colère contre toi !

– Mais il est stupide, c'est pas possible ! s'exclame Alex.

Il se jette en arrière et écrase une main sur ses yeux en gémissant. J'avoue qu'il m'épate aussi.

Je me demande si je ne préférerais pas qu'il le fasse exprès. Allez, je ne lâche pas.

Moi : Je vais t'aider. Là, je suis avec trois copains. Il y en a un qui est chaud bouillant, il se frotte à moi et tente de mettre sa langue dans ma bouche.

Wade : Dis-moi tout de suite où tu es je vais les démonter !

Moi : Et pourquoi veux-tu faire ça ?

Wade : Tu le fais exprès ?! On est ensemble, personne d'autre te touche !

Mes narines se collent quand j'inspire fort pour rester calme. Allez, je passe sur son langage parce que chaque chose en son temps. C'est laborieux, mais on avance.

Moi : Vu que tu te faisais toucher par d'autres, je croyais que c'était normal. Ça ne l'est pas ?

Pas de réponse, j'ai fait mouche. Alex souffle.

– Je crois qu'il a enfin allumé la lumière à tous les étages.

Sa réponse le confirme. Alléluia !

Wade : C'est pas pareil. C'était pas grave. Elles ne m'intéressent pas ces filles-là.

Moi : Si, c'est pareil. Et sois rassuré, ces mecs ne m'intéressent pas non plus, c'est juste comme ça.

Wade : Nell, déconne pas. Me fais pas ça, je le supporterai pas.

Moi : À quel moment tu t'es posé la question pour moi ? Si j'allais le supporter et si tu pouvais me faire ça ?

Wade : J'avais pas le choix, mais je te jure qu'elles ne sont rien pour moi. Nell, dis-moi où tu es.

Moi : Si, tu l'avais. Et tu as fait le choix de faire le malin avec trois filles dont l'une t'a embrassée. Quand tu m'as vue, tu as fait le choix de m'ignorer. Tu as fait le choix de me faire mal. Maintenant, assume.

Wade : Non ! je ne voulais pas te faire du mal, jamais !

Moi : Trop tard, c'est fait. J'ai mal. Maintenant que tu as compris, fiche-moi la paix et médite, je ne te réponds plus.

Cette tête de pioche continue tout de même à envoyer des messages, que je ne regarde pas. Alex tapote gentiment mon genou.

– Tu vas en baver. C'est clair qu'il n'y connaît rien en relation et il t'en fera d'autres de ce genre.

Pourtant, je pense sincèrement qu'il n'a pas réfléchi. Tu as tiré le gros lot, s'amuse-t-il.

– Arrête de traiter mon mec de débile, tu vas finir par me vexer.

– Donc, ça y est, tu le considères à nouveau comme ton mec. Il a finalement réussi à te convaincre. En fait, il est peut-être super rusé et il nous a bernés.

Deux coups résonnent contre la porte d'entrée. Nous sursautons et échangeons un regard affolé. Comment Wade a-t-il fait pour nous trouver ? C'est la poisse, il va tout démonter ici, surtout la tête d'Alex. Les coups reprennent et un détail m'interpelle.

– Si c'était Wade, il ne frapperait pas si doucement sur la porte. Il l'aurait défoncée, non ?

– Sûr, c'est trop délicat pour être ton monstre.

Tranquillisé, il se lève, restant tout de même sur ses gardes au moment de se coller à l'œilleton. Puis il sourit et ouvre à Ben. À Ben ? C'est mieux que Wade mais pas beaucoup plus normal. Il vient aussitôt vers moi et me prend dans ses bras.

– Je suis désolé. Wade est parfois un peu… Disons qu'il ne réfléchit pas toujours et c'est la première fois qu'il a une copine. Ça ne l'excuse pas et tu as raison de ne pas laisser passer. Je l'ai vu se décomposer en lisant tes messages. Il est super inquiet, je t'assure qu'il mesure l'ampleur de sa connerie. J'ai préféré le laisser cogiter et te rejoindre pour que tu ne restes pas seule.

– Tu es adorable.

– Bien, il a donc été décidé que vous squattiez mon appart cette nuit, marmonne Alex en débarrassant la table.

– Toi, ne râle pas ou on appelle Matt pour qu'il vienne dormir avec nous.

Il ouvre grand les yeux en mimant la terreur, puis nous éclatons de rire en imaginant Matt ici. Ensuite, Alex tape dans ses mains.

– Je propose que nous allions nous coucher. Je bosse demain. Je n'ai qu'une chambre d'amis que vous partagerez, alors venez.

Dans la pièce toute simple, il ouvre un placard en m'invitant à lui piquer un truc pour dormir, puis s'en va dans la salle de bains avec Ben. Brossage de dents entre mecs, j'espère qu'ils ne vont pas cracher partout dans le lavabo puisque je passe juste après.

Je farfouille dans ses tee-shirts pour trouver le plus long quand je tombe sur l'un d'eux qui me fait sourire. Ben a le même, c'est marrant. Je l'enfile et m'aperçois qu'il a exactement le même défaut, la tache en bas. Perplexe, je la gratte avec un ongle lorsque Ben apparaît.

– À ton tour !

En me couchant un peu plus tard, je suis toujours turlupinée par cette histoire de tee-shirt taché, mais je sombre dès que je m'allonge à côté de mon frère.

CHAPITRE 12

Chandeleur ?

Une très belle nuit, mais un réveil difficile. J'émerge juste avant midi et seule dans le lit. Parfait ! Ben a dû préparer le petit déjeuner. Embrumée, je suis l'odeur du café frais et les voix qui résonnent. J'arrive à bon port dans la cuisine, où ils sont attablés. Je marmonne un « bonjour » auquel ils ne répondent pas. Enfin si, mais en pouffant devant ma face chiffonnée et en se moquant de mes cheveux en pétard. Je lâche un grognement et m'assieds sur les genoux de Ben pour lui piquer son mug. Bon prince, il me le cède sans moufter et dépose même un baiser sur ma joue. En hôte parfait, Alex lui en ressert un et me tend une tartine au passage.

– Avale. Tu vas avoir besoin de forces, ton portable est saturé de messages. Wade ne te lâchera pas, tu vas devoir t'expliquer avec lui.

– C'est prévu, mais c'est plutôt lui qui devra s'expliquer.

– Ne t'inquiète pas pour Matt, il sait que je suis avec toi. En revanche, il ne sait pas où, alors ne gaffe pas, précise Ben.

– Mettons-nous d'accord tout de suite. Nous lui dirons que nous étions dans l'appart de Raven puisque tu as les clés.

– Vendu !

Le petit déjeuner terminé, je me traîne vers le canapé et m'y vautre sans grâce, puis j'attrape mon téléphone. Voyons voir ces messages. Wade n'a pas fait semblant, il en a envoyé toute la nuit et il continue.

Wade : S'il te plaît. Me laisse pas
comme ça.
Wade : Mon nord, j'ai besoin de toi.
Wade : Ça me tue, Nell, je deviens fou.

Il est fort, voilà qu'il me fait de la peine. Je vais bientôt culpabiliser de l'avoir laissé se morfondre toute la nuit. Il est temps de mettre fin à son calvaire. Avant, je remonte dans les messages, tous de la même veine. Il demande pardon, il ne pensait pas me faire du mal, il est désolé, il fera attention, je suis chiante, que… Quoi ?! J'ai mal lu, il n'a pas dit ça ! Je relis et si si, il l'a bien écrit. D'ailleurs, je découvre qu'il est passé par une phase de colère, car j'ai quelques messages pas cool du tout.

En même temps, je ne peux pas lui en vouloir d'être agacé par mon silence, à sa place, j'aurais sûrement été plus incisive. Pour être honnête, j'aurais pété un plomb.

Moi : Viens de me lever, tu aurais
mieux fait de dormir aussi.

Wade : Tu plaisantes ?! T'arrives à
dormir, toi ? Ça te fait rien alors ?!!!

Moi : Hé ! Je te rappelle que c'est
à moi que ça a fait quelque chose.
Et stop, on en parlera face à face,
pas en texto.

Wade : Où tu es ? Je viens te chercher
tout de suite.

Je suis présentement sur le canapé d'un mec, en culotte et avec son tee-shirt sur le dos, mais il est plus sage de le taire.

Moi : Je suis avec Ben, on va rentrer.

Wade : Alors magnez-vous !

Je fonctionne encore au radar, me presser n'est pas possible. Je lâche mon portable en soufflant, et pendant que je m'extirpe du canapé sans aucune souplesse, Ben, déjà prêt, entre dans la cuisine et se met à ranger. Rien d'anormal à priori, il agit comme d'habitude en posant tout bien à sa place, mais il est particulièrement efficace alors qu'il n'est pas chez lui. Moi, je galère encore à trouver certains ustensiles chez nous, lui n'a pas une seule hésitation ici.

Pourquoi connaît-il cette cuisine comme sa poche ? Ça, plus le tee-shirt taché, mes méninges ramollies se mettent quand même au travail. La réponse qui s'impose me fait presque hurler de rire. N'importe quoi ! Il faut que je redescende sur terre. Pourtant… Impossible, ça serait complètement dingue, au point que j'éclate pour de bon.

Les sujets de mon hilarité s'approchent et m'observent, dubitatifs.

– Wade a réussi à faire de l'humour dans ses messages ? Quel retournement ! lance Alex.

– Pas du tout, il m'a traitée de chieuse.

– Et tu trouves ça drôle ?

– Du tout, mais j'ai pris une décision. Alex, viens voir ici, je l'invite en tapotant le canapé.

Ne soupçonnant aucun piège, il s'installe à côté de moi.

– Quel coup tordu as-tu inventé ?

Je grimpe sur ses genoux, l'enlace et caresse sa nuque du bout des doigts.

– Écoute bien mon plan, mon petit Alex, ça va te plaire.

Mal à l'aise, son regard glisse à droite puis à gauche, il ne sait où le poser, mais surtout pas sur Ben qui se raidit. Allons-y gaiement, j'embrasse le beau blond qui se pétrifie, lèvres serrées et yeux écarquillés. À l'inverse, Ben ouvre grand la bouche mais aucun son n'en sort. Pourtant, je vois bien qu'il lutte contre l'envie de m'attraper pour me dégager de là. J'enfonce le clou en posant une main sur sa joue mal rasée et me fais charmeuse.

– Comme tu es attiré par moi depuis longtemps, et moi aussi, j'ai décidé que nous allions nous mettre ensemble. Tu es content ?

L'un tousse, l'autre s'étrangle. Ma proie adresse un regard désespéré à Ben. L'appel au secours est compris, mon frère fonce à sa rescousse.

– Nell, ce n'est pas une bonne idée. Ça compliquerait encore les choses, vraiment.

Ah oui ? Pour qui, petit cachottier ? Je vais te faire avouer, tu vas voir. Pour l'aider, j'enlace Alex et me plaque contre lui. Affreusement gêné, il lève les mains qu'il garde en l'air.

– Mais non. Ça va très bien se passer, t'inquiète.

Ils s'interrogent du regard, en pleine panique. Ils sont ridicules alors j'éclate de rire.

– Tu peux me dire ce que tu trouves si drôle ? s'agace Ben.

– Vous ! Je me venge parce que vous vous fichez de moi.

– Mais… de quoi parles-tu ?

Il me toise mais son ton hésitant le trahit. Ça suffit les bêtises, puisqu'il refuse d'avouer, je ne prends pas de gants :

– Vous couchez ensemble depuis quand ?

Stupéfaits, ils ne réagissent pas pendant un instant puis j'entends les rouages de leur cervelle se mettre à grincer. Certainement dans l'intention de me rouler dans la farine, donc je lève un index menaçant :

– Non, non, non. Ne tentez même pas de m'embrouiller, je vous ai grillés. Mais je reformule ma question puisque la première ne me regarde pas. Depuis quand êtes-vous ensemble ?

Soupirs, lassitude, mais Alex cède :

– Un an.

Leur embarras me plaît beaucoup, alors j'en remets une couche :

– Tu n'as pas pu m'avoir alors tu t'es rabattu sur mon frère ?

– T'es con.

Il accompagne ses mots d'une tape sur ma main. Si lui s'amuse, Ben se renfrogne et me râle dessus :

– Nell, ça serait sympa que tu arrêtes de te marrer, c'est limite vexant. Et tu descends de ses genoux. Tout de suite !

– Du calme. Je ne vais pas te le piquer, c'était pour déconner.

– La situation ne te choque pas plus que ça, c'est déjà pas mal.

– Vous faites bien ce que vous voulez. Moi, tant que Ben est heureux, je le suis. Ça aurait été un choc si je vous avais surpris en pleine séance de galipettes. Ce n'est pas le cas, ouf pour nous trois ! Ce qui m'intéresse, c'est que vous m'expliquiez comment vous vous êtes rendu compte que vous vous plaisiez ? Parce que ce n'était pas gagné quand même.

– Pas de grande révélation un jour en se regardant, tu t'en doutes. C'est venu insidieusement. Après ton départ, je me suis aperçu que j'étais toujours attiré par les triplés. Petit à petit, ça a mûri dans mon esprit et j'ai compris que c'était Ben.

– Étonnant que ce ne soit pas Matt, je le charrie.

Alex prend un air horrifié alors que Ben ricane rien qu'à l'idée.

– T'es folle ! s'exclame-t-il, je n'y ai même jamais pensé.

– Et toi, Ben ?

– Un peu pareil. Ça a germé lentement. Je ne comprenais pas pourquoi mon regard se posait si souvent sur lui dès qu'on se croisait dans des soirées. Et surtout, que je ne ressentais aucune hostilité.

– On a quand même mis deux ans pour piger.

– Ce n'est pas si long quand tu penses que ça chamboule tout ce que vous pensiez savoir de vous. C'est une grosse remise en question. Si je me mettais à rêver de choper Raven dans un coin sombre, ça me prendrait du temps pour encaisser le choc.

– Tu m'étonnes. Ça m'a fait tout drôle, répondent-ils d'une seule voix.

– Voilà qui ne va pas me simplifier les choses, je grommelle. Si nous sommes tous alliés pour gérer Matt et que vous savez tous pour moi et Wade, je suis la seule à savoir pour vous deux, Matt étant le seul qui ne sait absolument rien.

– Voilà, quitte à faire dans le grand n'importe quoi, allons jusqu'au bout, marmonne Alex. Vous êtes vraiment des cas, les triplés.

Ben lui fait les gros yeux et ramène la conversation sur le sujet le plus important :

– Et il est la priorité. On s'y met tous parce que c'est le pilier le plus costaud à bouger pour changer les choses. Une fois que son cas sera réglé, c'est-à-dire quand il sera occupé à folâtrer sous la jupe de Raven, on pose le reste sur le tapis sans drame.

– Nous sommes bien d'accord, mais un problème à la fois. Je dois aplanir la situation avec Wade. Je vais lui donner rendez-vous dans le coin et tu me ramèneras ensuite à la maison.

Une heure plus tard, attablée dans un café, je sirote un jus d'orange en attendant Wade. Il apparaît, renfrogné, et franchit la porte comme s'il partait au combat. Il me cherche, me trouve et avance sur moi comme prêt à en découdre. Je me tasse sur ma chaise par réflexe. Mais non ! Je ne vais quand même pas me laisser impressionner. Je me redresse, le menton fièrement relevé, prête à l'accueillir et à lui expliquer sans mâcher mes mots qu'il est l'unique fautif. Il va vite comprendre que… Mes encouragements mentaux sont brutalement interrompus quand, sans que je le voie venir, il m'attrape par la veste et se jette sur ma bouche. Il m'écrase et me serre, puis il finit par me laisser respirer en lâchant mes lèvres et s'assied contre moi sur la banquette. La joue posée sur mon épaule, il chuchote contre mon cou :

– Ne me refais plus jamais ça. Comment j'étais en flip !

Je prends quelques secondes pour me remettre de la tornade et touche mes lèvres pour être certaine qu'elles sont encore là. Il m'a carrément mangée, j'en suis toute retournée. Pourquoi sommes-nous ici au fait ? Ah oui ! Ça me revient.

– C'est valable aussi pour toi. Tu t'es comporté comme un abruti. Je vais te faire un résumé, histoire que tu comprennes bien.

– Non, mais c'est…

– La ferme, Wade ! Tu écoutes mon point de vue d'abord.

Il cille mais attend sagement. Je lève un premier doigt sous son nez :

– En un : je rentre dans le bar dans lequel tu savais que je venais puisque nous avions tous rendez-vous et je te trouve en train de rire et t'amuser avec trois poules. En deux : tu te fais embrasser par l'une des pintades. En trois : quand tu me vois, tu ne me calcules même pas, tu restes avec elles. En quatre : tu te pointes ensuite à ma table sans même me regarder et tu annonces que tu te barres avec tes dindes pour les ramener chez elles. En cinq : tu me plantes comme une crotte sans un mot.

Plus j'avance dans mon explication et plus mon ton devient dur. Et plus le champ lexical de la volaille prend de l'ampleur, marrant, ça. Allez, je reprends mon souffle et pose le point final :

– Après ça, tu t'étonnes que j'aie plus envie de te gifler que de te parler ? Tu ne te foutrais pas un peu de moi ?

Déstabilisé, il me fixe en silence un instant, avant d'ouvrir la bouche, presque hésitant :

– Je… ouais… vu comme ça, j'ai grave déconné. Je te jure que je n'y ai même pas pensé. Nell, je te demande pardon, je n'ai jamais voulu t'ignorer ou te faire du mal. Surtout pas à toi, jamais ! Je suis juste le roi des nuls.

– Et là, c'est bon ? Tu captes bien pourquoi je suis en colère ?

Il souffle sa réponse, tout penaud :

– Oui. Je suis désolé. Je ferai gaffe, mais je n'avais pas compris le coup de te mettre de côté ou quoi. J'étais avec ces filles parce que je n'avais pas le choix, c'est tout. Mais c'est bon, j'ai pigé.

– Tu as saisi que m'ignorer pour taper la drague avec trois filles ça puisse me mettre en rogne. C'est un bon début, dis-je en pinçant les lèvres.

– Je ne draguais pas ! Ce sont des clientes ! De très grosses clientes et je ne peux pas me permettre de les perdre. Alors ouais, j'ai merdé, j'aurais dû te prévenir, mais je ne les draguais pas ! Je l'ai repoussée l'autre quand elle a voulu m'embrasser.

Je ne vais certainement pas le laisser me crier dessus, il va baisser d'un ton tout de suite. Je le fusille du regard, il s'adoucit aussitôt.

– Excuse-moi, je ne m'énerve plus. C'était juste des clientes et j'ai vraiment besoin de leur fric.

– Je peux le comprendre. Mais si ça doit se reproduire, tu me préviens, tu ne me laisses pas comme ça à m'imaginer n'importe quoi.

Il hoche la tête vigoureusement. Parler au futur le rassure, alors il soupire et m'embrasse avec douceur en me serrant dans ses bras.

– Tu n'as pas à t'imaginer quoi que ce soit, c'est toi, et rien que toi. Il me semble que j'ai été clair dès le début.

– Mouais, c'est un peu neuf entre nous donc normal que le doute puisse s'installer. Je t'assure que si tu me refais un coup pareil, je te le fais payer plus cher qu'une nuit sans nouvelles. Tu t'en mangeras les doigts.

– Promis, ça n'arrivera plus.

– D'abord, qu'est-ce que tu leur vends à ces filles ?

– Des trucs, répond-il en agitant la main.

– Et ça rapporte bien le commerce de trucs ?

– Ouais, ça me fait vivre. Et n'insiste pas, je ne te dirai pas ce que je vends. Peut-être plus tard, mais pas maintenant.

– Tu as conscience que ce n'est pas rassurant ?

– C'est sans risque, tu n'as pas à t'inquiéter. Je te promets que tu n'auras pas de problèmes.

Même s'il y met toute sa conviction, sa déclaration provoque l'effet inverse. À quel moment ai-je parlé de risque ? Jamais avec lui, or, c'est sa première réponse. Bravo, il a réussi à m'alarmer pour de bon, mais je n'en saurai quand même pas plus. Chaque chose en son temps, notre problème d'abord. Pour conclure, il plonge le nez dans mon cou, qu'il se met à butiner en soufflant :

– Dis-moi que tu ne m'en veux plus, s'il te plaît.

Il aura ma peau, ou plutôt ma tête. Il me retourne dès qu'il m'embrasse avec autant de délicatesse.

– Si tu me promets que la prochaine fois tu t'interroges sur comment je peux ressentir les choses.

– T'es marrante, toi. Comment je fais pour savoir ce que tu ressens ?

Excellente question. Une explication de texte ne nous mènera pas loin, un exemple concret sera plus limpide. Avec celui qui se forme dans mon esprit, m'est avis qu'il va vite comprendre le principe.

– Tu vois, moi, quand je suis partie en colère du bar, chez mon copain, quand j'étais sur son canapé et déjà bien bourrée, j'ai quand même réussi à me demander quelle tête tu ferais si tu me voyais à cet instant.

Mon ton innocent ne minimise pas mes propos, il recule vivement et change de couleur. Fini les bisous dans le cou, bonjour regard sévère.

– Tu te fous de moi ? Tu étais bourrée sur le canapé d'un mec ?!

– Nan, mais ne t'inquiète pas, j'élude en agitant la main. C'était juste un copain, rien de grave. Il n'y a que toi, tu le sais bien.

Il s'apprête à crier, mais referme tout à coup la bouche avec un air suspicieux.

– Là, tu me fais un sketch sur « penser à ce que l'autre ressent », je me goure ?

– Voilà ! Il te suffit d'inverser les rôles et de voir comment tu le prends. Ce sera toujours à peu près pareil pour moi.

Il opine de la tête avant de replonger dans mon cou, satisfait et rassuré. Ou presque.

– Tu étais vraiment bourrée sur son canapé ?

– Tu le sauras quand je saurai ce que tu fais dans la vie. Concentre-toi plutôt sur les bisous.

– Ouais, j'aime t'en faire.

C'est sûr, il aura ma peau à jouer le chaton câlin, un très gros chaton. Je parviens tout de même à le décoller de mon cou avant qu'il le couvre de suçons et que je sois obligée de m'affubler d'une écharpe par cette chaleur. Surtout, il est urgent de rentrer car Matt doit faire des bonds dans le salon, ce que prouve l'activité de ma messagerie. Il n'aime pas que je sois loin, encore moins sans savoir où.

Comme il me croit actuellement avec Ben et que je dois donc revenir avec lui, nous nous retrouvons sur le parking. Wade suivra un peu plus tard. Pendant le trajet, nous faisons le point de la situation et le constat m'effraie.

– Cette partie de cache-cache se complexifie de jour en jour et les risques de boulettes augmentent. Ça va vite devenir invivable pour moi qui parle trop.

– Carrément. On doit passer la vitesse supérieure avant qu'on se fasse griller et que tout parte en vrille. Surtout que tu as mon secret entre les mains et j'ai moyennement confiance.

– Merci. J'apprécie, je ronchonne en lui tapant dans l'épaule.

– Je t'aime, mais je te connais. Mais je t'aime, se moque-t-il.

Une fois à la maison, j'ai à peine le temps de poser mes affaires que Matt se lève d'un bond du canapé et m'étouffe entre ses bras. Après un gros câlin et des mots rassurants, je file rejoindre Raven dans sa chambre pour un débriefing entre filles. Égale à elle-même, mais je suis pareil, elle veut tous les détails. Je les lui donne, en omettant la relation entre Alex et Ben, bien évidemment. Ma nature insouciante, celle qui me fait parler plus vite que je ne réfléchis, se révèle un beau handicap. Peser mes mots est une gymnastique compliquée qui me fiche mal au crâne.

Du côté de Matt, nous projetons une nouvelle attaque. Rien de violent, juste atteindre notre but, qui se situe à l'exact opposé : elle le veut dans son lit quand je veux le sortir du mien. Nous sommes en train de mettre l'offensive au point lorsque sa grosse voix résonne dans le couloir :

– Les filles ! À table !

Raven ricane en levant les yeux au ciel.

– C'est le monde à l'envers dans cette maison.

– Sérieusement, ça me fait peur. Il faut vraiment que je creuse. En attendant, j'ai faim.

En fin de soirée, nous sommes installés dans le salon, les triplés dans un canapé, Raven et Wade dans l'autre. Mon brun serre les mâchoires et je suis d'accord avec lui sur le fait que je serais bien mieux blottie contre lui. Il est si contrarié que je le pense incapable de raconter l'histoire du film qui se termine. Ça lui apprendra à me fixer plus souvent que l'écran. Lorsque le générique défile, Ben se jette sur la télécommande pour chercher le prochain programme, Raven en profite pour se lever en agitant la main.

– J'ai un exam demain alors je vais réviser avant de me coucher. Bonne nuit tout le monde.

Nous la saluons mollement, déjà concentrés sur le film. Au bout d'une quinzaine de minutes, Raven fait son apparition en haut de l'escalier, en nuisette, et avec ses adorables pieds nus aux ongles rouge vif qui dépassent de la marche, une vraie Ferrari. Les joues rosies aussi, mais il semblerait que ce soit causé par une mauvaise humeur subite. Elle n'est pas là pour le plaisir et je comprends vite pourquoi lorsqu'elle s'adresse à moi en râlant :

– Nell ! Le robinet de la douche fuit. Ça fait un bruit pas possible et je ne peux pas me concentrer.

D'un coup d'œil sur le côté, j'en découvre un autre qui n'y arrive pas, sûr qu'il a perdu le fil de l'intrigue du film en cours, contrairement à Ben et

Wade qui ne sont pas intéressés, ni par la rouquine ni par son problème domestique. Au fait, il y a un détail à mettre au clair et je m'empresse d'interroger mon amie qui attend toujours en tapant du pied :

– Oui, et ? Depuis quand suis-je le plombier de service ?

– Faut le réparer, viens ! Tu es ingénieur, oui ou non ?

– Ah ! C'est donc ça. Alors inutile de me déplacer, il te suffit de l'éteindre et de le rallumer, je réponds avec le plus grand sérieux.

Là, toutes les têtes se tournent vers moi, incrédules.

– Tu racontes n'importe quoi ! se moque Matt.

– Je suis ingénieur en informatique, et chez nous, c'est comme ça que nous réglons les pannes.

– Et il faut passer trois ans en France pour apprendre ça ? ironise Ben.

– Bien sûr que non, c'est juste la première année. Les deux autres, c'est pour savoir envoyer un mail. C'est bon ? Vous avez tous compris que je ne me mettrai pas à quatre pattes dans la douche avec une clef à molette ?

– Sois tranquille, je ne te laisserai pas bousiller notre tuyauterie. Je m'en occupe, déclare Matt en se levant.

Il attrape un sac dans le placard de l'entrée et grimpe l'escalier. Il disparaît dans le couloir, Raven le suit et une porte claque. Quelques secondes de réflexion, puis nous nous regardons, faisant le constat en même temps : Matt et Raven enfermés dans une chambre.

– C'était un de vos plans ? questionne Ben.

– Même pas. Comme quoi, les imprévus causés par une maison âgée ont parfois du bon.

– Attends avant de crier victoire, tempère Ben. Il est capable de réparer et de ressortir sans même la toucher.

– Tu plaisantes ? s'étonne Wade. Moi, à sa place…

– C'est bon, le coupe Ben. On sait très bien ce que tu ferais, inutile de nous le détailler.

Nos regards restent braqués sur l'écran, mais nous sommes concentrés sur le moindre bruit à l'étage. Quelqu'un pourrait voler la télé qu'on ne s'en rendrait pas compte.

– Rien. Pas le moindre bruit suspect. C'est bon ou pas ? je murmure.

Ben répond en faisant la moue, incapable de se prononcer. Les minutes passent et cette incertitude devient stressante, raison pour laquelle je sursaute lorsque Wade bondit du canapé en s'exclamant :

– S'il est occupé, il faut en profiter !

Il attrape ma main, me tire dans la cuisine et me pousse au fond de la pièce. Une fois qu'il m'a coincée contre le mur en se plaquant contre moi, il affiche un air ravi.

– Toi aussi tu porteras de la soie quand tu seras dans mon lit ?

Je minaude avec un sourire mutin.

– Si tu promets de ne pas la déchirer au bout de deux minutes.

– Oh que si. Et avec les dents.

– Tu m'en rachèteras autant que tu en arracheras et on pourra s'entendre.

Il se penche lentement sur moi, scelle notre pacte en unissant nos lèvres pour un baiser tout en légèreté. Lui, si entreprenant, impatient, il m'offre une version tout en tendresse, effleurant ma hanche du bout des doigts. La douceur dont il fait preuve ne le rend pas moins efficace, il m'émoustille à grande vitesse. Hou-lou-lou ! Je vais prendre feu ! Vivement l'embrasement, mais pour l'instant, je profite des agréables étincelles, alanguie entre ses bras, quand il bondit en arrière. Mais enfin ! Je ne suis pas d'accord, reviens tout de suite ici ! Pourquoi a-t-il cet air effrayé ? Je n'ai pas le temps de lui poser la question, car voilà qu'il se sauve dans le salon. Il me plante là, sans un mot. J'embrasse si mal que ça ?

Ah non, la raison de sa trouille subite s'éclaircit au son des pas lourds qui descendent l'escalier. Matt *is back* ! On n'inventera pas mieux pour calmer les ardeurs, je dessoule de Wade en une fraction de seconde. Je m'ébroue, vérifie ma tenue et applique un air ennuyé en retournant dans le salon.

Ils ont regagné leur place et sont plongés dans le film, sauf Raven que je n'entends pas non plus. Avant de m'asseoir à côté de Matt, je prends quelques secondes pour le jauger. Je le décrypte depuis toujours, pourtant, je reste perplexe. Il ne semble pas fâché, mais il est étrange. L'air songeur, ailleurs et… Oh ! Je ne rêve pas, il a les lèvres gonflées ! Mais oui, bien sûr qu'il l'a embrassée, c'est son air niais qui me perturbe, je ne l'avais jamais vu.

Ben et Wade louchent sur lui, arrivent à la même conclusion et m'adressent discrètement une grimace victorieuse. Impossible que je visionne le film, je veux courir rejoindre Raven pour qu'elle me raconte tout. Je me lève en simulant un énorme bâillement.

– Coup de fatigue. Je file me coucher. Bonne nuit les garçons.

Deux grommellent un « bonne nuit », Matt soupire en agitant mollement la main. Il n'est vraiment pas dans son état normal. Je crève d'impatience d'apprendre comment Raven a pu l'étourdir à ce point, pourtant, je me fais violence en me dirigeant d'un pas nonchalant vers l'étage alors que je voudrais m'y précipiter.

En revanche, je déboule dans sa chambre comme une tornade et m'apprête à lui sauter dessus pour lui arracher tous les détails, mais je stoppe net en la découvrant étalée sur son lit, en train de fixer le plafond avec un air débile. J'éclate de rire, elle reprend vie en posant des yeux brillants sur moi et lève une main qui retombe aussi sec sur le matelas avec un long soupir.

– Nell, ton frère a réparé le robinet puis m'a retournée comme une crêpe.

– J'en conclus qu'il était mûr à point finalement.

– Oh, il a bien hésité un peu, s'est dandiné quelques secondes devant la porte. D'un coup, il a lâché sa mallette, a fait volte-face et s'est jeté sur moi pour m'aplatir sur le lit. C'était… waouh !

Elle pose les deux mains sur ses joues encore rouges, je lui tapote l'épaule.

– Je sais, j'ai le même avec Wade.

– Long à la détente, mais quand il décolle, c'est sacrément bon. Dommage qu'il se soit arrêté.

Nous rions pendant quelques minutes du gros costaud qui s'est pris les pieds dans le tapis et je la quitte. Ça lui permettra de replonger dans ses pensées libidineuses. Les miennes sont beaucoup plus sages lorsque je m'endors, c'est fort dommage.

CHAPITRE 13
Aïe et ouille

Le réveil du lendemain est nettement moins calme à cause de Matt. Alors que je le pensais endormi, je suis en train de fouiller dans mon placard quand il me râle dessus du fond du lit :

– C'est quoi ce pyjama ?!

Impressionnant ! Est-il muni d'un interrupteur pour passer instantanément du sommeil au mode tyrannique ? La voix rocailleuse de Ben, encore dans le brouillard, est moins agressive :

– Le problème, c'est que ce n'est pas un pyjama.

– C'est ce que je dis !

Intrigué par les cris, Wade passe la tête dans la chambre pour voir de quoi il retourne. Son regard se pose sur moi, il se fige, bouche ouverte. Voilà ! Lui, il aime mon petit ensemble. À vrai dire, il a l'air de beaucoup beaucoup l'apprécier. Matt s'en rend compte, il bondit du lit et lui fonce dessus.

– Dégage, toi ! Y a rien à voir !

Il lui claque la porte au nez, manquant de lui couper quatre doigts, ce qui n'empêche pas Wade de crier derrière.

– Pas d'accord du tout ! Y a du bon à voir et même du très beau !

Matt rouvre brutalement.

– C'est ma sœur !

– Ce n'est pas la mienne ! réplique l'effronté avant de tourner les talons et de claquer la porte de sa chambre derrière lui.

Charmante ambiance. Je soupire et file dans la salle de bains. Même pas dix minutes que la journée a commencé et ils m'ont déjà énervée.

À mon retour, ils sont habillés et assis sur le lit. À leur air fermé, je sens poindre une conversation pénible. Matt est le premier à lancer les hostilités :

– Nell, tu ne peux pas dormir avec nous dans ce genre de tenue.

Je souffle d'exaspération. Je pensais le sujet clos parce qu'ils auraient enfin admis que l'heure de la séparation nocturne avait sonné, belle erreur.

– Matt, je ne vais pas ressortir mes pyjamas à motif Snoopy parce que tu refuses de voir que nous avons grandi.

Alors qu'il s'apprête à répliquer, Ben le stoppe d'un geste.

– Ce que veut dire Nell, c'est qu'il est temps qu'on ait chacun notre lit et notre chambre. C'est quand même plus logique que d'obliger Nell à dormir en robe de bure.

Matt nous observe chacun à notre tour, puis soupire en baissant la tête. Après un instant d'hésitation que nous ne rompons pas car le moment est important, il se lance presque timidement :

– Je ne veux pas que ça finisse. Ça, nous, je ne veux pas.

Oh non… Je déteste lire autant de tristesse dans ses yeux, toute la misère du monde qui s'abat sur son dos. Nous l'encadrons et l'enlaçons. Conseil de famille au réveil avec la tête enfarinée, ce n'est pas exactement ce dont je rêvais, là, dans l'immédiat. Mon envie se dirige plus vers un bon café aux senteurs d'ara… Autant ne pas y penser, je me fais du mal et Matt est plus important. Ben est le premier à réagir :

– Matt, tu crois que ça va changer quoi d'avoir chacun notre chambre ?

– Je sais pas. Tout. On commence par se séparer la nuit, puis tout suivra petit à petit. On ne fera plus le tas. On se verra moins. Vous allez vous détacher et puis… vous allez partir. Vouloir votre maison, votre vie. Vous viendrez me voir une fois par semaine au début, puis après une fois par mois et puis après…

Mais il va trop loin ! Je l'arrête avant qu'il parle de notre déménagement à l'autre bout du monde juste pour l'éviter.

– Stop ! Ça va, on a compris. De chambres séparées, tu en arrives à ce qu'on t'éjecte de notre vie ?

Pas que je sois lente d'esprit, mais je suis effarée qu'il puisse craindre une telle ineptie. On est des triplés ! Il ne peut pas l'avoir oublié, et pourtant :

– Ouais, c'est ça.

Ben secoue la tête et se tape le front.

– Il faut que tu arrêtes de t'inventer des films. Nell est partie trois ans, elle est quand même revenue directement vers nous.

– Et je suis bien placée pour savoir que je ne veux pas vivre sans vous. Le fait de dormir chacun avec une autre personne n'affectera jamais notre lien. Ce n'est pas à toi que je vais apprendre qu'il est unique. Bien trop fort pour se briser juste en changeant quelques paramètres.

– Pardon ? Avec qui tu veux dormir ?

– Peu importe, ce n'est pas le sujet, intervient Ben.

– Si, justement !

J'attrape sa main pour le calmer.

– Non. C'est seulement que je veux un homme dans ma vie, mais pas me couper de vous. Si tu décides de sortir avec une fille, tu vas nous virer de ta vie ?

– Mais ça ne va pas ?! Elle sera en plus, c'est tout.

– Voilà, tu viens de tout résumer, conclut Ben.

– Et personne ne nous empêchera de faire le tas.

Pour lui prouver, nous le reformons pendant quelques minutes, le temps d'apaiser le plus atteint des triplés. Cette conversation représente un immense pas en avant pour nous, mais cette peur du vide affectif de Matt me surprend comme elle me chagrine. Le plus fort d'entre nous est celui qu'il faudra rassurer à chaque étape de notre nouvelle vie. Nul doute que Raven aura un grand rôle à jouer.

Pendant que nous déjeunons, Wade fait son entrée. Ah non ! Il ne peut pas attaquer comme ça dès le réveil, c'est déloyal ! Mon mug reste en l'air à quelques centimètres de mes lèvres, alors que je me focalise sur son jean qu'il porte si bas que ses hanches dépassent. Quel provocateur ! Est-il raisonnable que je pose mon regard sur ce torse nu ? Oui, il faut saluer ses efforts pour m'en mettre plein la vue et ne pas gâcher une telle opportunité. Je louche un peu, soupire, rien à jeter. J'achète ! Même si je l'ai déjà.

Satisfait de son effet, il parade dans la cuisine puis s'assied face à moi. Oh tiens ? J'ai un mug de café qui attend juste sous mon nez. Autant le boire avant qu'il soit froid et ça effacera peut-être mon sourire qui agace Matt.

– Wade ! Tu enfiles un tee-shirt la prochaine fois, tu fais disjoncter les filles, là !

Quel casseur d'ambiance, celui-là ! D'autant que s'il fulmine, Ben est plus réservé. J'ose dire qu'il apprécie le spectacle, la lueur dans ses yeux ne trompe pas. Raven aussi, même si elle le cache derrière un air gêné et une main aplatie sur son visage, mais dont les doigts sont suffisamment écartés pour qu'elle lorgne à travers.

Wade ne se démonte pas, c'est avec un sourire en coin qu'il se défend :

– Ce serait dommage, elles sont jolies avec les joues roses et les yeux brillants. J'ai toujours aimé voir des filles excitées.

– D'abord, tu parles encore de ma sœur sur ce ton et je te pète le nez. Ensuite, tu ne joues pas avec elles, elles en font assez comme ça pour nous rendre dingues. Merci.

– D'ailleurs, en parlant de ça, s'en mêle Ben. Enfin… pas d'exciter les filles, préservons nos nerfs. Il faut qu'on discute de quelques changements dans l'attribution des chambres.

Wade et Raven, se sentant très concernés, posent leur mug et nous observent, très attentifs à ce qui va suivre. Fier de son effet, Ben continue avec un air théâtral :

– Aujourd'hui est un grand jour. Les triplés vont désormais faire chambre à part !

Il aurait annoncé la fin d'une guerre mondiale qu'il n'y aurait pas mis plus d'enthousiasme. Matt soupire, pas encore convaincu que c'est une bonne chose. Quant à Wade et Raven, ils sont si stupéfaits qu'ils restent sans réaction. Puis la conséquence logique découlant de cette décision se fraye un chemin jusqu'à leur cerveau, dont on peut suivre la progression grâce aux coins de leurs lèvres qui remontent lentement. Ils n'osent pas se réjouir publiquement, car leur enthousiasme est tempéré, voire écrasé, par Matt qui ne cherche même pas à masquer sa contrariété. À la place, Raven réagit sur un ton détaché :

– C'est cool. Grande avancée. Bravo les triplés.

Wade a plus de mal, trop d'images et de possibilités qui se bousculent dans son crâne. Nul doute que j'y tiens le rôle principal.

– Méga cool, ça va être trop top ! Il était temps.

Matt tourne vivement la tête et l'épingle d'un regard mauvais.

– Temps pour quoi au juste ?

– Ben… euh… temps, quoi. Vous êtes adultes, fallait bien laisser la place à d'autres un jour.

Mais quel bourrin ! Au lieu de se rattraper, il s'enfonce, et Matt rebondit aussitôt en se penchant sur lui, menaçant.

– Précise, s'il te plaît. Tu penses à qui ?

Vas-y Wade, sors les rames et pagaie fort. Il nous observe un par un, mais son appel à l'aide reste sans réponse, car les trois pétochards, dont je fais partie, baissent le nez dans leur mug pour fuir la zone de combat. Il s'est embourbé jusqu'à la taille, il va lui falloir un treuil pour s'en extirper. Désolée, Wade, je n'en ai pas sur moi, alors débrouille-toi.

– Euh… nan. Je dis ça juste comme ça. Rien de précis. Tu vois, quoi. Bref, c'est super.

Matt renifle, pas convaincu.

– Mouais. En attendant que tu sois plus clair, il faut que tu retournes chez toi. Au moins pour dormir puisque nous n'avons pas assez de lits.

Son ton est calme, sans malveillance aucune. Pourtant, il vient de lui envoyer un uppercut dans le ventre. Wade encaisse en silence, mais les plis sur son front indiquent qu'il cogite. Il cherche une parade et je suis prête à parier que « OK, pas de souci. Je prends Nell dans mon lit » est la seule idée qui lui vient, mais il est assez lucide pour ne pas la sortir en ce délicat instant. Cet homme fait presque plus de boulettes que moi, c'est assez impressionnant. En revanche, il sait renvoyer les coups bien placés, la preuve :

– Donc, tu renvoies aussi Raven chez elle.

Matt cille, il ne l'avait pas vue venir, celle-là ! Nous autres sommes captivés par l'échange des deux coqs.

– Euh non, ça ne se fait pas. Raven reste, on a déplacé ses affaires, tout ça, quoi, rétorque Matt en agitant la main.

Personnellement, non, je ne vois pas ce qu'il entend par le « tout ça, quoi ». Enfin si, mais j'aimerais tellement qu'il l'explique à haute voix. Ça donnerait quelque chose comme « je veux la garder sous la main et proche de mon lit ». Wade l'invite d'un geste à argumenter sa mise à la porte.

– Raven habite dans un autre quartier alors que ta maison est juste à côté. Tu viendras quand tu veux, voilà.

Pas de révélation. La grande gueule de la famille choisit de louvoyer plutôt que d'avouer tout ce qu'il a l'intention de faire à notre rouquine préférée.

Wade se renfrogne, aucune repartie efficace ne lui traverse l'esprit. Mince, le spectacle est déjà terminé ? Non, remettons une pièce et Raven est la mieux placée pour ça, alors je l'y incite en lui donnant un coup de pied sous la table. Par chance, surtout par habitude, elle comprend tout de suite et s'immisce dans la conversation :

– Je ne suis pas d'accord. C'est une grande avancée et il est important que vous la fassiez entièrement. Donc, Wade comme moi allons retourner chez nous. Vous aurez besoin d'un petit temps d'adaptation et ça se passera beaucoup mieux si vous n'êtes qu'entre vous. De plus, je vous aime énormément, mais bosser mes cours en vous ayant tous dans les pattes, c'est mission impossible et j'ai mon examen cette année. On est d'accord ?

Nous bougonnons et je lui jette un regard noir. Je voulais qu'elle les asticote, pas qu'elle m'abandonne ! Elle a malgré tout raison et nous en sommes conscients. Sauf Wade qui dissimule mal sa contrariété, mais comme il se retrouve seul contre tous, il la ferme.

Aussitôt dit, aussitôt fait, Raven se lève et me tire par la manche jusqu'à l'étage. Pendant que nous emballons ses affaires, Wade passe la tête dans la chambre, toujours grognon. Raven souffle en lui jetant un sac à la figure.

– Wade, je serais toi, je cesserais de faire cette tronche. Si tu réfléchis bien, tu es gagnant dans l'affaire.

– On me vire et tu trouves que je suis gagnant ? Ça va ressembler à quoi le jour où tu vas me juger perdant ? Ce sera mon enterrement ?

– Toi, tu ne seras jamais un stratège. Il y a deux raisons pour te réjouir. La première étant que Nell ne dormira plus avec Matt et Ben, ce qui faisait de son lit une citadelle imprenable. La seconde, c'est qu'elle viendra chez moi pour me voir.

– Ouais, et ? Ça me fait une belle jambe.

– Mais Wade, réfléchis un peu ! Il se pourrait qu'elle soit chez moi alors que moi je n'y suis pas. Ça monte jusqu'à ton cerveau ?

À sa transformation subite, je dirais qu'il a enfin compris. Un chien devant lequel on agite un os, pareil. Il ne tire pas la langue mais il n'en faudrait pas beaucoup plus. Il semblerait qu'il pige vite si on lui parle avec des mots simples. Tout à coup ravi, il repart en souriant.

Pendant que mes frères travaillent au garage, nous passons l'après-midi à débarrasser sa chambre et à tout ramener chez elle. De retour à la maison, une pile de vêtements dans les bras, je m'apprête à investir la pièce fraîchement libérée quand Wade me stoppe dans le couloir.

– Prends la mienne, je te laisse mes draps pour que tu puisses te vautrer dans l'odeur de ton mâle.

– Quelle bonne idée. Je vais dormir nue dedans en rêvant de toi.

– T’as pas le droit de me dire des trucs comme ça ! Tu penses un peu à ce que j’endure ? À l’état de mes hormones et de mes…

– Stop ! Épargne-moi les détails. Et je me permets de te rappeler que les choses progressent bien puisque j’ai désormais une chambre et un lit pour moi toute seule.

– Ouais, c’est le « toute seule » qui me pose problème.

Il repart en marmonnant et pendant qu’il descend l’escalier, j’entends des « vivement… mais vivement ».

Le soir, nous dînons tous ensemble et passons un moment tranquille à parler de tout et de rien. Au milieu d’un blanc, je lâche un aveu sans réfléchir :

– J’aimerais bien un piercing, ça me trotte dans la tête depuis deux ans.

Ils m’observent attentivement. Chacun d’eux doit être en train de m’imaginer avec un anneau quelque part. Si Ben et Matt se focalisent plutôt sur mon visage, le regard de Wade dérive bien plus au sud. Il ferait bien de s’arrêter au niveau de mon nombril, car il est absolument hors de question que je me fasse trouer plus bas. Je frémis rien que d’y penser. C’est Raven qui rebondit la première :

– Et tu le voudrais où ?

– Au nombril, une petite pierre. J’ai bien pensé à un téton aussi, mais je suis trop douillette.

Les trois garçons s'étranglent, ce qui était le but de ce mensonge.

– Cool comme idée, s'excite Wade. Tu savais que le piercing au téton ça… Aïe !

Il fusille Matt qui vient de lui coller un coup de poing dans l'épaule.

– Tu ne parles pas des tétons de ma sœur, pigé ?

– Je disais juste que… OK, je la ferme !

Il lève les mains devant lui quand Matt s'apprête à lui remettre un coup. Ben ricane avant de déclarer, mine de rien :

– Matt en a un.

– Quoi ?! Tu m'as caché ça ? Tu as pris quoi ?

– Mais rien… enfin… un petit, marmonne-t-il, visiblement gêné.

– Mais encore ?

– Juste un frenum, avoue-t-il si bas que j'ai du mal à entendre.

Mon Matt a un piercing ! Je me lève tout excitée et je sautille sur place.

– Je veux le voir tout de suite, montre-moi ça !

– Non ! hurlent-ils d'une seule voix.

Tant de violence ! Je suis calmée net et surtout vexée.

– Qu'est-ce qui vous prend ? Depuis quand on se cache des choses ?

– Tu ne le verras pas !

Quelle agressivité ! Un chien de garde à qui j'écrase la queue serait moins vindicatif, et moins effrayant. Même Raven est choquée. Nous nous interrogeons du regard, ne comprenant pas sa réaction démesurée pour un petit piercing de rien du tout. J'insiste :

– Mais enfin ! C'est comme nos tatouages !

Matt bondit sur ses pieds, prêt à mordre.

– Non, parce qu'il est placé à un endroit que tu ne verras jamais.

Pardon ? J'ai bien entendu ? Si je me fie aux yeux écarquillés de Raven, c'est le cas. Alors ça ! C'est aussi stupéfiant que… embarrassant. Et horrible. Il faut que j'oublie ça tout de suite. Beurk ! J'agite la main pour éloigner l'image.

– Oh ! Ah ! Euh… Alors ça va aller.

Un silence gêné règne dans la pièce, je n'ose même plus regarder mon frère. En tant que responsable de la situation je me dois d'y mettre fin. Je me racle la gorge et reprends d'une petite voix :

– Donc, un petit piercing au nombril pour moi ?

– Mouais, un petit. Mais c'est moi qui t'y conduis et te l'offre.

– Tu vas m'emmener dans le même salon que pour le tien ?

– Oui. Ils sont très sérieux et c'est celui d'un pote.

– J'espère qu'ils n'ont pas la photo de ton truc dans leur showroom, je lance sur un ton faussement innocent.

– Nell ! Ça suffit maintenant.

Je reçois aussitôt trois coussins dans la figure pendant qu'ils me braillent dessus.

Wade et Raven nous quittent en fin de soirée. La porte vient de claquer derrière eux, recouvrant la pièce d'un voile déstabilisant, celui du vide. Nous restons immobiles, un peu couillons de nous retrouver seuls. La voix de Ben ranime le salon, pourtant un murmure :

– Ça faisait longtemps.

– C'était quand la dernière fois ?

– Je ne sais plus. Bien avant le départ de Nell, c'est sûr.

– Si ça vous fait drôle d'être tous les trois, imaginez ma tête lorsque j'ai atterri dans un pays inconnu, affreusement seule.

Nous sommes adultes alors nous nous reprenons rapidement. En revanche, nous patinons un peu au moment de rejoindre nos chambres respectives. C'est désorientés que nous nous retrouvons face à face au milieu du couloir, à ne plus trop savoir quelle porte emprunter.

– Bon… ben… bonne nuit, déclare Matt d'une petite voix.

Le voilà qui franchit le seuil de sa chambre, le pas traînant. Nous lui avons laissé l'ancienne pour qu'il subisse moins péniblement notre séparation. Je reste plantée au milieu du couloir, dépitée. Il est parti sans me serrer dans ses bras ! Nous n'avons pas dit que les câlins étaient désormais prohibés, c'est même tout le contraire. Ben soupire, m'enlace brièvement et s'en va. Cette maison a beaucoup perdu de sa bonne humeur. Ouais, quelle tristesse. Je m'apprête à rejoindre mon coin lorsque Matt revient comme une bombe dans le couloir et se jette sur moi. Il attrape Ben au passage et nous étreint fortement. Ah, quand même !

Le cœur plus léger, je me couche et m'enroule dans les draps avec le sourire. C'est chouette un grand lit pour moi toute seule, je suis à l'aise. Vraiment bien, mais juste quelques minutes avant de maudire Wade qui avait raison. Impossible de m'endormir, je le sens partout ! Et l'odeur est plus qu'agréable, évidemment. Pour me venger, je décide de le taquiner par texto.

Moi : Ça y est, seule dans tes draps.

Wade : Tu t'es trompée de draps, les bons sont sous moi en ce moment. Viens vite.

Moi : Hélas beau gosse, je vais me contenter des anciens pour le moment.

Pour preuve, je lui envoie une photo de mes jambes nues sur le coton gris ardoise.

Wade : Tu es très vilaine de me faire ça.

Moi : Non, je serais vilaine si je te disais ce que je fais.

Wade : Nell ? Fais gaffe.

Moi : Oui, je ne te dis rien, promis.

Wade : Quelle grande bouche vous avez les triplés. Allez, bonne nuit !

Assez vexant de n'avoir aucune crédibilité dans le rôle de la fille chaude et sexy.

Wade : Mais je t'aimante quand même.

Je relis plusieurs fois son message, assaillie par le doute. Il a dit ce qu'il vient de dire ? Il le voulait ou bien il n'a pas fait exprès ? Purée, je vais cogiter maintenant ! Et surtout me faire des films, ce qui n'est pas bon du tout.

CHAPITRE 14
La cuisson, à point ?

Aujourd'hui est mon premier jour de travail alors je suis survoltée. Je cours, je vole, je n'arrête pas de parler, je suis électrique et je saoule les garçons qui n'en peuvent plus.

– Pitié, la ferme.

– Nell, mange un truc, ça t'occupera la bouche.

Je leur ébouriffe les cheveux en les taquinant :

– Je vous ai dit qu'aujourd'hui je vais travailler ?

– Mais que quelqu'un l'assomme !

Leurs réflexions ne m'atteignent pas, je suis heureuse et j'ai besoin de le montrer à mes frères ainsi qu'à tout le voisinage. De toute façon, ils râlent en souriant, ça leur ôte toute crédibilité.

Avant de partir en chantonnant, je vérifie une dernière fois ma tenue, un tailleur-pantalon gris pour faire une bonne première impression. Je ne peux pas faire plus féminin car le port de la jupe est malheureusement prohibé pour les employés qui accèdent à l'entrepôt.

Celui-ci se situe dans la zone industrielle de Boise. Un immense bâtiment animé par un incessant ballet de camions qui viennent livrer ou charger des palettes de marchandises. Tout le rez-de-chaussée de l'immeuble est réservé à la partie logistique, l'étage pour les bureaux du personnel administratif. L'atmosphère entre ces deux secteurs est en total décalage, le bas étant froid, cimenté et bruyant, une ruche en perpétuel mouvement, alors qu'en haut c'est chauffé, avec des sols moquettés de bleu et un calme ambiant limite angoissant. Seule la salle de repos s'anime par moments.

Wade m'envoie un texto pour me souhaiter un bon démarrage. À sa façon, mais c'est mignon quand même.

Wade : Bon premier jour. N'oublie pas de pancarter sur ton cul qu'il est à moi.

Moi : Ça dépend, j'attends de voir mes collègues d'abord. Bisou.

Wade : Je vais arrêter de te le promettre, je vais vraiment t'attraper un de ces jours.

Lui, il promet beaucoup de choses mais je n'en vois aucune venir.

Je passe la journée avec mon responsable, John. La quarantaine, pas encore les cheveux gris mais le front dégarni, c'est un homme agréable et accueillant. Je partage un bureau avec mes deux collègues, Gunter, un grand blond filiforme d'origine allemande, et Dale, Américain et physiquement opposé, c'est-à-dire brun, petit et rondouillet, ce qui les rend drôles à voir quand ils sont côte à côte. Le premier contact est très engageant, ils sont à peine plus vieux que moi, souriants et sympathiques. Bien plus que la pièce décorée d'étagères encombrées de matériel informatique et de kilomètres de câbles enroulés, ou plus souvent en tas. Je vais pleurer le jour où je devrai trouver un truc dans ce bazar. J'espère qu'ils rangent mieux les extincteurs sinon on crame tous au moindre feu de poubelle.

Pendant que nous faisons le tour de l'entrepôt, John me présente aux chefs d'équipe. Je peux ainsi voir la ruche en action, tous les manutentionnaires qui s'affairent et jettent des regards intrigués, hostiles ou appréciateurs. Normal, quoi.

Après une semaine, je suis aux anges. Ce n'est pas un club de vacances, évidemment, mais de l'ambiance aux tâches qui me sont confiées, tout me plaît. Surtout Gunter et Dale qui sont drôles et efficaces. Le rêve pour un premier job.

Surtout, la vie à la maison est bien plus agréable depuis la mise en place des chambres séparées. Matt s'adapte mieux que prévu et seul le tas de triplés reste obligatoire avant de se coucher. Quant à Wade, si je le vois beaucoup puisqu'il passe ses soirées avec nous, on ne peut pas dire que notre relation avance. Physiquement du moins. Après un début sur les chapeaux de roues qui m'a donné le tournis, voilà que ça se transforme en une approche digne du XVIIIe siècle, au moins six mois à s'épier avant d'oser se toucher la main. C'est seulement au moment du coucher que nous profitons d'un peu d'intimité, mais pas d'étreinte au programme, ça passe par le téléphone. C'est chouette, mais quelque chose de plus tactile ne me déplairait pas.

Tout va pour le mieux ? Oui, mais un tel sentiment de plénitude ne peut pas durer. Le coup de pelle s'abat sur mon bonheur deux semaines plus tard, lorsque mon responsable me convoque dans son bureau. Il a beau y mettre les formes, je me liquéfie pendant qu'il énumère les erreurs que j'aurais commises. Plutôt rigoureuse dans mon travail, qui n'a en plus pas été bien compliqué, je suis abasourdie à l'énoncé de mes bourdes.

– Je ne comprends pas. Je ne quitte jamais un dépannage sans avoir vérifié que tout fonctionne.

– Toutefois, Gunter et Dale ont dû repasser six fois derrière toi.

– Je… vais faire le point avec eux.

– Nell, tu es encore en période d'essai, alors sois plus attentive, car nous ne pourrons pas te garder si tu commets autant d'erreurs.

La gifle ! Il n'est pourtant pas en colère, juste responsable d'un service qu'il doit faire tourner. Il m'enjoint de me reprendre, estimant que je me suis bien intégrée à l'équipe et que mettre fin à notre collaboration le chagrinerait. Et moi donc !

Je sors de son bureau avec un niveau de confiance qui ne dépasse même pas la hauteur des poils de la moquette, mais j'ai carrément envie de glisser dessous lorsque mes collègues confirment tout. Mes sentiments sont partagés entre incompréhension et colère, uniquement dirigée contre moi. Je me fais honte. Ils vont croire que j'ai volé mon diplôme.

Je suis inévitablement d'humeur maussade tout le reste de la journée, à tel point que mes collègues proposent d'aller boire un coup pour me changer les idées. Il me faudra plus d'un verre pour retrouver le sourire après cette journée de crotte, mais afin de ne pas passer pour une saoularde, en plus d'une bonne à rien, j'en commande un pour commencer. Comme je suis plus encline à m'appesantir sur mon sort qu'à raconter des âneries, ils prennent la conversation en main. Je les écoute narrer leur vie de couple, séparément, chacun sa compagne. Leur récit me tire presque un bâillement, ce sont carrément des pantouflards.

Curieux, ils m'interrogent. Il y a beaucoup plus à dire et les voir écarquiller les yeux au fil des mots me fait rire.

– Ouah ! Des triplés ? C'est super !

– Donc, tu vis avec tes frères ?

– Oui, et un peu avec leur copain qui est aussi mon petit ami, qui squatte plus ou moins chez nous.

– Vous ne devez pas vous ennuyer, souffle Dale avec un air rêveur.

– Ennui ? Ce mot a été rayé de mon dictionnaire dès ma naissance.

D'ailleurs, mon téléphone vibre. Les affaires reprennent.

Wade : T'es où ?

Moi : Dans un bar avec mes collègues.

Wade : Lequel ? J'arrive. Je vais me montrer et ôter de leur crâne toutes idées sur toi.

Moi : Ils sont en couple, ils ne pensent à rien sur moi. Détends-toi.

Wade : Ouais, détendu, tu vas voir. Quel bar ?

Le fait qu'il me juge irrésistible au point d'être convoitée par tous les hommes qui m'approchent est incompréhensible. En revanche, qu'il rencontre mes collègues est une excellente idée, alors je les préviens de son arrivée.

– C'est chouette de faire sa connaissance.

– Ah oui, je suis ravi aussi.

Je ris intérieurement. Il est évident qu'ils n'ont aucune idée de ce qui les attend. Ce sont de charmants garçons qui ne haussent jamais la voix, et le plus gros juron que j'ai pu entendre leur échapper est du genre « saperlipopette ». Avec Wade mon phénomène, autant dire que ce sont deux mondes diamétralement opposés qui vont se rencontrer.

Nous continuons à discuter, quand ils se taisent subitement en fixant l'entrée. Gunter écarquille les yeux.

– Houlà ! C'est quoi, ça ?

Pourtant de dos, j'ai comme une petite idée de l'origine de leur ahurissement. Un coup d'œil par-dessus mon épaule quand même, qui confirme que je connais ce molosse qui scrute la salle. Il est effectivement impressionnant avec son air de chercher une gueule à casser. Et incongru en cuir et bottes au milieu des costumes et cravates. Il ne lui manque plus que les flingues à la ceinture.

– Oh la vache ! Lui, faut pas le taquiner, souffle Dale.

Gunter me donne un coup de pied sous la table.

– Nell. Ne le regarde pas comme ça. On ne fait pas le poids s'il vient ici.

– T'inquiète, je pense que je peux le maîtriser. J'ai le brevet.

– Nell, ne déconne pas. Je tiens à rentrer entier chez moi.

Ma boussole me repère et vient droit sur nous d'un pas conquérant. Gunter et Dale se tassent sur leur siège, crispés comme s'ils avaient une mygale vivante sur l'épaule.

– Neeell, tu avais besoin de l'attirer ?

Dale gémit en secouant la tête.

– Je ne veux pas finir à l'hôpital ce soir. Non, non, non.

L'objet de leur peur se dresse devant notre table.

– Bonsoir ! On me fait une place ?

Je me décale en tapotant la banquette.

– Mais avec plaisir, viens donc là, beau gosse.

Gunter et Dale se figent jusqu'aux paupières. C'est trop drôle de les voir si terrifiés, mais ils deviennent suspicieux en remarquant mon sourire.

– Tu es Wade, son petit ami. C'est ça ?

– Son mec. Je ne suis pas son petit ami, je suis son mec.

Il me surprend en leur tendant la main. C'est bien, il tient sa parole en étant poli. Ou pas. Les garçons grimacent sous la pression, il n'a pas pu s'empêcher de leur écraser les doigts au passage. Ils secouent la main sous la table en soufflant puis Dale est le premier à se lancer :

– Je t'imaginais plus… en costume cravate.

– J'ai bien une cravate, mais je l'utilise uniquement pour attacher Nell.

Ah non ! Il ne peut pas attaquer si rapidement !

– Tu ne vas pas commencer. Je bosse avec eux, alors merci de m'éviter des moments gênants au travail.

– Pas de problème, je vais t'arranger ça tout de suite.

Il les épingle d'un regard sévère en levant un index menaçant.

– Vous serez gentils avec Nell, toujours. N'est-ce pas ?

Ils déglutissent et opinent du chef. Certes, ils ne me vanneront pas, mais je ne pense pas que l'attitude de Wade arrange nos relations.

– Arrête, tu vas les traumatiser.

– Mais non. Pas vrai, les gars ?

Ils hochent à nouveau la tête. On dirait les petits chiens en plastique sur les plages arrière des voitures. Wade hèle la serveuse et lui commande une bière, puis tape dans ses mains.

– Bien, maintenant on peut se détendre.

– Excellente idée. Détendons-nous, abonde Dale.

Quelques minutes suffisent pour que nous soyons plus à l'aise. Merci à Wade qui y met du sien et va jusqu'à les faire rire, même si c'est à mes dépens. Contre toute attente, le courant passe bien et ils prennent plaisir à discuter, mais Wade met fin à la rencontre lorsqu'il reçoit un message. Son boulot, se contente-t-il de préciser avant de les saluer chaleureusement, de m'embrasser et de filer. Il va encore vendre ses « trucs », ce qui commence à m'agacer prodigieusement.

Une fois rentrée, je tourne en rond dans cette maison vide. Si on ne compte pas les trois années en France, la solitude est plus qu'inhabituelle pour moi, au point où j'en réclamais parfois. J'avais tort, c'est chiant comme la pluie d'être seule.

Ils font quoi ? Ils sont où ? Ils n'ont rien mis après le travail sur le planning ! C'est la tuile, voilà que je suis atteinte du même défaut que Matt, celui que je lui reproche au moins une fois par jour. J'arrête de me torturer et je lance une localisation des troupes en les bombardant de textos. Matt dégaine le premier, il roule avec une moto qu'il teste. Ben suit, il profite de l'absence de son frère pour un passage chez Alex. La réponse de Raven ne me sauvera pas de l'ennui non plus.

Raven : Je bosse mes cours. On fera
ça demain ? Besoin d'une pause.

Mais non, viens, copine, on sort maintenant ! Je m'apprête à chouiner pour la décider, mais elle me coupe l'herbe sous le pied.

Raven : Naaan ! Devine qui vient de se
garer devant chez moi ? Je t'aide, ça
commence par « Matt » et ça finit par
« Barett » !

Tiens donc ! Le petit cachottier a bien l'intention de tester quelque chose, mais plus une rouquine qu'une machine. Les affaires reprennent !

Moi : Il faut que tu l'attrapes ce soir,
mets le paquet !

Raven : Tu crois que mon jogging fera
l'affaire ?

Moi : T'es nulle, va te changer.

Raven : Trop tard, il arrive.

Moi : Alors baisse-le au max sur tes hanches et remonte ton tee-shirt, c'est toujours ça.

Raven : Laisse-moi gérer et fais en sorte qu'il ne soit pas dérangé. J'ai besoin qu'il reste concentré. Sur moi.

Elle a raison, je préviens aussitôt les autres.

Moi : Opération « Matt à la casserole » en cours, ne surtout pas le perturber. Je vous rappelle que sa vie sexuelle a une influence directe sur la vôtre.

Le sujet les intéresse beaucoup plus que mon ennui, les réponses sont immédiates.

Ben : Yeah ! Bien fort le feu sous la poêle !

Wade : Enfin ! Il faut le rôtir, plutôt.

Ben : Matt va enfin se faire dépuceler, ça va lui faire tout drôle.

Moi : N'importe quoi ! Il y a belle lurette qu'il l'est.

Wade : Ouais, je peux en témoigner. Je l'ai vu à l'œuvre.

Moi : Wade ! Tu as couché avec mon frère ?!

Wade : Ça va pas non ?!

Ben : Moi, je voulais dire qu'il a toujours baisé vite fait. Là, ce sera sa vraie première fois.

Wade : Je vois pas la différence. Baiser, c'est baiser.

Ben : Viens me dire en face que tu baises ma sœur, tu vas la sentir la différence, abruti !

Wade : Ah OK. J'avais pas vu ça comme ça. Je ne baise pas ta sœur alors, t'inquiète.

Ben : La ferme, Wade !

Moi : Menteur, Wade !

Il juge plus prudent de me répondre en privé, sage décision car Ben doit bouillir.

Wade : La douche torride ne compte pas. Je ferai mieux la prochaine fois, mais tu ne dis rien à Ben !

Après cet intermède, je jette mon téléphone sur le canapé en soupirant. Ils s'éclatent tous pendant que je me morfonds seule dans mon coin. C'est déprimant. S'ils ont tous une vie sans moi, il va au moins me falloir un chat pour remplir l'espace. En attendant, un film m'occupera. Un coussin serré sur mon ventre, je suis les aventures d'une famille unie et heureuse pour bien finir de me plomber le moral.

Le retour de Ben sonne la fin de ma mise à l'écart. Vite déchaussé, il se jette dans le canapé et me tire contre lui. J'approche le nez de son tee-shirt, l'odeur que je renifle m'apporte un indice sur le sourire niais qu'il affiche.

– Tu sens Alex.

– Un peu normal, on a…

Je m'éjecte de ses bras en bondissant sur le côté.

– Non ! Jamais tu ne me racontes ce que tu fais avec lui.

Il éclate de rire.

– Calme-toi, on a mangé ensemble, c'est tout.

– OK, ça va pour la bouffe, mais aucun détail sur le reste.

– En parlant de ça, des nouvelles de Matt ou Raven ?

– Non et c'est très bon signe.

– Tu es sûre ? Il ne s'est pas sauvé au contraire ?

– Non, je te dis qu'il est en pleine cuisson.

Il lève le poing en l'air.

– Yeah ! On va bientôt pouvoir se lâcher nous aussi.

– Mouais, restons calmes. Tu connais le loustic. Pour l'instant, j'ai l'impression de faire un câlin à Alex et c'est trop bizarre.

– Je lui dirai, il sera content. Il aime bien tes câlins, soft bien sûr.

Je lève les yeux au ciel, il ne manquerait plus que mon frère me fasse une crise de jalousie à propos de son mec et nous aurons tout vécu dans cette famille. Un texto m'évite de le rembarrer. Peut-être des nouvelles du Matt rôti ?

Raven : Alerte ! Il vient de partir.
Si vous êtes à poil en train de faire
d'affreuses cochonneries, exactement
comme nous, stoppez tout
et rhabillez-vous.

Je bondis de joie et sautille autour de la table en chantant pour fêter ça. Ben m'accompagne, nous voilà en train de danser avec les bras en l'air.

– C'est quoi ce bordel ?!

Je me fige et mon cri meurt sur ma langue, puis sort lorsque Ben me rentre dedans. Déséquilibrés, nous nous ramassons en vrac sur le sol dans un enchevêtrement de membres. Pourquoi sommes-nous si souvent ridicules devant Matt ? Pas étonnant qu'il ne nous prenne pas au sérieux quand on mange la moquette à ses pieds. Il pourrait se moquer de nous, mais il est au contraire intrigué. Plus de temps aurait été nécessaire, je l'expliquerai à Raven pour la prochaine fois. C'est qu'il roule vite ce pénible. En attendant, il faut noyer le poisson.

– Hé, tu es rentré. Alors, cette sortie en moto ?

– Hum, ouais, c'était cool. Vous faisiez quoi ?

Nous nous relevons, l'air de rien.

– On dansait en criant.

Il hausse un sourcil. Monsieur est suspicieux, mais il ne devrait pas trop la ramener parce que sa face de niais cache aussi quelque chose. Et nous savons quoi. Pourtant, il ose, l'inconscient.

– Et pourquoi ce besoin de vous exciter ?

– Nous sommes contents, c'est tout. Et toi, pourquoi tu souriais en arrivant ? Tu as un truc à nous annoncer ?

– Rien du tout, élude-t-il d'un geste de la main. Bon, si vous êtes calmés, on peut aller se coucher ?

J'interroge Ben du regard. Nous lui mettons le nez dans son mensonge ou nous gardons ça pour plus tard ? Deuxième option validée. Nous allons le laisser s'enliser pour l'instant. Le choc des révélations n'en sera que plus drôle.

Une fois que je suis allongée, ma vie de couple démarre, par le biais de la conversation téléphonique quotidienne que je tiens avec Wade, à défaut de me blottir contre lui. Comme chaque soir, je m'endors avec ses derniers mots en tête : je t'aimante, Nell.

CHAPITRE 15
La science du vin

Cela fait bientôt un mois que j'ai commencé mon travail, et si mes erreurs se font plus rares, c'est surtout parce que Gunter et Dale font presque tout le boulot à ma place. Je ne m'en suis pas rendu compte tout de suite, mais quelques détails ajoutés les uns aux autres m'ont mis la puce à l'oreille. Le plus flagrant est lié à notre ligne téléphonique commune. Quand la sonnerie retentit, des scènes différentes se jouent, mais toujours avec la même finalité. Par exemple, Gunter en train de farfouiller dans l'armoire de pièces détachées qui se lève comme un diablotin sort de sa boîte et se rue dessus. Ou bien Dale qui repose son mug de café d'un grand geste brusque et se jette sur l'appareil. Ensuite, il s'adresse à son interlocuteur en essuyant le bureau taché de liquide brun. C'est humiliant qu'ils soient prêts à se coucher dessus pour m'empêcher d'y répondre. D'ailleurs, pas de nature à me laisser faire, j'ai essayé une fois de décrocher avant eux. Je m'en suis mordu les doigts, presque littéralement, quand Dale m'a arraché le combiné des mains.

Le coup de grâce survient en la personne de John qui entre dans le bureau. Il s'apprête de toute évidence à nous confier une mission, mais je ne saurai pas laquelle car Gunter s'empare des papiers et quitte la pièce avec précipitation.

Soyons clairs, je suis au chômage technique. Ce qui m'inquiète le plus, c'est de ne pas savoir ce qui les motive. Souhaitent-ils me protéger en m'évitant des problèmes ou, au contraire, doutent-ils de mes compétences ? La première hypothèse est la moins rude à encaisser, mais elle passe mal quand même et je ne vais pas supporter longtemps d'être reléguée au fond du placard des incapables. Le pire, c'est qu'ils me submergent de travail administratif pour que je ne me rende compte de rien, les gros naïfs. Déjà irritée par la situation, voilà que je me coltine des inventaires, des rédactions de procédures, des pointages de listings. S'il leur vient l'idée saugrenue de me déléguer le tri du tas de câbles poussiéreux, je les étrangle avec.

Je voudrais leur rentrer dedans, au moins verbalement, mais les filous ne m'en laissent pas l'occasion. Ils sont aux petits soins, m'apportent mon café, m'emmènent déjeuner à l'extérieur, me parlent souvent et restent aussi drôles. Malgré tout, j'ai le moral plombé et je dois trouver une solution parce que ça va mal finir. Mais pas aujourd'hui, car pour une fois, je vais réfléchir avant d'agir. Je mûris.

Déjà, si je pouvais profiter d'une soirée avec Wade, ça m'aiderait grandement à ne pas ruminer seule dans mon coin. Monsieur est débordé et commence sérieusement à m'énerver. Allez, je tente encore ma chance ! En rédigeant mon message, je me fais pitié dans le rôle de la fille qui quémande et insiste. À croire que ma fierté s'est fait la malle.

Wade : Pris pour plusieurs heures,
boulot. Désolé mon nord.

Bon. Ça, c'est fait. Une nouvelle soirée seule en perspective pour Nell, la fille qui n'a pas d'amis.

Moi : Je vais encore voir Eliot.
Je passe plus de temps avec lui
qu'avec toi…

Wade : C'est qui ce type ? Dis-lui de
courir loin, très loin.

Moi : Prends ton temps, il ne court pas
vite.

Wade : Nell, t'as pas le droit de voir un
autre mec ! Je t'assure que je ne vois
pas de filles.

Moi : Le droit ? De quel droit parles-tu
au juste ? Et puis arrête de te monter
la tête, c'est mon vibro.

Silence qui dure, il cogite.

Wade : Sérieux ? Tu as un vibro et tu me l'as caché ?

Moi : Tu me dis tout ? Et sache qu'il est fiable, lui. Toujours prêt !

Wade : Moi aussi, toujours. Juste que je ne suis pas là…

Moi : C'est ce que je dis !

Wade : C'est quoi comme vibro ?

Moi : Pourquoi ? Tu veux me le piquer ?

Wade : J'en ai déjà un nettement plus efficace que ton truc en plastique. Tu l'as testé et approuvé sous la douche.
Wade : Et n'essaie même pas de me dire que c'est faux, tu as gémi.

Il va vraiment falloir que je démonte son piédestal. C'est pas humain une assurance pareille, surtout quand la mienne se promène au fond de mes baskets, mais ce n'est pas le même sujet. Surtout, inutile de mentir : qu'est-ce que j'aime ça !

Moi : Il est superbe, mauve au design moderne. Un revêtement très doux et soyeux.

Wade : Tu n'aimeras jamais autant un vibro que moi.

Moi : Mais les deux, c'est encore mieux. Hâte que tu joues avec lui sur moi.

Wade : Arrête de me dire des trucs pareils quand je bosse. Faut pas me chercher comme ça, tu prends des risques.

Moi : Mouais, je tremblerai… un jour, peut-être… quand tu bosseras moins.

Wade : Promis, d'ici deux semaines, le boulot se tasse et je m'occupe de toi.
Wade : Faut que j'y retourne. Sois sage quand même avec ton truc.
Je t'aimante, Nell.

Moi : On verra. Je t'aimante aussi.

Wade : Je sais.

Mais quel mufle ! C'est moi en mec, horrible. Je m'affale dans mon fauteuil, dépitée. J'ai besoin de parler de mon problème, mais à qui ? L'évidence serait à mes frères, mais je redoute leur réaction. Ils font rarement dans la demi-mesure, Matt est capable de venir tout casser. Ben, plus modéré, se contentera de démonter des têtes plus que le matériel. Quant à Wade… Lui non plus ne tergiverse pas, droit au but. Pour finir, Raven, ma confidente depuis toujours, je ne veux pas la parasiter alors qu'elle révise comme une acharnée pour son examen. Il me reste Alex. J'en reviens encore à lui, qui, une fois débarrassé de son bouclier bad boy pas crédible, est à l'écoute et de bon conseil.

Donc, je viens de faire le tour de mes contacts proches. Ils sont cinq. Déprimant, d'autant plus quand deux sont mes frères et l'un mon mec. Le constat est alarmant, j'ai deux amis. Je me lamenterai sur ce sujet plus tard puisque, de toute façon, il vaut mieux peu et excellents que beaucoup et factices. Voilà.

À nous deux mon petit Alex. Je lui envoie tout de suite un texto et si même lui n'est pas disponible, je rentre chez moi, rampe jusqu'à mon lit et chouine pour de bon.

Alex : Yep ! Viens à la maison.
Monte direct, tu connais le code.
Je prévois le dîner.

Eh bien ! Voilà qui me change de l'accueil réservé par Wade le courant d'air. Grâce à lui, je finis la journée de travail avec le sourire.

En chemin, je fais un détour pour dénicher du vin. Ne pas arriver les mains vides l'incitera à m'inviter plus souvent. Je lui prends aussi des chocolats ? Non. Il va penser, à juste titre, que je veux l'acheter. Je n'y connais absolument rien en jus de raisin alcoolisé alors je m'arrête chez un caviste. Je passe la porte et découvre des bouteilles du sol au plafond, des caisses empilées sur le plancher et encore des bouteilles posées dessus. Je suis au bon endroit. Je pouffe en imaginant Wade dans cette pièce étriquée, avec ses épaules plus larges que les allées étroites.

L'employé s'approche et m'accueille pompeusement. Pompeux, mais pas pompette, fort heureusement. Je crois qu'il était en train de faire le ménage avant mon arrivée puisqu'il a encore son balai dans le derrière.

– Quel vin désirez-vous ?

J'applique un grand sourire sur mon visage pour le détendre.

– Je suis justement là parce que je n'y connais rien du tout. Je compte sur vous pour me sauver.

– Ah ! Nous n'avons que des crus de qualité, alors nous allons vous contenter. C'est pour un repas d'affaires, peut-être ?

Sérieux et l'air grave. On oublie l'humour. Moi aussi je peux me la péter, il va voir.

– Tout à fait, c'est celâââ.

– C'est pour un dîner ?

Ça change quelque chose ? Il y aurait des vins pour chaque repas, y compris pour le petit déj et le goûter ?

– Oui, si j'arrive à me mettre à table avant demain matin.

Et à ce rythme-là, ce n'est pas gagné. Le vendeur coincé ne relève même pas le sarcasme, il continue son interrogatoire digne de celui d'un agent des douanes.

– Vous allez le boire pour accompagner quel plat ?

– Je ne sais pas, je suis invitée.

– Ah ! Ça va être compliqué.

Il donne l'air d'avoir croqué dans un citron. Hé, mec ! C'est ta formation, ton job, pas le mien ! Tu ne sers à rien ! Note à moi-même, demander le menu la prochaine fois.

– Nous risquons un grave problème ?

Je perds patience, mais je garde mon calme, je m'épate. Lui, il est horrifié.

– Mais oui ! Il est primordial de ne pas se tromper, sinon, c'est la catastrophe.

– Soyez tranquille, aucun Français n'est invité. Nous échapperons à l'incident diplomatique.

Il pince les lèvres et s'engage dans un laïus sur les saveurs qui s'associent pour se magnifier, la subtilité des tanins et des arômes qui subliment les plats. Il s'agite et gesticule tant que je recule pour éviter de prendre une claque. Surtout, j'ai soudain l'impression de plonger dans un monde parallèle dont je n'ai pas les codes. Tout ce chichi pour mon palais qui ne détectera même pas le goût du raisin. Je vais calmer tout de suite le fanatique vinicole.

– Stop ! J'ai décroché à la deuxième phrase alors ça suffit. Vous allez me choisir plusieurs bouteilles différentes et mon ami trouvera celle qui ira le mieux dans le lot.

– Ah !

Mec, redis « Ah » encore une fois et… je sais pas quoi, mais je vais te le faire et tu auras mal.

– Bien, voyons voir.

Toi, tu ne sais pas comment tu as eu chaud. Je pensais qu'un spécialiste allait me faciliter la vie. Tu parles !

Vingt bonnes minutes plus tard, je parviens à ressortir de cette boutique sans le tuer et avec six bouteilles. Quelle victoire ! Ce type m'a saoulée alors qu'il ne m'a rien fait goûter. Ma satisfaction ne dure que le temps de quelques pas sur le trottoir. Pourquoi ai-je la désagréable sensation de m'être fait rouler ? Il m'a peut-être vue venir de loin, une parfaite poire… Mais oui ! C'est carrément ça. Pour la peine, j'y retournerai avec Wade, il fera moins le malin l'homme-balai.

Une fois dans l'ascenseur, je suis envahie d'un doute. J'ai garé ma voiture si peu discrète devant l'immeuble et ce n'est pas bien futé avec les garçons qui peuvent tomber dessus. Trop tard, j'ai la flemme de la bouger et les six bouteilles pèsent au bout de mon bras.

Alex m'accueille chaleureusement et mes narines sont prises d'assaut par une merveilleuse odeur de plat mijoté. Comment n'ai-je pas pu voir plus tôt que ce gars est parfait ? Ben est plus avisé que moi, il a vu, il a pris pour lui. Au moins, il accepte de me le prêter comme ami, ce qui me permet de lui raconter mes problèmes en buvant un verre dans son canapé. Je lâche tout, ne reprenant ma respiration qu'avant d'avaler une gorgée. Mon récit terminé en même temps que mon verre, je m'affale en soupirant. Alex reste silencieux en fixant le mur d'en face. J'aimerais tellement qu'il se lève, tende le doigt en l'air et clame un truc comme « je sais et je vais t'arranger ça ! » Mais non, il cogite de longues secondes. Je m'apprête à le frapper quand il ouvre enfin la bouche.

– Juste deux trois choses à mettre au clair si tu veux bien. Tu es absolument certaine de ne pas avoir oublié de faire les interventions comme on te le reproche ?

– Certaine. J'ai vérifié.

– Alors ce serait retombé en panne après ton passage ?

– Pas impossible, mais peu probable.

– Tu as pu commettre…

– Ne termine pas ta phrase.

– Sinon ? s'amuse-t-il.

– Tu meurs dans d'atroces souffrances.

– Ton frère t'en voudra.

– Je lui trouverai un autre doudou, ne t'inquiète pas. De beaux blonds qui cuisinent bien, ce n'est pas si rare.

– Quelle peste !

– Tu cherches. Tu étais censé m'aider, pas m'enfoncer.

– OK. Je ne vais pas remettre tes compétences en cause puisque je n'y connais rien.

– Merci.

– Tu t'entends bien avec tout le monde ? Pas de tension avec quelqu'un ?

– Non, aucun problème. À quoi penses-tu ?

– Une possibilité de sabotage. Quelqu'un qui passerait derrière toi pour saloper ton travail et te faire virer.

– Mais enfin, qui et pourquoi ? Mes collègues m'apprécient et sont surtout ravis d'avoir une personne en plus dans l'équipe.

– Avant de trouver « qui », la première étape est de vérifier cette hypothèse. Après, on verra.

– Pas con. Vraie ou fausse, ton idée fera avancer les choses.

– Dès que tu as du neuf, tu reviens m'en parler. Tu as droit à six consultations gratuites, une par bouteille. Et je pense que tu as raison de ne pas prévenir tes frères, ça évitera qu'ils gèrent le problème avec leur finesse et leur discrétion habituelles. Et maintenant, j'ai faim !

Alex est vraiment chouette quand il est seul. J'espère qu'il pourra se joindre à notre clan prochainement parce que j'aime sa compagnie. En plus, il a la couenne assez épaisse pour tous nous supporter et ne pas se laisser marcher sur les pieds. Mais avant de fêter son intégration, il faudra faire quelques réglages sur Matt, comme baisser à fond la manette de l'agressivité.

Nous prenons le café en plaisantant, mais nos rires sont brutalement interrompus lorsque nous entendons la porte d'entrée s'ouvrir. J'interroge Alex du regard pour savoir si je dois courir me cacher dans un placard, mais il sourit en me faisant signe de ne pas bouger. Cet air niais qui envahit son visage ! C'est donc Ben, ce que confirme la tête aux mèches claires qui apparaît. Si j'ai le code de l'immeuble, il possède carrément les clefs de l'appartement. On oublie les réglages de précision sur Matt, c'est une grosse clef à molette qu'il faudra lui abattre sur le crâne pour qu'il encaisse tout ça.

Ben vient m'embrasser avant d'aller… embrasser Alex. Misère, je me sens de trop, tout à coup ! Je n'ai jamais vu mon frère bécoter une fille et voilà qu'il galoche son mec sous mon nez, c'est embarrassant. Lorsqu'il accepte de lâcher la bouche d'Alex, je le taquine :

– Tu ne savais pas que j'étais là. Tu me suis ?

– Non, tu es juste chez mon mec.

Alex ricane.

– Les Barett qui se battent pour moi, je kiffe trop. Refaites-le un peu s'il vous plaît.

– Tu kifferas moins quand Matt se battra pour toi et avec toi, je le rembarre sournoisement.

– Et toi, si tu veux venir incognito ici, change de bagnole.

– Tu ne nommes pas « bagnole » cette merveille alors que tu rêves de t'envoyer en l'air sur son capot.

– Promis, on te racontera, susurre Alex.

– Ah non ! Je vous interdis de me coller des images pareilles dans le crâne ! Et de la rayer, aussi.

Ben secoue la tête et récupère son blouson.

– Allez, fini les blagues, on rentre. Matt va bientôt partir du garage et s'il voit ta voiture ici, des rayures sur le capot seront le cadet de tes soucis.

Alex nous raccompagne jusque dans le hall. Il vérifie que nous sommes bien seuls avant d'embrasser Ben. J'attends sagement, le dos tourné. J'admire les détails du carrelage. Tsss, ils ne sont pas tous d'équerre, posés par un stagiaire ou un gars un peu bourré. Un silence d'église règne, lorsqu'une porte claque au fond, si fort que le bruit résonne entre les murs. Les garçons bondissent en arrière pour se séparer, puis nous inspectons les lieux, mais nous ne voyons personne. Je pointe une porte du doigt.

– C'était celle-ci. Ça donne où ?

– Le parking couvert.

– Entrée ou sortie, on serait obligatoirement passé devant nous. C'était mal fermé et un courant d'air s'est chargé du reste.

Une fois chez nous, une surprise nous attend dans le salon. Raven et Matt. Mais qu'ils sont adorables avec leur air coupable, les lèvres gonflées, le rouge aux joues et tout échevelés. Ben me pince la hanche, signal voulant dire « pas maintenant, nous les attraperons plus tard ». Quel dommage, j'étais chaude pour ça. Frustrée, je m'installe avec eux comme si tout était normal. Cette famille m'épuise, heureusement que je l'aime. Matt retrouve vite son aplomb, coupable de galipettes en secret, il ose quand même nous attaquer.

– Vous sentez la même odeur de bouffe. Vous avez mangé où ?

Et comme toujours, son tir atteint le centre de la cible. À part lui apprendre qu'Alex maîtrise la cuisine indienne comme un chef, aucune idée ne me vient. Ben, je te passe la main, sauve-nous.

– Un truc vite fait dans un petit resto.

Ne demande pas l'adresse, Matt, je t'en prie. Surtout que tu t'en fiches complètement.

– Où ça ?

J'ai envie de le frapper, Ben ne se démonte pas.

– Laisse tomber, c'est de la cuisine indienne donc tu n'aimeras pas.

– M'en fous. Vous m'emmenez avec vous la prochaine fois. C'est pas cool de manger en douce.

– Je te rappelle que tu bossais tard au garage. Enfin… tu devais, car tu es là avec Raven, le toise Ben.

Pif-Paf. Cette partie de ping-pong est passionnante et j'admire leur habileté à retourner le dialogue. Matt se racle la gorge, le temps de préparer sa réponse.

– Raven se garait au moment où je suis rentré.

– Je passais voir Nell, mais elle n'était pas là, confirme-t-elle.

– J'allais pas laisser Raven dehors, si ?

J'interroge Ben d'un coup d'œil en biais. Allez, dis oui ! On lui tombe dessus maintenant. Mon frère refuse en secouant la tête. Encore raté, zut !

Raven nous quitte un peu plus tard et au moment de se séparer pour la nuit, nous vivons un gros malaise pendant notre câlin. Chacun renifle l'épaule à sa droite, à sa gauche, puis grimace en reculant d'un pas. Nous nous observons dans un silence gêné. Oui, nous portons chacun une odeur étrangère. Le parfum de Raven imprègne la chemise de Matt, celui de Wade sur la mienne avec le baiser de ce matin, et une touche d'épice indienne que dégage également Ben. Il ne manque plus que Wade avec mon eau de toilette et nous aurons fait le tour, ce qui ne devrait pas tarder à arriver. Un jour, quand il sera disponible, ce pénible affairé.

Une fois allongée, mon agréable dialogue avec mon homme invisible terminé, impossible de m'endormir. Mes pensées sont parasitées par cette histoire de sabotage, au point que je tourne et vire en m'emmêlant dans la couette. Je ne comprends pas. Pourquoi s'en prendre à moi ? Je ne vois tellement pas l'intérêt que je commence à douter de moi-même. Misère ! Après cette nuit de torture mentale, je vais me lever avec la tronche à l'envers. Demain, personne n'aura besoin de passer derrière moi pour bousiller mon travail, je le ferai très bien toute seule.

CHAPITRE 16

Bonheur intense ?

Le lendemain, tout se passe comme prévu : nuit horrible et tête à l'envers. Mais je n'ai pas fait que subir. Ayant largement eu le temps de peser le pour et le contre, j'ai décidé de mettre Gunter et Dale dans la confidence, car il est impensable qu'un d'entre eux soit mêlé à tout ça.

Pendant que nous démarrons les ordinateurs en buvant un café, ils me racontent leur soirée, dans le canapé devant un film avec leur chérie respective. Je m'apprête à les charrier quand une image humiliante me traverse la tête. Moi le soir ces derniers temps. Ouais, je vais la fermer, parce que soit je suis désespérément seule, soit j'ai mes frères, mais pas mon mec. À la place, je lâche ma bombe.

Comme nous n'avons jamais abordé le problème et que ces benêts pensaient que je ne m'étais rendu compte de rien, ils se raidissent et gobent de l'air pendant mon récit. En revanche, ils se reprennent dès que j'émets l'idée d'un sabotage.

– Comment as-tu pu croire que nous te pensions incompétente ?! s'offusque Dale.

– Euh… Vous auriez pu, mais ce n'est pas le sujet, là, tout de suite.

– Pour le sabotage, on y a pensé bien avant toi et on cherche un moyen de le vérifier.

Pour le coup, je suis soulagée qu'ils aient confiance en moi.

– Vous auriez dû m'en parler au lieu de me tenir à l'écart. Je l'ai mal vécu.

Je n'ai pas le temps de les voir venir, ils se précipitent sur moi et m'enlacent. C'est gênant, un soutien verbal me suffisait amplement.

– Vous êtes mignons, mais on va éviter les câlinous au travail.

– Rooh, ça va. C'est juste amical.

– Tu expliqueras ça à Wade s'il nous surprend.

Ils reculent vivement d'un pas.

– On arrête ! Promis !

– Bien. Sinon, John est courant ?

– C'est lui qui nous a demandé d'enquêter discrètement.

Quel soulagement ! Je me sens si légère, comme si je venais de fumer… tout un buisson.

– Vous auriez vraiment dû m'en parler. Je me sentais si seule et déprimée.

Ils ricanent.

– Arrête ton cirque. On n'a pas cessé de te bichonner.

Dale ose me coller une tape sur la tête. Outrée, je brandis un doigt menaçant, dont ils se contrefichent.

– Ça va, j'arrête mon numéro. Maintenant, vous allez m'expliquer ce que vous avez trouvé.

Je trépigne en me frottant les mains.

– Rien.

Douche froide. Après le câlin, la gifle. C'est rude. Ou mesquin puisqu'ils s'esclaffent. Il est temps de les remettre à leur place.

– Vous ne devriez pas trop me taquiner. Je vous rappelle que vous portez des chemisettes.

– Ben quoi ? Elles sont chouettes.

– Nan. Plus personne n'en achète depuis au moins trente ans. Sinon, je suis ravie que mes ennuis vous fassent marrer, collègues de pacotille. Vous allez enfin m'en dire plus ou je dois vous péter les tibias au burin ?

– Nous n'avons rien de concret pour le moment. Mais promis, nous allons y arriver, ce n'est qu'une question de temps.

– Le système informatique trace tout, sauf qu'il y a environ une centaine d'opérations à la minute qui s'enregistrent… tu comprends pourquoi nous patinons un peu.

– Alors simplifions les choses. Nous décidons ensemble de mes interventions. Nous aurons toutes les cartes en main pour trouver celui qui me pourrit la vie.

Ils s'observent en faisant la moue.

– Quoi ? C’est mieux que de se taper des milliers de lignes sur un listing.

– Tu es pénible.

– Pardon ?

– Il dit ça parce que nous n’y avions pas pensé.

– Vous venez juste d’apprendre que vous avez besoin d’une femme pour vous guider ?! Mais enfin, vous savez bien que vous n’êtes rien sans nous, ou presque rien.

– Ça va aller comme ça. On n’achève pas des hommes à terre.

Nous finalisons ensemble notre stratégie. J’ai une pêche d’enfer, au point qu’ils me trouvent épuisante, mais on ne me calmera pas. Je vais enfin savoir « qui » et j’ai trop hâte de lever le voile sur ce mystère.

Je quitte le travail tellement reboostée que je veux fêter cette journée en me lançant dans la préparation d’un repas français. Même si je vivais en cité U, nous avions une cuisine commune et les filles m’ont fait découvrir quelques plats simples.

Avant d’envoyer un texto groupé pour inviter tout le monde ce soir, je pars à la recherche d’une épicerie fine pour les produits spécifiques. J’en ressors avec tout ce qu’il me faut, et le porte-monnaie bien allégé. Le plein de ma voiture coûte moins cher qu’un repas français, ici ! C’est parti pour l’invitation :

Moi : Ce soir, on dîne à Paris et c’est moi qui cuisine. Ramenez vos fesses d’Américains chez les triplés.

Je n'ai pas le temps de rengainer que les réponses fusent, mais Wade préfère en privé.

Wade : Il y aura la cuisinière en
dessert ?

Mais celui-là !

Moi : Non, pas à table et en famille.

Raven : Yes ! Pas trop de gras, hein ?

Non, non, juste deux énormes pots de crème entière dans la charlotte aux fraises.

Matt : Il faut que je passe au snack
avant pour me caler avec un bon
burger ?

Moi : Tu as peur de ma cuisine ?

Matt : Non, mais les Frenchies remplissent
leur assiette avec une mini-carotte qui
copule avec un radis sur une feuille de
salade. Savent pas manger.

Moi : Si tu ne manges pas mon plat,
je te l'étale sur la figure !

Ben : On pourra quand même boire
du Coca à table ?

Mais je vais vraiment leur mettre la tête dans le four !

Raven : Hé ! Nell vous fait un repas
maison, alors ça vous dirait d'arrêter

de lui lancer des conneries
histoire qu'elle n'y rajoute pas
de la mort-aux-rats ?

Plus de message. J'espère qu'ils ne sont pas en train d'étudier ma capacité à les empoisonner. Sinon, je les tue vraiment.

Matt : Désolé sœurette. Promis, je ne
mange pas avant. Je t'aime.

Ben : Pas de Coca, non plus.
Je t'aime.

Wade : S'ils ne sont pas sages, je leur
colle une beigne, t'inquiète.

Moi : Merci Raven.

Raven : À ton service.

Contre toute attente, tout le monde se régale, aucun commentaire désagréable et ils se goinfrent avec le dessert. Petit bonheur supplémentaire, je passe le repas avec la jambe de Wade qui caresse la mienne et son regard doux qui ne me lâche pas.

Une fois que tout est rangé, j'éteins la cuisine et lorsque je les rejoins dans le salon, Matt et Wade parlent d'un voyage.

– Vous allez quelque part ?

– Oui. Dans une semaine, je dois me rendre à Portland pour un salon moto. Wade en a un qui tombe en même temps là-bas, alors on y va ensemble.

– Vous partez combien de temps ?

– Deux sur place et deux pour la route puisqu'il y a sept heures de trajet, répond Wade.

– On va faire la teuf ! s'exclame Ben.

Matt l'épingle d'un regard sévère.

– Toi, tu te calmes tout de suite. Vous restez bien sages pendant notre absence.

– Tu es gentil, mais tu vas t'amuser à Portland et on fait bien ce qu'on veut, je le rembarre.

– Vous allez sortir sans nous ? s'y met Wade avec un air déçu.

– On fera comme on le voudra, ne vous en déplaise, j'insiste.

Wade et Matt se renfrognent. Bien ! Fin de cette discussion surréaliste. Surtout qu'il y a plus important à aborder, un sujet qui me taraude depuis plusieurs jours. L'ayant enfin sous la main, je tire Raven jusqu'à ma chambre et la pousse sur mon lit en l'interrogeant :

– Alors ? Matt et toi ?

– Ça y est. Enfin, Matt et moi, soupire-t-elle avec un sourire niais.

– Il est sérieux au moins ?

– Oui, mais il ne faut pas le dire. Vous êtes terribles les triplés, vous avez tous quelqu'un, mais en cachette. C'est n'importe quoi.

– Alors là, entièrement d'accord et il est vraiment temps que ça change. Avec Ben, nous attendons le bon moment pour choper Matt et le mettre face à ses contradictions. À mon avis, il n'y en a plus pour longtemps pour que tout devienne normal.

– Je ne sais pas si c'est normal, mais pour moi, c'est génial.

– Raconte !

Je me jette à plat ventre sur le lit.

– Quand il est venu à la maison la première fois, jogging ou pas, il m'a sauté dessus. J'avais prévu un grand numéro, tu parles ! Pas eu le temps de dire bonjour que j'avais sa langue dans la bouche.

– Yesss ! Il est vraiment cuit, j'approuve en tapant dans mes mains.

– Je n'ai pas pu rebrancher mon cerveau avant qu'il sorte de chez moi, c'est-à-dire deux heures et deux orgasmes plus tard, soupire-t-elle avec un air rêveur.

– Attends ma belle, c'est un Barett et nous sommes tous des mégasuper coups. Tu t'attendais à quoi ?

– Pas à quelque chose d'aussi intense. Il faut dire que je le fantasmais depuis longtemps, alors ce pied que j'ai pris, confie-t-elle avec des étoiles dans les yeux.

– On s'en doutait, ça colle parfaitement entre vous. Tu vois que tu fais le poids.

– Je suis aux anges. Il veut juste attendre pour vous l'annoncer. En tout cas, il a clairement dit que j'étais à lui.

– C'est le monde à l'envers. S'il savait que nous avons tous comploté pour te l'expédier. Et cette façon de parler… j'ai le même.

Je prends une grosse voix pour mimer Wade et Matt : « Toi, femme de moi ! »

– Ils regardent trop de films. En tout cas, niveau sexe avec ton frère, c'était une tuerie, si tu savais…

– Holà ! Mollo quand même, c'est mon frère. Je veux bien savoir des trucs, mais en version soft.

– Ça marche, je te fais la version pour les moins de dix-huit ans. Donc, Matt embrasse très bien et est bien plus doux qu'il ne le laisse penser. Ça va, tu peux supporter jusque-là ?

– Moui, je vais survivre à ça. Continue.

– Il m'a embrassée comme si nous allions mourir dans l'heure qui suit, pfiou. À un moment, il m'a empoigné les… et m'a collée contre sa… qui était déjà bien…, puis il s'est frotté sur mon bassin. Je me suis retrouvée nue sans avoir eu le temps de dire ouf, et j'ai vu ses vêtements voler dans la pièce. Il a reposé ses deux grandes… ah non je peux le dire, ça, donc ses deux grandes mains sur mes… et m'a à nouveau soulevée contre le mur et il m'a bip. Deux fois bip. C'était incroyable. Et le bonus, c'est son piercing, oh-la-la !

– Stop ! Ça ira.

– C'est ce dont nous avions rêvé, non ? Eh bien, nous l'avons enfin.

Nous nous laissons retomber sur le lit en soupirant et contemplons le plafond, pensives. Après un instant, Raven tourne la tête vers moi, les yeux brillants.

– Dis, tu crois que ça va durer longtemps comme ça ?

– Quoi donc ?

– Ce bien-être, cette euphorie que nous ressentons tous ensemble ?

– Nous l'avons bien mérité, alors nous allons tout faire pour la conserver.

– Et quand nous le vivrons au grand jour, ce sera carrément parfait, conclut-elle en serrant mes doigts.

CHAPITRE 17
Au ciel, les écarts

Au travail, c'est un peu moins le bonheur. Pas que les choses se passent mal, mais beaucoup trop vite, et ça me donne le tournis. La faute à John qui veut régler le problème au plus tôt et donc supervise la manœuvre. Il m'envoie sur toutes les interventions, dans tous les services jusqu'à tomber dans celui où on me cherche des noises. Je galope dans l'entrepôt du matin jusqu'au soir et je rentre à la maison sur les genoux. À défaut d'être efficace sur le recueil des données, ça l'est sur ma silhouette.

De retour d'un dépannage, je reviens en traînant les pieds dans le bureau, pile quand le téléphone sonne. Soupir. Je ne m'assieds pas car je sens que je vais repartir à l'autre bout du bâtiment. Ou pas tout de suite puisque Dale bondit de son fauteuil en nous faisant de grands gestes. Alléluia ! Enfin quelqu'un qui se plaint de mon travail. Je viens vraiment de penser ça en y mettant tant d'espoir ? Hallucinant.

John sort de son bureau et se plante avec nous devant Dale. Fébriles, nous l'interrogeons dès qu'il raccroche.

– Alors ?

– Raconte !

Le petit brun effronté s'enfonce dans son siège en nous narguant derrière un sourire arrogant. Pas d'humeur à jouer, nous l'écrasons sous nos regards mauvais. S'il nous fait languir, on le bouffe.

– Vous n'êtes pas drôles. Vous pourriez au moins deviner la zone qui réclame.

– Si tu ne craches pas tout de suite les infos, je t'assure que tu vas le regretter, grince John.

– Les chefs n'ont plus d'humour, marmonne-t-il. C'est la préparation mécanisée.

– Ça réduit énormément les recherches. Nell, tu as fait beaucoup d'interventions dans la méca ?

– De mémoire, sept cette semaine.

– Épluchons les listings ! s'excite Gunter.

– Si nous trouvons le coupable, je vous invite tous au restau avec vos conjoints pour fêter ça, annonce John.

Les garçons écarquillent les yeux. Pas de joie, plutôt de frayeur. Dale hésite, puis se lance :

– Euh… Juste entre nous, ce serait plus sympa.

– Tout à fait d'accord, abonde Gunter. Plus sympa et moins risqué.

Tous les deux téléphonent à leur chérie au minimum deux fois par jour, ont sur leur bureau des photos de couple dégoulinant d'amour et ils en parlent au moins dix fois dans la journée. Alors autant dire que John est stupéfait de les entendre annoncer qu'ils ne veulent pas partager un repas avec elles.

– Voilà autre chose. C'est quoi le problème ?

– C'est que… l'un de nos conjoints est un peu trop… trop…

Dale bafouille misérablement en me regardant du coin de l'œil. Il ne devrait pas se gêner pour moi, il peut dire tout ce qu'il pense de Wade puisque je sais à quoi ressemble mon phénomène. En revanche, John est perdu.

– Trop quoi ? De qui parles-tu au juste ?

Gunter vient au secours de notre collègue qui frise la crise de panique.

– Le petit ami de Nell. Il est trop tout. Trop viril, trop mec, et surtout trop aspirateur à femmes.

– Et nous tenons aux nôtres.

– Il est surtout trop amoureux de moi. Il ne s'intéressera pas à vos chéries, il m'a, moi.

– Il n'empêche. Je ne suis pas emballé de voir la mienne le reluquer.

– Pareil. Pas enthousiaste à l'idée de me battre avec lui pour sauver mon honneur.

Dale sauter sur Wade ? Cette image me donne envie de hurler de… Non. Je ne dois pas rire, il le prendrait mal. Par chance, John coupe court :

– Bon, nous reparlerons de l'aspirateur de Nell une autre fois. Nous avons plus urgent à traiter il me semble, non ?

– Oui ! Alors c'est le badge n° 21587 qui apparaît avant et après les deux interventions signalées.

Gunter se jette sur l'ordinateur.

– Le nom du gagnant est… Tadaaaam !

Il se lève, triomphant.

– C'est le badge de Bridget Evert !

Tous m'observent, attendant que je leur en dise plus.

– Désolée, je n'ai jamais entendu ce nom de ma vie.

Je les sens déçus, ils auraient aimé que ce soit celui de l'ennemi juré, celui à qui on a fait une crasse à la maternelle et qui revient se venger vingt ans après, comme dans les films. C'est John qui atterrit le premier :

– Pas grave, je vais voir le DRH pour lui expliquer l'affaire et il s'occupera de la suite. Pour vous, ça ira pour aujourd'hui, vous pouvez rentrer chez vous.

Je ne proteste pas, rincée par les kilomètres parcourus, et c'est en traînant les pieds que je rejoins le parking. Une fois à la maison, je file dans ma chambre et j'allume mon ordinateur. J'ai deux choses à vérifier, la première étant les salons programmés à Portland ce week-end. Mes chaussures volent au fond du placard, puis le moteur de recherche m'annonce le truc moto d'un ennui mortel que veut voir Matt. Il dirait pareil d'un de mes rassemblements préférés de geeks, mais je m'en fiche. Ensuite, nous avons un salon des artisans d'art, de l'érotisme, un rassemblement de dentistes, et pour finir, un salon de couches. De puériculture, mais c'est pareil et on peut l'oublier direct, Wade n'est pas enceint sinon je le saurais. Je ne l'imagine ni dentiste ni artisan puisqu'il s'en vanterait au lieu de le cacher. Il n'y a aucun salon pour lui, alors c'est une réunion qui pue encore le trafic de je ne sais quoi.

Je m'apprête à lancer la seconde recherche, la fameuse Bridget qui veut ma tête sans raison valable, quand je reçois un texto.

Matt : Ce soir, tous ensemble avant mon départ à Portland. Le Jack's, ça te va ?

Mouais, ma dernière soirée là-bas ne m'a pas laissé d'excellents souvenirs, mais Wade ne devrait pas me refaire le même coup.

Moi : C'est OK pour moi. À tout à l'heure.

Matt : Hé oh ! Tu n'as rien oublié, là ?!

Moi : Bisous.

Matt : Ah quand même. Fais gaffe hein. Bisous, vilaine.

Ce soir ? Mais il me reste à peine une heure pour me préparer ! Après le marathon qu'ils m'ont fait courir au boulot, je pue le fennec et je suis couverte de poussière d'entrepôt, c'est la cata ! Je bondis de mon siège en refermant mon ordinateur portable d'un coup sec et je file sous la douche.

Lorsque je descends au salon où ils m'attendent en buvant une bière, j'ai presque bonne mine et je sens le frais. Le choix de la jupe semble adéquat, ce que confirme le regard appréciateur de Wade. Raven n'a rien à m'envier, elle est superbe en robe rouge.

– On peut y aller !

J'attrape les clefs de la Mustang, mais Ben m'arrache le trousseau des mains.

– C'est moi qui pilote l'avion.

Je m'apprête à batailler et tombe sur ses yeux déjà brillants de plaisir, alors j'abandonne. Je dois me résoudre à ce qu'ils ne me laissent jamais la conduire quand nous sommes ensemble. Et nous le sommes souvent. Les places arrière n'étant pas franchement confortables, je monte avec lui et les autres s'entassent dans le 4 × 4. Au moins, nous pouvons discuter loin des oreilles de Matt, j'en profite.

– Ça va avec Alex ?

– Très bien. C'est une chance qu'il soit patient.

– Tu m'étonnes ! Il attend après un Barett depuis la primaire, alors il n'est plus à quelques semaines près.

– Ça ne te dérange pas que je sois avec lui ?

– Absolument pas. Malgré les impressions, il y a toujours eu un truc étrange entre nous, un attachement.

– Je sais, il m'en a parlé. Je sais aussi pour ton premier baiser, grince-t-il en me grondant du regard.

– Il t'a vraiment tout dit ! Il va m'entendre.

Au Jack's, nous hésitons autour de la table. Wade et moi voulons être côte à côte, mais il faut que ce soit discret. Matt et Raven ont le même désir et le même souci. Quant à Ben, il s'en fiche royalement puisqu'il est seul. Nous nous épions furtivement en lorgnant les places convoitées, mais personne ne sonne le départ. Ben souffle d'exaspération et prend les choses en main en nous pointant du doigt un par un.

– Toi, là. Toi, ici. Toi, en face et Raven à côté. Allez !

Il s'assied en levant les yeux au ciel. Nos histoires le blasent, mais mine de rien, il vient de nous placer pile comme nous le désirions. Tellement ravis que nous nous jetons sur nos chaises. Wade s'empresse de coller sa cuisse contre la mienne et de poser la main sur mon genou. Le petit sourire de Raven me laisse penser que celle de Matt a également trouvé son chemin.

La serveuse arrive, les garçons annoncent leurs choix alors que Raven et moi avons encore le nez dans la carte. J'hésite entre la salade géante et une bonne viande grillée pendant que ça discute autour. Je me crispe d'un coup. C'est quoi ce rire aigu horrible ? Je lève les yeux et découvre, effarée, que la serveuse drague les gars ! Surtout Wade, en plus ! Je n'ai plus faim, je fulmine.

Wade n'a rien à se reprocher cette fois, elle s'excite toute seule, mais c'est l'occasion de voir s'il a retenu la leçon. Manifestement oui, car il ne répond pas aux avances, d'ailleurs, il la regarde à peine alors qu'elle en fait des tonnes. J'ai envie de l'embrasser. Son air désintéressé s'efface subitement pour laisser place à de l'affolement. Changement d'humeur à coup sûr en lien direct avec l'hostilité que je dégage. La serveuse papillonne des yeux en riant fort sans cesser de le questionner, pendant qu'il doit se repasser en vitesse rapide le film de notre engueulade mémorable pour savoir quelle attitude adopter. Je ne pense pas qu'il soit arrivé à la fin de la bobine quand, trop irrité de subir ce rentre-dedans, il appuie sur « stop » et la foudroie du regard.

– Vous voulez quoi ? Je vous ai donné ma commande, c'est bon, non ?

– Oh oui, mais vous savez, c'est important la cuisson de la viande et je tiens à ce que vous soyez très satisfait, ose-t-elle répliquer avec sa bouche à… non, rien.

Wade tente le message subtil du « casse-toi, j'ai déjà ma femme » en me demandant ce que je souhaite manger, mais sur un ton qui laisse à penser qu'il se renseigne sur la position que je choisis pour faire l'amour dès que nous serons couchés. Il y met tant d'intensité érotique que je bafouille ma réponse en rougissant. Ensuite, il se charge de passer la commande :

– Une brochette de bœuf, à point, avec pommes au four pour la charmante demoiselle qui m'accompagne.

Elle note les plats des filles avec une moue boudeuse. Eh oui, nous sommes là, avec eux, et pas toi. Elle doit être lente à la détente ou bien très téméraire, car malgré l'air mauvais de Wade, elle retente sa chance. C'est vrai, quoi, c'est important de savoir si ce beau monsieur souhaite une sauce supplémentaire qui lui sera offerte. Je vais réellement devoir supporter ça chaque fois que nous sortirons ? Wade n'en peut plus, il tape du poing sur la table.

– Pour ma viande, ce sera à point, sans sauce et sans la serveuse gonflante !

Direct, mais dans les dents et malpoli. Bon, elle l'était aussi par son attitude. Le message est compris, enfin, elle s'enfuit en baissant la tête pendant que je jubile comme la vilaine fille que je suis. Je suis fière de Wade, pourtant je m'apprête à lui expliquer qu'il peut rembarrer en mettant un peu plus les formes, mais les mots meurent sur ma langue quand il me fait un truc tout mignon. Il me scrute tel un petit chiot qui quémande une caresse. Il se contentera d'un magnifique sourire en récompense, que je réprime brutalement lorsque Ben tousse et qu'une chaussure percute mon tibia sous la table. Matt nous fixe, suspicieux. Vite, je me tourne vers Raven.

– Ta robe est vraiment superbe. On ira m'en trouver une ?

Rien de tel pour désintéresser les garçons, qui engagent aussitôt leur propre conversation faite de soupapes, de culbuteurs et de je ne sais quoi de graisseux. La serveuse reparaît avec nos plats, qu'elle nous jette presque sur la table. Et encore, je pense qu'elle se mord les joues pour contenir son envie de nous les envoyer à la figure. J'espère qu'elle n'a pas craché dedans, mais rien qu'à l'idée, je crois que je vais chercher un nouvel endroit pour les soirées. Le Jack's n'est plus aussi amusant qu'avant.

Heureusement, nous mangeons dans la bonne humeur et tout serait parfait si Matt cessait de nous scruter, Wade et moi. Ses sourcils se rejoignent régulièrement au milieu du front, il suspecte quelque chose. Les autres tentent de le détourner, mais ça ne fonctionne pas longtemps, alors Wade n'ose plus bouger. Il garde même les deux mains à plat sur la table car Matt n'arrête pas de faire tomber quelque chose, qu'il ramasse juste pour vérifier ce qu'il se passe dessous.

Agacée par son manège, lorsqu'il fait tomber son couteau pour la seconde fois, Raven repose ses couverts brutalement et le ramasse avant qu'il ait pu bouger. Elle le jette ensuite dans son assiette en le tuant du regard :

– Tu le laisses encore tomber une fois et je te le plante dans le pied !

Tout d'abord sidéré, Matt cille, puis il reprend son repas sans moufter. Surtout, il abandonne pour cette fois et Wade peut reposer sa main sur ma cuisse puisque, dès que Matt remue sur sa chaise, Raven lève sa fourchette en le menaçant du regard. La soirée se déroule bien plus agréablement, et une fois sur le parking Wade réclame la clef de la Mustang, prétextant que c'est à son tour de se faire plaisir. Ben rechigne un peu, mais il cède en les posant dans la grande main insistante tendue devant lui. J'ouvre la portière sous le regard scrutateur de Matt. Il plisse les yeux, on vient de le réveiller.

– Tu vas monter avec Wade ?

– Non, je vais monter dans ma voiture.

– Oui, mais…

Raven lui attrape le bras et le tire en arrière.

– Tu te magnes d'ouvrir le 4 × 4 ? J'ai froid.

Il hésite, bougonne, mais la suit. Je ne sais pas comment je le gérerais sans elle dans ses pattes. C'est la meilleure amie du monde.

Pendant que je boucle ma ceinture, Wade pose la main sur ma cuisse.

– Retire ça tout de suite !

– Quoi ? Mais enfin, nous sommes…

– Matt revient !

C'est la panique à bord, sa main décolle et s'accroche sagement sur le volant. Matt tape sur la vitre, Wade la descend.

– Tu restes derrière…

– Ne finis pas ta phrase ou tu prends mon poing dans la figure.

Je me penche et enfonce le clou :

– Il a raison, Matt. Retourne dans ta bétaillère et lâche-nous !

Choqué, il ronchonne, fait volte-face et s'éloigne en martelant le sol de ses bottes.

– Il fait des progrès, je commente avec satisfaction.

– Tu trouves ? Il allait me dire comment conduire !

– Oui, mais il a lâché l'affaire tout de suite. Je t'assure que c'est un grand progrès.

– Mouais. À ce train-là, je ne suis pas près de t'embrasser à t'en retourner la tête devant lui.

– Même dans dix ans, je ne te laisserai pas faire ça, alors oublie.

– C'était une façon de parler.

– Trouves-en une autre et démarre, bel aimant.

Il s'exécute puis se tourne vers moi avec un sourire en coin.

Puisque ton frère a du mal à te lâcher, je vais l'aider un peu.

Et il démarre en trombe pour passer devant Matt, qui n'apprécie pas et l'insulte à coup d'appels de phares. La colère stroboscopique de mon frère ne le perturbe pas, ou juste le temps de tourner son rétro, car il trouve plus intéressant de reposer la main sur ma cuisse.

– Je peux, maintenant ?

– Oui et tu as une dizaine de minutes pour en profiter.

– Ça devrait suffire, murmure-t-il d'une voix traînante.

Je comprends où il veut en venir lorsqu'il soulève le bord de ma jupe du bout des doigts. Il la froisse dans son poing et aventure sa main plus haut, je fixe la route et reste concentrée dessus. Un soupir m'échappe, sa paume diffuse une très agréable chaleur sur ma peau. Il la remonte lentement entre mes jambes et je me laisse aller, comme dans un rêve, pendant qu'il effleure mon sexe, puis le caresse avec une infinie douceur. Il faudrait songer à allumer la clim !

– Tu as envie de moi, Nell ? murmure-t-il d'une voix basse pleine de promesses.

Non, du tout. Je me liquéfie sur mon siège, mais je refuse de lui avouer.

– Tu joues la timide. Mmm… c'est encore plus excitant.

Impossible de rester avec les lèvres closes, elles sont maintenant entrouvertes pour m'aider à oxygéner mon cerveau, en vain. Wade est d'une dextérité qui frise l'excellence. Les doigts serrés sur la portière, je perds imperceptiblement le contrôle. Qui suis-je ? Où suis-je ? Un oiseau et je m'envole. Il m'offre quelques minutes de pur plaisir et ne s'arrête pas avant d'avoir atteint son but. Je me délivre dans un long gémissement.

Je reprends pied brutalement avec la réalité lorsque la voiture fait un écart. La main curieuse déserte vivement ma jupe pour agripper le volant.

– Houlà ! C'était moins une qu'on finisse sur le trottoir, s'amuse-t-il.

Plus vigilant sur la conduite, il me laisse récupérer, mais j'ai à peine le temps de me remettre que nous arrivons dans notre rue. C'est l'affolement ! J'inspecte ma tenue, me recoiffe précipitamment et je ventile mes joues en agitant les mains devant pour ne pas ressortir de la voiture cramoisie. Wade coupe le moteur en me fixant, fier de lui.

– J'ai hâte de te montrer au grand jour l'effet que tu me fais.

– Quand tu dis « au grand jour », j'espère que tu ne parles pas de ce que tu viens de me faire.

– N'importe quoi ! s'exclame-t-il en riant. Je faisais référence à notre relation. Pour tout ce qui concerne le sexe, ce sera uniquement à l'abri des regards. Je ne partage ni ton corps ni la vue.

Notre conversation est interrompue par un poing qui s'abat si violemment sur la vitre que nous sursautons. Nous nous éjectons de la voiture et à peine sommes-nous dehors que Matt incendie Wade.

– Mais tu es malade ou quoi ! Si tu es crevé, tu ne conduis pas avec ma sœur à côté !

– Du calme, je vais très bien.

– Alors pourquoi tu as fait des écarts comme ça !

Et voilà comment redescendre du septième ciel en moins de dix secondes. Et sans parachute, merci Matt…

CHAPITRE 18

Le jour où

C'est le grand jour, Matt et Wade s'en vont à Portland tout à l'heure. Je déjeune avec Ben, déjà prête pour partir travailler, quand Matt nous rejoint, affichant une mine défaite. Ben lui tend un café :

– Un problème ?

– Nan. Ça va, marmonne-t-il.

Il pense réellement s'en sortir si facilement ? Je me charge de l'asticoter :

– Bien sûr, tu as l'air si joyeux. Je me disais bien que tu étais bizarre. C'est la joie, voilà !

– Arrête, Nell. C'est pas le jour. Vous promettez que vous allez être sages ?

Ben se crispe aussi sec.

– Matt ! Tu me gonfles ! Occupe-toi de ton voyage et laisse-moi gérer Nell.

– Hum. Je suis là et je suis adulte, comme vous. Je vous rappelle qu'on a le même âge à quelques minutes près, alors cessez de parler de moi comme si vous étiez mes parents. On dirait que vous vous chamaillez pour savoir lequel me conduit à la garderie.

– Nell, c'est pas le moment ! s'exclament-ils.

Ils ne seraient pas un peu sur les dents ? Je pense qu'ils n'ont pas bien compris où je voulais en venir. Je m'apprête à leur expliquer mon point de vue avec moins de finesse, mais ils repartent dans leur discussion sans me laisser la possibilité d'en placer une. Puis Matt se tourne tout à coup vers moi.

– Nell, tu ne peux pas prendre quelques jours pour m'accompagner ? Vraiment, ça me ferait plaisir.

– Arrête. Nous pouvons survivre quatre jours sans toi. Alors tu gères ton voyage et tu cesses ton cirque !

– Je ne veux pas qu'on soit séparés !

Le voilà le fond du problème. Pas un manque de confiance en nous, mais la peur du vide entre nous. Ben se lève d'un bond.

– OK ! Tas de triplés dans le salon. Tout de suite !

Une fois en place, nous restons enlacés en silence, le temps que tout le monde se calme. Lorsque Matt s'apaise, je le rassure d'une voix douce :

– Tout se passera bien, OK ? Donc fais un effort et ne complique pas les choses, s'il te plaît.

– Je suis désolé. Je t'ai perdue trois ans et ça me fiche encore les jetons d'être loin de vous, c'est tout.

– Tu auras Wade avec toi et nous t'enverrons une flopée de textos pour te rassurer. Ça te va ? j'ajoute en lui caressant la tête.

– Un par heure, minimum, sinon je rentre en courant.

– Tu exagères un peu, mais nous allons faire au mieux.

Encore un gros câlin et nous nous séparons, sereins. Prions pour que nous ne perdions pas nos téléphones ce week-end, sinon nous sommes morts.

Avant de partir travailler, je file vérifier le contenu du sac de mon voyageur. Je pince les lèvres et m'empresse d'y ajouter des boxers et des chaussettes qu'il ne jugeait pas utiles. On s'enlace encore une fois et je les quitte. Une fois assise dans ma voiture, je lui envoie un texto. C'est plus fort que moi.

Moi : Je pars travailler. Je t'aime.

Je prends la route, et garée sur le parking de la société, je recommence.

Moi : Je suis arrivée, tout va bien.
Bisou.

Matt : Arrête de te fiche de moi parce
que je t'aime, moi.

En rejoignant mon bureau, je décide de passer par la salle de repos prendre un café, mais Dale me stoppe dans le couloir.

– Tu en as déjà un qui t'attend.

– Vous m'interdisez encore d'aller dans la salle de repos ? Vous allez aussi m'attribuer un garde du corps ?

– Nous y avons pensé, mais nous n'en avons pas trouvé plus baraqué que Wade, rétorque Gunter en riant.

– Je ne vois pas bien le rapport avec lui.

– Imagine sa tête si un mec te colle en permanence. À ton avis, il dira quoi ?

– Rien. Il ne dira rien du tout. Il lui démontera juste la tête, en silence.

– Ben voilà !

– Les gars, je plaisantais. Wade n'est pas un fou furieux.

La journée se passe normalement, rien de notable, si ce n'est que la menace d'un licenciement ayant disparu, je suis beaucoup plus à l'aise. Malgré tout, je compte les heures, non pas pressée de rentrer chez moi, mais pour rédiger un texto à Matt. Décision prise avec Ben jusqu'à ce qu'il arrive là-bas, ensuite, nous réduirons les envois puisqu'il ne pourra plus faire demi-tour. Enfin… nous l'espérons, c'est le but. Surtout, il ne faut pas qu'il débarque ce soir car nous avons invité Alex à dîner. Raven étant en révision avec d'autres étudiants, la voie est libre pour les deux amoureux secrets.

Ben se met aux fourneaux tôt, déterminé à épater Alex avec un super repas. Je n'ai même pas l'autorisation d'éplucher un légume, j'ai carrément interdiction de poser un pied dans la cuisine. Bonjour la confiance ! Alors quand notre invité arrive, un vent de libération me fait voler jusqu'à la porte et je l'accueille avec un grand sourire. Alex, que je connais si fier et sûr de lui, est tout à coup tout penaud. Il n'ose pas avancer, regarde autour de lui avec un air inquiet.

– Tu entres ou je referme la porte sur ton nez ?

– C'est bon ? Il n'est plus là, tu es sûre ?

– Mais oui, il est parti ce matin avec Wade.

– Certaine ? Tu as vérifié qu'il était bien là-bas et qu'il n'avait pas fait demi-tour ?

– Alex, du calme. Matt ne rentrera pas, nous lui envoyons des textos régulièrement.

– Il est imprévisible, je t'assure qu'il peut revenir.

– Bien sûr. Et se cacher dans la poubelle. Tu as contrôlé si elle est bien vide ?

– Non ! Tu crois que…

– Stop ! Tu entres et tu te tais !

– Mais…

Je souffle et me tourne vers la cuisine.

– Ben ! Ton mec n'ose pas entrer. En fait, c'est un pétochard ! Il… Aïe ! Mais ça ne va pas, non ?! j'enguirlande Alex qui vient de me mettre son pied aux fesses.

– Je ne suis pas un pétochard ! C'est juste que… c'est Matt, quoi.

Ben abandonne ses casseroles et nous fixe l'un après l'autre.

– Vous avez fini, tous les deux ?

– Il m'a tapée !

– Tu le méritais. On n'insulte pas les invités.

– Et file dans ta chambre ! ajoute Alex en riant.

Je le regarde méchamment, ce qui l'amuse encore plus. Mais Alex est bien plus mignon qu'il ne veut l'admettre, alors il fait un pas en avant et me prend dans ses bras.

– Vous seriez gentils de vous décoller tout de suite. Ça ne me plaît pas, et doublement, en plus, grince Ben.

– Tu te rends compte que ça me fait un frère de plus. Comme si j'avais besoin de ça !

– C'est très bien au contraire. Au moins, les filles ne seront jamais en supériorité dans cette famille.

Trois heures plus tard, nous sommes installés dans le salon, repus et gais. Ben et Alex sont tellement heureux d'être ensemble. Vivre leur amour en cachette commence à leur peser.

Malgré la bonne ambiance et comme je suis une sœur aimante, je monte pour les laisser seuls. Nous aurions apprécié de refaire ça demain, mais nous avons promis à Raven de l'emmener au Jack's pour décompresser avant son examen. Néanmoins, Alex s'y rendra aussi, ils pourront au moins se voir de loin.

Au moment de me coucher, je reçois un message de Wade. Il était temps ! C'est à croire qu'il s'amuse trop pour penser à moi.

Wade : Tu me manques, mon nord.
Je t'aimante.

Moi : Toi aussi, mais ne t'inquiète pas
pour moi, j'ai Eliot.

Wade : Faux. C'est moche de mentir.

Non ! Il n'a pas osé me le piquer, quand même ? Je bondis hors du lit et me précipite sur le tiroir de ma commode. Han ! Il a volé Eliot !

Moi : Tu n'as pas le droit de faire ça !

Wade : Si.

Moi : Non ! Pourquoi tu l'as pris ? Et ne me dis pas pour toi, hein !

Wade : N'importe quoi !
Wade : Cherche mieux, je l'ai juste remplacé.

Oh ! Je farfouille dans mon tiroir, et évidemment, c'est sous mes culottes que je trouve une boîte inconnue. L'emballage est superbe, très classe, c'est surprenant pour un bête machin en plastoc. Mais en découvrant l'objet, je retire ce que je viens de dire. Je suis sans voix. C'est un bijou, pas un vibro. Impossible de deviner son utilisation. En forme de virgule, un revêtement noir très doux et du métal doré.

Moi : Il est magnifique. Merci.

Wade : Il n'est pas que beau, il est efficace, tu vas voir ;-)

Moi : Je te raconte ça après, promis.

Wade : J'aurais aimé le roder sur toi…

Moi : Tu me fais un cadeau, mais je n'ai pas le droit de m'en servir ?

Wade : S'il te plaît, attends-moi. Tu ne le regretteras pas. Je file me coucher, demain on se lève tôt. Je t'embrasse partout.

Même s'il est magnifique, son premier cadeau est un vibro. Pourquoi ne suis-je pas étonnée ? Pas le genre de souvenirs que je vais pouvoir raconter à nos petits-enfants. Oui, je me projette très loin, et alors ? Il faut y croire dans la vie, sinon on n'avance pas.

Mon réveil sonne ? Non, c'est autre chose. Des vibrations. Je ne me suis pas endormie avec le vibro, quand même ?! Non, je l'ai rangé hier soir avant de me coucher. Mon téléphone ! Le nez dans l'oreiller, je l'attrape en tâtonnant, puis j'ouvre un œil. C'est Matt, bien entendu.

Matt : Hé ! Pas reçu de texto ce matin, vous êtes où ?

Moi : grmmmphhhh mmmmhhh.

Matt : Tu pourrais articuler quand tu écris ? Merci.

Moi : Il est 6 heures du mat ! Je suis dans mon lit !

Matt : Oups. Désolé, j'avais oublié qu'on est samedi.

Moi : Maintenant que tu me sais vivante, réveille Ben. Pas de raison qu'il n'y ait que moi debout. Bisous.

Je me lève péniblement, et pendant que je rejoins la salle de bains, Ben hurle de sa chambre :

– Je vais te tuer, Nell !

Je ricane et me dépêche. Si je lui prépare un café, ça suffira pour qu'il me pardonne.

C'est le cas, il ne lui faut pas plus de cinq minutes pour tout oublier et aborder cette journée avec le sourire.

Le soir, vient l'heure d'aller chercher Raven, puis nous filons au Jack's, bondé comme tous les week-ends, au point que nous peinons à dénicher une table libre. Une fois installés avec nos boissons, nous partons dans une discussion animée sur le resserrement de la politique monétaire de la banque centrale des États-Unis. En vrai, on parle de mode, mais c'est pareil, non ?

Alex se trouve plus loin, dans la partie moins intimiste du bar, au milieu d'un groupe d'une vingtaine de personnes que je ne connais pas. Sauf deux têtes, les deux folles qui m'ont agressée chez Tyron. Toujours aussi voyantes. Je ne comprends pas pourquoi Alex les fréquente. Bien que… en regardant plus attentivement, il est évident qu'il fait tout pour les ignorer. Il est contrarié alors que l'une ne cesse de l'interpeller, se pend même à son cou deux fois, et la repousse assez sèchement. Une glue cette fille, il ne parvient pas à s'en débarrasser. Heureusement que Ben leur tourne le dos, ça lui bousillerait la soirée d'assister à ça. D'ailleurs, c'est si affligeant que je pivote sur ma chaise pour ne plus profiter du spectacle.

Au milieu du repas, du brouhaha venant de leur coin attire à nouveau mon attention. Le groupe est assez animé, pas franchement souriant. Alex est au centre, il se fait prendre à partie par la fille qui semble l'invectiver, mais le volume de la musique est trop élevé pour que j'entende. Elle expédie tout à coup son poing dans le torse d'Alex et la situation dégénère. Deux clans se forment et s'affrontent en s'insultant. Les deux filles dans celui face à Alex, évidemment. Elles seraient à l'origine des heurts que je ne serais pas étonnée.

Cette fois-ci, le ton monte encore d'un cran et ils commencent à se bousculer. Intrigué, Ben tourne la tête. Il bondit, prêt à entrer dans la mêlée. Son instinct a parlé, sa raison est partie se coucher, alors je le rappelle à l'ordre sèchement :

– Ben !

Il se rend compte de son erreur et se rassied vivement, mais ne peut s'empêcher de suivre ce qu'il se passe. Confuse, Raven se penche vers moi.

– Je ne comprends pas trop. Il allait aider les autres à casser la gueule à Alex ou bien le défendre ?

– Peu importe, j'élude. Il n'a pas à s'en mêler.

Raven n'insiste pas, mais elle fait la moue, perplexe. Finalement, si, elle revient à la charge :

– Tu ne me dis pas tout sur Alex. Il se passe un truc entre vous. Tu ne vas pas t'en sortir comme ça.

– Tu te fais des idées. Je l'aime bien, parfois, c'est tout.

– Et Ben, alors ?

– Rien du tout, laisse tomber.

Sous la table, j'expédie mon pied dans le tibia de mon frère pour qu'il cesse de fixer la scène derrière lui, puis lui fais les gros yeux lorsqu'il me regarde enfin. Non mais franchement ! Il monterait sur le bar pour hurler « c'est mon mec, je pète la tête au premier qui le touche ! » qu'il serait à peine moins discret.

Les deux gros bras du Jack's arrivent et mettent tout le monde d'accord, ou presque. Ils empoignent les plus virulents et les raccompagnent vers la sortie. Comme tous les clients, je suis les choses avec curiosité, et pas mécontente de voir que c'est la folle qu'on fiche dehors en premier. Mais sans prévenir, je prends en pleine face son regard noir. Si haineux que je tressaille. Si j'étais médecin, je penserais à une psychopathe, mais n'ayant pas fait les études pour, je me contenterais de dire qu'elle est complètement cinglée.

Lorsque la porte se referme et que l'apaisement revient dans la salle, je souffle de soulagement. J'échange un regard avec Alex qui articule « tout va bien » et me rassure d'un geste de la main avant de s'installer dans le calme avec ses amis. Ben et moi commandons une nouvelle tournée. Peu de temps après, Matt se réveille.

Matt : Vous faites quoi ?

Aïe. Nous ne sommes pas censés être sortis, il va nous pondre une pendule si je lui dis la vérité.

– Ben ? Ton frère adoré demande ce que l'on fait.

– Merde. Euh… je ne sais pas trop.

Nous nous observons, aussi réactifs que deux poissons pas frais. Raven souffle d'agacement.

– Vous stressez tellement avec lui que votre bon sens s'évapore. Faut vous détendre, il est loin et vous avez le droit de vivre.

– Tu as raison. C'est lui qui stresse tellement que ça joue sur notre jugeote, avoue Ben en soupirant.

– Alors pour cette fois, dites que vous êtes chez moi. J'avais un coup de mou et je vous ai invités à dîner.

Nous mimons une volée de baisers vers elle pour la remercier, ce qui lui fait secouer la tête en souriant.

Je la serre dans mes bras pendant que Ben rédige le texto, qui s'avère tout à fait convaincant puisque Matt se fait oublier. Pour lui, savoir toutes les personnes qu'il aime réunies et à l'abri, c'est la situation idéale.

Ben ayant consommé des boissons sans alcool pour les deux dernières tournées, il prend le volant et nous ramenons Raven avant de rentrer chez nous vers deux heures du matin. Ravis de cette soirée, mais fatigués, nous sortons de la voiture sans parler.

Dans le noir, je cherche mes clefs dans le fond de mon sac quand me parvient du bruit derrière moi. Je n'ai pas le temps de tourner la tête que je suis projetée au sol d'un brutal coup dans le dos. Puis j'entends Ben hurler.

– Nell ! Laissez…

Sonnée, entre mes paupières lourdes, je le vois aux prises avec trois personnes. Il est hors de lui, les coups pleuvent. Il semble prendre le dessus, mais je dois l'aider. Je me redresse, mais à peine suis-je sur mes genoux qu'un violent choc dans le ventre me plie en deux, puis un dans le dos. Mais qui ? Pourquoi ? Je n'aurai pas la réponse, un pied s'abat sur ma tête et me couche au sol.

– Non ! Pas Nell ! La touchez… crie Ben avant d'être réduit au silence.

Ou bien c'est moi qui n'entends plus rien. C'est le chaos. Les coups pleuvent en continu. Une douleur effroyable me broie les jambes. L'épaule. Partout. Une botte cingle mon visage et me coupe le souffle.

Les frappes sont si rapprochées que j'ai l'impression d'être tombée dans une machine. Ils sont plusieurs à m'attaquer. Ils ne me laissent aucun répit, les chocs s'enchaînent et provoquent une souffrance épouvantable. Mes os craquent, ma peau se déchire, mon corps est en feu.

Est-ce que ça va s'arrêter ? Vont-ils me battre jusqu'à la mort ? Des exclamations, beaucoup de cris, ceux de Ben. Il hurle de douleur et m'appelle. Je sens du métal, aussi, c'est étrange. Encore un coup de pied dans mon visage, je m'étouffe en avalant du sang. Ma respiration se coupe à chaque impact sur mon corps.

Fuir. Douce utopie, mais dans un réflexe de survie, je commence à ramper pour leur échapper. Stoppée net par une subite douleur vive. Un pied qui s'écrase sur ma main droite. Puis la gauche. Encore un coup dans le visage. Mon nez craque.

– Allez ! On se tire !

Un bruit de course. Le martèlement des bottes sur le bitume de plus en plus faible, et soudain, le silence. Pesant. Lugubre. Je suis vivante. Douloureusement vivante.

Réagir. Déjà, ouvrir les yeux. J'essaie, mais ils restent collés malgré mes efforts. Un râle résonne, il vient de moi. Tout n'est que souffrance, même inspirer est une lutte pour laisser entrer un peu d'oxygène dans mes poumons. Chaque minuscule goulée d'air draine du sang avec elle. Je suis obligée de m'étouffer pour respirer.

Ben crachote, siffle aussi en expirant. Il est tout près, mais il ne bouge pas. Je dois lui parler, lui dire qu'on va s'en sortir, mais ma bouche ne m'obéit pas. Impossible de formuler le moindre mot. Je fais une tentative pour lever la tête, mais une douleur foudroyante me recloue au sol.

Chaque inspiration est un calvaire et mon visage est poisseux, il doit être en sang. Muette, aveugle et incapable de bouger, je suis terrifiée. Autant pour moi que pour Ben, qui ne réagit pas. Comment nous sortir de là ? Nous sommes seuls dans notre allée et personne ne nous verra à cette heure si tardive. Je dois absolument trouver un moyen d'alerter quelqu'un.

Mon portable est dans la poche de ma veste, avec un peu de chance il fonctionne encore. Je me prépare mentalement à surmonter ce qui m'attend. Mes doigts sont cassés, mais je dois passer outre. Pas le choix. Je m'encourage en m'insultant et je me lance. Très lentement, c'est horrible. Je ne peux même pas serrer les dents. Mon cœur tambourine dans ma cage thoracique, mais je continue et je le touche enfin. Impossible de l'attraper, mes doigts refusent de le tenir. Je parviens à le bloquer dans ma paume et je le pose sur le sol.

Ben gémit, il souffre le martyre lui aussi. Allez, je ne dois rien lâcher ! Enfin, je réussis à entrouvrir une de mes paupières, je vois la lumière de mon écran à travers une vision floue faite de rouge. Du bout du pouce, en tremblant, j'arrive à envoyer un texto à Raven.

Moi : osecour

CHAPITRE 19

La nuit des lucioles

Je prie pour que mon amie devine que quelque chose de grave se passe. Sa maison est à une dizaine de minutes d'ici, ce qui veut dire un minimum de quinze minutes à patienter. Et ça, seulement si elle comprend vite.

Ben a une respiration encombrée, mais rythmée. Il tient le coup. J'aimerais tellement lui parler, le rassurer, je ne sais même pas s'il est conscient. L'attente est longue et je vis un calvaire. L'angoisse me submerge. Mon Ben. Pitié, qu'on ne m'enlève pas mon Ben. Je ne m'en remettrais jamais.

Mon téléphone sonne. Je prends quelques secondes pour déchiffrer l'écran couvert de mon sang. Raven ! Je dois décrocher, peut-être entendra-t-elle nos souffles bruyants. Du pouce, je tapote l'appareil et sa voix résonne dans la nuit.

– Nell ? Hé ! Tu es là ?

Elle est inquiète, c'est un bon début. Lorsqu'elle se tait, j'expire fort, je lâche un gémissement aussi. Elle ne va jamais comprendre, c'est n'importe quoi.

– Nell ? Mais tu réponds ? Merde à la fin !

Impossible de former un mot. Je désespère et mon œil se voile d'un mélange de larmes et de sang. Un hoquet me fait tousser et cracher.

– J'arrive !

Raven, ma meilleure amie. Mon ange gardien qui vient nous sauver. On va s'en sortir, je peux cesser de m'affoler, maintenant. J'arrête de lutter et ferme la seule paupière qui bouge encore. Je me laisse aller et j'écoute. Un grand calme règne. Si paisible. Comment est-ce possible après une telle furie assassine ? Mes sentiments sont confus. J'ai peur, j'ai mal, mais la sérénité ambiante agit, elle me rassure.

Pourtant, la douleur est inouïe, je ne saurais dire où je souffre, c'est partout. L'impression que chaque parcelle de mon corps est abîmée ou déchirée. Seul mon cerveau fonctionne, alors je cogite à souhait. Ben crache et mon angoisse refait surface. Ben ! J'imagine le pire. Non. Ne penser à rien, juste lutter. Survivre. Respire, bats-toi.

Un nouveau son au loin, un moteur. Une voiture qui roule vite et qui approche. Les pneus crissent quand elle s'immobilise devant la maison. Une portière s'ouvre et on court vers nous. Raven, la voilà.

– Nell ! Ben ! Non !

J'entrouvre mon œil du mieux que je peux, je ne distingue que ses pieds juste devant moi. Elle s'agenouille et approche une main, mais elle stoppe son geste et reste hésitante quelques secondes avant de se relever immédiatement. Elle trifouille je ne sais quoi dans son sac en sanglotant, puis sa voix hachée par les pleurs résonne :

– Une urgence ! Venez vite ! Deux personnes attaquées. Elles sont gravement blessées et couchées au sol !

Mon œil pique, je le referme pendant qu'elle termine sa conversation avec les secours. Si seulement je pouvais lui dire d'appeler Alex, il faut le prévenir. Je voudrais qu'il soit là lui aussi, pour Ben. Mais Raven ne sait toujours pas pour eux, alors ça ne lui viendra pas à l'esprit. Comment pourrais-je…

– Alex ? sanglote-t-elle. C'est Raven. Je suis toute seule et… Il faut que tu viennes tout de suite chez les triplés. Il leur est arrivé quelque chose de grave.

Elle n'aura jamais fini de m'épater. Elle vit dans ma tête. Elle s'agenouille près de moi, sans me toucher, Dieu merci. Puis sa voix douce, comme une caresse bienfaitrice :

– Ils arrivent, Nell. Tiens le coup. Je dois pousser ma voiture, je l'ai laissée au milieu de la rue. Je fais vite, je reviens tout de suite.

À son retour, elle s'assied tout près de moi. Je bouge mon pouce pour lui montrer que je suis consciente. Je veux qu'elle me parle, ça me fait du bien.

– Je reste avec toi, mais toi aussi. N'abandonne pas, me supplie-t-elle, la voix pleine de sanglots.

Elle se rend compte que je ne peux pas la voir alors elle s'allonge sur le côté, juste en face de moi. Son attention m'émeut au point de faire couler des larmes ensanglantées, qu'elle essuie avec précaution en utilisant la manche de son sweat. En pleurant, elle continue de me parler d'une voix douce, rassurante :

– Je n'appelle pas Matt, ni Wade, ça ne sert à rien. Ce serait même dangereux, ils rentreraient aussitôt en conduisant comme des dingues. Vous déciderez quand le faire. Ben respire, mais il est inconscient. Je crois qu'il est stable, mais je n'ai pas osé le toucher. Il est comme toi… et… c'est un cauchemar. Ça ne peut pas être arrivé, quelle horreur ! Merde, pardon, je ne voulais pas dire ça, excuse-moi. Vous allez vous en sortir, ça va aller. Hé ! Tu entends ?

Oui. Une sirène qui déchire le silence, de plus en plus fort. Puis une autre et encore une troisième. Ils vont enfin pouvoir s'occuper de Ben.

– Les secours arrivent. Tout va bien se passer. Je suis là. Je ne te laisse pas.

Le bruit emplit l'espace d'un coup. Mon champ de vision est envahi par un ballet de lumières vives qui tournoient, se reflètent sur le bitume humide et sur les cheveux de Raven, la parant d'un halo par à-coups. C'est magnifique. Comme une multitude de lucioles qui volettent autour de moi.

Les portes des véhicules claquent lourdement, des gens aboient des ordres et de nombreuses paires de bottes accourent vers nous. Une cavalerie, mais sans le clairon pour accompagner l'assaut.

Un secouriste relève Raven et la pousse pour s'agenouiller à sa place. Elle leur explique que je suis consciente et leur donne le peu d'informations qu'elle a, puis finit en leur indiquant notre groupe sanguin. Elle ne cesse de m'impressionner.

Plusieurs personnes se répartissent autour de moi, ouvrant de grosses valises, pendant que le premier me questionne. C'est Raven qui répond de plus loin, mais ça ne lui convient pas, alors il me demande de cligner de l'œil pour lui dire oui, avant de reprendre son interrogatoire.

– Pouvez-vous parler ?

Très con ta question, je l'aurais déjà fait.

– Pouvez-vous bouger ?

Pas mieux, retente ta chance. Ou sors-moi de là plutôt.

– Avez-vous mal quelque part en particulier ?

Si j'avais assez de force et de courage, je te collerais mon pied au cul. Il finit par comprendre qu'il n'y a rien à attendre de ma part. On perd du temps ! Il voit bien que je ne suis que chair en sang et os brisés. Je ne peux pas l'inventer, je le sens, même si je suis inerte ! Mais consciente, impitoyablement consciente. Si j'étais égoïste, j'envierais Ben qui ne l'est pas.

Pendant que les ambulanciers s'affairent sur mon cas, Raven répond à ce qui doit être un policier. Puis j'entends courir et crier. Alex. Son arrivée bruyante lui vaut d'être ceinturé par des hommes pour l'empêcher de se jeter sur nous. Il tempête, hurle, insulte beaucoup aussi, mais c'est Raven qui parvient à le calmer. Il l'écoute, passe de l'affolement à la colère, puis aux pleurs. Il nous appelle en gémissant.

Vient le moment que j'attendais et que je redoutais tout autant.

– Il faut l'emmener.

Je me raidirais si je le pouvais. Misère, ils vont me bouger. Je ne vais jamais le supporter. L'ampleur du problème ne leur échappe pas et ils tergiversent pendant quelques minutes, devisant sur les morceaux de mon corps qui peuvent être manipulés. Ils palabrent pendant de longues minutes car il n'en reste pas beaucoup. Pourtant, il faut bien m'emmener, alors ils font le maximum pour m'épargner, mais lorsqu'ils me soulèvent avec mille précautions, je douille sévèrement. J'ai juste la sensation de me disloquer entre leurs mains.

Une fois qu'ils m'ont déposée sur une civière, tout va vite. Ils me chargent dans l'ambulance qui démarre immédiatement. Je n'ai pas encore pu voir Ben, mais du monde s'affaire autour de lui.

Pour la suite des évènements, il suffit d'avoir visionné au moins un épisode d'une série sur les urgences. C'est pareil, mais avec Ben et moi en *guest stars*. Après de longues heures d'examens, d'imageries, de soins, de coutures et de plâtrage, on me monte enfin à l'étage sur un lit roulant. J'arrive à voir malgré mes paupières gonflées, c'est déjà ça. Après toute cette agitation, je me retrouve seule dans une chambre. C'est angoissant, mais je sais que mon isolement va prendre fin quand j'entends du barouf au fond du couloir. Deux voix que je connais bien, Raven et Alex qui invectivent les infirmières.

– Il ne faut pas les séparer !

– Vous devez les laisser ensemble !

– Vous allez les affoler encore plus !

Le personnel râle, mais de toute évidence, les deux furieux obtiennent gain de cause. Deux femmes au visage fermé reviennent, attrapent mon lit et me poussent ailleurs. Une autre chambre vide, donc je ne comprends pas bien, mais peu importe, car où on me place est le cadet de mes soucis. Je n'ai qu'une chose en tête : obtenir des nouvelles de Ben, ce que personne ne daigne faire.

On règle ma perfusion quand Raven et Alex entrent en trombe dans la pièce et se précipitent sur moi. Ils m'observent, les yeux humides et rougis, une main en l'air, hésitant sur l'endroit où la diriger, avant de la poser sagement sur le matelas.

– Ben est encore en soins, annonce doucement Raven. Il n'a pas de plaie genre coup de couteau ou quoi et pas d'organe abîmé.

Je cligne des yeux pour la remercier.

– Il est dans le même état que toi, mais en pire, continue Alex. Ils lui ont fait passer un scanner et une IRM et on va dire que ça va, rien de trop grave. Le médecin a ajouté qu'il avait repris connaissance.

Alex inspire fort en fermant les yeux. Il y a autre chose, je le sens. Il hésite, ouvre la bouche, mais aucun son n'en sort, alors c'est Raven qui se lance :

– Nell, il a la colonne vertébrale touchée. Ils ne disent pas qu'il ne marchera plus, ils disent qu'il pourra peut-être remarcher. Tu comprends ?

L'horreur ! Mon Ben cloué dans un fauteuil roulant. L'image qui se forme devant moi fait mal. Mais pourquoi ? D'où vient cette haine ? Déjà choquée par ce qui nous est arrivé, je suis maintenant effondrée pour lui.

Ils pleurent silencieusement en me caressant les cheveux. Nous n'échangeons pas un mot pendant de longues minutes. Quoi dire ?

D'un geste rapide, ils se sèchent les yeux avec la manche de leur pull puis vont chercher des chaises et s'installent en m'encadrant. Je suis inerte, perdue dans un brouillard de pensées confuses. Pas mal droguée par les antidouleurs, aussi. Ils remplissent le silence pour me changer les idées, me parlent de tout et de rien en attendant des nouvelles de Ben. Ils se relaient et y mettent du cœur, essayant malgré tout de me faire rire pour m'empêcher de broyer du noir. Malheureusement, ils y parviennent et c'est atroce. Le moindre geste devient douleur et je gémis misérablement. Ils s'en veulent aussitôt et s'affolent, mais leur air coupable me fait rire encore plus, c'est un calvaire. Je prie pour ne surtout pas éternuer, ça m'achèverait pour de bon.

Malgré leurs efforts toute la journée et mes périodes d'absence – merci aux produits qui m'assomment –, notre inquiétude augmente au fil des heures qui passent. Le soleil n'est plus qu'une lueur rouge au loin et nous n'avons pas pu voir Ben. Pourquoi personne ne nous dit rien ? Mes deux amis ont beau se relayer pour mettre la pression aux infirmières, leur faire cracher des infos en testant plusieurs méthodes, agressives ou polies, ils reviennent toujours bredouilles. Alors le soir, quand ces mêmes infirmières peu loquaces leur demandent de partir sous prétexte que c'est la fin des visites, elles prennent cher. Après les avoir menacées de mort, Alex et Raven restent avec moi cette nuit, recroquevillés sur leur fauteuil pour dormir quelques heures.

Le lendemain matin, je suis déjà moins dans le brouillard, mais toujours avec l'impression d'être passée sous un train. Surtout, j'ai enfin la visite d'un médecin pour son compte rendu. Alex et Raven sont tellement à l'affût de ses paroles que l'homme ne sait à qui il doit s'adresser. Il me choisit en me fixant, merci, mais il commence par m'embrouiller. Je ne pige pas la moitié des mots qu'il prononce avec tant de facilité. Pourtant, à force de questions posées par mes deux gardiens, j'apprends que je m'en sors sans dommage grave. Je suis couverte de bleus et de plaies, et j'ai de multiples fractures. Mes jambes et mes poignets plâtrés m'avaient déjà amenée à cette conclusion. Presque une momie, mais c'est la mâchoire qui me handicape le plus. Par chance, c'est une fracture mineure qui ne demande pas de chirurgie.

Pour le reste, ce ne sont que des hématomes. J'ai la tête d'une boxeuse qui vient de perdre son combat, mais les gonflements s'atténueront dans les jours à venir. En attendant, je suis boursouflée comme si j'avais abusé du Botox, maquillée de rouge et bleu comme une fan de foot, et j'ai une lèvre fendue. Qu'on ne me tende pas un miroir sinon on ajoutera un arrêt cardiaque à mes symptômes.

Pour conclure, il m'assure que je m'en sors vraiment très bien. Le temps va tout réparer, avec le soutien d'une montagne d'analgésiques pour tenir le coup. Je suis heureuse d'apprendre que je vais bien, mais c'est dur à entendre, là, tout de suite.

Ensuite, il passe au cas de Ben. C'est grosso modo pareil sauf que, et ce n'est pas qu'un détail, sa colonne vertébrale a subi de gros traumatismes. Malgré tout, il est trop tôt pour se prononcer, mais il est possible qu'il remarche un jour.

– Par chance, aucun organe n'est touché et toutes ses fonctions digestives fonctionnent normalement. Il est réveillé et on va bientôt le monter.

Quel soulagement ! J'ai tellement eu peur de le perdre. Nous sommes toujours trois, peu importe le reste.

Le médecin prend encore quelques minutes pour me prodiguer des conseils.

– Vous pouvez parler, mais sans trop articuler.

En plus d'être difforme, je vais marmonner entre mes dents comme une petite vieille.

– Tout ira bientôt mieux, vous verrez ! m'assure-t-il avant de quitter la chambre.

J'ai hâte. Tout comme Alex et Raven qui soufflent de concert. Elle me caresse les cheveux et se penche sur moi.

– J'ai vos téléphones et j'ai envoyé des textos à Matt à votre place.

– Il est sous contrôle pour l'instant, mais ça ne va pas durer, commente Alex, soucieux.

– Un problème à la fois, Matt est encore loin d'ici. Nell, le médecin a dit qu'il faut que tu parles, ça aidera à guérir ta mâchoire. Commence doucement par faire des sons.

– Raven a raison, c'est dans ta tête.

Lui, j'ai beau l'apprécier, dès que je pourrai formuler une phrase, ce sera pour l'insulter. Allez, courage ! Déjà, me détendre pour décrisper mes mandibules. Ça se présente mal car dès que j'entrouvre les lèvres, j'ai l'impression qu'elles se déchirent.

– C'est bien. Continue, m'encourage Raven en souriant.

– Ga… meu…

– Allez, tu peux faire mieux, s'amuse Alex.

– Ça… fait… pu… tain… mal…

– Yes ! La vache, que c'est bon de t'entendre, même si c'est pour râler.

Ils sont tellement heureux qu'ils se contrefichent que ce soit un supplice pour moi, ils m'obligent à parler pendant une heure. Enfin… si on peut appeler cela parler, mais ils ne me lâchent pas jusqu'à ce que des phrases complètes sortent entre mes dents serrées. Ils sont d'une patience infinie et ils doivent m'aimer très fort, parce que c'est si moche à entendre que je ne m'écouterais pas moi-même.

Nous sommes interrompus par des cris dans le couloir. Nous nous figeons, partageant la même frayeur. C'est Matt ! Il est hors de lui et il va retourner l'hôpital, la ville, la terre entière. Il vocifère, insulte je ne sais qui… Non. Ce n'est pas sa voix. Nous soufflons en reconnaissant le timbre un chouïa moins grave de Ben.

– Allez tous vous faire voir ! Je veux voir ma sœur ! Tout de suite !

Le médecin n'a pas menti, il est bien réveillé. La porte s'ouvre, un lit apparaît, poussé par des infirmiers qui tirent des tronches de dix pieds de long. À mon avis, ils aimeraient bien l'assommer pour l'obliger à se taire. Son visage a nettement moins pris que le mien, il a juste le tour d'un œil violacé et des écorchures. Il n'a qu'un bras de plâtré, ainsi qu'une jambe jusqu'au genou. Une nouvelle insulte meurt sur sa langue lorsqu'il me repère. Il se dégonfle d'un coup avant d'écarquiller les yeux, horrifié en découvrant ma tête.

– Nell, gémit-il avant de se mettre à pleurer.

On le place à côté de moi pendant que nous nous observons. Il tend la main, mais nous sommes trop éloignés, alors Alex et Raven poussent à nouveau son lit pour le coller au mien. Notre besoin de contact se réveille et nous tentons maladroitement de nous toucher. Alex s'empare du bras de Ben et le rapproche du mien. Il caresse mon plâtre du bout des doigts, les yeux brillants de larmes.

– Je suis désolé. Si tu savais comme je m'en veux. Je ne me le pardonnerai jamais.

– Je… t'in… tedis. Pas ta… faufe.

Il cille puis interroge les autres du regard.

– Elle a une fracture mineure de la mâchoire.

Il ferme les yeux et inspire pour encaisser. Hors de question qu'il se laisse abattre, alors je lui rappelle la priorité :

– On est ensembe. Ivants. Ien de pus impotant.

Ben semble plus en forme que moi, mais ses grimaces soudaines ne trompent pas. Même là, couché dans un hôpital, il faut qu'il cherche à me préserver. Tête de lard !

Nous passons la journée avec Raven et Alex qui refusent de nous quitter. Ils s'absentent juste le temps d'aller grignoter à la cafétéria ou d'aller chercher un café. Surtout, Raven continue d'envoyer les textos à Matt, pendant que nous débattons sur la meilleure façon de lui annoncer la nouvelle. L'objectif n'étant pas qu'il encaisse sans broncher, c'est inatteignable, mais qu'il le fasse sans partir aussitôt en croisade punitive.

Au fil des heures, le moral de Ben se regonfle. Nous arrivons même à le faire rire, ce que ses côtes fêlées lui font vite regretter. Pourtant, il sait qu'il sortira de l'hôpital en fauteuil et qu'il ne le quittera peut-être plus jamais.

Dans l'après-midi, nous recevons la visite de deux policiers venus recueillir notre témoignage. Nous sommes déçus, nous attendions le shérif en personne. Je suis même étonnée qu'il ne soit pas venu nous voir. Ses relations avec les garçons se seraient dégradées à ce point ? Peu importe pour l'instant, nous répondons à leurs questions, mais sans pouvoir leur fournir d'information intéressante puisque nous avons été attaqués de nuit et dans le dos. De leur côté, ils n'ont rien trouvé sur les lieux qui pourrait les éclairer.

Le soir, après un dîner que j'avale à la paille avec l'aide de Raven, Alex et elle, n'ayant pas l'autorisation de passer une nuit supplémentaire ici, se font mettre dehors. Déjà contrariée, mon amie bougonne qu'elle n'a pas envie de rentrer chez elle pour ruminer, seule.

– Viens chez moi, on se tiendra compagnie, lui propose Alex.

– Avec plaisir. J'aurais tourné en rond toute la nuit.

Soulagée, elle enlace Ben avec précaution, puis se penche sur moi, hésitante, avant de se résoudre à poser les lèvres sur mon front. Lorsqu'elle se redresse, elle se statufie, fixant avec les yeux ronds Alex en train d'embrasser Ben. Bravo les garçons, vous êtes les pros de la discrétion ! Je fais mine de regarder mes doigts bleuis, mais Raven n'a pas l'intention de faire comme s'il ne s'était rien passé.

– Tu savais ?

– Oui, depuis peu.

– Je suis sur le cul ! Ben et Alex ? C'est… le scoop du siècle ! Aussi inimaginable que génial, dit-elle avant d'éclater de rire.

– Je suis ravi que tu trouves ça si drôle, bougonne Ben pendant qu'Alex me salue à son tour.

– C'est la surprise, désolée. Vous êtes trop chou.

– Fais attention à toi, la menace Alex avant de l'attraper par le bras.

Et ils s'en vont ensemble, Raven riant encore dans le couloir. Nous les reverrons demain à la première heure, si Alex ne l'a pas étranglée dans la soirée.

Avant de nous endormir, nous discutons de ce qui nous est arrivé, toujours dans l'incompréhension totale. Tout à coup, Ben devient hésitant et triture son drap en fixant la fenêtre. D'un geste, je l'incite à se confier.

– Il y a une chose que je n'ai pas voulu dire aux policiers.

– Tu as reconnu quelqu'un ? Mais il faut le dire !

– Non, je n'ai vu personne. C'est un truc que l'un d'eux m'a craché, juste avant que je perde connaissance.

Il marque une pause en me regardant droit dans les yeux, les siens sont brillants de colère, cette fois.

– Il m'a lancé : « Crève, sale pédale ! »

CHAPITRE 20

Mule ou fauve, braire ou mordre

Nous passons une nuit difficile, totalement hachée, faite de brèves périodes de sommeil et de réveils douloureux. Les infirmières ont dû venir à plusieurs reprises pour nous donner des antidouleurs.

Pendant que Ben avale un copieux petit déjeuner, j'ingurgite ma bouillie, très liquide, pour passer à travers la paille que je coince entre mes dents. Ce sera mon régime pendant deux mois, le temps que ma mâchoire se consolide. Interdiction de mastiquer, mais au moins, je pourrai picoler. C'est toujours ça de gagné.

Aujourd'hui, nous avons un problème bien plus délicat à gérer : prévenir Matt. Nous devisons sur le premier point, à savoir le contacter avant ou à son retour, quand le shérif pénètre dans la chambre. Il est en tenue, mais c'est bien l'angoisse d'un ami que je lis sur son visage. Ou au moins proche de nos parents, parce qu'il a beau accueillir régulièrement Matt pour la nuit, c'est uniquement pour l'enfermer dans une cellule.

Il n'a pas changé, toujours cet homme solide aux traits doux, mais au regard dur. Bien qu'à cet instant il semble surtout anxieux. Burke nous détaille, peiné, mais nous salue en souriant.

– Malgré les circonstances, je suis heureux de te revoir enfin, Nell. Je n'ai pas pu venir plus tôt, j'étais hors du comté.

Il s'approche, nous caresse la tête, attristé, puis prend de nos nouvelles pendant de longues minutes. Soudain, il affiche un air grave et change de sujet :

– Je suis aussi là pour parler de Matt. Vous ne l'avez toujours pas prévenu ?

– Nous en discutions avant ton arrivée, justement.

– Je sais comment il va réagir et je n'ai pas du tout envie de retrouver ma ville à feu et à sang. Je préférerais que nous anticipions son cas ensemble. Comment voyez-vous les choses de votre côté ?

– Nous n'avons pas encore décidé.

– Mon adjoint est allé à votre garage et a appris qu'il était à Portland. Son retour est prévu pour quand ?

– Ce soir. Il est avec Wade, précise Ben.

– Avec Wade ! Misère, bougonne-t-il en se passant la main sur le visage. Donc, ça nous fait deux terribles à gérer. Vous avez une idée ?

– Honnêtement, non.

– Soyons francs, vous savez comme moi que ça ne peut pas bien se passer si on le laisse venir ici directement. Exact ?

Comme nier serait mentir, nous hochons la tête.

– De colère, il va démonter l'hôpital, puis la ville. Ça va mal finir et nous devrons l'arrêter. Et je ne parle même pas du monceau de plaintes qui seront déposées contre lui.

– Nous pensons comme toi, mais nous ne voyons pas de solution.

– Je suis sur ce problème avec mon adjoint depuis hier. Je viens vous proposer l'unique méthode que nous avons trouvée. La seule qui, à notre avis, limitera les dégâts.

– Nous sommes curieux d'entendre ça.

– Simple et efficace. Nous allons l'intercepter à l'entrée de Boise. Ensuite, on le colle en cellule avec Wade.

– Quoi ! Mais vous n'allez pas l'arrêter alors qu'il n'a rien fait !

– Vous ne pouvez pas lui faire ça !

– Du calme. On ne va pas l'arrêter de façon officielle. Nous allons juste le mettre à l'abri pour lui annoncer la nouvelle et l'y laisser le temps qu'il digère.

– Il faudrait des mois pour ça, et encore. Il n'y a pas moins extrême comme solution ?

– L'assommer. Et chaque fois qu'il se réveille, l'assommer encore. Mais ça peut durer longtemps. Non, je ne vois pas d'autre solution, rétorque-t-il avec le plus grand sérieux avant d'ajouter en levant un doigt, et lui scotcher la bouche, bien sûr, j'ai failli oublier.

J'interroge Ben du regard. Il est renfrogné, visiblement aussi peu emballé que moi par l'idée d'enfermer Matt. De plus, je ne vois pas en quoi ça améliorera les choses.

– Et après, ça change quoi ? Vous n'allez pas le garder en cellule indéfiniment ? Vous n'avez pas le droit et nous ne serions pas d'accord.

– On ne se comprend pas. Le but n'est pas de le punir, je veux juste le protéger de ses conneries. C'est uniquement pour qu'il encaisse les choses en sécurité.

– Alors qui va lui apprendre la nouvelle ?

– Une fois qu'il sera enfermé, soit je m'en charge, soit vous le faites. C'est vous qui voyez.

– Je te rappelle que nous sommes bloqués dans nos lits, grommelle Ben.

– Toi, oui, mais Nell peut sortir. Ses blessures ne justifient pas d'hospitalisation, contrairement à toi.

Nous nous observons et grimaçons, partageant le même sentiment contrasté. À vrai dire, nous ne savons quoi penser de cette solution qui nous paraît sévère. Mais nous le connaissons bien, Burke aussi, c'est pourquoi son idée n'est pas si foireuse. Sauf que… et moi dans tout ça ?

– Nous tournons quand même un peu en rond. Si je peux sortir de l'hôpital, mais que vous enfermez Matt, qui va s'occuper de moi ? Je n'ai même pas une main de valide.

– J'avais l'intention de venir te chercher. Tu lui annonces, il pique sa crise bien à l'abri. Mais en te voyant, son instinct protecteur reprendra le dessus. Une fois qu'il sera calmé, vous pourrez rentrer tous les deux pour qu'il prenne soin de toi. Je relâcherai Wade en même temps.

– Nell, je crains que ce soit la solution la plus sage, approuve Ben. Franchement, je n'en vois pas d'autres pour que ça se passe sans casse.

Moi non plus, alors nous acceptons et mettons au point le piège ensemble, parce que c'en est vraiment un.

– Donc, on récapitule. Vous maintenez le contact avec lui et vous me prévenez une heure avant son arrivée sur Boise. Avec mes hommes, nous irons l'intercepter sur la route.

– Tu ne vas quand même pas l'affronter avec un escadron armé ?

– J'irai avec ce qu'il faut pour les maîtriser, ramener leur voiture au poste et eux dans des véhicules séparés. Tout se passera bien, ne vous inquiétez pas.

Puis il nous quitte, manifestement plus soucieux qu'il ne veut bien l'admettre. Cette opération s'annonce comme un beau rodéo dont il se serait bien passé.

Ensuite, c'est l'attente entrecoupée d'échanges avec Matt qui a pris la route. Entre les antidouleurs qui nous shootent et l'angoisse le concernant, nous ne sommes pas à la fête. De plus, il ne faut pas oublier Wade, qui ne va pas non plus bien accueillir les choses.

Nous retrouvons le sourire avec l'arrivée de Raven et d'Alex. Enfin… surtout Ben, car moi, même un rictus est impossible avec ma face de fugu. Nous leur dévoilons le plan fraîchement mis au point, ils s'indignent, Ben les calme tout net :

– Vous avez mieux à proposer ?

– Euh…

– Voilà !

Entre les soins et les examens, les recommandations du médecin fournies à Alex et Raven pour s'occuper de moi et les formalités de sortie, la journée défile. Je frise la crise d'apoplexie en découvrant la facture de l'hôpital. Heureusement que mon employeur me fait bénéficier d'une très bonne assurance et que Ben a également la sienne. Sans ça, on dormait sous un pont et adieu ma belle Mustang. En attendant de la retrouver, j'hérite d'une magnifique monture faite d'acier chromé et de pneus bien gonflés : mon fauteuil roulant. Entre mes hématomes et mes plâtres, m'installer dedans prend un temps fou, je peux oublier les sorties improvisées pour quelques semaines. Même claquer une porte derrière moi, je ne peux pas. Une fois que je suis bien calée, Alex tient à m'emmener pour mon premier tour de manège. Raven aussi, alors les voilà qui se chamaillent comme des gosses, ce qui fait exploser Ben.

– Oh ! C'est fini, oui ? Ce n'est pas votre bébé que vous promenez en poussette, c'est ma sœur !

Arrêt sur image des deux gamins qui se confondent aussitôt en excuses. J'ai le pressentiment que les deux prochains mois à dépendre entièrement des autres seront horribles à vivre, surtout s'ils se chicanent sans cesse.

En attendant le moment du départ, Raven continue son rôle de secrétaire en répondant aux textos de Matt et Wade. Elle grogne régulièrement après mon brun dont certains messages nous valent des fous rires, avec un peu de gêne quand même. D'ailleurs, la voilà qui peste en lisant le dernier.

Wade : Dès que je t'attrape, j'envahis
ta bouche avec ma langue.

– Euh… je lui réponds quoi au troubadour de bas étage ?

– Qu'il va vite changer d'avis, rétorque Alex en riant.

Ben est plus ronchon.

– Il faut que je lui parle, je n'aime pas comment il t'écrit.

– Ne joue pas ton prude. Tu m'envoies bien pire, le rembarre Alex.

Nouveau message, Raven souffle d'exaspération avant de nous le lire.

Wade : Envie de te charger sur mon
épaule et de grimper les escaliers en
courant vers ta chambre dès que je
rentre.

– Il est chiant et il le fait exprès, c'est pas possible !

– Quand il verra le poids qu'elle fait avec tous ses plâtres, il va vite se calmer, s'amuse Alex.

Ils éclatent de rire. Moi, je pouffe, et je gémis aussitôt de douleur. Qui a dit que rire était bon pour le moral ? Il n'y connaît rien du tout ce type, ça fait hyper mal.

En fin d'après-midi, la tension s'invite à nouveau dans la pièce, elle augmente à mesure que Matt se rapproche. J'ai hâte de le retrouver, mais j'appréhende la suite. Il nous facilite grandement la tâche en nous informant de l'avancement de son périple et il est maintenant tout près. Raven donne le signal au shérif, qui part avec ses hommes pour l'intercepter.

Il nous reste peu de temps, alors Alex et Ben profitent de ces quelques minutes, car après, ils devront reprendre leurs visites en cachette.

Puis vient le moment que nous redoutons, celui où Matt rencontre son comité d'accueil. Nous attendons en silence, chacun fixant un point dans la pièce ou ses pieds avec un mélange d'appréhension et de culpabilité. « Pauvre Matt » tourne en boucle dans nos têtes. Une sonnerie emplit la chambre et nous fait sursauter. Raven décroche, marmonne des réponses, puis coupe la communication.

– Bon. Le shérif dit que ça s'est plutôt bien passé. Les garçons ont été pris au dépourvu et n'ont pas eu le temps de réagir avant que ses hommes leur sautent dessus. Trop confus, ils ont suivi plus facilement que prévu. En revanche, maintenant qu'ils sont en cellule, ils braillent comme des veaux qui cherchent leur mère. Il arrive tout de suite, on va l'attendre en bas histoire de s'avancer.

À peine a-t-elle empoigné mon fauteuil roulant que Ben se met à enchaîner les recommandations. À la troisième, je suis déjà saoulée, alors je le coupe :

– Bisou !

Et nous sortons vite. Burke débarque quelques minutes plus tard, accompagné d'un de ses hommes pour l'aider à me charger, le terme est on ne peut plus approprié. Ce n'est pas une mince affaire, mais ils parviennent à m'installer sur la banquette arrière, avec Raven qui me sert de dossier, puis calent mon fauteuil dans le coffre.

L'angoisse monte à mesure que nous approchons. J'espère vraiment que Matt saura se maîtriser, mais Raven ne tente même pas de me rassurer, disant qu'elle ne mise pas une cacahuète sur le fait qu'il garde son calme.

Poussée par le shérif, je fais une entrée remarquée au poste, j'ai droit à la haie d'honneur. Tous les policiers présents me saluent avec un petit mot gentil. Ils semblent impressionnés par mon apparence alors qu'ils doivent avoir vu bien pire. Nous avançons dans le couloir menant aux cellules avec au fond une épaisse porte fermée, derrière laquelle j'entends pourtant vociférer. Deux enragés hurlent et menacent de faire sauter le poste. Et de brûler toutes leurs voitures. Pas excessifs du tout.

L'adjoint nous ouvre la porte et j'ai tout à coup l'impression d'avoir été téléportée dans un stade rempli de hooligans survoltés. Mais quelles grandes gueules, ces deux-là ! Nous longeons le mur qui fait face aux cellules alignées et je repère très vite la leur, aidée par les bras qui passent à travers les barreaux et qui moulinent dans les airs. Un coup d'œil à Raven m'apprend qu'elle n'en mène pas plus large que moi. Le shérif nous immobilise en retrait, puis s'avance pour leur faire face.

– Matt ! Wade ! Vous vous calmez, je dois vous parler.

– On va tout démonter ! Sors-nous de là tout de suite ou ça va barder !

– Ouvre cette fichue cellule !

– J'ai dit stop ! Nell est ici, nous devons vous expliquer quelque chose.

À l'annonce de mon nom, ils font silence. C'était le mot magique, mais Matt est suspicieux.

– Et pourquoi est-elle au poste ?

– Si vous avez enfermé Nell, j'atomise le commissariat !

– On se calme ! Elle est juste là pour vous parler, c'est tout. Maintenant, écoutez-moi bien tous les…

– Non ! Sors-nous d'abord !

– C'est pas gagné, marmonne Raven.

Les bras moulinent à nouveau à travers les barreaux et ces deux malades tentent d'attraper le shérif. Ils sont tarés. Sa patience a des limites, visiblement atteintes, alors il donne un grand coup de matraque dans les barreaux sous le nez des deux fauves, puis il leur hurle dessus :

– Fermez-la et calmez-vous !

La surprise tempère les deux agités. Un peu peur pour leurs doigts aussi.

– C'est bon ? J'ai votre attention ?

Ils marmonnent, mais finissent par acquiescer.

– Je vais vous demander de faire un gros effort pour rester concentrés et vous maîtriser, OK ?

Pas de réponse, ils doivent opiner.

– Bien, allons-y. Nell est ici et veut vous parler. Avec Ben, ils ont été agressés.

Et là, c'est Hiroshima dans leur cellule. Je ne comprends rien à ce qu'ils vocifèrent, les questions et les insultes se mélangent. Ils s'agitent, frappent les barreaux et cognent les murs en menaçant de mort tous les habitants de cette ville pourrie. Le shérif et son adjoint se démènent pour stopper ce chaos, en vain. Ils pètent un plomb et font un tel raffut qu'au bout de cinq minutes, sur la consigne de Burke, un homme me fait sortir avec Raven.

Lorsque la lourde porte se referme derrière nous, mes tympans vibrent encore. Nous patientons dans la salle de repos des policiers, qui viennent nous voir chacun à leur tour pour discuter, nous rassurer, ou nous offrir des boissons. Ils font vraiment tout ce qu'ils peuvent pour nous distraire de l'explosion nucléaire en cours, et dont le bruit étouffé nous parvient jusqu'ici.

Puis deux jeunes en tenue entrent dans la pièce, hilares.

– Waouh ! Je ne sais pas ce que vous avez mis en cellule, mais je ne voudrais pas y être.

– Ouais, la vache ! On dirait presque Matt Barett dans ses grands jours.

Mon frère est la réincarnation du fameux loup blanc. Un ancien se lève et leur fait les gros yeux.

– C'est justement Matt Barett, et la cause de sa fureur se trouve dans le fauteuil devant vous. Excusez-vous et fermez-la !

Ils se tournent vers moi, cillent en découvrant mon état, et se confondent immédiatement en excuses.

Une heure plus tard, alors que le calme revient petit à petit, l'adjoint nous rejoint. Il est rouge, échevelé, et la voix cassée d'avoir trop crié.

– Bordel ! Ils sont intenables. Impossible d'en placer une, ils n'écoutent rien. Mon père a une mule moins coriace qu'eux. C'est la première fois que l'on s'inquiète de la solidité des barreaux. Nell, ton frère… il est trop… je ne sais pas quoi, mais beaucoup trop. Heureusement, les deux commencent à fatiguer et le shérif leur explique les faits. Il n'a pas parlé de votre état, vaut mieux pas en rajouter une couche pour qu'ils repartent dans leur délire d'apocalypse sur Boise. Je bois un verre d'eau parce que je n'ai plus de salive, ni de cordes vocales d'ailleurs, et je t'emmène. Nous pensons qu'ils se calmeront pour de bon en te voyant. Enfin, on croise les doigts, conclut-il en soupirant.

Une fois qu'il a hydraté sa gorge en feu, il attrape mon fauteuil et c'est reparti. Le volume sonore a effectivement baissé, ils s'entretiennent plus posément, mais avec une note de colère dans la voix. Nous restons en retrait, attendant le signal.

– Les gars, je peux faire venir Nell ? Elle attend depuis plus d'une heure à cause de vos conneries. Je vous préviens ! Vous rejouez une crise et je la fais sortir immédiatement. Vous m'avez bien compris ?!

– Oui, shérif, grognent-ils.

Il nous fait signe, l'adjoint me pousse. Matt s'agite un peu, alors Burke lève un doigt agressif. Message reçu, il attend sagement. Je suis placée face à eux, Raven à côté avec la main sur mon épaule.

Ils m'observent, confus, ne me reconnaissent pas. Leur visage se transforme au fur et à mesure qu'ils analysent, puis c'est le choc. Alors qu'ils s'apprêtent à crier, le shérif les menace en braquant son taser. Ils se contiennent et me fixent, effarés. Matt est le premier à s'exprimer, juste un souffle pour être certain de ce qu'il voit :

– Nell… c'est toi ?

– Oui, c'est moi.

Ils se prennent la tête entre les mains et ouvrent grand la bouche dans un cri muet, restant bloqués ainsi pendant quelques secondes. Ils se tournent d'un bloc, puis encore une fois pour me faire face. Malheureusement, ils ne cauchemardent pas. Ou plutôt, si.

– Restez calmes. On a besoin de vous, Ben et moi.

L'absence de Ben affole Matt instantanément.

– Où il est ?

– Encore à l'hôpital, il devrait sortir d'ici quelques jours, répond Raven. On ira le voir juste après.

Matt s'effondre sur les genoux, les doigts serrés sur les barreaux.

– Mon bébé. Mais qu'est-ce qu'ils t'ont fait. Je vais tous les buter !

Le shérif bondit face à lui.

– Matt, arrête ça tout de suite ! Tu oublies où tu te trouves.

– Rien à faire. Ils sont morts quand même, marmonne Wade qui ne détache pas son regard de moi.

– Hé, je n'ai rien de grave, je vous assure. Ce ne sont que des hématomes et des fractures. Dans deux mois, je suis réparée.

Une phrase trop longue qui m'épuise. Je reprends mon souffle pendant que Raven se charge de la suite.

– Ils ont besoin de vous, alors il faut que vous soyez responsables. Vous comprenez ça ?

Les joues striées de larmes, Matt hoche la tête. Matt ne pleure jamais. Wade n'est pas mieux, il serre l'épaule de son ami, autant pour le soutenir que pour se rassurer.

– Je n'aurais jamais dû vous laisser. Mais qu'est-ce que j'ai fait ?!

– Arrête, tu n'as aucun reproche à te faire. Tu n'es pas fautif et je te promets qu'on retrouvera les responsables, intervient Burke.

Il agite son trousseau de clefs sous leur nez.

– Est-ce que je peux être tranquille, vous confier Nell et Ben sans m'inquiéter ?

– Mais bien sûr ! Vous pensez vraiment qu'on va les laisser tomber ? s'emporte Wade.

– Non, mais faire des conneries qui vous ramèneraient derrière les barreaux, assurément. Donc, vous me confirmez que vous allez vous tenir à carreau ?

– Oui, shérif, marmonnent-ils en serrant les dents.

Il a à peine le temps d'ouvrir qu'ils se précipitent sur moi et s'agenouillent. Matt s'apprête à me caresser le visage, mais il reste la main en l'air, cherchant une zone indemne, puis la laisse retomber en gémissant.

– Je ne sais même pas où je peux te toucher sans te faire mal.

– On fera un inventaire à la maison.

Ma tentative d'humour fait un bide. Wade rebondit, la voix cassée d'émotion :

– Je ne te reconnais même pas. Tu dois souffrir.

Matt sèche ses larmes du revers de sa manche et se lève.

– Il faut qu'on aille voir Ben, tout de suite !

Il pose les lèvres sur mes cheveux, s'empare de mon fauteuil et nous voilà partis.

– Matt, ce serait mieux de ramener Nell à la maison avant. Un peu de repos ne lui ferait pas de mal, objecte Raven.

– Hors de question ! Plus jamais je ne vous laisse seuls. Jamais ! On va voir Ben et on rentre chez nous après.

Je m'apprête à refuser, mais Burke me fait signe de ne pas le contredire. Il a raison, toute discussion ne mènerait à rien pour l'instant.

– Je passerai vous rendre visite pour prendre des nouvelles. Et vous en donner au fur et à mesure sur l'enquête. Et roule prudemment, Matt !

L'intéressé grogne un salut sans se retourner. Vient le moment de me charger dans son 4 × 4. Ils ont tellement peur de me faire mal, et ils ont raison, qu'ils en deviennent patauds. Ça prend une plombe, mais je suis finalement bien calée. Encore un baiser sur mon crâne et Matt s'écarte pour monter derrière le volant. Avant de refermer doucement la porte, Wade se penche pour murmurer à mon oreille :

– Je t'aime plus que tout, Nell. Tu es la plus belle, toujours.

Et il ose dire qu'il n'est pas romantique ? C'est juste qu'il ne le sait pas, car plus je le connais et plus il me prouve le contraire.

Ils restent fermés pendant le trajet vers l'hôpital, laissant décanter leur colère. Ils sont calmes en surface, mais luttent contre la rage qui menace d'exploser. Ils se vengeront. Je le lis dans leurs yeux, ils le feront. Si j'étais un des gars qui nous a fait ça, j'achèterais un billet d'avion et je partirais loin. Très très loin.

CHAPITRE 21

Réglages et habitude

Pendant le trajet, un silence pesant règne dans l'habitable. Raven pose la main sur ma cuisse et la presse légèrement. Nous partageons la même inquiétude quant à la suite des évènements.

Nous sommes dans l'ascenseur quand une vision traverse ma cervelle. Alex ! Il doit être avec Ben. Je blêmis instantanément, ou façon de parler puisque c'est sous mes hématomes. En panique, je fixe Raven intensément pour tenter de la faire réagir. Elle m'observe, circonspecte. Évidemment, comment mimer l'affolement avec ma tête ? Pourtant, elle comprend que j'essaie désespérément de lui transmettre un message. Elle cogite quelques secondes et sursaute. La voilà aussi catastrophée que moi, mais capable de bouger, alors elle se jette sur son téléphone et pianote un texto avec frénésie. Ouf.

En sortant de l'ascenseur, nous apercevons Alex au fond du couloir qui s'enfuit comme s'il avait le diable aux trousses. Le drame est évité de justesse.

Ben nous accueille avec un immense sourire, même trop forcé, certainement en vue de minimiser son état devant Matt qui se précipite sur lui. Il le prend dans ses bras avec précaution et enfouit le visage dans son cou.

– Mon Ben. Comment tu te sens ?

– Ça va, t'inquiète. On va gérer ensemble, comme toujours.

– Évidemment. Je ne vous laisserai plus jamais seuls, c'est promis. Et compte sur nous pour te venger.

– Ne commence pas. On ne va pas partir dans cette conversation maintenant. Il faut qu'on s'occupe de Nell et de nous, le reste, on s'en fout.

– Crois-y. Je ne m'en fous pas du tout, murmure Wade en me fixant.

Leur idée de représailles est déjà bien nette dans leur tête, c'est mort. Ils se vengeront, nous vengeront, et ça me fiche carrément la trouille.

– Toi aussi tu as des fractures partout ?

Oui, mais pas que ça. Matt, ils ne t'ont pas encore dit, hein ?

– Pas dit quoi ?

– Il n'y a pas de bonne façon de te l'annoncer, alors… Ma colonne a ramassé. Je ne peux pas marcher pour l'instant, lui déclare Ben.

Pas d'explosion, Ben a mis les formes. Un peu trop d'ailleurs, je ne pense pas que Matt intègre la gravité de la blessure.

– Combien de temps pour te rétablir selon les médecins ?

– Ils ne savent pas. Même pas encore si je remarcherai un jour, avoue Ben d'une petite voix.

Ah là, c'est plus clair. Matt et Wade tressaillent et se prennent le visage entre les mains. Ils restent muets quelques secondes, sous le choc. J'appuie la tête contre la cuisse de mon frère, il glisse les doigts dans mes cheveux et m'observe, les yeux larmoyants. Wade fait volte-face et plaque son front contre le mur. Sans me lâcher, Matt se penche et embrasse Ben sur le crâne.

– Je suis tellement désolé. On va mettre le paquet pour te soigner, je vais m'occuper de toi.

– On va s'en sortir. On va y arriver, ajoute Wade qui délaisse le mur.

Puis ils s'interrogent du regard. Leurs traits se modifient au fil de leur échange muet, la tristesse laisse imperceptiblement place à la colère. Ils sont en phase pour emprunter la mauvaise pente, ça ne sent pas bon du tout. Matt se raidit d'un coup.

– On va les défoncer !

– Ils sont morts !

Et voilà ! Au cas où j'aurais encore eu un petit espoir, il vient de s'envoler. Nous tentons de les raisonner pendant de longues minutes, mais rien n'y fait, ils tempêtent de plus en plus. Alors Raven hausse la voix pour les rappeler à l'ordre :

– Hé ! Vous êtes en train de hurler à vingt centimètres au-dessus de Ben !

Ils se figent et regardent Ben qui n'ose plus respirer.

– Excuse-nous, on est trop cons.

– Mouais. Vous seriez gentils de ne pas me taper dessus. J'ai mon compte.

L'ironie de Ben ramène Matt sur le sujet principal.

– C'est possible que tu ne remarches pas ? Sérieusement ?

– Oui, très sérieux. Pour l'instant, c'est le fauteuil roulant, on verra plus tard si c'est définitif. Je sais que je suis vivant, mais ça fait suer quand même, gémit Ben.

Les deux Cocottes-Minute recommencent à se mettre sous pression, ils redeviennent rouges, alors j'attaque la première :

– Matt, il y a plus urgent que de s'écharper avec tout le monde. Rien n'est prêt à la maison pour deux éclopés en fauteuil.

– J'ai du mal à encaisser, c'est plutôt normal, non ? D'ailleurs, je n'encaisserai jamais, mais tu as raison. Ben, tu sais quand tu peux sortir ?

– Deux ou trois jours. J'attaquerai la rééducation quand les fractures seront réparées. Pareil pour Nell.

Matt se frotte le visage et repart dans un laïus sur son sentiment de culpabilité, ses remords de ne pas avoir été présent pour nous protéger, persuadé que Wade et lui auraient pu leur mettre une raclée. Il a raison sur ce point, mais ça ne le rend pas fautif pour autant, ce que nous avons du mal à faire entrer dans son crâne épais. Tas de triplés, ça urge !

Bon, pas un vrai, vu les conditions, mais nous nous enlaçons comme nous pouvons. Wade et Raven sortent dans le couloir et discutent à voix basse. Je mettrais ma main au feu que ce n'est pas pour nous laisser un peu d'intimité, mais l'occasion pour lui d'interroger Raven et lui soutirer tous les détails possibles sur notre attaque. Il va mener son enquête avec Matt, le shérif n'a qu'à bien se tenir face à cette concurrence. Ils ne sont pas expérimentés mais beaucoup plus déterminés, et ils ne s'attarderont pas sur la procédure pénale.

Une infirmière apparaît et nous annonce la fin des heures de visites, mais elle prend tellement de pincettes pour nous mettre dehors que soit nous lui faisons pitié, soit Burke a transmis des instructions concernant Matt : attention, produit dangereux ! Garçon à manier avec précaution.

Lorsque je me penche pour effleurer la joue de Ben, mes côtes cassées se rappellent à moi. Foudroyée par la douleur et incapable d'utiliser mes abdominaux déjà pas très performants quand je suis en pleine forme, je tombe en avant et mon visage s'écrase dans le matelas. Misère, ça fait affreusement mal ! Je lutte pour me redresser, en vain. Wade entre en trombe, se jette sur moi et me remet droite.

– Mais Matt, surveille-la ! Elle a failli s'étouffer !

– Faut pas exagérer, quand même, je me défends piteusement.

Raven est pliée de rire.

– Ah ouais, tu faisais semblant ?

– C'est moche de se moquer d'une handicapée.

– Raven, gronde Wade, ne te moque pas de ma… de Nell.

Trop tard. Matt hausse un sourcil suspicieux. Wade est pris d'une quinte de toux subite pour s'en sortir, Ben intervient avant d'être obligé de simuler un arrêt cardiaque :

– Vous devez y aller avant que l'infirmière vous jette dehors pour de bon.

Matt continue de lancer des regards peu amènes vers le gaffeur, puis m'observe et grimace. Chaque fois, il semble découvrir mon état. Il se reprend et attrape mon fauteuil, c'est le départ.

Un faux départ. Nous devrions être arrivés à la maison, même lavés, changés, repus et couchés, mais ça, ce serait si Matt et Wade cessaient de se disputer pour savoir qui me pousse, me porte ou je ne sais quoi. Je n'en peux déjà plus ! Raven non plus. Si je suis dans l'incapacité de les frapper ou de crier sur eux pour les activer, ce n'est pas son cas. Elle décolle d'un coup, écarte brutalement les deux pénibles, attrape mon fauteuil et nous lance en avant.

– Hé ! C'est ma sœur !

– Elle voudrait bien rentrer chez elle, ta sœur ! En plus, il faut encore passer chez moi prendre mes affaires.

Oh ! Alors ça, c'est une bonne nouvelle. Enfin, si j'ai bien compris ce qu'elle entend par là.

– Tu reviens à la maison ?

– Bien sûr. Tu mourrais de faim avant qu'ils se soient mis d'accord pour te faire manger.

Matt le prend direct dans le plexus, il lui adresse un regard sévère.

– Raven, fais attention. Ne va pas trop loin.

C'est un sujet trop sensible pour titiller son humour. Trop récent aussi, je ne pense pas qu'il puisse en rire avant quelque temps, si ce n'est jamais. Raven s'en veut de l'avoir asticoté.

– C'était une blague débile. Je suis désolée.

– Mouais.

Il grogne et la repousse pour s'emparer du fauteuil. Dans le couloir, je prends la défense de mon amie :

– Matt, sois cool avec Raven. Elle nous a sauvé la vie, quand même.

– Bordel, mais c'est ça le problème ! Ça aurait dû être moi !

– Et moi, s'en mêle Wade.

– Wade, sois gentil, un à la fois. Matt, je voulais juste te faire remarquer que Raven est fiable. Elle nous aime et elle fait partie de la famille, alors sois indulgent comme tu le serais avec moi. OK ?

– Désolé. Tu as raison, je ferai plus attention.

Ça me démange de lui renvoyer qu'il fait déjà très attention à elle, encore plus la nuit, mais ce n'est pas le moment. Surtout que nous arrivons sur le parking et je frémis à la vue de l'énorme 4 × 4 qui nous attend. Une montagne à escalader, pareil.

Le cirque recommence, chacun veut diriger les opérations et ça prend une plombe. Tuez-moi ! Non, tuez-les !

– Je te dis qu'il faut que tu mettes ta main dessous.

– Mais non, il faut prendre sur les plâtres, c'est mieux.

Mes plâtres, je les leur collerais bien sur la tête si je n'avais pas peur d'être celle qui aurait le plus mal. Raven se penche pour murmurer à mon oreille :

– Je pense que nous allons éviter les déplacements inutiles.

– Oui, pitié.

Nous arrivons chez nous et ils me déposent dans mon fauteuil sans heurt. Pendant que Matt me pousse vers la maison, j'inspire, heureuse de retrouver des odeurs plus agréables que celle des désinfectants. Mais au milieu de l'allée, je tressaille à la vue des traces rouges sur le bitume. J'ai un moment d'absence pendant lequel tout remonte brutalement, la douleur et les cris. Matt baisse les yeux dessus et après un instant de confusion il se pétrifie.

– Merde. Mais c'est…

– Oui. C'est bien… le nôtre.

Raven lâche son sac et se précipite vers le tuyau d'arrosage.

– Rentrez, je vais passer le jet.

Wade ramasse ses affaires, la rattrape et les lui tend.

– Non, reste avec Nell, je m'en occupe.

Matt n'arrive pas à s'en remettre, il est figé. Raven revient lui donner une petite tape d'encouragement dans le dos. Sans un mot et le regard voilé, il nous mène vers la porte de façon mécanique. Wade s'active déjà avec le jet dans les mains. Je devrais tourner la tête, mais je suis comme hypnotisée par l'aquarelle qui prend vie sur le sol. Les taches brunes séchées rougissent au contact de l'eau, rosissent en se diluant, puis louvoient dans la pente pour s'écouler dans le caniveau.

La porte de la maison claque derrière moi. Un sentiment de sécurité m'envahit même si les images ont du mal à s'effacer. Matt me soulève dans ses bras et s'assied sur le canapé en me gardant contre lui quelques minutes, puis il me cale dans une montagne de coussins. Il faudra que j'en pique un pour le fauteuil, qui est inconfortable au possible.

Wade nous rejoint et s'installe à son tour avec un papier et un stylo en main.

– Tâches ! On fait la liste et l'attribution pour ne rien oublier.

Pourquoi ai-je l'impression qu'on parle de moi ? Nell la tâche, il ne manquait plus que ça. En tout cas, le sujet les inspire, voilà qu'ils énumèrent tout ce qui leur passe par la tête. Mon avis ? Ils s'en fichent, alors j'interviens pour casser leur délire.

– On ne va pas établir un planning. C'est plus simple de faire selon votre disponibilité. Surtout qu'en dehors de quelques petites choses réservées à Raven, peu importe qui s'occupe de moi.

– Comment ça ? Et pourquoi je ne pourrais pas le faire ?!

Matt est vexé, c'était à prévoir. Alors que je cherche les bons mots pour lui expliquer, Raven lève les yeux au ciel et s'en charge :

– Parce qu'elle tient à conserver un minimum d'intimité. Je prends d'office la toilette et les passages aux W-C.

Il écarquille les yeux.

– Ah ouais ! J'avais oublié ce genre de trucs.

– Pas moi, et je n'ai pas envie que vous me mettiez des couches. Soyez gentils et oubliez cette option.

Ils sont choqués alors que j'espérais les faire rire. Ou bien ils étudient vraiment la question ?

– Tu plaisantais ?

– Évidemment ! Si vous osez ne serait-ce qu'y penser, je vous assomme à coups de plâtre.

– Alors ce serait bien que tu limites l'humour quelque temps. On ne peut pas savoir avec ta voix bizarre et ton visage difforme.

– On va fabriquer des petits panneaux avec des smileys. Tu lèveras celui qui va avec tes phrases pas articulées, ironise Wade.

Matt lui adresse un regard noir.

– Arrête de te marrer avec ça. Moi, ça me donne envie de tout casser.

– Matt, c'est arrivé et on ne peut rien y changer. J'aime autant qu'on s'autorise à plaisanter, c'est meilleur pour mon moral.

– On verra. On valide que Raven se charge des trucs intimes.

– Et qu'elle dort avec moi ?

– Tu as besoin d'un doudou ?

Wade relève la tête. Il est très intéressé pour remplir ce rôle. Qui est taillé sur mesure pour lui, je dois en convenir. Mais avant que Matt n'insiste pour assumer celui de gardien de mes nuits, j'argumente vite.

– C'est surtout qu'il n'y a pas assez de chambres pour tout le monde. Parce que j'imagine qu'on reste groupés après les évènements, n'est-ce pas ?

– Oh que oui, approuve Wade, mais je peux dormir dans le canapé.

La réattribution des chambres est rapide. Les filles ensemble, parce qu'on en a envie, Ben avec Matt. Wade récupère son lit et qu'il soit seul ne me dérange pas du tout. Les galipettes ne sont plus ma priorité pour quelque temps et quand bien même j'en aurais envie, c'est physiquement impossible. J'ai mal si je ris, alors je n'ose pas imaginer si je jouis. Tels que nous sommes partis, nous serons en couple depuis six mois quand nous pourrons enfin faire l'amour comme il se doit. La déesse du sexe est clairement contre notre relation, je ne vois pas d'autre explication.

La discussion tourne ensuite sur les aménagements à prévoir. Rien de bien compliqué, il faut dégager le passage pour les fauteuils, ils pousseront donc les meubles. Ils installeront également des poignées aux endroits stratégiques, comme les toilettes et les salles de bains, et celle de Ben verra son lavabo et son miroir abaissés.

– Pour la cuisine ?

– C'est inutile, rétorque Matt.

Je m'insurge aussi sec parce que de toutes les activités qu'aime Ben, c'est la seule qui lui reste actuellement.

– Mais si ! Il adore cuisiner.

– Je sais, mais il lui faudra plusieurs semaines avant de pouvoir s'y remettre. Mais surtout, nous devrons déménager pour une maison sans étage s'il ne peut pas remarcher. Autant ne pas se lancer dans des travaux avant d'être fixés.

– Ce ne serait pas simple pour la vendre. Sur l'annonce, on préciserait « idéale pour les personnes de petite taille » ! se bidonne Wade.

Matt soupire de lassitude mais se retient d'envoyer bouler son pote. On dira ce qu'on veut, Wade va de l'avant et garde le moral. Je suis persuadée qu'il a tiré les garçons vers le haut quand tout s'est écroulé autour d'eux. Rien que pour ça, il mérite qu'on lui pardonne son humour foireux, surtout que j'en ai à revendre aussi.

En dehors de Matt qui rend visite à Ben, nous restons à la maison les jours suivants, afin que je me rétablisse un peu et que nous prenions nos marques. C'est que ça fait pas mal de chamboulements toute cette histoire, et nous devons perdre certains réflexes. Enfin… surtout les leurs car les miens sont emballés dans du plâtre. Cette période de réglages donne lieu à quelques scènes étranges comme à cet instant, alors que je suis dans le salon, bien calée dans le canapé pendant qu'ils s'activent dans la cuisine, la voix de Matt résonne :

– Nell ! À table !

Je lève les yeux au ciel mais ne réponds pas. Ils apprendront plus vite s'ils cogitent. Au bruit de couverts qui me parvient, ils commencent à manger. Après quelques minutes, c'est le silence total. Ah ! Ils se rendent compte que je ne les rejoins pas. Vont-ils m'enguirlander parce que je traînasse ? Non, Wade réagit le premier :

– Elle ne peut pas venir !

Les chaises raclent violemment le carrelage. Les voilà qui accourent et se confondent en excuses, n'en revenant pas d'être aussi débiles. Ce sont eux qui le disent, pas moi. Malgré tout, ils n'apprennent pas vite, alors ce genre de scènes se reproduit et cela me fait sourire, comme quand on m'appelle du haut de l'escalier pour que je vienne voir un truc.

Quant à Wade, si je suis dans ses bras régulièrement, ce n'est pas pour un câlin, mais pour qu'il me transporte. Je le découvre adorable, aux petits soins et réconfortant. Il suffit que nous soyons seuls quelques secondes pour qu'il me murmure des mots doux, me répète sans cesse que je suis la plus belle et surtout qu'il m'aime. Il me fait fondre avec ses petites attentions, comme une fleur cueillie dehors, ou un chocolat qu'il prend plaisir à écraser pour en faire une galette qu'il dépose avec délicatesse entre mes lèvres pour que je le suce. Rien d'indécent, juste du savoureux pour me changer des bouillies, mais le geste amuse beaucoup Raven. Je suis en pleine extase buccale avec un carré de praliné broyé quand elle se penche vers moi une fois Wade retourné dans la cuisine.

– S'il te trouve belle alors que tu es tuméfiée et violacée, tu dois vite l'épouser.

Encore faudrait-il que je puisse tester correctement la marchandise avant de me lier à vie avec lui. Je ne parle pas uniquement de sexe, mais bien de tout le reste.

En fin d'après-midi, nous avons de la visite. Le portier de la maison se charge de l'accueil, à sa façon. J'ai juste le temps de reconnaître Gunter et Dale par l'entrebâillement que Wade leur demande d'attendre et leur referme la porte au nez. Il se plante ensuite devant moi.

– Il y a Laurel et Hardy, tu veux les voir ?

– Bien sûr que oui. Et j'aimerais que tu sois gentil, parce qu'ils le sont, eux.

Il marmonne, mais obéit. Lorsque mes collègues me découvrent, ils sont stupéfaits.

– Oh la vache ! Ça doit faire mal !

– Oh ! Mais ta tête !

– Vous faites encore une seule réflexion sur son visage et vous aurez le même. C'est bien clair ?!

Même pas le temps de dire bonjour que mon gardien veut les renvoyer.

– Oui, oui, excuse-nous. On ne s'y attendait pas.

Pendant qu'ils prennent de mes nouvelles, mon garde reste debout sans les lâcher des yeux. Aurait-il peur que l'un de ces deux gentils garçons ne me frappe ? Au lieu de leur proposer une boisson, il les fiche dehors au bout d'une demi-heure. Je dois me reposer, tout ça, tout ça, alors que je me sens très bien, ou du moins assez en forme.

Le soir, Matt rentre et commence son interrogatoire sur ma journée. En mode infirmière en chef, Wade raconte tout, alors j'en profite pour glisser une remarque sur son accueil un tantinet malpoli. Contre toute attente, Matt ne m'appuie pas, il le félicite.

– Vous devenez paranos, il faut vous détendre.

– Nous ne ferons confiance à personne tant que nous n'aurons pas retrouvé les types qui vous ont attaqués.

– Ouais ! Tout le monde est suspect pour le moment.

Au fil des jours, mon visage dégonfle. Je n'ai plus mes points de suture et j'arrive à ouvrir correctement les yeux. La douleur est encore présente, mais plus aussi aiguë, et je peux même bouger. Entendez par là remuer sur mon fauteuil, car mes mouvements sont limités, puisque mes plâtres sont toujours là, eux. Malgré tout, me redresser seule me simplifie la vie, ainsi qu'attraper des objets légers en les pinçant, et, comble du bonheur, je peux caresser la main de Wade du bout des doigts. Un petit geste qui nous émeut chaque fois. Ça y est, nous sommes revenus au XVIIIe siècle. Quand le moment sera venu de retourner dans le XXIe et sa libération sexuelle, ce sera la folie !

En attendant ce doux moment, je traîne au lit ce matin alors que Raven me quitte pour se rendre à ses cours. Matt est de garde, la mienne, et passe aussitôt me voir. Après le câlin, il annonce le programme :

– J'appelle le garage pour donner les instructions aux mécanos, ensuite je prépare le petit déjeuner et je viens te chercher.

– Prends ton temps, je ne suis pas morte de faim.

Trois quarts d'heure plus tard, il n'est toujours pas revenu. Il m'a prise au mot. Ou carrément oubliée et il est parti travailler. La position allongée ne me va plus, alors je me redresse tant bien que mal. En fait, plutôt mal, car je me rapproche du bord du matelas, qui, s'écrasant sous le poids, me fait pencher dangereusement. Malgré une tentative désespérée pour me rattraper à quelque chose, sans les mains, l'inévitable survient. Je me vautre sur le plancher, fort heureusement moquetté, ce qui amortit un minimum le choc. Le ridicule ne tue pas, me voilà donc saine et sauve, mais à plat ventre. Un accident bénin en temps normal, juste une maladresse, mais qui me pose un problème quasi insurmontable à cet instant. Matt va revenir bientôt, alors autant attendre sagement puisque je ne tomberai pas plus bas.

Mais il est toujours en communication avec ses mécanos, à croire qu'il transmet les consignes pour la semaine. J'en ai soupé de lécher les fibres pas si douces de la moquette, qui en plus me grattent le nez que je ne peux pas frotter. Je gigote pour tenter de passer en position assise. En vain, et comme c'est la journée de la chance, à force de gesticuler misérablement, je me coince le haut du crâne sous la table de chevet. J'abandonne toute idée de m'en sortir seule, histoire de ne pas aggraver le côté ridicule de la situation. Matt va bien raccrocher avant ce soir, quand même.

Pour passer le temps, j'inspecte l'état de la plinthe à vingt centimètres de mon nez. Roooh, c'est quoi toutes ces moumoutes ? Autant la cuisine est d'une propreté irréprochable, autant ça laisse à désirer sous les meubles en haut. Tiens ? Il y en a une qui bouge. Mais… Une moumoute qui bouge ?!

Mon cœur ne pompe plus, même mes hématomes doivent avoir disparu ! J'ai la phobie des araignées ! Elle remue, elle est velue et pleine de pattes. Elle m'observe, j'en suis certaine. Me confond-elle avec un insecte qu'elle se taperait bien au déjeuner ? Crier, appeler Matt à l'aide tout de suite avant que je ne meure d'un arrêt cardiaque si elle grimpe sur mon visage.

Ah mais non, c'est impossible et ma mâchoire me le rappelle à la première tentative. Anxieux comme il l'est en ce moment, du raffut le fera rappliquer. Je tape mes plâtres sur le plancher pour l'alerter. Trois fois et j'entends beugler, puis un cheval fou gravit l'escalier. La porte s'ouvre violemment, finit sa course en percutant le mur, sur lequel elle rebondit. Cet excité va la prendre dans la figure, sûr que ça va le calmer, mais je ne suis pas sortie de l'auberge s'il s'assomme. Par chance, ce modèle atomique est également pourvu de réflexes, son poing stoppe le battant juste à temps.

– Mais tu fais quoi, là ?!

Il me fonce dessus et me soulève dans ses bras.

– Le ménage, ducon. Tu ne vois pas que je suis tombée ?

Inquiet, il me dépose sur le lit et m'inspecte.

– Ça va ?

– Oui, rien de grave. Que de la honte.

Il se bidonne et se moque :

– Tu m'as fait penser à une tortue coincée sur le dos.

– J'étais sur le ventre.

– Ouais, une tortue pas douée !

– C'est ça, marre-toi. Je me vengerai.

Mes représailles devront attendre, car je suis ce soir l'objet de l'hilarité générale. Merci à Matt de raconter mes déboires avec force détails et gestes exagérés pendant le dîner. Aucun ne compatit, alors que j'ai failli être dévorée par une araignée géante, et ils partent en fou rire et les blagues fusent. Suis-je vexée ? Même pas, bien trop heureuse de retrouver l'ambiance joyeuse dans cette maison. Le toubib l'a dit, on guérit plus vite quand on a le moral.

Ben rentre aujourd'hui, alors les garçons cravachent pour finir les aménagements, ils ont également embauché Tyron.

Si le shérif nous rend visite régulièrement, cette fois-ci, ce n'est pas pour prendre des nouvelles. Raide comme la justice, il fait face à Matt et Wade dans le salon.

– Je vous préviens tous les deux, je sais que vous fouinez en ville en ce moment pour récolter des informations. Je vais être clair : ne vous en mêlez pas ! Laissez-moi faire mon travail, je n'ai pas l'intention de lâcher cette affaire.

– Nous aussi on veut les retrouver, rétorque Wade sur un ton qui annonce ses intentions.

– Ce n'est pas à vous de les attraper. Ne risquez pas la prison alors que ce sont eux qui doivent y séjourner. Je le répète : laissez-moi faire mon boulot.

Les deux bornés grommellent leur accord sans aucune conviction, juste ce qu'il faut pour endormir Burke quelque temps. Rien de neuf sous le soleil, ils n'abandonneront pas et je suis partagée sur le sujet. D'un côté, j'avoue qu'il m'arrive de rêver qu'ils leur mettent une raclée monumentale, mais je pense aux conséquences. Finalement, à quoi bon ? Les savoir en prison me satisferait bien plus.

Il y a une chose contre laquelle je ne n'ai aucune influence, c'est leur rage, que je devine par moments dans leur regard. Tout ça va mal finir.

CHAPITRE 22

Tout ça, tout ça

Le retour de Ben nous procure un sentiment de sérénité. Enfin réunis et chez nous. Nos trois domestiques se relaient autour de nous et refusent toute aide extérieure. C'est tout juste si Wade ne fouille pas l'infirmière chargée des soins de Ben.

L'organisation se met en place rapidement, malgré quelques couacs. Ils sont bien souvent liés à l'oubli des deux impotents dans leur siège, mais rien de bien méchant et nous avons même inventé un jeu qui s'appelle le « Combien de temps ? »

– Allez ! Tout le monde dehors, on va se balader au parc, annonce Matt.

Les trois se lèvent, enfilent leurs chaussures, passent leur veste et sortent en claquant la porte. Grand silence dans la maison, c'est là que la partie commence et Ben se lance le premier :

– Je dis six.

– Je penche pour huit, ils ne sont pas réveillés ce matin.

La porte s'ouvre brutalement à neuf secondes, j'y étais presque. Matt et Wade, renfrognés, entrent sans un mot, Raven suit avec un air contrit. Ils s'emparent des fauteuils et nous poussent à l'extérieur. Vu que j'étais la plus proche du résultat, j'ai gagné ! On se divertit comme on peut.

Le point qui me désole en ce moment concerne Alex, qui se retrouve isolé, et dans l'impossibilité de voir Ben ou de le contacter à cause de Matt qui veille sur nous comme une poule sur sa couvée. Heureusement, Raven est là, mon éternelle alliée. Elle accepte de faire le lien entre eux, mais après avoir obtenu la promesse de rester soft dans leurs échanges. Parfois, elle reçoit un message, vire couleur cerise en le lisant et s'empresse de le transmettre au vrai destinataire. Si nous avons hâte de pouvoir utiliser nos téléphones en toute intimité, elle, encore plus.

Les journées sont tout de même longues et ennuyeuses, même si Matt a engagé un nouveau mécano pour passer plus de temps avec nous, car Raven a repris ses cours et surtout ses révisions. C'est ce dernier point qui nous demande le plus de vigilance. Le calme n'étant pas vraiment dans nos habitudes, nous avons instauré une règle : si la petite affiche suspendue à la rambarde de l'escalier est du côté rouge, Raven révise, silence obligatoire dans la maison. S'il est du côté vert, nous pouvons redevenir naturellement bruyants.

Et moi avec Wade ? Eh bien… entre mon état, la foule autour de nous et son travail, notre relation patine. Ça va bien de s'effleurer aussi souvent que possible du bout des doigts, d'échanger des regards pleins de promesses, mais nous avons besoin de plus. Nous ne pouvons même pas nous envoyer des textos, mais il a au moins pu effacer l'historique.

Les jours défilent, les plaies se referment et les douleurs disparaissent petit à petit, pour ne devenir bientôt qu'un mauvais souvenir. Après être passée du rouge au jaune avec une pause par le violet, je retrouve enfin un teint normal. J'arrive également à entrouvrir les lèvres, ce qui améliore grandement ma diction dans le même temps. La mastication n'est pas encore possible, donc mon régime liquide est toujours d'actualité. Pourtant, je suis euphorique aujourd'hui ! Nous sortons de l'hôpital avec du poids en moins. Nos bras sont déplâtrés, ceux des jambes suivront leurs compères vers la poubelle dans une semaine. Ça se fête et nous comptons bien le faire dès ce soir en mangeant comme des grands. Encore faut-il que nous parvenions à décider Matt, ce qui n'est pas gagné car il est inquiet. Oh, pas pour nous, mais pour le sol rutilant de la cuisine qu'il lorgne du coin de l'œil.

– Vous ne voulez pas attendre au moins quelques séances de rééducation ?

– Non !

– Vous allez tout dégueulasser !

Émue par notre bonheur, Raven prend notre défense :

– Matt, sois cool. Tu ne vas pas te transformer en vieille ménagère, quand même ?

À croire qu'elle le mène déjà par le bout du nez car il finit par céder, même s'il soupire en nous servant. En souriant, elle cale une cuillère entre mes doigts raidis et m'encourage :

– Allez, une bouchée pour maman.

Amusé, Matt se prend au jeu en coinçant une fourchette entre les doigts de son frère.

– Et toi, une bouchée pour papa.

Ben a droit à un menu normal, et même si son repas est quelque peu chaotique, il s'en sort mieux que moi. Il faut dire qu'avaler de la soupe avec la tremblote, ça vire vite à la catastrophe. Raven finit par me placer une serviette en bavoir et ils se moquent de moi, mais je m'en fiche. Je mange toute seule ! Ma fierté est à son comble, ce qu'atteste mon immense sourire au-dessus d'un menton recouvert de traînées de soupe.

En guise de dessert, Matt nous tend nos téléphones.

– Vous allez pouvoir rééduquer vos doigts en avance.

Enfin, nous reprenons les commandes ! Je l'annonce à Wade à peine mise au lit. Il me répond une heure plus tard, sûrement encore occupé par ses trucs louches, et ne cache pas sa joie à l'idée que nous recommencions nos échanges en textos, voire nos sextos. Je ne vais plus le tenir.

Wade : Les affaires reprennent ! Nell, je t'aimante comme un dingue !

Il n'hésite pas à le répéter même s'il utilise plus souvent une formule détournée, contrairement à moi qui ne l'ai jamais fait. Devrais-je lui dire ? C'est trop tôt. Ou peut-être pas. Il me faut l'avis d'une amie, qui se trouve actuellement dans la salle de bains, alors je l'interpelle :

— Raven ? Lui dire que je l'aime pour la première fois par texto, ça craint, non ?

Elle passe la tête dans la chambre et ôte la brosse à dents de sa bouche pleine de mousse blanche.

– Che penche qu'il chen contentera et qu'il chera chuper heuheux.

C'est clair. Enfin… pas sur la forme, mais sur le fond.

Moi : Wade, tu es magique.
Je t'aime aussi.

Pas de réponse. Il en est tombé sur les fesses ? Ou bien il est sorti en courant dans le jardin pour hurler.

Wade : Hâte de t'avoir enfin à moi.
Bonne nuit mon nord.

Non, il doit être occupé puisqu'il m'envoie me coucher. Carrément vexée, j'efface mon message précédent. Il l'a lu, mais ne le lira plus. Ça lui apprendra.

Le lendemain après le dîner, nous sommes tous installés dans le salon pour une soirée pépère et mémère. On se « Gunterise », c'est horrible. Ah non, Matt se lève et nous fait face, l'air grave.

– Je ne vais pas vous mentir, l'enquête n'avance pas.

– Burke n'abandonnera pas ! je proteste.

– C'est vrai, faut lui reconnaître ça, mais il n'a pas la queue d'un indice. J'aimerais qu'on parle de cette soirée, un détail pourrait vous revenir.

– Tu sais bien que je n'ai rien vu puisqu'on m'a frappée par-derrière, juste avant Ben.

Ce rappel suffit à ranimer sa colère, je jurerais apercevoir une flammèche scintiller au fond de ses yeux. Il inspire pour garder sa maîtrise.

– Donc, tu es la première à avoir été attaquée.

Je n'avais pas analysé ce détail, loin d'être anodin, alors c'est d'une voix blanche que je l'interroge :

– Tu penses que c'est moi qui étais visée ?

– Calme-toi. Je n'en ai aucune idée, mais Burke aussi trouve que c'est étrange. On s'en prend au plus costaud en premier, normalement, et c'est souvent personnel de frapper autant au visage.

Moi ? C'est le coup de massue ! Qui pourrait m'en vouloir à ce point ? Je frémis puis je cogite un instant, quand me reviennent les évènements au travail que j'avais complètement occultés. J'hésite, pas certaine qu'il soit judicieux de leur en parler, car ils vont s'enflammer alors qu'il n'y a sûrement aucun lien. Mais on ne sait jamais, autant tout mettre sur la table.

– En fait, il y a peut-être un truc.

Wade et Matt cillent avant de me fixer, suspendus à mes lèvres. Si je les fais attendre quelques secondes de plus, je suis prête à parier qu'ils vont me crier dessus.

– Il s'est passé des petites choses au boulot.

– De quel genre, Nell ?

La voix de Matt est traînante, menaçante. Je dois peser mes mots pour qu'il ne monte pas plus en pression.

– Pas trop grave, ne t'inquiète pas. Juste quelqu'un qui sabotait mon travail.

Pas d'explosion, ils sont perplexes. Même un tantinet déçus car ils s'attendaient de toute évidence à plus concret. Matt agite la main.

– Ça a l'air foireux, mais explique, on ne sait jamais.

Je m'exécute, concise et rapide, sans oublier de préciser que mes collègues sont de mon côté.

– Que Laurel et Hardy te soutiennent au boulot les fait remonter dans mon estime, rebondit Wade.

– Ils avaient intérêt, grince Matt. Vous avez trouvé qui c'est ?

– Un nom est ressorti, mais je ne l'avais jamais entendu. Inconnu au bataillon.

– Nell ? Tu peux nous donner ce nom, s'il te plaît ?

Je n'aime pas du tout sa voix basse, dangereusement calme.

– Ne t'emballe pas. Quelqu'un lui a peut-être piqué son code.

– Son nom, Nell.

– Tout de suite, insiste Wade.

Misère. Ils sont déjà prêts à l'attaque. Si cette pauvre fille n'est pas mêlée à nos problèmes, elle va en avoir bientôt quand même.

– Le nom qui est ressorti est…

J'hésite encore alors ils me font les gros yeux, y compris Raven. Ils me mordraient !

– Bridget Evert.

Silence pesant qui dure quelques secondes. Respirations coupées et yeux écarquillés chez les trois garçons, juste avant l'explosion.

– La garce !

– La crevure !

– La raclure !

Houlà ! Apparemment, ils la connaissent. Après un instant de stupeur, Raven et moi sommes perdues pendant qu'ils fulminent, s'agitent et marmonnent des trucs pas bien jolis. Leur rage augmente petit à petit, ils se montent le bourrichon, aboient des insultes et des menaces de mort contre cette inconnue et sa bande. Puis Matt se fige en découvrant nos têtes, plutôt choquées, et donne aussitôt des coups de coude aux autres pour qu'ils la ferment. Un peu calmé, du moins en apparence, Ben se passe la main sur le visage en soupirant avant de me regarder droit dans les yeux.

– Nell, c'est la brune qui t'a attrapée chez Tyron.

Matt et Wade s'enflamment aussi sec.

– Quoi ?! Elle avait déjà fait du mal à Nell ?

– Mais Ben ! Tu dois nous dire ce genre de trucs !

Pendant qu'ils s'expliquent, j'analyse les faits. Si cette fille m'en veut, pour une raison obscure et incompréhensible, nul doute que sa haine est remontée en flèche quand elle m'a vue dans l'entrepôt. Lors de notre affrontement, elle m'accusait de lui avoir piqué Alex. Ce n'est pas bon du tout, le croisement des éléments me donne des sueurs froides. Alex et Ben. Je tressaille, les garçons le remarquent et font silence.

– Nell ? Il y a autre chose ?

Zut ! Je suis dans la panade. Je ne peux pas leur avouer ce à quoi je pense, ce serait trahir mon frère. Indécise, je panique et le supplie du regard pour qu'il vienne à mon aide. Il secoue la tête de dépit, inspire un grand coup en levant la main vers moi.

– Vas-y, lance tout. Nous n'avons plus le choix.

Raven écarquille les yeux, redoutant déjà la suite. Pendant que je cherche la meilleure manière de leur lancer la bombe sans qu'elle leur explose à la figure, Matt et Wade s'impatientent sans toutefois oser me brusquer. Pour limiter l'effet de souffle de la déflagration, je vais les laisser conclure par eux-mêmes. Avec un peu de chance, ça les assommera.

– Bien, allons-y. Cette fille m'accusait de lui piquer son mec. Ce qui est totalement faux, je précise avec empressement à l'adresse de Wade qui vient de se raidir.

– OK. Et pourquoi elle te reprochait ça alors que tu venais de rentrer de France ? rebondit Matt.

– Parce qu'elle m'a vue avec lui le soir de nos retrouvailles.

– Tu étais avec nous alors je ne pige pas. Tu veux dire qu'elle t'accusait de lui piquer son mec qui serait Wade ?

Ils sont confus, rien ne leur semble logique. Et pour cause puisqu'il leur manque le détail qui tue, que je leur délivre d'une voix douce pour atténuer sa portée :

– Non, pas Wade. Alex. Je l'avais croisé en allant chercher un verre.

Ils serrent les poings.

– Encore lui ! S'il est mêlé à votre tabassage, il ne va pas s'en remettre !

Ben blêmit, terrifié à l'idée que son mec se fasse massacrer par son frère. Les voilà repartis en croisade, je dois les calmer. J'essaie, vraiment, mais comme je ne peux pas hausser le ton, ils ne m'entendent même pas. Raven s'agace et le fait pour moi :

– Mais non ! Il n'a rien à voir avec ça !

– Et qu'en sais-tu, toi ? la rembarre Matt.

– Je le sais, c'est tout. Maintenant, tais-toi et laisse Nell finir, s'il te plaît.

Il ronchonne puis me fait signe de continuer.

– Donc, elle pense que je lui ai piqué son mec, Alex. Qui n'a jamais été son mec non plus, soit dit en passant, et l'info vient de source sûre.

Il hausse les sourcils.

– Sûre comment ?

– Fiable, c'est tout. De plus, cette source a précisé qu'Alex a menacé cette fille de représailles si elle tentait encore de s'attaquer à moi.

– De quoi il se mêle, lui !

– Ouais, qu'il s'occupe de ses fesses ! tonne Wade.

– Mais enfin ça suffit ! Je vous donne les informations que j'ai, OK ?

– C'est bon, vas-y. On réglera ça plus tard, bougonnent-ils.

– Le soir de notre attaque, j'ai assisté à une scène plutôt tendue entre Alex, cette fille et sa bande. Il l'a repoussée plusieurs fois, de plus en plus rudement, et elle est montée dans les tours. Les deux clans se faisaient face et étaient à deux doigts de se battre.

– Où as-tu vu ça ?

Évidemment ! Il ne pouvait pas passer à côté de ce détail, le suspicieux de service.

– Au Jack's. Nous sommes allés boire un verre.

Ils nous foudroient du regard, nous délivrant un message limpide : « Vous ne perdez rien pour attendre. » Malgré tout, ils se contiennent et me font signe de continuer.

– Quand la fille et sa bande sont sorties, elle m'a lancé un regard haineux.

Ils inspirent en serrant les poings, mais se contrôlent toujours.

– Donc, vous étiez au Jack's et c'est en rentrant que vous vous êtes fait attaquer ?

– Oui.

Matt marche en rond un instant, le temps de compiler toutes les informations. Une fois celles-ci triées et analysées, il se tourne vers nous, fataliste.

– Bon. Vous avez le droit d'aller boire un verre dans un bar sans qu'on vous tombe dessus.

– En gros, intervient Wade, ce serait cette cinglée aidée de sa bande, juste parce qu'elle est jalouse de toi pour un truc que tu n'as pas fait ? C'est pas un peu tresser les cheveux ?

J'échange un regard avec Ben pour être certaine d'avoir bien compris, il secoue la tête pour que je laisse tomber, soit. Wade invente des expressions, ce n'est pas grave. Par contre, il me fait signe d'aller jusqu'au bout de mon récit.

– Hum, Matt ? Il y a autre chose encore.

– Quoi ?

– C'est un truc qu'un des mecs a lancé à Ben quand ils l'ont… enfin tu vois. Bref, il lui a dit : « Crève, sale pédale ! »

Ils sont sidérés, ouvrent la bouche et la referment, cillent, s'interrogent du regard, doutant d'avoir bien entendu. De notre côté, nous retenons nos respirations, les laissant déduire comme des grands.

– Mais c'est absurde !

– Pourquoi a-t-il dit ça ?! C'est n'importe quoi !

Ben baisse la tête, ce qui a pour effet de les stopper dans leur élan. Regards dubitatifs ou gênés, alors Matt s'agenouille devant lui.

– Ben ? Ça veut dire quoi ?

Il ne répond pas, se contente de relever le menton avec un air de défi.

– Ben ? Tu es gay ?

– Oui.

Silence. Looooong silence. Après la confusion, Matt explose.

– Mais depuis quand, bordel ?!

– Archi sûr depuis un an.

L'attitude de Matt me contrarie, je lui tombe dessus à mon tour :

– Pourquoi tu cries ? Ça te pose un problème ?

– Bien sûr que non ! Ce qui m'énerve, c'est qu'il me l'ait caché ! Un truc pareil en plus ! Pourquoi tu ne me l'as pas confié ?

– J'allais te le dire, t'inquiète.

Peu convaincu, Matt se redresse de toute sa hauteur, nous fusille du regard en pointant un doigt autoritaire.

– Il y a d'autres choses que vous me cachez ? Crachez tout ! Tout de suite !

Nous tressaillons. Si on lui cache des choses ? Si peu, des petits trucs de rien du tout. Pas fier, Wade baisse la tête puisqu'il couche avec sa sœur. Je n'en mène pas large non plus, je couche avec son meilleur pote. Quant à Ben, il lui reste encore à avouer qu'Alex est son mec. Nous sommes pris au piège. Nous déglutissons en nous jetant des regards désespérés pour inciter le voisin à se lancer le premier. Raven assiste à nos échanges sans trop s'inquiéter puisque c'est Matt son secret. Elle est malgré tout la première à réagir en bondissant sur ses pieds. Bien droite et le menton fier, elle clame :

– Je couche avec Matt !

Elle est juste formidable ! Elle lance les hostilités pour le déstabiliser. C'est sûr qu'il va moins faire le malin. Il se passe d'ailleurs la main dans les cheveux en grognant :

– Raaaveeeen, tu fais suer.

Nous faisons semblant d'être surpris et jouons les offusqués qu'ils nous aient caché ça. Matt est piteux dans ses explications et nous l'enfonçons encore plus, vexés qu'il ne nous ait pas fait confiance, tout ça, tout ça. Avant qu'il reprenne du poil de la bête, je me lance :

– Je couche avec Wade !

L'intéressé sursaute et écarquille les yeux. Je jurerais qu'il est prêt à s'enfuir à l'autre bout de la ville.

– Ah ! Je m'en doutais ! Vous étiez trop bizarres tous les deux.

Rassuré de ne pas se faire écarteler ce soir, mon brun affiche un sourire satisfait. Je dirais même qu'il se la pète un peu quand il se rapproche de moi.

Raven et Ben font semblant de me sermonner et me grondent comme si j'avais quatre ans. Matt n'étant pas idiot, il commence à trouver nos réactions surjouées, alors il lève le doigt en reniflant et le pointe sur Wade.

– Et toi, tu n'as rien à dire ?

– Euh… si, bien sûr. Je couche avec Raven !

C'est quoi cette déclaration débile ? Il éclate de rire devant nos airs ahuris, puis toussote pour se reprendre avant que Matt ne lui saute dessus.

– Oh, t'as pas d'humour ! Vous verriez vos têtes, c'est trop drôle. Bref, je suis fou amoureux de Nell. Voilà.

Je me jetterais dans ses bras si je le pouvais. Mais ce qu'il peut être mimi parfois, j'ai des étoiles dans les yeux. Pas Matt, qui s'assied en soufflant.

– Bon, ça, c'est fait. Nous couchons donc tous ensemble. Au moins, ça reste en famille.

Mais enfin ! Je suis atterrée qu'il puisse dire des choses aussi insensées.

– Euh… Matt ? Attention à la formulation. Il serait mieux de dire que nous avons tous une relation, mais séparément. Sinon, ça pourrait prêter à confusion.

– Ouais, bon, c'est pareil.

– Pas tout à fait ! insistons-nous.

D'avoir été piégé le premier l'oblige à prendre les aveux avec calme, tant mieux. Je suis surtout ravie que tout soit révélé, nous voilà libérés. Surtout moi, qui risquais de gaffer à chaque phrase. Quelle pression !

Maintenant, nous nous sourions, totalement détendus, quand Ben casse brutalement l'ambiance :

– Je couche avec Alex.

Ah ! Ils l'avaient oublié. Tadaaam, le revoilà dans l'histoire ! Là, ça va peut-être coincer un chouïa. Oui, Matt bondit devant lui.

– Mais merde ! Il a fallu que ce soit Alex en plus ! Tu le fais exprès ou quoi ?

– Je ne l'ai pas fait exprès, comme tu le dis, c'est arrivé. Voilà.

Matt referme ses coudes devant son visage en pestant.

– Alex ! Mais Alex, quoi ! Tu ne pouvais pas choisir Wade ?!

Tout d'abord médusé, l'intéressé saute du canapé en levant les deux mains devant lui.

– Wow, wow wow ! Ça ne va pas, non ? Pourquoi moi d'abord ?

– Tu es proche de nous. Ça me paraît logique, c'est tout.

– Logique de mes fesses, ouais. Où t'as cru que j'allais me faire ton frère ? Tu crois qu'on devient gay comme ça ? Je me fais ta sœur et c'est tout, non, mais oh !

– Holà mec ! Tu vas parler autrement de ma sœur, sinon, ça va mal finir.

– Désolé, je me suis mal exprimé, mais tu as compris. Moi, c'est ta sœur et rien qu'elle.

Il est fort pour se prendre les pieds dans le tapis, je l'adore et je viens à sa rescousse :

– Matt, fiche-lui la paix, il n'a rien à voir dans cette affaire. Pour Alex, c'est un mec bien, vraiment.

Je t'assure qu'il est parfait pour Ben. Il est différent de celui que tu imagines, alors j'aimerais que tu fasses un effort pour lui laisser une chance de te le prouver.

– Nell a raison, abonde Wade. Même si je ne l'apprécie pas, on doit lui parler vu qu'il est lié à notre affaire.

– Sûr qu'il a des trucs à nous raconter, bougonne Matt. Appelle-le, Nell, et dis-lui de venir ici.

– Hé ! Je peux m'en charger, s'offusque Ben.

– Je préfère Nell, si tu veux bien. Pas envie de t'entendre roucouler avec lui ce soir. C'est un peu récent et embrouillé dans ma tête.

Sa cervelle doit même danser la salsa, le pauvre. En revanche, il y en a un qui garde le sourire, c'est Wade.

– Bien ! En attendant, Raven, tu veux bien m'aider à déménager les affaires de Nell, s'il te plaît ?

Matt fait volte-face, décontenancé.

– Pourquoi veux-tu bouger ses affaires ?

– Parce qu'à partir de maintenant, je dors avec ma femme ! tonne-t-il en filant dans l'escalier.

Il est terrible. Terriblement sexy et je vais enfin en profiter.

– Et tu es d'accord avec ça ? s'empresse de me demander Matt.

– Bien sûr que oui !

Quelle soirée ! On peut dire que tout s'est bien passé, mais il reste quand même l'arrivée d'Alex à gérer. Ça promet.

CHAPITRE 23
Une nouvelle ère

Donc, le challenge actuel est de faire venir Alex ici. En présence de Matt, c'est là que réside toute la difficulté. Je tente quand même ma chance avec un texto.

Moi : Coucou toi. Tu peux passer
à la maison ?

Alex : Ça va ? Un problème ?

Plutôt normal qu'il s'imagine tout de suite un drame. Je pense que mes messages tardifs seront source d'inquiétude pour un bon moment.

Moi : Dans l'ordre, oui et non.
Ne t'affole pas. Juste pour parler.

Alex : Avec qui ?

Il est malin, il sent le coup fourré.

Moi : Nous sommes tous là. Nous
venons de finir la réunion de famille. Ils
sont au courant pour toi et Ben.

Alex : ??? Je dois me sauver au Canada ?

Moi : Inutile, pas assez loin. Du calme, Matt et Wade voudraient juste te parler de la fameuse nuit.

Alex : Laquelle ? Il y a eu celle avec toi chez moi, celleS avec Ben et celle… enfin la dernière, la pire.

Moi : La dernière, c'est la seule qui les concerne.

Alex : Et après m'avoir soutiré des informations, ils vont m'enterrer dans le jardin ?

Moi : Je ne pense pas, la terre est trop sèche pour creuser. Mais non, enfin ! Viens.

Alex : J'appelle mon notaire pour finaliser mon testament, ensuite mes parents pour leur dire adieu, j'enfile une coquille et j'arrive.

C'est bien les mecs de penser à protéger uniquement leur outil. Moi, j'enfilerais plutôt un casque intégral pour ne plus jamais avoir la tête de travers.

Pendant qu'il se met en route, nous nous acharnons sur Matt pour qu'il respecte une consigne simple : ne pas lui sauter à la gorge et bien se tenir. Il est renfrogné comme jamais, mais il ne répond rien.

Wade réapparaît, suivi par Raven. Il affiche un sourire de vainqueur.

– Toutes tes affaires sont dans « notre » chambre.

Et il s'empresse de me soulever dans ses bras, puis s'installe dans le canapé en me calant sur ses genoux. Matt fulmine.

– Ça va ? Fais comme chez toi avec ma sœur !

– Je ne vais pas me gêner alors autant t'y faire tout de suite.

– Et note bien que je ne m'en plains pas, dis-je en m'appuyant contre le large torse plus confortable que mon fauteuil roulant pourri.

Pour marquer son intention de ne faire aucune concession, il m'embrasse devant Matt qui le foudroie du regard.

– Matt, arrête de grogner. Tu ne perds pas au change puisque tu m'as, moi, le taquine Raven en lui collant une tape sur les fesses.

Il sursaute, choqué, et se passe la main sur le visage en grommelant :

– Ça va être la misère dans cette maison. Je vais mourir.

Que du cinéma, ce qu'il nous prouve en attrapant Raven par la taille pour plaquer un baiser sur ses lèvres.

– Je me sens seul, ronchonne Ben.

– Plus pour longtemps, je le rassure alors que nous entendons un véhicule se garer devant chez nous.

Raven pousse Matt en arrière et se précipite dehors pour l'accueillir. Moi, je m'affale sur Wade, il ne pourra pas bouger.

Alex pénètre dans le salon à la suite de Raven et il est bien avisé de la garder comme protection car Matt se tend, prêt à attaquer.

Il vient vers moi, se penche pour m'embrasser, mais se crispe et se redresse vivement. La faute au regard mauvais de Wade qui me serre dans ses bras.

– Les chiens de garde, ça suffit ou Alex s'en va, je les menace.

– Ouais, qu'il parte, ça me va, marmonne Matt.

– Il reste, mais il ne s'approche pas de toi, ajoute Wade.

Alex lève les yeux au ciel.

– Il faut vous calmer. Je ne ferais jamais de mal à Nell. Et toi, je ne risque pas de te la piquer.

Sur ce, il rejoint une zone plus sûre, celle de Ben qui lui offre un tout autre accueil. Ils s'observent, émus, se sourient et s'enlacent. Matt marmonne et se prend un coup de coude de la part de Raven. Il faut détendre l'atmosphère, alors je propose de boire quelque chose.

– Excellente idée ! Allez viens, approuve Raven qui tire Matt vers la cuisine.

Un verre à la main décontracte bien les hommes, les langues se délient après la première gorgée, à commencer par celle de Matt.

– J'ai toujours craint que tu me piques ma sœur, mais tu me piques mon frère.

– Je ne te pique rien du tout. J'aime ton frère, c'est tout. Ta sœur, je l'ai toujours aimée…

Il est interrompu par un grondement qui résonne juste derrière moi.

– On se calme, Wade, je tiens énormément à eux, et si j'avais pu faire quelque chose pour leur éviter le drame, j'aurais foncé. Je n'ai jamais pensé que quelqu'un s'attaquerait à eux.

– Tu sais qui c'est ?

– Non, pas pour le moment, mais je continue à enquêter. Tous mes potes sont à l'affût de la moindre rumeur qui tournerait en ville.

– Nous avons peut-être une idée.

Plus qu'intrigué, Alex pose son verre sur la table et attend. Il est si tendu que je le sens prêt à bondir dehors pour aller chercher le coupable.

– Je ne vais pas te donner le nom d'emblée. Je vais te répéter ce que j'ai appris et voir ce que tu en conclus.

Il hoche la tête et Matt récite tout, depuis mes ennuis au travail. Alex opine en précisant qu'il est déjà au courant, ce qui les fait tous râler lorsqu'ils découvrent qu'il est le seul auprès de qui je me suis confiée.

– Il y aurait un lien entre tes soucis au boulot et votre attaque ? Tu penses que c'est toi qu'on visait ?

– Le lien, c'est toi.

– Comment ça, moi ?

– Tu es relié à tous les problèmes, lui confirme Matt. La personne qui fait du tort à Nell, c'est à cause de son lien avec toi. Ils se sont fait casser la gueule tous les deux, à cause de leur lien avec toi, et ça comprend aussi ton histoire avec Ben.

– Je sais que certains sont persuadés que je vise Nell, mais pour Ben, c'est impossible puisque vous êtes les seuls à être dans la confidence.

– Il dit vrai. Nous n'avons jamais été vus ensemble et personne n'est au courant que nous sommes gays, confirme Ben.

– Vous vous gourez. On vous a obligatoirement repérés puisque l'un des mecs qui t'a tabassé t'a traité de sale pédale ! s'échauffe Matt rien qu'en y repensant.

Alex sursaute et se tourne d'un bloc vers Ben.

– Quoi ?! C'est vrai ?

Mon frère confirme en pinçant les lèvres.

– Mais nous ne sommes jamais sortis de chez moi, jamais.

C'est quand même étonnant, on a bien dû les voir… Soudain, un détail me revient. Non, c'est insignifiant. Pourtant… ça expliquerait beaucoup de choses.

– Alex, est-ce qu'il t'arrive de te faire harceler ou de croiser une personne dans ton immeuble, mais qui n'y habite pas ?

– Non, on ne m'a jamais harcelé, à part ton frère, bien sûr, ricane-t-il. Je croise des inconnus dans le hall, mais rien d'anormal.

– La porte du parking qui claque, ça te rappelle quelque chose ?

– Quand tu as passé la…

– Oui ! Ce jour-là, je le coupe avant que Wade interprète mal ma nuit chez Alex.

– Tu penses que nous avons été grillés ?

– Nell a raison, déclare Ben avec gravité.

– Vous parlez de votre fameux repas au petit restaurant de cuisine indienne et auquel vous ne m'avez pas invité ? demande Matt, suspicieux.

– Oui, c'est ce fameux soir où tu travaillais tard, mais sur Raven, le rembarre Ben sur le même ton.

Matt cille, ouvre la bouche, puis la referme. Ses propres cachotteries l'empêchent de nous reprocher les nôtres et ça l'agace prodigieusement, au moins autant que cela nous fait jubiler.

– Admettons que nous savons quand nous avons été découverts. C'est bien beau, mais ça ne nous dit pas par qui, continue Alex en s'asseyant.

– Repense à la soirée au Jack's.

– Très mauvaise soirée et la nuit encore pire, marmonne-t-il.

Repasse le film et trouves-y une personne assez cinglée pour en vouloir à Ben et à moi parce que nous sommes trop proches de toi.

Il se plonge dans ses souvenirs, à peine quelques secondes, avant d'écarquiller les yeux.

– Il y a bien cette folle de Bridget, mais elle n'irait pas jusque-là, quand même.

– Pourtant, drôle de hasard, mes collègues sont remontés jusqu'à son numéro de badge.

Il lâche un phénoménal juron puis marche de long en large en serrant poings et mâchoires. Il est dans un tel état de rage que c'est Matt qui l'attrape pour l'asseoir de force. Après une petite bataille, Matt le libère en ricanant.

– Waouh ! Bon, je pense qu'on peut affirmer que tu n'étais pas au courant.

– Bien sûr que non !

Offusqué, il s'éjecte à nouveau du canapé, renvoyé aussitôt au fond par Matt qui le pousse par les épaules.

– Oh ! Du calme, on a compris. Si tu nous expliquais plutôt pourquoi cette fille en a après toi.

– Elle n'en a qu'après mon fric, ou plutôt celui de mon père. Je passe mon temps à la jeter, mais c'est une glue et ce n'est pas faute de lui avoir dit de toutes les manières possibles que je ne voulais pas d'elle. Si j'avais su qu'elle était capable d'aller aussi loin, j'aurais pu éviter tout ça, gémit-il avec les mains sur la tête.

Eh bien voilà ! Maintenant que nous avons le fin mot de l'histoire, je prends un ton ferme pour ordonner la suite :

– Il faut répéter tout ça au shérif.

Ils restent muets en s'interrogeant du regard. C'est bien ce que je craignais et leur attitude le prouve, ils veulent s'en occuper eux-mêmes. Je ne suis pas d'accord !

– Il faut laisser le shérif s'en charger. Ben, Alex, dites-leur !

Je comptais sur eux pour les raisonner, naïve que je suis. À la fureur qu'ils affichent, c'est peine perdue. Je me tourne vers Wade.

– Wade, fais-leur entendre…

– Nell, il est temps qu'on aille au lit.

Je crois rêver ! Je le fusille du regard.

– Tu es fatiguée, tu as vu tes yeux ?

– Comment veux-tu que je voie mes yeux ? Oui, je suis fatiguée, mais je décide quand je me couche ! Et ne m'entourloupe pas, attention à toi.

– Ne vous battez pas, il est tard alors nous allons tous y aller, annonce Matt en tendant la main à Raven.

Ils sont forts pour noyer le poisson, mais ils se leurrent s'ils pensent que j'aurai oublié demain. Dans l'immédiat, un autre problème survient, créé par Ben qui affiche toute la misère du monde. Quel acteur ! Pour qu'il y mette autant de conviction, je sais déjà ce qu'il va demander et ça ne loupe pas.

– Est-ce qu'Alex peut rester avec moi ?

Wade se redresse en m'emportant avec lui et ricane en passant devant Matt, tout crispé.

– Allez, mon gars ! Ce soir, tu n'es plus à ça près.

Mon frère lève les yeux au ciel avant de pointer l'escalier du doigt en fixant Raven.

– Je crois qu'on vient de me virer de mon lit, alors je squatte le tien. Tant qu'à faire, je préférerais que tu y sois aussi. Hop ! Go tous là-haut.

Un sourire radieux barre le visage de mon amie quand elle file en nous saluant à la volée. Matt s'approche de Ben, alors Alex le pousse et s'empresse de le soulever. Une fois son homme dans ses bras, il s'engage dans l'escalier en toisant Matt, qui, lui, ferme la marche en pestant. Nous allons tous passer la nuit en couple, c'est une nouvelle ère dans cette maison. Alex regarde partout autour de lui, curieux en découvrant ce lieu jusque-là interdit, mais une fois sur le seuil de la chambre, il hésite. À mon avis, il a surtout du mal à y croire. Lorsqu'il ose un pas en avant, Matt pose une main sur son épaule pour le stopper, puis se lance dans une litanie de consignes pour s'occuper de son frère. Même sur le terrain de l'ennemi, Alex ne sait pas la fermer.

– Mec, va plutôt t'intéresser à celle qui attend dans ton lit et laisse-moi gérer le mien.

– Dis donc…

– Matt, ça suffit ! le rembarre Ben.

Vexé, et un peu inquiet, il tourne les talons en bougonnant.

– Bonne nuit ! Et tout le monde verrouille sa porte ! lance-t-il avant de claquer la sienne.

– Si ça baise dans toutes les chambres, ça va faire lupanar, s'amuse Wade en fermant la nôtre avec le pied.

Il m'installe sur le lit, notre lit ! Ensuite, je découvre un Wade en sucre, aux petits soins sans se départir d'un air d'enfant heureux. Il ne boude pas son plaisir de m'avoir pour lui tout seul et sans contraintes. L'étape du déshabillage se fait lentement, mais il perd le sourire face à ma culotte qui résiste, bloquée par les plâtres. Peu patient, il part fouiller sur le petit bureau et en revient en brandissant une paire de ciseaux. Il ne va quand même pas… Si. Deux clics plus tard, le bout de tissu n'est plus. J'ai hâte d'être à demain matin pour découvrir la façon dont il va s'y prendre pour m'en enfiler une. Heureusement que Raven est plus habile sinon ma commode serait déjà vide.

Par chance, c'est avec beaucoup plus de précautions qu'il m'allonge dans la baignoire, en prenant soin de relever mes jambes sur les rebords.

– Tu vas me laver ?

– Je peux enfin m'occuper de toi, alors je ne vais pas m'en priver.

– Tu sais que je ne suis pas une poupée, n'est-ce pas ?

– Bien sûr que non, tu es ma femme.

– Pas tout à fait. Ta copine, petite amie…

– Ma femme, c'est pareil. Arrête de chipoter, insiste-t-il en s'emparant du flexible de douche.

Concentré, il règle la température et la puissance du jet qu'il dirige ensuite sur mon épaule. Lentement, il descend le long de mes bras, puis de mes seins, de mon ventre et finit sur mon sexe, le regard brillant. Il éteint l'eau, dépose une noisette de savon sur sa paume, puis… le bonheur. Il me lave, me masse, me caresse avec des gestes très doux. Après quelques minutes de cet agréable traitement, je soupire d'aise.

Je suis désormais propre jusque derrière les oreilles, alors il devient plus taquin pour faire durer le plaisir. Le mien comme le sien. Ses mains savonneuses remontent sur mes hanches et finissent leur course sur mes seins. Wade les masse doucement et titille les pointes, ravi de les voir se dresser. Le son du clapotis me berce puis son timbre rauque résonne dans la pièce chargée de vapeur :

– Est-ce qu'il y a une contre-indication pour les orgasmes ?

– Absolument pas. C'est même recommandé pour une guérison plus sereine, je réponds d'une voix suave.

– Alors on va démarrer ta rééducation, compte sur moi.

Il recommence ses caresses avec entrain. C'est tendre et très sensuel, ma peau se couvre de frissons. La température grimpe lorsqu'il glisse la main entre mes jambes. Aucune impatience, il prend son temps d'une main de maître tout en délicatesse. Quand vient ma merveilleuse libération, il se penche sur moi pour cueillir mon gémissement du bout des lèvres.

Pendant que je redescends lentement de mon nuage, il m'observe avec une étincelle de fierté dans le regard. Je me sens lessivée, complètement amorphe, mais qu'est-ce que je suis bien !

Lorsque la baignoire est vide, sans un mot, Wade m'enroule dans un lourd peignoir, le sien, avant de me soulever dans ses bras. Assise sur le lit, un sentiment de plénitude m'envahit pendant qu'il me sèche avec douceur. La serviette vole tout à coup derrière lui, il m'allonge, me recouvre de la couette et m'embrasse sur le front. J'ai quatre ans et j'adore ça. Pour le moment.

– À mon tour de me laver, je reviens tout de suite.

À son retour, il est en boxer, charmant spectacle, et se glisse sous la couette. Ensuite, il nous faut une bonne dizaine de minutes pour trouver la position idéale, c'est-à-dire blottis l'un contre l'autre en restant confortable. Il prend quelques coups de plâtre sur les chevilles, couine un peu, mais nous voilà enlacés. Alors que je m'endors, le nez contre sa poitrine et bercée par ses doigts qui peignent langoureusement mes cheveux, Wade murmure au-dessus de moi :

– On ne se quitte plus. Toi et moi, c'est pour de bon.

– On dit souvent ça au début, mais je t'accorde que c'est pas mal du tout.

– Tu plaisantes ? se vexe-t-il. Trouve mieux que pas mal.

– Tu as raison. C'est bon, même très bon.

– Je signe si tu veux.

– Normalement, on signe pour un mariage. Nous avons bien le temps pour ça. On va profiter sans se mettre la pression, d'accord ?

– *No* pression pour moi. Je signe quand même, tu vas voir.

Il se détache de moi avec précaution, se lève, furète sur le bureau, avant de revenir en brandissant un feutre noir.

– Je vais te montrer que je signe ce que je veux et où je veux, susurre-t-il en rampant sur le lit.

Curieuse et amusée, je le laisse écrire sur ma peau, juste au niveau de mon cœur. Quand il a fini, il jette le feutre sur la moquette et s'allonge en me prenant dans ses bras.

Je déchiffre tant bien que mal la petite phrase à l'envers sous laquelle il a signé.

« Mon nord, ma femme, ma vie. »

CHAPITRE 24

Nous deux, c'est moi

Malgré mes plâtres qui se transforment en plomb dans un lit, la nuit a été merveilleuse. Un grand corps chaud contre lequel se blottir, c'est quand même sacrément agréable. Vivement cet hiver que je lui colle mes pieds froids sur le ventre. Le réveil aussi est idyllique avec, en première vision, Wade qui me sourit.

– Bonjour, toi, souffle-t-il d'une voix rauque.

– Et un très bon jour.

– Ah oui ? Et qu'est-ce qui le rend spécial ?

– Mon premier réveil dans tes bras, je murmure en frottant le nez contre son cou.

– Bien. Tu n'avais pas intérêt à répondre autre chose.

Après un baiser sur le front, il se lève et file dans la salle de bains. En attendant, j'attrape mon téléphone et je prends en photo le petit mot sur ma peau avant qu'il ne soit effacé au lavage. Vite prêt, Wade s'occupe maintenant de moi. Ses gestes sont mesurés par peur de me faire mal et j'apprécie sa retenue, mais il va un peu trop loin.

– Non, Wade. Je peux me coiffer toute seule, pareil pour les dents.

– Tu es sûre ? Ça ne me dérange pas, au contraire.

– Certaine. Je sais encore ce dont je suis capable. Et ne t'habitue pas trop à cette situation, je te rappelle qu'elle est provisoire.

– Ah bon ? Même les massages, tu n'en voudras plus ? susurre-t-il avec un sourire ravageur.

– Oui, bon… Exception pour les massages, ce sera une obligation hebdomadaire, au minimum.

Vient le moment que j'attendais, celui où il s'empare d'une de mes culottes. Il attaque la tâche délicate avec un air déterminé et je ne dis pas un mot pendant qu'il s'affaire. Ni pour l'aider ni quand il craque la première et va en chercher une autre. Pas plus lorsque le second essai se termine dans un bruit de tissu déchiré. Il soupire, se redresse et m'observe, les mains sur les hanches. Un Wade qui cogite, ça me fait un peu peur. Que va-t-il inventer ?

Soudain, une idée sûrement fumeuse lui vient, car il s'empresse de fouiner dans ses affaires, puis se plante devant moi avec un air de vainqueur, et un boxer à la main.

– Tu ne vas pas me mettre ça ?!

– Bien sûr que si. Déjà, ça me plaît de savoir ton petit cul dedans, et j'arriverai à te l'enfiler sans y passer une heure. En plus, tu seras à l'aise.

– Ah ça ! Avec environ quatre tailles de trop, pour sûr que je vais être à l'aise. Je ne risque pas d'avoir la ficelle entre les fesses.

– Arrête de grogner, tu vas adorer ça.

J'émets quelques doutes, mais si je veux un tissu qui recouvre mon postérieur, autant céder. Quand je suis enfin présentable, il me descend au salon, m'installe dans mon fauteuil avec mille précautions, m'embrasse encore et me pousse vers la cuisine.

Matt et Raven sont déjà attablés et nous accueillent avec un sourire niais. Wade pose un mug devant moi en m'embrassant le haut du crâne. Puis un yaourt, en butinant ma joue, suivi d'un verre de jus d'orange qu'il ajoute en déposant un baiser sur mon nez. Je grimace alors que Raven et Matt éclatent de rire.

– Wade, tu ne vas pas l'embrasser toutes les dix secondes, quand même.

– Si je veux et autant que je veux.

– Méfie-toi qu'elle ne se lasse pas à force, le taquine Raven.

Wade se raidit et me fixe, stupéfait.

– Tu peux être blasée de mes baisers ?

– Écoute… je les apprécie beaucoup, mais il ne faut pas abuser des bonnes choses. Pour aujourd'hui, qui est notre première journée officielle en couple, je t'accorde ce plaisir sans compter. Mais à partir de demain, diminuons la dose progressivement sinon je les apprécierai nettement moins.

– Si tu l'embrasses tout le temps, elle s'habitue. Il faut qu'elle prenne ça comme un cadeau, déclare doctement Matt. Regarde Raven, elle louche sur mes lèvres en espérant les avoir, et quand elle y touche enfin, ça la met en transe.

– Non, mais quel gros con ! s'exclame-t-elle en lui assenant un coup de poing sur le bras.

Je secoue la tête, j'ai honte de mon frère alors je le remets en place :

– Oyez, oyez braves gens, le grand marabout du couple, le magicien des relations conjugales ! Matt, je t'aime, mais parfois tu es un abruti.

Raven agite un index sous son nez en le menaçant :

– Surtout que si tu veux jouer à ça, tu vas perdre. Moi aussi je vais te faire languir, et pas pour des bisous.

– Oh génial ! Une maison où on parle de bisous au petit déj, je vais me sentir comme un coq en pâte ici, râle Alex qui apparaît sur le seuil en poussant Ben.

– Tu t'y feras, répond Wade.

– Et tu as un chez-toi si les conversations d'ici te posent un problème, le rembarre Matt.

– Comme tu veux, mais j'emmène ton frère.

– Dans tes rêves.

– Alex, laisse tomber et sers-toi un café, l'encourage Raven.

En dépit des coqs qui ne font que marquer leur territoire, le déjeuner se déroule sereinement. Nous avons tous le même éclat dans les yeux, celui du bonheur d'être ensemble. Ça se chamaille en riant.

Nous revenons de loin, mais nous nous en sortons très bien.

Une autre journée nous apporte une immense joie, celle où les médecins décident d'envoyer nos plâtres vivre leur vie, loin de nos jambes. Aussi, cela signe la fin de cette méchante aventure, les dernières traces se dissipent. Bon… pas complètement pour Ben puisque le verdict n'est toujours pas prononcé.

Pendant que le médecin découpe le premier plâtre, je suis tellement heureuse que je babille sans reprendre mon souffle. Il écarte les deux pans, ma jambe apparaît, et je manque de m'évanouir. Impossible, ce n'est pas ma peau. C'est un parchemin en peau de bique, du vieux cuir. Il passe une main dessus et… horreur ! Ce truc tout fripé m'appartient bien.

En attendant d'y remédier, je profite de la sensation de légèreté soudaine en sortant de l'hôpital. Je viens de perdre quelques kilos et ma peau respire enfin, à défaut d'être soyeuse, alors je propose que nous fêtions ça en allant nous promener en ville. Tout le monde est partant, sauf Alex qui préfère ne pas se montrer avec nous. Non qu'il ait honte, mais ses amis ne sont pas au courant de sa relation avec Ben, et maintenant que nous savons d'où provient le danger, il pense plus prudent de ne courir aucun risque.

Au cours de notre sortie, nous faisons quelques emplettes et il ne faut pas longtemps pour que Ben et moi soyons presque recouverts de sacs. Je crois qu'ils ont pris nos fauteuils pour des caddies. Dans une rue de petits commerces, mon côté peste se réveille lorsque je repère une enseigne. La boutique de vin avec le vendeur rigide. Et si ? Non, je ne suis pas une revancharde. Mais il m'a arnaquée, c'est mal ! Ouais, il mérite une leçon. C'est avec un sourire narquois que je leur propose d'y faire un tour.

Nous pénétrons dans la petite boutique en file indienne. Le caviste étant occupé avec un client, il jette à peine un regard sur Matt qui ouvre la marche, mais le bruit du nombre de personnes qui entrent l'incite à tourner la tête. Inquiet par le défilé, il est carrément horrifié en découvrant les fauteuils. Nous nous dispersons, slalomant entre les piles de cartons et faisant branler les bouteilles posées dessus. Wade en rajoute, il s'empare de l'une d'elles, lit l'étiquette, la lance en l'air devant un caviste à la limite de l'évanouissement, puis la rattrape et la repose. Matt trouve ce petit jeu très drôle, il s'y met aussi. Épouvanté mais n'osant pas s'en prendre aux deux cinglés qui font le double de sa largeur, le vendeur continue avec son client. Nous l'achevons en partant sans un mot et ça me suffit largement comme vengeance. Les gars ont été parfaits, pénibles juste comme il faut. Eux-mêmes, en somme.

Après notre récréation, nous déambulons en chahutant comme les sales gosses que nous sommes, mais de sales gosses heureux.

Ensuite, nous faisons une pause dans le parc, assis sur l'herbe sous un arbre au feuillage fourni, avec un cornet de glace à la main. Encore malhabile, j'en fais couler un peu sur mes doigts et une belle traînée descend sur mon menton, que Wade s'empresse de lécher. Il affiche un sourire béat en passant la langue sur ses lèvres alors que les autres sont écœurés.

– Mais Wade ! C'est dégueu, arrête ça, grogne Matt.

– Explique-moi comment de la glace sur ma femme peut être dégueu. Je ne comprends pas.

– Dit comme ça, c'est même sexy, s'amuse Raven.

– Je pense que c'est le principe d'assister au léchage de sa femme qu'il trouve rebutant.

– Ah non ! Nell, ça ne va pas de dire des trucs comme ça ! s'exclament mes frères.

– Déjà, ce n'est pas la faute de Nell si elle s'en met partout, sa mâchoire n'est pas encore opérationnelle, continue Raven. Wade, n'est-ce pas que Nell ne peut pas trop ouvrir la bouche ?

– Euh… T'abuses un peu, répond-il avec gêne.

– Raven, ça suffit ! tonnent mes frères.

– Ben quoi ? Elle n'a toujours pas le droit de mastiquer, c'est tout.

– Vous laissez ma femme tranquille, les rembarre Wade en me serrant entre ses bras.

– Regarde mon Metoo comme ils sont mimi, ronronne Raven.

– Metoo ?! crions-nous, hilares.

– Je n'y crois pas. Ils se donnent des petits noms.

– Et ça vient d'où ce Metoo ?

– Oh non, pas ça, marmonne Matt en se passant la main sur le visage.

– Oh que si ! Vas-y, Raven, je l'encourage.

– C'est tout simple, Matt a un problème avec les mots d'amour. Il répond toujours aux miens par « *me too* » parce que c'est un grand timide.

– Mais bien sûr.

– Si on m'avait dit que Matt aurait un petit surnom d'amour un jour, je me serais noyé en pleurant de rire, applaudit Ben.

– Toi, ne la ramène pas trop. Je demanderai à Alex quel est le tien, je rétorque avec un rictus.

Une fois que nous sommes rentrés à la maison, Matt et Wade nous annoncent qu'ils ressortent pour faire un truc. Je n'en peux plus de ce mot qu'on me sert à toutes les sauces ! Nous les laissons partir sans les questionner car, fatalistes, nous savons qu'ils sont allés enquêter en ville.

J'ai mieux à faire que d'affronter le mur de béton qu'est mon frère, je dois prendre un bain pour m'occuper de mes jambes, qui maintenant qu'elles sont sèches semblent recouvertes d'écailles. Pour le coup, j'ai tout d'un thon, jetez-moi à la mer ! Raven est en haut en train de réviser, je l'appelle à la rescousse par texto afin qu'elle me monte dans ma chambre. Toujours prompte à m'aider, elle dévale les escaliers et se plante devant moi. Les bras ballants, elle se décompose alors que Ben éclate de rire.

– On dirait que vous avez oublié un détail, les filles.

Juste un, le poids de ma carcasse. Non pas que je sois grosse, mais même trente kilos seraient trop pour ses petits bras. Dépendre des autres pour tout, voilà ce qui me gonfle le plus ! Après tout, je ne suis plus totalement impotente, il me suffit de ruser. Ça tombe bien, j'ai une idée !

– On va faire différemment et sans danger. Raven, aide-moi à sortir du fauteuil et à rejoindre l'escalier. Je vais le monter sur les fesses.

– Nell, c'est hors de question ! tonne Ben.

– Ça ne me plaît pas non plus, abonde Raven.

– Du calme, je ne risque pas de tomber puisque je serai déjà au sol.

Une fois en position, c'est parti. Si Raven est inquiète et reste devant moi, prête à me rattraper, Ben beugle et me brise les tympans.

– Mais enfin ! Tu veux bien te taire ? Tu vois bien que je ne crains rien, il faut te détendre.

Il inspire fort et dégaine son téléphone. Voilà, qu'il textote avec Alex, il me fichera la paix. Surtout que c'est laborieux, mais pas insurmontable. Je pose les fesses sur la cinquième marche quand la porte s'ouvre violemment et s'écrase contre le mur. Une masse faite de jean et de cuir apparaît sur le seuil, qui semble en colère.

– Nell ! Es-tu inconsciente ?!

Wade se jette sur moi, me soulève dans ses bras et me repose dans mon fauteuil. Ce qui lui a pris à peu près cinq secondes, quand j'en ai mis vingt juste pour en sortir. Ben, un rictus aux lèvres, me montre son téléphone. J'enrage.

– Traître !

Wade attrape mon menton pour que je fixe son regard dur.

– Tu as mal quelque part ? Il y a une urgence ?

– Il faut vous détendre un peu ! Je voulais seulement monter.

– Alors tu m'appelles et je viens. Oublie toutes tes autres solutions à la con.

Pas un mot de plus, mais il me dépose sur notre lit trois minutes plus tard. Partagé entre l'inquiétude et la colère, il se poste face à moi, les mains sur les hanches.

– Tout ça pour un bain qui ne peut pas attendre quelques minutes ? Tu pues tant que ça ?

– C'est juste que… Je ne voulais pas que tu voies ça, je confesse piteusement en remontant une jambe de pantalon.

– Tu as risqué de te tuer dans l'escalier à cause de ça ?!

– N'exagère pas non plus ! Vous me fatiguez à force. Je ne craignais rien, bon sang !

– Oh, excuse-nous de ne pas être remis d'avoir failli te perdre. En plus, tu es ridicule. Je t'ai vue complètement amochée, le visage bleu et gonflé, alors tu penses bien que je m'en tamponne de l'état de tes jambes. Je vais te le dire dans quelle langue pour que tu le comprennes ? Je t'aime ! Je suis fou de toi ! Je m'en tape de tes bobos. Je t'aime !

Et voilà, je me sens stupide. J'en suis même à me demander si je le mérite.

– Je suis désolée que tu te sois inquiété, mais c'est vraiment moche.

– Je m'en fous.

– Je suis parfois un peu trop fille et impulsive.

– Les deux sont liés.

– Non, rien à voir. Tu l'es aussi, impulsif.

– Oui, surtout quand tu adoptes un comportement absurde.

– Oh, ça va. N'en rajoute pas non plus.

– Non et tu devrais faire profil bas. Tu dois être prudente. Si tu ne le fais pas pour toi, fais-le pour moi et tes frères. Je les ai côtoyés pendant ton absence, alors je ne m'avance pas trop en disant qu'ils n'imaginent pas vivre sans toi. Te perdre définitivement les achèverait, eux aussi.

Waouh ! Il sort tout ce qu'il a sur le cœur, ce soir.

– Tu m'épates plus chaque jour. Épouse-moi.

Oui, il a raison, impulsive est mon deuxième prénom. Il me fixe, cherchant une trace d'humour chez moi, qu'il ne trouve pas. Un sourire moqueur étire ses lèvres petit à petit.

– Sérieux, tu oses me faire ça ?

– Quoi ? C'est juste une question.

Il approche lentement de moi tel un fauve, pose une main sur mon épaule et me pousse. Mes abdominaux étant en vacances prolongées, je me renverse en arrière pendant qu'il rampe sur le lit et se positionne au-dessus de moi. Les yeux brillants, il murmure :

– Écoute-moi bien, encore. C'est moi l'homme, c'est donc à moi de demander ce genre de truc, pas à toi. Toi, tu es ma petite femme qui va être gentille, prudente et très amoureuse de moi.

Je fais la moue. J'aime beaucoup moins ce discours, c'était mieux juste avant.

– En gros, tu veux me transformer en toutou bien sage ? Tu rêves, beau gosse.

– Surtout pas. Je t'aime comme tu es, avec ton caractère affirmé, ta repartie qui expédie dans les buts, tes idées à la con qui germent à une vitesse fulgurante dans ta tête. Mais, et j'insiste, pour tout ce qui concerne ta sécurité, tu es gentille et tu me laisses diriger parce que tu es vraiment nulle pour ça. Pour tout le reste, ne change pas, amuse-toi, mais je veille sur toi, conclut-il en riant.

– Donc, ça veut dire non ?

– Tu le fais exprès ? J'ai juste dit que c'était à moi de te demander de m'épouser, pas à toi.

– Je ne te pensais pas si vieux jeu.

– Rien à voir.

– Ben demande, alors, et puis voilà.

– Non, petite manipulatrice. Et arrête de faire la tête, me sermonne-t-il avant de m'embrasser.

Bien sûr que si je boude ! Il répète sans cesse que je suis à lui mais refuse de m'épouser, on aura tout vu ! Bon, c'est vrai que c'est rapide, mais ça ne me fait pas peur après ce que j'ai vécu. Au contraire, ça m'apporterait un sentiment de sérénité sans que je puisse l'expliquer.

Sans se départir de son rictus, il me déshabille et me dépose dans la baignoire. Il est étrangement pensif, je ne suis pas certaine que ce soit bon signe. Ses seules paroles sont pour me donner des directives pendant ma toilette, il ne s'attarde pas plus quand il me lave entre les cuisses. Wade a disparu, échangé avec un aide-soignant qui se contente de faire son job, même s'il s'applique et reste doux. Son détachement me frustre et son silence m'agace.

Il passe la main sur mes jambes quand, tout à coup, sa voix grave et amusée résonne entre les murs carrelés :

– En fait, je couche avec la petite sirène.

– Voilà, tu as l'occasion d'exaucer un fantasme, petit veinard.

Une fois de retour sur le lit, il s'allonge avec moi. Il écarte mon peignoir avec des gestes doux, me caresse le ventre, les hanches, puis remonte lentement jusqu'à mes seins, qu'il se contente d'effleurer avant d'atteindre mes épaules qu'il se met à masser. Qu'il est doué ! Je baisse les paupières et profite de l'instant dans un état de béatitude.

Le matelas s'enfonce subitement, deux poings encadrent ma tête. J'ouvre les yeux et tombe sur son visage juste au-dessus du mien, avec un air grave.

– Quoi ? Un truc te turlupine ? je m'inquiète.

– Épouse-moi.

Exaspérée, je me tape le front.

– Tu as refusé tout à l'heure, du coup, je ne comprends pas.

– J'ai juste dit que c'était à moi de faire la demande. Et d'ailleurs, tu as raison, c'est n'importe quoi en fait.

Mais non ! Ce n'est pas n'importe quoi ! Voilà qu'il change d'avis. Têtu et orgueilleux, je vais pagayer comme une acharnée pour rattraper le coup.

– Wade, je…

Pendant que je cherche les bons mots, il me prend de court en me plaquant contre lui.

– On arrête de se chamailler parce qu'on va y passer la nuit. On se marie et puis c'est tout. Je m'occupe de tout. Toi, tu auras juste à répondre « oui » quand le pingouin en costume te posera la question.

Il nous fait rouler lentement et je me retrouve allongée sur lui, tendrement enlacée. Nul doute qu'il est dominant, mais je ressens surtout un besoin de protection chez lui. Je dois bien avouer qu'il fallait au moins un Wade pour m'assagir et je ne boude pas ma chance puisque je l'ai enfin trouvé.

CHAPITRE 25
À l'aise, c'est mieux

Nous sommes les premiers dans la cuisine le lendemain matin lorsque Raven apparaît. Sa tignasse rousse en bataille, le visage fripé, elle avance d'un pas hésitant. Encore dans le brouillard, elle s'y reprend à deux fois pour attraper un mug.

– La nuit a été difficile ?

– M'en parle pas, répond-elle en bâillant. Matt a été terrible. Il m'a réveillée toute la nuit. Et je vous arrête tout de suite, ce n'était pas pour faire des cochonneries.

– Alors pourquoi ?

– À cause de Ben. Enfin non, Ben n'y est pour rien, mais comme il était seul dans sa chambre, Matt s'inquiétait sans cesse. Il bondissait du lit au moindre bruit et se ruait pour le voir. Quand il n'entendait rien pendant quelques minutes, pareil. J'ai eu beau lui dire qu'il avait passé l'âge pour la mort subite du nourrisson, rien à faire.

– Il est tracassé, dis-je pour le défendre.

– Non, à ce stade, c'est de la névrose !

– C’est de plus en plus évident et c’est depuis longtemps, sauf que nous ne savons pas pour quelle raison.

– On le saura, ça viendra. Toujours est-il que j’en ai eu tellement marre que je me suis levée, j’ai attrapé mon oreiller et je me suis couchée dans le lit de Ben, ce qui l’a bien fait rire. L’autre anxieux était ravi, il est vite venu s’installer entre nous deux. J’ai enfin pu dormir, mais il était déjà quatre heures du mat. Voilà ! Je vous aime tous les trois mais vous êtes fatigants des fois.

– Oh ! Tu as donc fait l’expérience d’une nuit de triplés. Tu as apprécié ?

– J’avoue, c’était cool. Mais ce ne sont pas mes frères donc j’imagine que c’est différent.

Wade lève le nez de son mug et m’adresse un regard sévère.

– Nell, même pas en rêve. Plus jamais. Tu as compris ?

– Tout doux. Je cède ma place à Raven avec plaisir puisque j’ai ton grand corps chaud pour moi toute seule.

En réponse à mon sourire, il m’embrasse sur la joue.

– Matt s’occupe de Ben et ils nous rejoignent, précise Raven.

Effectivement, ils arrivent tous les deux quelques minutes plus tard. Pas plus frais que Raven, alors nous éclatons de rire. Ben souffle d’agacement en se recoiffant d’un geste las.

– Il m'a gonflé toute la nuit à me demander si je dormais ! J'aurais bien voulu, mais impossible ! Il faut qu'Alex revienne dans mon lit, sinon je vais vraiment mourir.

– OK ! J'ai compris. Tu lui diras de venir puisque tu préfères l'avoir, lui, dans ton lit ! abdique Matt, vexé.

Wade se tape le front en secouant la tête et lève la main pour stopper Ben qui s'apprêtait à répliquer.

– Non mais vous vous entendez ? Il faut arrêter ça, vous êtes tarés.

– Tout à fait d'accord. Vous ne vous rendez même plus compte de ce que vous dites, abonde Raven.

– Allez ! Tout le monde se sert un café et m'écoute attentivement, ordonne Wade sur un ton ferme.

Non ? Il ne va pas leur annoncer notre décision maintenant alors qu'ils font tous la tête ?

– Nell et moi, on va se marier.

Il l'a fait ! Comme ça, sans préparer le terrain. C'est un grand malade ! Le silence qui suit ne pèse pas loin d'une tonne, le temps que ça monte jusqu'à leur cerveau. Puis ils m'épinglent vivement de leur regard incrédule, que je fuis en plongeant le nez dans mon mug. Cet ustensile est décidément bien pratique, je pense que je vais en placer un dans mon sac, toujours prête à le dégainer. Ça s'appelle botter en touche, mais dans ce cas précis, que celui qui vient de jeter une bombe au milieu du groupe se débrouille pour la désamorcer. Moi, je n'ai rien demandé. Pourtant, c'est bien sur moi que Matt dirige son attaque :

– C'est une de tes blagues à deux balles ?

– Non, pas cette fois. Sois gentil, explique-toi avec le type à côté de toi si fier de lui.

Inutile de lui répéter, il le toise aussitôt :

– Un truc m'échappe. Rappelle-moi quand tu m'as demandé l'autorisation, Wade ?

– Jamais, vu que je n'en ai pas besoin. C'est la femme de ma vie. Nous passerons le reste de nos jours ensemble, c'est une évidence. Et pas le genre d'évidence qui te fait dire « oh bah oui, pourquoi pas ? », mais plutôt « aucune autre qu'elle ». Autant que tu l'acceptes parce que je suis prêt à te casser la gueule ou à l'enlever pour la garder.

Nous sommes bouche bée devant tant d'aplomb. C'est une déclaration d'amour pour le moins originale, mais bien conforme à mon Wade. C'est touchant, émouvant et percutant. Il a presque un côté chevaleresque. D'ailleurs, Matt encaisse le coup difficilement, mais ça ne suffira pas pour l'assommer, alors il revient à l'attaque.

– Je peux demander son avis à ma sœur sans me prendre une tarte ?

– Nell est d'accord parce qu'elle est folle de moi et ne peut plus vivre sans moi. Ça te va ?

Il cherche vraiment la guerre, il est incroyable et trop sûr de lui.

– Non parce que c'est de sa bouche à elle que je voudrais l'entendre.

Amusés, nous observons l'affrontement, faisant pivoter nos têtes de droite à gauche de manière synchronisée. On ne s'ennuie jamais avec eux ! Mieux qu'un programme télé. Cela étant dit, je suis de l'avis de Matt, il a quand même le droit de s'assurer de mon souhait, c'est même son devoir de grand frère. Le match s'arrête brutalement quand tous les regards se braquent sur moi. Ils ont dû perdre la balle.

– Moui, c'est à quel sujet ?

Matt me fait les gros yeux, je remise mon humour.

– Mais bien sûr que je veux l'épouser ! Il est aussi romantique qu'un cactus et a la finesse d'un mur de brique, mais il est déterminé, sûr de lui, fiable, doux et j'en suis raide dingue. En plus, il est beau et il a un corps d'enfer, il est parfait.

L'intéressé toise l'assemblée en grand vainqueur, Raven ricane et mes frères semblent… affligés.

– Si tu veux qu'on te prenne au sérieux un jour, il faudrait y mettre du tien. Malgré tout, même si ta déclaration est totalement foireuse, j'admets que Wade est l'homme idéal pour toi. Tu as besoin d'un solide mur de brique sur lequel te cogner quand tu déraillles.

– Complètement d'accord, ajoute Ben. Il serait bon que Matt se repose un peu et qu'il passe à autre chose.

– C'est moi le « autre chose » ? s'amuse Raven.

– Tout à fait. Tu auras désormais la joie et l'honneur de l'avoir pour toi toute seule. Ne nous remercie pas, c'est ton cadeau d'entrée officielle dans la famille.

– Que nous vivions en chambres séparées n'enlève pas mon statut d'aîné et de responsable.

– Six minutes, Matt, le rembarre Ben. Tu es né six minutes avant moi !

– Tout est dans le « avant ». Tu ne peux pas être l'aîné avec six minutes de retard. Autre chose, mon petit frère ?

– Que nous sommes majeurs ? j'ajoute d'une voix moqueuse.

– Certes, vous l'êtes sur le papier. Vivement que vous le soyez dans votre tête. En attendant, mes petits poussins, je veille au grain.

– Bien ! s'exclame Raven. Vous avez tenu cette conversation plus d'une centaine de fois depuis que je vous connais, donc on va dire que le résultat cette fois-ci sera identique aux autres : Matt gagne par KO. Nous avons mieux à faire, c'est-à-dire féliciter les fiancés.

Elle se lève et m'enlace, puis c'est la tournée de câlins. Cette idée de mariage peut sembler rapide, et à vrai dire, elle l'est. Pourtant, comme le déclare Wade, c'est l'évidence.

– Vous avez prévu une date ? Et quel genre de mariage ? s'enthousiasme Raven.

– Je ne veux surtout pas de cérémonie prétentieuse et des invités obséquieux. Ce que j'aimerais vraiment, c'est signer leur bout de papier et qu'on se fasse une soirée délire entre nous pour fêter ça. C'est moi qui me marie, c'est ma journée, alors je ne vois pas pourquoi je me forcerais à faire des choses pour les autres.

– Parfait ! Une bonne teuf entre nous, je ne veux rien d'autre non plus, approuve Wade en me serrant contre lui.

– Ce n'est pas encore ce coup-ci que je vais attraper le bouquet de la mariée, bougonne Raven.

– Peut-être, mais tu ne seras pas obligée de porter une horrible robe de demoiselle d'honneur vert amande, rétorque Ben.

– Et pas de costard avec cravate qui étrangle pour nous, ajoute Matt en se passant la main sur le front de manière théâtrale.

– Si on se louait un chalet en montagne pour un week-end et on se fait une fête du tonnerre ? je propose.

Tout le monde approuve bruyamment, toujours prêt à faire la bringue. Wade se tourne vers moi.

– Le week-end prochain, ça te va ?

– Pourquoi es-tu si pressé. Tu as peur qu'elle se sauve ? raille Matt.

– Dans son état, elle n'irait pas loin et je la rattraperais vite. Mais ouais, j'ai hâte. Je vais chercher la licence, on la valide et on fête ça ce week-end.

Nous le charrions sur son empressement, mais nous ne sommes pas contre. Allons-y gaiement, et rapidement. Comme ce sera malgré tout un évènement particulier pour nous deux, une fois seuls, un peu plus tard, je m'assure qu'il ne souhaiterait pas avoir auprès de lui des membres de sa famille ou des amis. Sa réponse fuse :

– Je n'ai pas de famille. Enfin si, c'est vous.

Il ne montre aucun regret ni pointe de tristesse, je suis décontenancée.

– Par « pas de famille », tu veux dire comme quand Matt parle de nos parents ?

– Non. Je n'en ai pas du tout. Je n'en ai jamais eu.

Je suis bouche bée. Je ne l'ai pas vue venir celle-là ! D'ailleurs, à bien y réfléchir, je ne sais rien sur son passé, son enfance, et toujours pas sur son travail. Finalement, je ne connais que le Wade que j'ai devant moi.

– Demande-moi, vas-y. Si tu veux savoir, demande-moi.

– Tu es orphelin ? Depuis longtemps ?

– Oui, depuis ma naissance. Ma génitrice m'a déposé devant une caserne de pompiers juste après. Sois tranquille, j'ai surmonté tout ça. Je préfère largement ne pas avoir connu une personne qui ne voulait pas de moi.

– Mais tu n'as pas eu de famille d'adoption ?

– Non, jamais été adopté. Plus grand, je ne le souhaitais plus et le faisais savoir. J'ai eu des familles d'accueil et ce n'était pas franchement le top, alors autant rester seul.

– Au moins, je n'aurai pas de belle-mère casse-boulettes.

– Maintenant, tu comprends pourquoi vous êtes ma famille ?

– Je vois bien, oui. De toute façon, d'ici une semaine, ce sera officiellement la tienne. D'ailleurs, c'est quand même rapide. Tu ne crois pas qu'on devrait attendre un peu ?

– Attendre quoi ? De toute façon, c'est trop tard pour changer d'avis. Bon, je dois y aller. Tu ne fais pas de bêtises et tu m'appelles si tu veux quelque chose, même si c'est pour aller aux toilettes. OK ? déclare-t-il avec son regard de tueur.

– Même pas peur. Et ne t'inquiète pas pour ma vessie, je me suis habituée à la vider à heures fixes, alors file.

Après un baiser, c'est avec un sourire rêveur que je l'observe qui part. Je comprends beaucoup mieux son attachement à nous et je le trouve émouvant.

Aujourd'hui, c'est Raven qui nous garde. Sérieusement… c'est surréaliste de dire ça et j'ai encore plus hâte de redevenir autonome. Dans ce but, en début d'après-midi, elle nous emmène à l'hôpital pour notre séance de rééducation. Au moins, vu la quantité de membres que nous avons à remettre en état, ça dure un bon moment et elle occupe le temps en révisant.

Nous ressortons tard et mon Ben est lessivé. À peine installé dans la voiture, on entend un son mat, celui de sa tête qui se pose sur la vitre quand il s'endort. Moi, je n'ai plus beaucoup de jus non plus, et le silence règne pendant le trajet, mais une fois dans notre rue, nous repérons une camionnette blanche garée devant chez Wade. Maison qui ne semble pas en très bon état et que je n'ai toujours pas eu l'honneur de visiter, soit dit en passant, alors que je vais me marier avec lui. Parfois, je me fais peur. Aussi curieuse que moi, Raven ralentit pour que nous épiions les trois types qui déchargent des colis qu'ils empilent ensuite dans le garage. Très intrigant.

– C'est quoi ?

– Si seulement je le savais. Il refuse d'en parler. Il me certifie juste que je n'aurai pas de problèmes.

– Très rassurant, marmonne-t-elle.

– Il y a des inscriptions chinoises sur les cartons, mais ça ne veut pas dire que c'est légal.

– Tu t'attendais vraiment à un logo qui annonce la couleur ? Quelle naïve, se moque-t-elle.

– Je préfère surtout ne pas trop y penser sinon je vais me faire des films. Et bien noirs, tant qu'à faire.

– Tu sais, j'ai du mal à l'imaginer dans des trafics trop louches. Pas super nets, je veux bien, mais dangereux, je ne crois pas. Ce dont je suis certaine, c'est que si c'était le cas, tes frères n'accepteraient pas que tu te maries avec lui.

Je suis entièrement d'accord, je pense même que Matt ne l'aurait pas laissé entrer dans notre vie tout court et c'est ce point qui me rassure. Pour l'instant, nous remisons toutes nos questions sans réponses et rentrons chez nous.

Ben se débrouille très bien pour s'asseoir ou sortir de son fauteuil, contrairement à moi qui ai de la gelée dans les bras. Il ne décroche pas un mot, toujours les traits tirés, et s'allonge immédiatement sur le canapé pour continuer sa sieste. J'ai également un coup de mou alors j'en fais autant, ce qui permet à Raven de reprendre ses révisions.

Encore dans le monde des songes, bien au chaud contre mon frère, j'en suis arrachée par une sensation désagréable. Un importun tire mon sweat-shirt avec insistance et il ose en plus bougonner. Matt fait moins de manières, ça ne peut être que Wade. J'entrouvre les paupières avec peine, j'ai du mal à émerger. Le beau visage que j'attendais me fait face et ne masque pas son impatience.

– Mon nord, debout.

– Pourquoi ? Je suis bien, là.

– Déjà, tu ne peux pas être si bien que ça puisque tu n'es pas dans mes bras. Ensuite, bouge-toi, je t'emmène avec Raven faire une course urgente.

– Et Ben ?

– Matt est ici. Il prend sa douche et redescend.

Je m'extirpe des bras de mon frère avec précaution et Raven se prépare pendant qu'il me chausse de baskets. Ce n'est qu'une fois en route qu'elle part aux renseignements :

– Tu veux acheter quoi ?

– Le truc dont je rêve depuis des années, répond-il, mystérieux.

Alors que nous nous attendions à atterrir au centre commercial, il se gare sur le parking du centre-ville, pile devant la mairie. Il va donc chercher la fameuse licence. Il est si radieux que je le trouve adorable. Mais il est trop pressé, il passe devant le bureau sans s'arrêter.

– Wade, c'est à droite pour les licences.

– Je l'ai déjà récupérée ce matin.

– Alors où nous emmènes-tu ?

– Quelle question. Nous marier, bien sûr ! J'ai pris rendez-vous, l'adjoint nous attend.

Nous restons interdites, puis les conséquences de cet empressement nous sautent aux yeux. C'est la catastrophe, je suis horrifiée.

– Tu ne pouvais pas me prévenir avant ?!

La violence de ma réaction le décontenance.

– Mais ? Je te l'ai dit ce matin.

Il me sidère. Totalement inconscient. Il est d'un tel naturel, genre, nous sommes venus poster une lettre, quoi de plus normal ? Je dois lui expliquer, mais je ne trouve pas les mots tant je suis abasourdie. Plus détachée bien qu'agacée, Raven s'y colle.

– Wade, tu nous as annoncé que vous vouliez vous marier, pas que vous alliez le faire ce soir.

– Ça change quoi ? Je ne comprends pas. On veut se marier, on se marie, c'est tout.

Il est perdu, ne pige rien. Je ricane nerveusement en me cachant les yeux. Il aura ma peau, ou mes nerfs, c'est sûr. Raven claque son talon sur le sol en marbre pour se contenir.

– Effectivement, tu ne comprends rien. Regarde Nell, bon sang !

– Ouais, je la vois. Et ?

Je l'aime. Il faut que je me le répète en boucle, sinon je vais l'étrangler, à moins que Raven ne s'en charge avant.

– Mais ce n'est pas possible ! Elle est en survêtement ! Et sa tête ? Tu l'as regardée ?

Ah bon ? J'ai une tête de folle, en plus ? Honteuse, je tente de me lisser les cheveux avec les doigts pendant que Wade m'inspecte. Son air joyeux a disparu, il semble désormais inquiet.

– Moi, je la trouve belle, affirme-t-il sur un ton qui la défie de le contredire.

– Wade… commence Raven, mais il l'interrompt en levant la main.

Il s'agenouille devant mon fauteuil, et cette fois-ci pas du tout rassuré.

– Nell, tu ne veux plus m'épouser ?

Raven lève les yeux au ciel et s'apprête à en remettre une couche alors j'interviens :

– Laisse tomber. On est là, on y va. Franchement, on s'en fiche puisque nous ne voulons pas de cérémonie. Regarde, tu vas le faire pleurer si tu continues.

Elle le jauge et soupire. Toute la misère du monde s'inscrit sur le visage de mon insensé futur mari. Elle cède en lui faisant signe de me pousser pour avancer, puis se penche pour murmurer à mon oreille :

– Tu vas en baver s'il te fait cette tête-là quand il veut obtenir quelque chose.

Pas si sûr. L'expérience fera son travail et je viens de prendre ma première leçon puisque, ayant obtenu gain de cause, le voilà à nouveau joyeux et excité. Et pressé. Il file si vite dans le couloir que Raven court pour le suivre dans un bruit de talons qui résonne entre les murs. L'officier d'état civil nous attend tout sourire, qu'il perd furtivement en découvrant notre tenue, mais il nous salue chaleureusement quand même et nous invite à entrer. Il a dû en voir d'autres.

– C'est parti pour le mariage des clochards, commente Raven en franchissant la porte.

Un quart d'heure plus tard, nous voici revenus dans le couloir, et unis pour le meilleur, le pire et le terrible ! Je m'appelle désormais Nell Cooper-Barett et je fixe l'alliance à mon doigt avec un air niais. Elle est assortie à celle de Wade, qui nous a surpris en les sortant de sa poche. Elles sont même gravées. La mienne arbore « Mon nord pour toujours », la sienne « Mon aimant pour la vie ». Il faut croire qu'il se préoccupe plus des détails durables que des cérémonies éphémères.

Lui aussi scrute la sienne avec un immense sourire, mais surtout, il est intenable. Il a déstabilisé l'adjoint en le soulevant dans ses bras, c'est dire son état d'euphorie.

– J’espère que ce n’est pas l’idée de la nuit de noces qui le met dans cet état, sinon, je vais prier pour toi, s’amuse Raven.

Wade ne relève pas, il se penche sur moi, les yeux brillants d’émotion.

– Ma femme, souffle-t-il d’une voix rauque.

– Mon mari.

Raven, qui ne s’est pas encore remise de notre si peu solennelle union, se fait plaisir en cassant son moment de bonheur.

– Dis donc ! Je croyais que c’était déjà ta femme, tu as bien insisté sur ce point auprès de Matt, non ?

– Ouais, mais maintenant, j’ai les papiers qui le prouvent.

De retour à la maison, Wade file à l’étage. Même pas un regard pour mes frères sur le canapé. Je sors lentement de mon fauteuil avec précaution et les rejoins à petits pas. Matt m’observe en fronçant les sourcils.

– Tu as le droit de poser les pieds par terre ?

– Oui, elle doit même le faire à partir de maintenant, sauf les escaliers, répond Raven en l’enlaçant.

Il l’embrasse rapidement avant de partir aux renseignements. Matt veut toujours tout savoir.

– Et c’était quoi vos courses urgentes ? Vous n’avez rien acheté.

– Si, nous avons ramené ça, je réplique en lui tendant ma main fièrement.

– Quoi ?! Tu plaisantes ? s’exclament-ils d’une seule voix.

– Oh non, c'est très sérieux. Le petit chiot ne pouvait pas attendre une journée de plus, confirme Raven.

– Tu sais ce qu'il te dit le petit chiot ? rétorque Wade de l'escalier.

Décidé à être heureux envers et contre tout, il se place derrière elle. Intriguée, et il y a de quoi, elle tourne la tête avec méfiance. Grave erreur. Ce gamin – qui l'eût cru ? – donne un coup de langue sur sa joue, avant de se sauver précipitamment à l'autre bout du salon. Elle crie et s'essuie vite avec un air dégoûté. Ben et moi éclatons de rire, mais Matt décolle.

– Wade ! Tu ne lèches pas ma copine.

– Promis, je ne le ferai plus et elle ne me traitera plus de petit chiot non plus.

En riant, il s'assied sur le canapé et s'empare de mes jambes qu'il place sur ses genoux. Ben me tapote le bras.

– Bon, sinon, félicitations, les Cooper.

– Ouais, c'est vrai. Félicitations, sœurette, et s'il t'embête, tu viens me voir, ajoute Matt.

Bon, de toute évidence, personne ne semble se formaliser outre mesure. J'ai eu plus de mal à faire accepter l'idée d'un tatouage. Concernant les traditions, je crois qu'on vient de larguer les amarres.

Wade relève le bas de mon survêtement, attrape un flacon de crème hydratante visiblement récupéré dans notre salle de bains, puis en dépose tout le long de mon tibia. Avec une infinie douceur, il me masse pour faire pénétrer la crème. J'ai envie de miauler, c'est l'extase. Après quelques secondes de ce traitement, je me sens toute molle et lâche un soupir d'aise. Ravi de sa performance, il m'adresse un clin d'œil promettant bien d'autres moments encore meilleurs.

Matt assiste à la scène, il se tourne vers Raven, horrifié.

– Je te préviens, même pas en rêve !

– Metoo, dans mes rêves, tu fais tout ce que je veux sans jamais râler.

C'est une soirée film, pour ne pas changer, mais quand le générique de fin défile, Wade brise le silence :

– Matt, tu devrais leur dire. Je pense que c'est le bon moment.

Perdu, il l'interroge du regard, tressaille, puis baisse les yeux sur le sol en murmurant :

– J'ai peur de les perdre.

– Tu ne les perdras jamais. Il serait aussi temps que tu le comprennes.

– Je ne sais pas comment leur dire, comment me justifier pour un truc que je regretterai toute ma vie.

Mais de quoi parlent-ils ? Lui en vouloir pour quelle raison ? Il nous effraie à insinuer des choses terribles.

– De la façon la plus simple et claire possible, l'encourage Wade d'une voix ferme, mais amicale.

– Et après ? S'ils ne me pardonnent pas ?

Carrément à l'affût, inquiets également, nous ne perdons pas une miette de leur échange.

– Tu ne crois pas qu'il serait bon que tu assumes tes erreurs ? Fais-leur confiance, ils méritent de savoir.

Matt se passe les mains dans les cheveux en fermant les yeux. Il rassemble son courage avant de se lever pour nous faire face, l'air grave.

– J'ai frappé notre père.

Nous expirons tout l'air de nos poumons. Mais qu'il est con de nous faire une telle frayeur ! On le sait qu'il a tapé papa après mon départ.

– Pourquoi tu ressasses ça ? s'étonne Ben.

– Parce qu'en plus d'avoir éclaté notre famille, mon geste était inacceptable. Frapper son père, ça se fait pas. J'aimerais tellement revenir en arrière et avoir un comportement normal, pas cette réaction totalement disproportionnée, qui a entraîné tout le reste.

Nous n'imaginions pas qu'il regrettait. Il n'est pas aussi désinvolte qu'il veut bien le laisser croire et c'est une excellente nouvelle.

– Très sincèrement, c'est bien que tu mesures la portée de ton geste. En revanche, c'est à papa que tu devrais demander pardon. Moi, je ne t'en ai jamais voulu.

– Je l'ai fait. Pas de vive voix puisqu'il refusait même de me parler au téléphone. Je suis allé le voir à la banque, mais on m'a mis dehors. Finalement, je lui ai écrit, mais il ne m'a jamais répondu.

Sincèrement, je m'en fous. Je le faisais pour vous, certainement pas pour lui.

Heureusement que nous sommes assis. Mon frère a demandé pardon ? Cette fois, nous sommes réellement sciés.

– Et maman non plus n'a pas voulu te parler ?

– Si, une seule fois. Pour me demander de ne plus chercher à les contacter et m'informer que, puisque votre vie me tenait tant à cœur, j'en étais désormais le responsable. Elle a ouvert un compte bancaire à notre nom sur lequel ils ont déposé de quoi voir venir. Avant de partir, elle m'a dit que les triplés n'étaient plus leur problème, mais que si on en était arrivés là, notre père assumait sa part de faute.

– Fautif de quoi, précisément ?

– Plusieurs choses, mais surtout de m'avoir laissé prendre le contrôle de notre fratrie depuis que je suis petit. De m'avoir laissé gagner de l'autorité et du pouvoir de décision en grandissant. D'avoir cédé face à moi trop souvent, pour finalement avoir peur de moi et battre en retraite. Enfin, ça, c'est ce qu'il dit…

– En même temps, s'il avait été plus à la maison et moins à son travail, tu n'aurais peut-être pas pris le dessus, je marmonne.

– Ouais et vouloir reprendre la main en nous séparant n'a pas été sa meilleure idée, commente Ben. Tu sais, tu n'es pas fautif comme ils le disent et je ne te reproche rien.

– Pareil pour moi. Ils m'ont envoyée en France contre mon gré et en me laissant croire que tout allait bien, ou presque.

Wade se lève à son tour.

– Bien ! Ce qui est fait est fait et tout est avoué, alors on peut passer à autre chose.

Au cours de la soirée, je ne cesse de repenser à cette histoire. Je suis déconcertée chaque fois que les garçons me révèlent des pans de notre vie. C'est à croire que je suis aveugle ou qu'ils faisaient tout dans mon dos.

CHAPITRE 26
À tête chercheuse

Notre nuit de noces fut merveilleuse. D'un repos absolu, nous avons dormi du début à la fin. Eh oui, j'étais lessivée par un trop-plein d'émotions, et pendant que nous discutions en famille, Wade a eu raison de moi avec ses papouilles. J'ai sombré le nez dans son torse et lorsque j'ai repris mes esprits, je l'avais toujours, mais nous étions dans le lit. C'est maintenant le matin et son téléphone sonne.

Je m'étire pendant qu'il s'habille, puis me lève pour en faire autant et aller préparer le café. La routine déjà le lendemain de notre mariage, ça craint.

– Dis mon nord, je vais passer faire un bilan sanguin, mais vu que je n'ai jamais eu de relation sans préservatif, c'est juste pour te rassurer.

– Excellente idée, j'irai aussi faire le mien. J'ai baisé avec la moitié de la ville, mais ça devrait être bon.

Un regard noir me transperce de part en part. Il n'a décidément pas trop d'humour le matin, mon mari.

– Même pour rire, c'est non. Tu prends la pilule ou pas ?

– Oui, ne t'inquiète pas pour ça, tu ne seras pas papa dans neuf mois.

– Dans neuf mois, effectivement, ça ne me tente pas. Je n'aurai pas encore eu le temps de faire le tour des positions avec toi. Mais plus tard, j'espère bien, confesse-t-il en souriant.

Lui, il faudrait que je lui parle des risques de jumeaux ou de triplés, ça pourrait le refroidir.

– J'ai une journée chargée, je ne vais pas rentrer ce midi et peut-être même dans la nuit, alors tu te magnes pour que je te descende et qu'on prenne au moins le café ensemble.

– Si je veux !

Il a de la chance que ce soit le cas, car j'avale ma seconde tartine quelques minutes plus tard. Wade, en pleine conversation avec Matt à mon sujet, débite les consignes pour me coucher ce soir, ce qui agace prodigieusement mon frère. Moi aussi, mais tout le monde s'en fiche.

– Je mets Nell au lit depuis que je sais marcher ou presque, alors tu es gentil, mais tes conseils, tu peux te les…

– Il a compris ! je le coupe. Je pense que le moment est venu d'effectuer un travail sur nous-mêmes afin de ne plus tenir ce type de propos. De plus, j'aimerais que vous cessiez de parler de moi devant moi comme si je n'étais pas là.

À vrai dire, je ne vais plus le supporter. Avant, j'avais Matt et Ben, maintenant on ajoute Wade. Ça suffit ! Ils le sentent, mon envie de leur sauter dessus au moindre mot qu'ils rajoutent doit s'imprimer sur mon front. Ils se raclent la gorge et Wade se lève.

– Bonne journée et sois prudente, madame Cooper, déclare-t-il fièrement en sortant de la cuisine.

– Madame Cooper-Barett ! le reprend Matt.

– Cooper quand même !

La porte claque derrière lui et un rire diabolique nous parvient par la fenêtre ouverte.

Après notre séance de rééducation, j'ai un contrôle de la mâchoire. Le verdict tombe, ça y est, je peux enfin l'utiliser ! Progressivement, bien entendu, nous allons éviter la côte de bœuf pour ce soir.

Nous attendons que Ben ait terminé, lorsque Raven débarque.

– Je peux emmener Nell faire du shopping ?

Un « oui » pourrait suffire, mais si c'était le cas, nous serions déjà en voiture, alors que nous devons nous farcir cinq minutes de consignes de prudence. Certes, elles concernent les réactions à avoir en cas de mauvaise rencontre et ne sont donc pas inutiles puisque nos agresseurs sont toujours en vadrouille.

Nos emplettes débutent dans une boutique de lingerie. Puisque la fête pour notre mariage a lieu samedi, ce sera notre vraie nuit de noces. Après un ensemble en soie, je dégote une jolie robe blanche simple, mais brodée. Parfaite pour marquer le coup.

Comme je ne suis pas encore prête pour un marathon, et je ne le serai jamais, nous faisons une pause à la terrasse d'un café. Le fauteuil roulant avait du bon. Nous papotons en sirotant nos boissons quand j'aperçois Wade au loin avec un carton dans les mains. Nous l'épions jusqu'à ce qu'il entre dans une boutique, pour en ressortir quelques minutes après, les mains libres, et recommencer. Six voyages plus tard, il monte dans le 4 × 4 de Matt et disparaît. Raven me tapote le bras.

– Tu penses à la même chose que moi ?

– Si c'est d'aller voir cette boutique de plus près, c'est oui.

Les deux curieuses que nous sommes engloutissent leur soda et décollent de leur fauteuil. Nous sommes fébriles comme des détectives sur le point de résoudre l'affaire du siècle. Qui a tué Kennedy ? Je vais enfin le savoir !

La devanture est soignée et dans des tons pastel, on dirait une parfumerie. Nous inspectons les produits en vitrine, rapidement décontenancées, car nous ne saisissons pas bien de quoi il s'agit. Je m'arrache les yeux pour lire les étiquettes. Les mots étant plus explicites, j'en tombe sur les fesses.

– Des sex-toys !

– Eh ben, s'esclaffe Raven.

– Je comprends mieux ses petits cadeaux. Pour sûr qu'il est au top des nouveautés.

Raven se bidonne en pointant certains articles et est carrément enthousiasmée par d'autres.

– Viens, on va voir ça de plus près.

Dans l'antre du plaisir accessoirisé, une femme déballe les cartons précédemment déposés par mon homme. Nous nous approchons discrètement, on ne sait jamais, des fois qu'il ait livré tout autre chose, mais ce sont bien des accessoires érotiques. Raven retient son éclat de rire derrière sa main, moi, je suis soulagée. Pas de trafic louche à l'horizon. Mon Wade a juste honte. Mais qu'il est bête !

C'est beaucoup plus rigolo que chez le caviste, alors nous furetons pour découvrir tous les trucs bizarres présentés. Pour la moitié, nous n'avons même pas idée d'à quoi ça sert, ni d'où ça se met. Au gré des étalages, nous sommes tour à tour éberluées, hilares ou effrayées. Par contre, je trouve le vibro que Wade m'a offert et le montre à Raven. Elle écarquille les yeux en lisant le prix.

– La vache ! Ce n'est pas donné ton truc. Il ne s'est pas fichu de toi.

– Ah oui, mais c'est le haut de gamme. Il est magnifique et très performant, répond une vendeuse qui s'approche.

Elle explique les fonctions et les qualités de la chose par un discours si bien rodé que j'en offre un à Raven, qu'elle choisit en bleu ciel pour que nous n'ayons pas le même. Les limites de l'amitié et du partage se trouvent ici, dans cette boutique.

– Vous ne regretterez pas votre achat. Notre fournisseur l'a offert à sa femme. C'est bien la preuve que c'est le plus performant, poursuit la vendeuse.

Comme c'est doux à entendre. J'approuve. Raven me lance un regard en coin. La situation l'amuse, alors elle l'entretient :

– Le vibro ou le fournisseur ?

– Les deux, je dirais. Cet homme est un canon, mais également fou amoureux de sa femme, malheureusement, répond-elle avec une moue de déception.

Si seulement je pouvais hurler que c'est moi la femme de la bombe. Mais non, j'ai quand même un peu d'éducation, et la vantardise, c'est puéril.

Nous ressortons avec deux sacs, car j'ai craqué sur un stimulateur, sorte de boule de geisha avec télécommande.

– Alors finalement, Wade est grossiste en accessoires érotiques. D'ailleurs, nous sommes un peu débiles d'acheter plein tarif des produits qu'il leur livre, commente Raven.

– Un peu, c'est vrai. Quand je pense que j'ai eu peur du pire, parfois, genre drogue.

– Tu vas lui dire ce soir que tu as découvert son secret ?

– Non, je vais le lui faire comprendre.

– Oh, je vois. Tu vas le rendre chèvre.

– Tu veux participer ?

– Mais avec grand plaisir ! Montrons à ce cachotier que nous sommes plus malignes.

– Cachotier peut-être, mais fou de moi. C'est la vendeuse qui l'a dit, dis-je en chantonnant de fierté.

– Inutile de te la péter, j'ai le même.

– Oui, mais le mien l'assume, capable de le hurler à la planète entière.

– Ah là, c'est sûr que tu me bats à plate couture, bougonne-t-elle.

– Je te promets que je vais trouver un truc pour l'obliger à le claironner devant nous.

Une fois à la maison, je m'effondre sur le canapé. Si marcher pour effectuer deux achats m'épuise à ce point, nul doute que je vais faire des économies les prochaines semaines. Raven et Ben sont à l'étage, j'en profite pour interroger Matt sur le sérieux de sa relation avec notre rouquine préférée.

– Raven et moi, c'est juste comme ça. En plus, ça arrange tout le monde.

Il a de la chance que je n'aie que des coussins à portée de main, je ne peux donc pas l'assommer. C'est mon frère et je l'aime, mais il mérite parfois une bonne tarte dans la figure pour ravaler sa condescendance. Ça viendra, un peu de patience.

Après mon bain, je déballe mon nouveau jouet et le nettoie. Ensuite, hop, inutile de faire un dessin, c'est du *plug and play*, si je puis m'exprimer ainsi. Une fois habillée, je cache la télécommande dans ma poche et appelle Matt, qui me descend au salon.

Nous dînons à quatre, Alex et Wade travaillant tard ce soir. J'active le mode peste en fixant mon amie.

– Raven, j'ai vu avec Matt et ça ne lui pose pas de problème que je te présente le petit kiné tout mignon. Tu sais le blond, là.

Comme elle capte tout à la vitesse de l'éclair, elle ouvre de grands yeux intéressés.

– Le tout mignon drôle et adorable ?

Matt redresse la tête et m'adresse un regard noir.

– C'est quoi ces conneries ? Tu arrêtes ton délire, Nell.

Nous l'ignorons.

– Il m'a dit qu'il était libre. Vu qu'il se montre très très poli avec toi, je suis sûre que tu as tes chances. Ce serait dommage de ne pas tenter un tour de manège.

On ne lui parle pas, on ne le regarde même pas, mais peu importe, Matt s'en mêle, clairement agacé :

– N'importe quoi ! Il ne la drague pas, il ne fait que son métier. Tu crois quoi, toi ? Faut arrêter de vous faire des films.

– Dans ce cas, j'ai bien aimé celui d'hier, rétorque Raven. On a longuement discuté et il était très drôle.

– Matt, tu t'en fiches de toute façon, n'est-ce pas ?

– Ouais, c'est ça, grogne-t-il, les dents serrées.

Mais quelle tête de lard ! Plutôt s'étouffer que d'avouer qu'il tient à Raven. Son comportement exaspère Ben qui en rajoute pour le pousser dans ses retranchements :

– Puisque Matt s'en fiche, tu peux foncer, parce que le petit kiné n'arrête pas de me parler de toi. Au début, il craignait que tu ne sois ma copine, mais je l'ai détrompé. Maintenant, il est emballé par la jolie rouquine.

Matt reste le nez dans son assiette, mâchant ses légumes avec tant de vigueur que l'on pourrait le croire en train de combattre un steak trop ferme. Raven papillonne des cils devant Ben.

– Pourquoi tu ne lui as pas donné mon numéro ?

– Il me l'a demandé plusieurs fois, mais je voulais ton accord avant. Je lui transmets demain, sois prête.

Un poing s'abat sur la table. Nous sursautons en même temps que la vaisselle tinte et les verres se renversent. Pas encore remis du cataclysme, nous sommes épinglés par Matt qui se lève et se penche vers nous de façon menaçante.

Personne ne donne quoi que ce soit à ce kiné ! Raven, ne fais pas de bêtises ! Ben et Nell, je vous conseille de la fermer tout de suite ou je vous attache ensemble sur le fauteuil de Ben et je le pousse au fond du jardin où vous passerez la nuit ! C'est clair ?!

Je n'ai même pas le temps de protester qu'il me pointe du doigt.

– Je suis sérieux, je tiens à Raven ! Tu es pénible, Nell ! Je te connais, tu ne me lâcheras pas tant que je ne le dirai pas haut et fort. C'est bon, tu as eu ce que tu voulais, tu vas arrêter maintenant ?!

Ravie, je hoche la tête. Son manque de patience est cette fois un atout. Il se rassied en maugréant, un peu calmé, alors j'en profite :

– Juste une question. Est-ce que ça t'a fait un deuxième trou aux fesses de l'avouer ?

Les autres ricanent, Matt souffle mais ne répond pas.

Nous voici installés dans le salon, en train de visionner un film d'horreur, choix des garçons, bien entendu, car je déteste ça et encore plus quand ils y mettent l'ambiance. Nous sommes dans le noir et les lueurs de l'écran forment des ombres suspectes sur les murs et des reflets sur les vitres. Il ne faut pas plus de dix minutes pour que j'atterrisse dans les bras de Ben et que je tortille le sweat de Matt entre mes doigts. Ils ont l'habitude à force et me gardent contre eux sans faire attention à moi. Matt doit juste en tenir deux, désormais, puisque Raven se trouve en mode poulpe sur son autre côté.

Wade ne devrait plus tarder, et en vue de préparer mon coup, c'est Raven qui détient la télécommande de mon petit jouet intime. Cette teigne m'a menacée de l'utiliser pour me faire râler, je l'ai menacée de la tondre si elle osait.

Je sursaute quand un grognement résonne au-dessus de ma tête. C'est l'homme attendu qui pointe enfin son nez et que je n'avais même pas entendu rentrer.

– Permettez, je récupère ma femme, déclare-t-il avant de me soulever dans ses bras.

Il nous installe au plus loin des autres, c'est parfait. Je me blottis contre lui et fourre mon visage dans son cou quand un cinglé arrive en brandissant un couteau pour géant. Sur l'écran, bien sûr.

Wade resserre les bras autour de moi.

– Pourquoi tu regardes ça si tu as peur ?

– Parce qu'on se tape ses romances à la con quand c'est à son tour de choisir, répond Ben.

– Elle n'en voudra plus maintenant qu'elle a tout ce qu'il lui faut.

J'échange un regard amusé avec Raven. Le pire, c'est qu'il ne plaisante même pas. Il déchantera bientôt. Pour l'instant, c'est le bon moment pour qu'il apprenne que je sais ce qu'il traficote la journée, alors je donne le signal à Raven. À fond dans son rôle, elle se lève et fait mine de ramasser un truc qui traîne par terre sur le tapis.

– C'est quoi ? C'est à qui ?

Matt et Ben jettent un coup d'œil désintéressé et se replongent dans le film. En revanche, Wade cille avant de poser les yeux sur moi, suspicieux. Je lui montre toutes mes dents dans un large sourire. Il grommelle en arrachant la télécommande des mains de Raven, puis colle les lèvres contre mon oreille.

– C'est vraiment à toi ?

– Oui, j'ai trouvé ça rigolo.

– Et tu portes l'autre partie en ce moment ?

– Oui, mais j'ai hâte que tu m'expliques comment ça fonctionne.

– Avant, on va se mettre d'accord tout de suite. Tu ne me remplaces pas par ces trucs, c'est juste en plus. C'est d'accord ?

– N'importe quoi. Entre du plastique et du chaud bouillant, mon choix est…

Je perds mes mots lorsqu'une très agréable vibration se déclenche dans mon ventre. C'est… déroutant. Wade me sourit malicieusement quand j'écarquille les yeux. Je ne m'attendais pas à cet effet, c'est vraiment doux et très excitant. Autant en profiter, je me laisse aller en fermant les paupières, mais ça se met à bouger en plus des vibrations. Quelle est cette diablerie ? Je l'interroge du regard, il ricane en secouant la tête.

– Tu ne sais même pas ce que tu achètes, tu es grave. Tu as pris le top, mon nord. La partie du haut oscille pour toucher ton point G.

– Tu livreras ton argumentaire plus tard. Pour l'instant, trouve mon point G et tais-toi.

Inutile de lui répéter, il maîtrise la machine qui s'avère terriblement efficace. Je me ramollis plus chaque seconde et bon sang que ma température grimpe ! Un effet euphorisant, aucun Chuky, Freddy, ou taré à tronçonneuse ne pourrait me faire lever un sourcil. Par contre, l'arrêt soudain, si. Je me redresse d'un coup, prête à mordre.

– Ça suffit, pour l'instant.

Il atténue la frustration en déposant un baiser sur mon front. Pâle consolation, mais il a raison. De plus, il n'est pas vraiment ravi, plutôt… crispé. Alors une heure plus tard, quand nous sommes dans notre chambre, il me jette sur le lit et m'arrache presque mes vêtements, non sans oublier de se renseigner :

– Tu l'as acheté quand ?

– Cet après-midi, dans la boutique du centre-ville.

Déstabilisé, il se fige et me scrute. Il est inquiet, sa cervelle mouline à la limite de la surchauffe. Inutile de le faire languir, crevons l'abcès.

– Oui, je t'ai vu les livrer.

Il ferme les yeux et s'allonge en gémissant.

– Pourquoi fais-tu cette tête ?

– Parce que je ne voulais pas que tu l'apprennes comme ça. Même que tu l'apprennes tout court, je…

– Quel est le problème ? Tu préférais quand je craignais que tu ne trempes dans je ne sais quoi d'illégal ?

– D'abord, je n'ai jamais fait dans ce genre de trucs et c'est juste que…

Il souffle et se frotte le visage.

– Wade, est-ce que tu as honte ?

– Oui. Enfin non… je ne veux pas que tu me trouves moins viril ou que tu aies honte de moi.

Mais qu'il est trognon ! Je m'allonge sur lui, l'embrasse et il retrouve le sourire.

– Donc, tu penses que je pourrais avoir honte de mon mari juste parce qu'il vend des trucs sexy ?

– Oui.

– Et tu crois que, peut-être, je pourrais te juger moins viril, alors que tu m'as plus que prouvé que tu étais un homme de la tête à… là, je susurre en posant la main sur sa braguette.

– J'en suis un, confirme-t-il d'une voix rauque.

– Alors tout va bien et tu arrêtes de faire des cachotteries à ta femme. D'accord ?

– Je ne sais pas. J'hésite encore. Tu peux continuer ta démonstration pour me décider ?

– Je dois te l'expliquer dans une autre langue ?

– Comme tu veux. Ta main curieuse ou ta langue, tu choisis. Je suis sûr que je comprendrais mieux.

Oserai-je ? Une querelle débute entre mon désir et un reste malvenu de timidité. Ridicule ! J'en ai envie, je déboutonne son jean. Monsieur perd son sourire, il se tend dès que j'approche la bouche. Prometteur. Lorsque mes lèvres le touchent, il gémit en jetant les bras en arrière. Totalement offert et confiant, même impatient.

Et faible. Il est vaincu en quelques minutes. Enfin… pas tout à fait. Le temps de reprendre ses esprits et il m'enlace, m'observe, détendu et radieux. Ça va bientôt être mon tour, chouette ! Non. Un pénible choisit ce moment pour frapper à la porte.

– Une minute ! hurle Wade qui bondit hors du lit.

Il me couvre jusqu'aux oreilles avec la couette. Je râle et la baisse sous mon cou pendant qu'il enfile un jean. Il entrebâille le battant en le boutonnant et Matt apparaît. Ça alors ! Voilà qu'ils chuchotent comme deux collégiens.

Matt repart, Wade enfonce la main dans sa poche puis brandit la télécommande avec un sourire coquin.

– Je suis le maître du jeu que tu aimeras beaucoup, mais tout à l'heure. Je dois rejoindre les autres.

– Tu plaisantes ? je m'offusque.

– Non, ils m'attendent. Mais après, je suis tout à toi.

Il m'emmitoufle sous la couette, m'embrasse et se sauve. Il me plante vraiment en me laissant pantelante ! Frustrée, j'attrape un livre pour calmer mon envie de l'incendier. Il me paiera ça !

CHAPITRE 27

Oups !

Je ne suis pas la seule à pester ce soir. Ben subit le même traitement que moi : au lit de force. Pour Raven, ce n'est guère mieux, elle est consignée dans sa chambre dès l'arrivée d'Alex. Ils nous ont virés pour discuter dans le salon !

Après tout, je ne suis pas bloquée, et je m'en vais retrouver Ben dans son lit. Il boude et je le comprends plus que n'importe qui. Je me glisse sous la couette et il me prend aussitôt dans ses bras.

– Sérieux, je te traitais comme ça, moi aussi ?

– Eh oui ! C'est pénible, hein ?

– Mince ! Mais toi, c'est justifié. Tu ne fais que des conneries aussi.

– Vous adorez mes conneries, dis-je en l'embrassant sur la joue.

– C'est vrai. D'ailleurs, va en faire une, là tout de suite. Va écouter ce qu'ils se racontent.

– J'y cours !

Aussitôt dit, aussitôt fait, je pars en rampant pour ne pas faire de bruit. C'est laborieux, j'ai l'impression de faire du surplace. J'aurai de la chance si j'arrive sur le palier avant la fin de leur réunion. Lorsque j'atteins la rambarde, je me plaque au sol et je tends l'oreille.

Ils chuchotent, les gros malins. C'est hyper vexant, car cela veut dire qu'ils me croient capable d'écouter leur conversation en cachette ! J'avance encore un peu en les maudissant mentalement d'être si discrets, quand je me cogne le petit doigt de pied dans un montant de la rambarde. Horreur ! Je ferme les yeux, je serre les dents, les fesses, tout pour ne pas hurler. Une si minuscule zone qui pourtant provoque une douleur si intense ! J'en mangerais la moquette.

Lorsque cela se dissipe enfin, je me reconcentre sur le but de ma présence ici. Rien à faire, ils murmurent. Je vais les tuer. Ils m'obligent à descendre une marche, discrètement, mais ils cessent immédiatement de parler. Je me fige, je n'ose même plus respirer.

J'attends qu'ils reprennent quand survient l'inimaginable. Le truc impensable, mon mari, le tout neuf, qui me trahit par le biais d'une vibration dans mon ventre. Oh, pas de petits papillons qu'il provoque par la pensée, mais une télécommande qu'il a gardée sur lui et qui a déclenché le stimulateur toujours en moi. C'est décidé, je vais le tuer.

Et il s'amuse en plus ! Il s'excite sur les boutons. Mais c'est quoi ce truc ?! J'ai les yeux qui sortent de leurs orbites, je suis pliée en deux pour stopper cet effet dévastateur, mais rien n'y fait. Vite ! Me sauver avant d'avoir un orgasme dans l'escalier. Lorsque je suis à l'abri dans le couloir, Wade enclenche un programme plus calme.

Je continue ma progression tant bien que mal en haletant et en luttant contre l'orgasme qui arrive malgré tout, inéluctable. Je gémis entre rage et plaisir, le nez écrasé sur la moquette, quand Raven apparaît sur le seuil de sa chambre. Elle cille en me découvrant.

– Mais qu'est-ce que tu fais par terre ?

– Ma gym, je couine.

– Nell ? Ça va ? Tu as mal quelque part ?

– Non, non, laisse tomber. Ça va passer.

Elle se jette sur moi et me tourne pour s'assurer que je vais bien. Lorsqu'elle pose la main sur mon ventre, ça vibre. Elle retire vivement les doigts et m'observe avec les yeux ronds.

– Mais qu'est-ce que c'est ?

– Le dernier joujou de Wade. Ce fourbe l'a allumé d'en bas.

– Parce que tu les espionnais ?

– Voilà.

Elle éclate de rire et les garçons nous hurlent de dégager. Nous les envoyons paître, mais n'allons pas rester dans le couloir juste pour leur tenir tête car c'est loin d'être confortable, alors elle m'aide à rejoindre ma chambre. Je me rends immédiatement dans la salle de bains pour virer ce satané machin et le jeter dans le lavabo, pendant que Raven, hilare, me charrie comme jamais.

– C'est ça, marre-toi. Et passe une bonne nuit toute seule. Moi, je vais retrouver mon frère qui est gentil, lui.

– Mais oui, va chouiner dans ses bras, s'amuse-t-elle.

Une fois au chaud sous sa couette, je lui raconte mes malheurs et cette andouille éclate de rire à son tour. Dans cette famille, il ne faut espérer aucune compassion, ils préfèrent vous coller la honte, c'est tellement plus drôle. Malgré tout, nous discutons un moment puis sombrons dans le sommeil.

– Mon nord, debout.

Wade me réveille doucement même s'il est un tantinet contrarié. Moi, j'ai son sale coup gravé dans ma mémoire.

– Nan. Je dors avec Ben cette nuit.

– Je ne crois pas, non, répond Alex. Tu files dans ton lit.

– Toujours pas. Va dormir avec Wade.

– Nell, je t'aime, mais moi je voudrais bien dormir avec Alex, marmonne Ben, encore dans les vapes.

Je ne suis pas simplette, je n'imagine pas une seconde que Wade pourrait céder, mais il me prouve qu'il y a des trucs qui ne le font même pas sourire. La couette s'évapore, deux grosses mains enserrent ma taille et je m'envole, pour atterrir sur l'épaule de mon mari.

– Bonne nuit, Nell, s'amuse Alex en claquant la porte derrière nous.

Je suis aussitôt recouchée, puis quelques minutes plus tard tirée contre un grand corps chaud. Wade m'enlace et pose la bouche sur mon cou.

– C'est comme ça que tu dors à partir de maintenant. Dans mes bras, tout le temps.

– Je ne peux même plus faire une sieste avec mes frères ?

– Faut arrêter ça, tu as compris ?

– Tu me demandes si j'ai compris ou si je vais t'obéir ?

– J'espère que tu m'écouteras, sale gosse qui joue l'espionne.

– Déjà, les triplés feront la sieste ensemble s'ils en ont envie. Ensuite, tu es inconscient. Tu te rends compte si j'étais tombée dans l'escalier à cause de ton truc ?

– Mon nord, je voyais ton ombre dans le reflet des cadres, je savais parfaitement où tu te trouvais et tu ne risquais rien. À part un décollage immédiat pour le septième ciel.

– C'est toi le sale gosse.

Il ricane puis dépose un baiser au creux de mon épaule.

– Arrête de râler. Si on ne veut pas que tu entendes nos conversations, c'est que nous avons nos raisons. Je t'aime. Même quand tu boudes ou que tu es ridicule à ramper dans le couloir.

Il éclate de rire, m'embrasse encore, puis cale ma tête sous son menton en fermant les yeux.

Le lendemain matin, alors que nous prenons tous le petit déjeuner, je reçois un texto.

Gunter : B. E. licenciée ce matin. Fait
un scandale et bigrement agressive.
Sois prudente.

Je m'empresse de le relire à haute voix. Matt soupire et se tourne vers Alex.

– Ça confirme ce que tu nous as raconté hier soir. La cinglée risque encore de vouloir se venger.

– Ça pue, approuve Wade.

Matt hoche la tête et se lève.

– Écoutez bien. Tant que cette fille présente un danger pour notre famille, on va mettre des mesures en place. Personne ne se déplace seul.

– Les filles, pas de promenade en ville. Nell, si je te chope dehors, je te jure que je te menotte à moi. Je ne plaisante pas, menace Wade avec le plus grand sérieux. Pas de sortie à moins de trois, c'est-à-dire deux mecs avec toi. On est d'accord ?

– Je te rassure, j'y suis passée une fois, je ne vais pas tenter le diable pour le revivre.

– Parfait ! se détend-il en m'enlaçant.

– Et ça vaut pour toi aussi, Raven. Je te déposerai à tes cours et je viendrai te chercher, déclare Matt.

– Pareil pour toi, Ben. Jamais seul, même pour sortir devant la maison, conclut Alex.

Nous opinons, trop conscients de ce que sont capables ces personnes. Mais Ben baisse la tête et déchiquette sa tartine. Il est en colère, mais encore plus abattu. Logique, il avale difficilement de se trouver désormais dans le clan de ceux qui sont à protéger. Alex pose une main sur la sienne pour l'aider à accepter, mais moi, il me brise le cœur, alors je vais vite l'enlacer.

Quelques minutes plus tard, il va bien mieux et j'en profite pour aborder un détail qui viendra vite à poser problème si nous sommes toujours réunis.

– Dites, Ben et Alex, vous avez pensé à votre coming out ?

– Nous n'avons pas vraiment eu la tête à ça ces derniers temps, répond Alex.

– Et moi, je ne sais pas trop.

– Tu ne sais pas quoi ? rétorque Matt.

Ben est gêné, il se tortille et baisse les yeux en cherchant ses mots. Je l'encourage :

– Hé ! C'est nous, alors explique.

– Vu mon état… je ne sais pas trop si… enfin… Alex n'a peut-être pas envie de traîner un boulet comme moi.

L'accusé bondit et se dresse, furieux, devant Ben.

– Redis ça encore une fois et je te casse la gueule !

– Je voudrais bien voir ça ! Touche un seul de ses cheveux et tu vas le regretter, le menace Matt.

– La ferme, Matt ! C'est entre Ben et moi, là.

Houlà ! Matt s'apprête à lui sauter dessus, mais Wade lui plaque son bras sur le torse.

– Il a raison, laisse-les gérer.

– Ben ! Regarde-moi ! se fâche Alex.

Il redresse lentement la tête et le fixe, nous aussi.

– Mais merde ! Il y a moyen de parler à Ben sans vous avoir tous les trois ?

– Tu vois que c'est pénible, se moque Wade.

Malgré tout, décidé à soutenir Alex, il se lève en m'emportant dans ses bras et nous mène dans la cuisine.

– Ça nous concerne aussi ! je proteste.

– Non, pas cette fois-ci.

– Matt, on va boire un café. Allez hop ! ordonne Raven en lui montrant la cuisine du doigt.

Il ronchonne mais obéit, puis il ferme la porte derrière lui. Après dix minutes, Ben nous appelle du salon, Matt saute de sa chaise et s'y précipite. J'aimerais bien en faire autant, mais non, mes jambes ont quatre-vingts ans pour l'instant. Vivement que je puisse galoper à nouveau.

Je plonge sur le canapé où se trouvent déjà mes frères, et hop, tas de triplés pour le débriefing. Comme prévu, Alex aime Ben, handicap ou pas, et le garde tel quel. Aucun de nous n'en avait douté, mais j'avoue que j'aurais eu les mêmes craintes à sa place.

Maintenant, je peux revenir sur le sujet à l'origine de cette pause.

– Et donc, le coming out ?

– Ce n'est pas urgent. Nous le ferons, mais pourquoi se presser ? rétorque Alex.

– Parce que si vous ne le faites pas à votre façon, il y en a une autre qui ne se gênera pas pour s'en charger à votre place et sûrement d'une manière moins élégante.

Ils semblent tomber des nues. Mais comment n'y ont-ils pas pensé ? Ça me paraît tellement évident que la folle va se jeter sur cet os pour leur causer du tort.

Ils s'observent, réfléchissant à la meilleure conduite à adopter, quand on me soulève par le fond du pantalon. Je m'envole, encore, pour finir sur les genoux de Wade. Je lui adresse un regard réprobateur. J'en ai marre d'être sans cesse emportée et déposée comme un nourrisson ou un pot de fleurs !

– Vous avez fait le tas de triplés, c'est mon tour, se justifie-t-il.

Pendant ce temps, Alex et Ben se mettent d'accord sur le fait d'appeler Tyron, leur seul proche ami commun, pour lui annoncer la grande nouvelle et lui demander de la faire courir.

– Vu son réseau de connaissances, d'ici à ce soir, la moitié de la planète saura que nous sommes gays et en couple, conclut Alex.

– Et la folle ne pourra plus s'en servir pour vous atteindre, c'est toujours ça de gagné, j'approuve en hochant la tête.

– Mais elle trouvera autre chose, donc on ne change rien en ce qui concerne votre sécurité : avec un ou deux gardiens, insiste Matt.

Wade se tourne vers moi.

– D'ailleurs, il est temps de faire les présentations. Mon nord, tu restes ici cinq minutes, je vais chez moi et je reviens.

Il me dépose et se sauve. Il réapparaît quelques minutes plus tard, fièrement dressé à l'entrée du salon et accompagné. Un chien ! Un truc énorme qui fait peur, marron avec la tête noire, pour l'instant sagement assis au bout de la laisse. Enfin… je crois qu'il est sage, mais il ouvre une grande gueule d'où dépasse une interminable langue rose cernée de longues dents bien blanches. Beaucoup de dents pointues, il est effrayant !

Wade aussi montre ses incisives, mais par le biais d'un sourire radieux.

– Nell, je te présente Oups. Il va rester avec toi, c'est un très bon chien de garde.

La bête se redresse et agite nerveusement la queue en me fixant et en tirant sur sa laisse.

– Wade, ce n'est pas un chien, ça. C'est un poney !

– Je vais le lâcher parce qu'il s'excite. Il veut faire connaissance avec toi.

– Non, non, Wade ! Ne le libère pas, il va me bouffer !

– N'importe quoi. Il sait qui tu es, c'est pour ça qu'il est un peu foufou, il a hâte de venir te câliner.

– Il n'a pas une tête à faire des câlins, je ne suis pas super emballée.

– Fais-moi confiance.

Aussitôt détaché, le fameux Oups fonce droit sur moi et me grimpe dessus. Intenable, il me lèche tout le visage en faisant le ménage sur la table basse avec sa queue qu'il agite avec frénésie, tout tombe par terre. Il a vraiment l'air content de me rencontrer, mais il me bave jusque dans les oreilles, c'est horrible.

Me voir empêtrée sous le monstre les fait tous bien marrer. Il a une force de dingue, je n'arrive pas à le décoller de moi. Il finit même par me renverser et je tombe du canapé.

– Oups, au pied !

Par chance, il obéit au doigt et à l'œil. Je reprends mon souffle en plaquant mes cheveux tout ébouriffés. Mais pire que tout, j'ai l'impression qu'un troupeau de limaces m'est passé sur le visage. C'est dégoûtant ! Je m'essuie les joues avec la manche de mon pull, sous les éclats de rire des abrutis hilares qui me servent de famille. Sous mon regard noir, Wade se racle la gorge.

– Je crois qu'il est vraiment content de te voir. Il va se calmer, ne t'inquiète pas.

– Que lui as-tu raconté pour qu'il m'aime à ce point ? je grommelle.

– Nell, même si c'est vrai que je lui parle de toi, tu sais qu'il ne comprend pas, n'est-ce pas ?

Mais il est sérieux en plus ! Il vaut mieux que je ne lui réponde pas, car je serais désagréable, alors je me contente de lever les yeux au ciel.

– OK, tu sais. Donc, je lui ai donné un tee-shirt à toi et il dort avec. Je l'ai habitué à ton odeur et il la sent aussi sur moi tous les jours. Il sait déjà qu'il doit te protéger, que tu es comme moi pour lui.

– Mais pourquoi me l'avais-tu caché ?

– Tes frères m'ont dit que tu avais peur des chiens, alors j'ai préféré attendre. Tu n'as aucune crainte à avoir, il ne te fera jamais de mal. Au contraire, il devient ton garde du corps. Il est toujours avec moi quand je travaille, mais je préfère qu'il soit avec toi en mon absence.

– Oh quelle mignonne attention, je réponds d'une voix crispée.

– Voilà, il ne te quitte plus à partir de maintenant, et moi, je suis plus rassuré.

Il s'approche de moi en tenant Oups par le collier, car lui ne rêve que d'une chose, me sauter à nouveau dessus pour s'occuper de ma toilette. Je ne sais pas comment je dois le prendre. Wade s'adresse à lui :

– Oups, tu dois faire doucement avec maman.

– Si on pouvait éviter le « maman », ce serait bien, vraiment.

– Caresse-le, il veut que tu le touches.

– Eh bien ! Si lui aussi veut toujours qu'on le tripote, entre toi et lui, il va falloir me greffer des mains.

Je pose la paume avec prudence sur la grosse tête pleine de poils, celle du chien, et je le gratouille du bout des doigts. Ça alors ! Ce regard enamouré qu'il m'adresse, c'est presque mignon. Presque, parce qu'il y a quand même cette langue d'où coule un filet de bave.

– Je t'apprendrai les ordres, les règles de base, et tu verras, tu vas l'adorer. Mon chien est génial.

– Déjà que Nell a du mal à se garder seule, avec son nouveau copain tout fou, ça promet, commente Matt en riant.

Je le pointe du doigt pour le montrer à mon gardien.

– Oups, attaque le grand bête là-bas !

Ce chien est très réactif, mais il ne comprend rien puisqu'il me saute immédiatement dessus et recommence à me lécher.

– C'est pas gagné, s'amuse Ben.

– Il ne sent pas de menace, c'est pour ça qu'il veut jouer, le défend Wade.

– S'il pouvait être un peu moins démonstratif, ce serait parfait, dis-je en le poussant de mes genoux.

– Mais oui, il va se calmer. Il est comme moi quand je te retrouve, me taquine Wade.

– Et pourquoi « Oups » ? se renseigne Raven.

– Euh… hum, il faisait pas mal de bêtises quand il était petit, voilà.

– Bon, c'est bien beau tout ça, mais je dois aller bosser et passer voir Tyron avant, intervient Alex. Vous me prévenez au moindre souci.

Nous répondons par l'affirmative et il se sauve. En rangeant la cuisine des restes du petit déjeuner, je découvre un aspect très pratique à ce gros chien qui a décidé de me suivre partout. Il est muni d'une fonction aspirateur très efficace, tout ce que je laisse tomber au sol disparaît dans la seconde.

Je le félicite pour son travail, quand Alex réapparaît sur le seuil. Son air grave me pétrifie. Ça sent la tuile, ce qu'il confirme aussitôt :

– Nos voitures ! Tous les pneus sont crevés.

CHAPITRE 28

Au cas où

Un silence pesant règne dans le salon. Ce ne sont pas les pneus crevés qui nous tracassent, mais le fait que la cinglée veuille encore s'en prendre à nous.

Cette fille est malade, je ne vois pas d'autre explication. Et inconsciente, aussi. Elle se doute bien que les garçons sont remontés comme des piles atomiques, pourtant, elle vient les narguer jusque sous nos fenêtres. Bien entendu, elle n'a pas peur de moi et elle a bien raison, j'ai des muscles en guimauve et je ne sais même pas me battre. En revanche, non seulement eux savent rendre les coups, mais de plus ils ont bien l'intention de le faire. Je connais trop Matt pour croire qu'il a abandonné toute idée de vengeance. Il se tient à carreau parce qu'il a promis de s'occuper de nous, c'est tout.

Pendant qu'Alex appelle un employé du garage pour les réparations, Wade me prend dans ses bras. Il est inquiet, comme nous tous, mais surtout préoccupé. Oups n'est pas mieux. Assis, il nous scrute, attentif au moindre signe.

– Mon nord, tu ne quittes pas la maison et tu ne te sépares jamais de Oups. Promets-le-moi, ne me rends pas fou.

– Même pour dormir ? Tu n'es pas jaloux de lui ? je le taquine en espérant le décrisper un peu.

– Il a même le droit de dormir sur le lit, mais à tes pieds. Faut pas déconner non plus.

Son anxiété est si grande qu'il va finir par faire un malaise.

– Hé, détends-toi. Je n'ai pas l'intention de prendre des risques.

– Tu ne t'enfermes pas dans ta chambre. Oups doit pouvoir venir te voir s'il est inquiet.

– Je pense qu'il l'est moins que toi. Et toi, tu vas faire quoi ?

– J'ai des commandes, alors je dois préparer les colis. Je ne serai pas loin, tu m'appelles au moindre souci.

– Ça marche, va donc emballer tes pénis en plastique.

– Ne te moque pas de mon gagne-pain.

Pincé, il me claque doucement une fesse, puis il caresse la tête de Oups.

– Toi, tu surveilles bien ma femme. J'y tiens plus que tout.

Il nous quitte après une discussion rapide faite de murmures avec Matt et Alex qui attendent le mécano. Raven révise dans sa chambre, il reste

Ben et moi dans le salon, les deux inutiles de la maison. Ça démolit le moral de ne servir à rien. Mes activités habituelles se résument à : papotage, sieste et visionnage de films, s'ajoute maintenant celle de garder le chien. Non, même pas, c'est lui qui me garde. Achevez-moi !

Par chance, il est rigolo et gentil comme tout. En plus, il fait du bien à mon ego à se pâmer dès que je le caresse. Il est fort dommage que son maître ne se mette pas lui aussi sur le dos pour me présenter son ventre à gratouiller. Il faudra que je le lui demande, pour voir.

Nous voici donc cloîtrés. Nous n'étions déjà pas très actifs, mais le coma nous guette désormais. Les garçons sont sur les dents depuis que nous avons appris que la foldingue profère des menaces contre nous tous, y compris Raven. Alors nous, les pas très utiles, nous mettons un point d'honneur à respecter leurs consignes pour apaiser l'ambiance. Il reste tout de même un impératif de sortie qu'ils ne peuvent pas annuler : les séances de rééducation. C'est chaque fois un branle-bas de combat, tout le monde doit être présent. Oups est également convié à la sauterie, montant la garde sur le parking de l'hôpital avec son maître.

Malgré tout, deux semaines passent sans aucune autre agression. Sa soif de vengeance se serait-elle assouvie avec les crevaisons ? Je l'espère. Surtout qu'Alex et Ben lui ont coupé l'herbe sous le pied en officialisant leur homosexualité, comme prévu. Ben craignait une mauvaise réaction de leurs connaissances, il s'est bien trompé. Personne n'a été choqué. Surpris, oui, il y a de quoi. Les temps ont changé et dans une grande ville telle que Boise, les préférences sexuelles ne sont plus un tabou. Enfin… il reste des réfractaires, mais pas dans notre entourage. En revanche, ce qui a été source d'éclats de rire et de blagues, c'est leur couple. Leurs amis ne voulaient savoir qu'une seule chose : la réaction de Matt. Et avec force détails si possible.

Malheureusement, les échos qui nous reviennent depuis deux jours se révèlent alarmants. La Bridget veut qu'on quitte la ville, notre ville. Plus sa situation personnelle se détériore et plus sa haine augmente, nous jugeant responsables de tous ses maux et moi de son licenciement. C'est tellement plus facile de rejeter tous les torts sur les autres, de ne jamais se remettre en question.

J'ai bien émis l'idée d'aller en parler au shérif, mais les garçons tiennent à gérer ce problème eux-mêmes. Peut-être une histoire de fierté, mais que je trouve mal placée dans le cas présent, et surtout dangereuse. Aucun doute qu'ils en sont conscients puisque Matt a proposé à Alex de vivre chez nous en attendant que ça se calme. Ben est aux anges et nous ne sommes plus à un près dans cette maison.

Ce soir, nous sommes au complet dans le salon, les couples sagement enlacés en train de visionner un film d'action, quand nous entendons du bruit dans la rue. Les garçons bondissent du canapé en nous secouant au passage. Parés à l'attaque, si stressés qu'ils imaginent que l'on vient nous agresser.

– Wade, tu restes ici pendant qu'Alex et moi allons voir ce qu'il se passe dehors, ordonne Matt.

Oups qui dort à mes pieds se redresse et les regarde franchir la porte. Alex revient vite nous rassurer :

– C'est un incendie, il y a de la fumée plus loin. C'est le bazar dans la rue, les gens sortent et les secours arrivent. Matt est allé se renseigner.

Aussitôt, les sirènes résonnent, les pompiers défilent à vive allure derrière nos fenêtres. Les paranos que nous sommes devenus se détendent, jusqu'à ce que Matt entre en trombe dans le salon, affolé.

– Wade, c'est chez toi ! Ta baraque est en flammes !

Il s'éjecte du canapé et se précipite dehors.

– Les enfoirés !

Matt lui emboîte le pas, Alex s'assied et souffle en se passant la main sur le visage. Une chape de plomb s'abat sur nous. Plus que de l'inquiétude, c'est l'écœurement qui nous submerge. Ce n'est pas un accident, nous le savons. De plus, Wade ne possède pas grand-chose, mais qu'il s'est offert petit à petit en travaillant. Si le feu n'est pas éteint à temps, il n'aura plus rien.

Nous patientons sans échanger un mot. Raven s'acharne sur un fil qui dépasse d'un coussin, Ben sur ses doigts, moi sur le bout du plaid que je tournicote furieusement autour de mon index.

Ils rentrent enfin deux heures plus tard, accablés et emplissant le salon d'effluves de fumée. Ils vont se servir un verre d'eau, nous laissant avides d'informations. Je ne tiens plus !

– Alors ?!

– Deux secondes. On a respiré de la fumée et on a la gorge qui gratte, me rembarre Matt.

Ils boivent leur verre d'un trait, puis lèvent la main pour nous faire patienter et s'en resservent un autre. Qu'ils sont pénibles ! Enfin, Matt se lance :

– Les pompiers finissent d'éteindre, mais il ne reste plus grand-chose.

Exactement ce que je craignais, alors je rejoins Wade qui reste en retrait et silencieux. Je l'enlace.

– Ça va, toi ?

– Je ne vais pas dire que je m'en fiche, ça me dégoûte, mais franchement, tu es là avec Oups, alors le reste… ce n'est que matériel.

– Il y avait des trucs auxquels tu tenais beaucoup ? questionne Raven. On viendra avec toi demain pour chercher dans les décombres.

– Je n'ai jamais rien eu d'important. Pour une fois, on peut dire que c'est un avantage. Ce qui me fait suer, c'est pour mes fringues et mon stock dans le garage. Rien de récupérable, mais je suis assuré. Ma petite femme va me racheter des vêtements puisqu'elle le fait pour ses frères, conclut-il en déposant un baiser sur mon front.

– Si tu joues les mannequins, avec grand plaisir.

– Nous irons tous ensemble, c'est plus sûr, déclare Matt.

La sonnette de l'entrée retentit. Matt et Wade ouvrent au capitaine des pompiers avec qui ils s'entretiennent sur le palier. Apparemment, l'incendie serait volontaire, quatre foyers extérieurs, un par façade. J'ai envie de hurler de rage. Si Wade et Oups avaient été dans la maison, ils y restaient tous les deux.

Inutile de se voiler la face, cette Bridget est aveuglée par son besoin de nous détruire, au point de ne même plus se soucier de nos vies. Je suis dépassée par un tel comportement, elle a perdu la raison.

Je blêmis lorsque les garçons se consultent du regard. Ils sont déterminés. Je ne sais pas ce qu'ils ont prévu, mais ils vont passer à l'action. La tension soudaine n'échappe pas à Raven, qui serre la main de Matt. Il se reprend et l'enlace, mais c'est un leurre. D'ailleurs, afin d'endormir nos craintes, les trois énervés se comportent comme si tout allait bien, amenant des bières et des chips qu'ils déposent sur la table avant de relancer un film. C'est qu'ils nous prennent pour des demeurés, en plus !

Nous passons le reste de la soirée dans une ambiance étrange, pesante comme avant une séparation. Je me pelotonne contre Wade, le nez contre son torse pour m'étourdir de son odeur, mais c'est celle encore âcre de l'incendie qui emplit mes narines.

Dans notre chambre, je commence à me déshabiller, mais Wade repousse mes mains.

– Laisse-moi m'en charger, même si tu n'en as plus besoin.

– Inutile de me supplier, c'est toujours un plaisir.

Ravi, il embrasse chaque bout de peau qu'il découvre petit à petit. Une fois nue, je m'attaque à sa chemise. Tout d'abord surpris, il se laisse faire en souriant.

– Moi aussi j'aime m'occuper de toi.

– Autant que tu le souhaites, ça me change tellement.

À mon avis, c'est sa vie de solitaire depuis l'enfance qui explique pourquoi il est si proche de nous. Il a choisi sa famille. C'est un homme si sûr de son amour qu'il vient de m'épouser. Ne serait-ce pas un prince du vingtième et unième siècle qui se cache derrière son allure un peu négligée ? Pas charmant ni délicat, même rugueux aux entournures, mais dévoué, attentionné et respectueux.

Comme s'il tenait à le confirmer, c'est avec une infinie douceur qu'il me soulève dans ses bras et me dépose sur le lit. Il m'enlace, me fait l'amour langoureusement. Pas un mot, nous communiquons par des baisers, des soupirs, des caresses, un langage sensuel qui transmet bien mieux nos sentiments. Tout en tendresse, mais si intense.

Encore émus par cet échange qui avait tout d'une nouvelle déclaration, nous restons immobiles, nos corps emmêlés. Cet instant serait merveilleux s'il n'était pas entaché par la sensation que nous allons revivre une épreuve difficile. Mais laquelle ?

Il faut croire que notre conversation tactile a exacerbé nos sentiments, car le lendemain se déroule de la même façon. Enfin… le sexe en moins puisque nous ne sommes pas seuls. Quel dommage. Si Wade décide de rester à la maison, pour mon plus grand plaisir, il en est de même avec Matt et Alex qui s'offrent une journée de congé. Détente, rires et farniente en famille, personne ne se plaint du programme.

Ils nous quittent juste le temps de récupérer ce qui peut être sauvé dans les décombres et refusent que nous les accompagnions. Raven et moi râlons d'être encore mises à l'écart, mais lorsque nos trois ramoneurs reviennent, nous sommes finalement bien heureuses d'être restées sagement au propre.

Une agréable journée ensemble, pendant laquelle je suis cependant intriguée par le comportement de Matt, particulièrement tactile avec moi. Il me fait un câlin pour la énième fois et se fait rembarrer par Wade qui l'invite sans manière à s'occuper des fesses de Raven. Ce qu'il fait aussitôt, pendant que je souris à mon gardien qui se justifie en bougonnant :

– Ben ouais. On va pas faire un planning, non plus.

– Inutile de râler, tu as entièrement raison. Le tas de triplés est désormais réservé aux cas d'urgence.

Plus les heures défilent et plus la sensation qu'il se trame quelque chose s'impose. Avec des gens normaux, il suffit de les questionner pour qu'ils s'expliquent. L'étant à peu près, normale, je passe Matt, Wade, puis Alex à l'interrogatoire, individuellement et de manière détournée, sans résultat. Enfin si, cela me donne la certitude qu'ils nous baladent. S'ils étaient branchés à un détecteur de mensonges, sûr que l'appareil aurait fondu.

De ce fait, je ne suis absolument pas étonnée lorsque, en milieu de soirée, Matt annonce qu'ils sortent et vont rentrer tard, sans nous fournir plus d'explications. Ben perd patience, alors Alex lâche enfin une révélation :

– Vous êtes pénibles ! On doit sortir pour… une surprise. OK ?

– Ouais, vous gâchez tout, râle Matt.

Et drapés de leur air offusqué, ils franchissent le seuil. Ben tape sur l'accoudoir du canapé en pestant.

– Ils vont nous prendre pour des débiles encore longtemps ?!

– Ah ! Toi aussi tu ne crois pas un mot de ce qu'ils racontent ? répond Raven.

– Moi non plus. Ils nous promènent depuis ce matin, dis-je en soupirant.

– À votre avis, ils sont sortis chercher des infos ?

– Sûrement, ils avaient l'air d'avoir rendez-vous, ils n'arrêtaient pas de surveiller l'heure.

– Ils ne vont donc jamais lâcher l'affaire, ce n'est pas possible.

– Jamais. Et si je n'étais pas dans cet état, je serais avec eux en ce moment, confie Ben.

Dépités, nous lançons un film. Je commence à être saoulée des écrans. Je vais finir par tricoter, au moins, ce sera utile.

CHAPITRE 29
Ne plus subir

WADE

À l'arrière du 4 × 4 de Matt qui roule trop vite dans les rues de Boise, la tête posée contre la vitre, je regarde les lumières défiler. Aucun mot pour couvrir le bruit du moteur, nous sommes pensifs, et surtout tendus. Je sais ce qu'il se passe dans son crâne, le même chaos que dans le mien. Je suis mal, aux prises avec des sentiments contraires. C'est à contrecœur que je m'apprête à agir, mais nous devons mettre un terme à ces attaques. Ben et Nell sont en danger, peut-être même Raven.

Ma Nell, la plus belle chose qui me soit arrivée dans ma putain et moche de vie. D'ailleurs, j'en suis encore à me demander comment j'ai la chance qu'elle m'ait choisi, qu'elle m'aime autant. Moi, qui ne suis rien ni personne. Je n'ai même pas de nom, l'administration m'en a collé un d'office. Personne n'a jamais voulu de moi et je n'ai jamais voulu de personne non plus. Jusqu'aux triplés.

Pourtant, nous n'étions pas prédestinés à nous rapprocher. Je suis arrivé dans cette ville en suivant un pote d'infortune, squattant une vieille baraque abandonnée en attendant d'avoir dix-huit ans pour sortir des radars, et que les casse-couilles des services sociaux me lâchent la grappe. Je n'étais pas si mal, même si mon apparence me désignait clairement pour ce que j'étais : un clodo.

Alors évidemment, quand j'ai croisé la route des triplés pour la première fois, c'était le choc des cultures. Eux, si beaux dans leurs vêtements de marque, gais, on entendait leurs rires résonner dans la rue. Ils étaient si proches, les deux garçons presque identiques qui tenaient fermement la main de la jeune fille qui leur ressemblait tant. Mon exact opposé. Nous étions faits pour nous détester au premier regard.

Pourtant, ils me fascinaient. Au point que je m'arrangeais pour me trouver sur leur passage aussi souvent que possible, même marcher derrière eux sur une cinquantaine de mètres. Rien de glauque, juste pour profiter d'un fragment de leur bonheur pendant quelques minutes. Un vol sans conséquence pour eux, mais qui a parfois illuminé mon quotidien. Je voulais ça, moi aussi. L'insouciance. Chahuter et rire.

Mais pour ça, il fallait que je cesse de survivre, je devais vivre. Donc, travailler, pour commencer. Quoi faire sans diplôme ni formation ? Là encore, le hasard a croisé ma route sous la forme d'une offre d'emploi sur la vitrine d'un sex-shop minable. Personne ne devait vouloir y bosser, le papier de l'annonce était jauni, l'encre à peine visible et le salaire pourri pour des horaires de nuit. Alors quand je suis entré, j'ai été embauché. Je venais de mettre un pied dans mon avenir, ce qui m'a permis d'en arriver là aujourd'hui. Avec un travail qui rapporte bien, l'amour d'une femme merveilleuse et une famille. Les triplés, ceux-là mêmes qui, sans le savoir, m'ont fourni les munitions pour prendre ma revanche sur la vie.

Mon seul regret est qu'il aura fallu que leur famille explose pour me rapprocher des deux frangins. La planète s'était mise à tourner à l'envers. Voilà que c'étaient eux qui avaient une sale tête et un air mauvais. Ils irradiaient la colère. La fureur, même. Et leur sœur adorée n'était plus là.

Tout à coup, nous avions des points communs, pas ceux dont on tire de la fierté, mais qui nous ont liés. Je maîtrisais bien leur état d'esprit pour l'avoir cultivé pendant de longues années, j'étais donc tout désigné pour les aider à en sortir. Comme si je les regardais mimer mon passé, ils ont franchi toutes les étapes et repris leur vie en main. Puis le retour de Nell, que j'avais l'impression de déjà connaître intimement tant ils m'en parlaient.

Et voilà que leur bonheur revenu, des abrutis finis œuvrent pour le détruire. Nous en sommes donc là, à rouler cette nuit pour les en empêcher.

Ça va mal se passer, c'est obligé puisque c'est le but de notre sortie. Mais pour qui ? Nous sommes trois face à une bande de tarés, mais certainement les plus motivés. On n'y va pas pour discuter, mais pour faire parler nos poings. Nous risquons la prison, nous le savons. Nous n'avons pas l'intention de les tuer, juste de les rétamer, réduire à néant leurs envies de s'en prendre encore à nous. Il va nous falloir être directs, concrets et persuasifs. On n'aura peut-être pas le Nobel de la paix cette année, mais si déjà on obtient la paix, ça sera bien.

Nous y sommes presque, la zone industrielle apparaît au bout de la route, où nous devons rejoindre deux potes d'Alex. Notre réseau est en alerte depuis des semaines et à force de surveiller les faits et gestes de l'autre tarée, ils ont fini par repérer leur lieu de rassemblement, un box loué dans la zone et dans lequel ils se retrouvent pour boire et faire la fête.

– Wade, arrête ça, râle Matt.

– Quoi ?

– Ton pied, mec. Tu le tapes contre le sol comme un acharné, c'est insupportable, répond Alex.

– Tu pourras passer tes nerfs d'ici quelques minutes.

Je bloque ma botte sous le siège et j'inspire un grand coup. Je dois me contrôler. Il est hors de question que nous allions trop loin ce soir.

Un cassage de gueule en règle, oui, mais ne surtout pas tuer, même involontairement. La peine de mort est toujours en vigueur dans l'Idaho et nous ne ferons pas vivre une pareille épreuve à ceux que nous voulons protéger.

Matt ralentit puis immobilise le 4 × 4 sur un parking désert et à peine éclairé. Alex descend et rejoint deux de ses potes qui attendent dans un renfoncement sombre. Pendant qu'ils discutent, j'envoie un message à l'amour de ma vie.

Moi : Si tu savais, Nell, mais si tu savais à quel point.

Nell : Tout autant, Wade.

Elle me décode toujours. Je ne serais pas surpris d'apprendre qu'elle ait deviné mon problème, ma peur du rejet, de l'abandon. Possible, car elle me rassure souvent, elle a même accepté de se marier à la va-vite, en jogging. Dès notre retour, promis, je travaille sur mes craintes et cesse de l'étouffer.

– Wade, tu souris comme un débile. Je me demande bien à qui tu penses, ricane Matt.

– Ma Nell, ouais. Je ne veux pas la laisser seule.

– On fera tout pour que ça se passe bien, mais si un jour tu me vois sourire comme toi, tue-moi avant que ce ne soit la honte qui le fasse.

– N'importe quoi ! On ne crève pas de honte.

– Parce que tu ne te vois pas !

– Je suis trop heureux pour que le ridicule me bride. C'est pour ça que j'ai peur que ça vire mal, cette affaire, et qu'on soit séparés.

– M'en parle pas, mais nous n'avons pas le choix. On a bien dit que nous devions tous être d'accord, alors si tu as un doute, on attend.

– Hors de question ! On fonce, je flippe beaucoup trop pour eux.

Alex bouge, je me focalise sur lui. Il salue ses amis, les quitte et monte dans la voiture.

– La bande au complet est actuellement dans leur box. Ça fait six gars plus l'autre tordue dont il faut se méfier aussi à mon avis. Vous le sentez toujours ? Parce que mes potes acceptent de donner un coup de main si besoin.

– Tu veux dire un coup de poing plutôt, non ? je réponds en riant.

– Ouais, ou plusieurs.

– Ils ne me font pas peur, même à sept contre trois, reprend Matt.

– Moi non plus. Vu comment ils m'ont mis en rage, je peux en bouffer plus que ça. Et c'est personnel, donc je préfère que ça reste entre nous. Mais tu peux remercier tes potes, c'est sympa de leur part.

– Alors c'est parti ! annonce Alex. Roule vers la zone Ouest et quand je te le dis, tu éteins les phares, histoire qu'on les prenne au moins par surprise.

Matt démarre, j'envoie vite un dernier message à Nell.

Moi : Je t'aime mon amour, ma vie.
À très vite.

Il n'y a plus qu'à espérer que ce soit rapide et qu'on ne foire pas tout.

CHAPITRE 30

Fallait pas

Nous y voilà, Matt se gare un peu à l'écart, sous un porche qui nous dissimule dans le noir. Face à nous, une allée et des box alignés de chaque côté et un long faisceau jaune qui s'étale sur le sol en béton devant l'un d'entre eux.

Nous descendons du 4 × 4 sans un mot et sans claquer les portières. Nous nous interrogeons une dernière fois du regard, hochons la tête de façon synchronisée et partons droit vers le local, on ne peut plus décidés.

Eux sont bruyants. Le chahut nous parvient alors que nous nous trouvons à une cinquantaine de mètres. De la musique, des éclats de rire, ils semblent bien alcoolisés. Je pince les lèvres. Je n'aime pas ça. L'ébriété peut les rendre plus téméraires, voire carrément dangereux.

Aucun de nous ne flanche, nous sommes déterminés à en finir. À une dizaine de mètres, j'assure ma prise sur la batte, le même objet qu'ils ont utilisé sur Ben et Nell. On va voir s'ils trouvent ça aussi marrant après y avoir goûté.

Nous marchons côte à côte pour bloquer l'accès. Aucun ne s'échappera avant de ramasser sa correction. Ils sont face à nous, disséminés dans la pièce de huit mètres carrés, vautrés sur des chaises ou un vieux canapé et un verre à la main. Au centre, une table basse encombrée de cadavres de bouteilles. Ils nous repèrent. Silence. Les sourires disparaissent en même temps que le teint change sur les visages. Ils se lancent des regards furtifs empreints d'inquiétude.

Coucou, c'est nous ! Vous nous remettez ? Pas grave, sinon, mon poing dans vos faces va vous y aider. Vous allez voir, ça va vous percuter.

Notre air mauvais annonce clairement nos intentions, alors ils se lèvent lentement pour se dresser face à nous. Sauf Bridget. Trop confiante, elle reste avachie avec un rictus à faire vomir.

– Oh, mais les trois pétochards sont finalement venus ! Il vous en a fallu du temps pour retrouver vos couilles.

Nous ne répondons pas à ses provocations. Nous ne sommes pas ici pour parler, cette étape est largement dépassée. Notre écœurement, doublé d'un silence méprisant, la fait sortir de ses gonds.

– Regardez-moi ça, ils ne savent même pas quoi dire ! Vous êtes bien des petites merdes et on va vous démolir comme on a défoncé vos deux putes !

La haine qu'elle dégage transforme mon sang en torrent de rage. Je n'ai jamais levé la main sur une femme de ma vie, mais là, tout de suite, je crève d'envie de lui faire avaler toutes ses dents. Si elle pense qu'elle a le droit d'être aussi brutale qu'un homme sans en subir les conséquences, elle va déchanter. Cette ordure a frappé mon nord ! Cette raclure a attaqué Ben !

– Wade, du calme, chuchote Matt.

J'inspire lentement pour me reprendre. Ne surtout pas céder à mes pulsions. Mais l'autre continue et rien que le son aigu de sa voix me hérisse le poil.

– En fait, on pourrait éviter tout ça, tout dépend d'Alex.

– Tu m'oublies ! Tu n'as pas encore pigé que je ne veux pas de toi ? Tu me files la nausée !

– Holà ! Sois tranquille. Je te voulais pour ta tune, mais j'ai changé d'avis maintenant que je sais ce que tu fous dans ton lit, répond-elle en grimaçant de dégoût. Je prendrai juste le fric, ça compensera mon job de perdu. Tu veux te débarrasser de moi ? C'est tout simple, tu paies !

Alors c'est uniquement une histoire d'argent. Pitoyable ! Matt fulmine, c'est à mon tour de lui presser le bras pour le tempérer. J'attaque d'une voix dure :

– Nous n'avons pas l'intention de marchander.

– Vous n'avez pas le choix, vous n'êtes que trois. On va vous rétamer et on ira remettre une branlée aux autres. Démerdez-vous, je veux au moins…

– Ma main dans ta tronche, cingle Matt. C'est tout ce que tu auras.

– Vous paierez. On va vous éclater vos belles petites gueules. Et vous paierez ! crache-t-elle.

Personnellement, j'ai plus envie de lui vomir dessus que de la toucher, même pour lui coller une beigne. Elle est bien plus vindicative que sa bande. Les six gars nous font face mais semblent moins téméraires. Il faut croire qu'ils sont un peu plus sensés qu'elle. Trouillards, aussi, puisque deux s'écartent discrètement dans l'intention de s'esquiver. *Oh non les mecs, ne rêvez pas, vous n'en sortirez pas indemnes. Fallait pas toucher à ceux qu'on aime, maintenant faut assumer, là, tout de suite. On vous amène la facture.*

Matt n'en peut plus, il donne le coup d'envoi. Il bondit en avant et attrape le premier qui tombe sous sa main. Dans un bruit sec, son poing percute la mâchoire du gars qui n'a rien vu venir. Il lui en colle une deuxième pour l'assommer et le jette sur le côté. S'ils sont tous aussi résistants, ça ne va même pas nous défouler. C'est triste. Tant pis pour le plaisir, nous sommes là pour la leçon, alors nous chargeons tous les trois dans le tas.

En quelques secondes, c'est une furieuse mêlée. Les poings volent dans tous les sens et s'écrasent sur tout ce qui se trouve sur leur passage. Je prends quelques patates, mais il en faut plus pour me sonner. J'en termine un quand je fais le compte. Il n'est pas bon. Il est où le sixième ? Là ! Il rase le mur derrière Alex qui est en train d'en corriger deux en même temps. Il est remonté comme jamais, envoyant coup sur coup. En trois enjambées, je rattrape le fuyard et je lui présente mes doigts repliés bien chauffés. Un craquement résonne à l'impact, son nez sera moins droit, maintenant. Il a attaqué ma femme ! Alors qu'elle était au sol, sans défense !

Je le maintiens par le col de sa veste et lui beugle dessus :

– Tu l'as frappée comme le sale lâche que tu es !

Et je le couche d'un puissant coup dans le ventre. Je fais volte-face, prêt à bondir pour aider Matt et Alex, mais la scène devant moi stoppe mon élan. En furie, Matt achève un gars qui tombe et reste inerte sur le sol. Alex vient de finir le dernier qui n'a pas meilleure allure, puis se frotte la main, rouge de sang qui n'est pas le sien.

– Ils font moins les malins.

– Sûr qu'ils sont moins à l'aise quand ils n'attaquent pas par-derrière.

Nous ramassons tous les portables et les explosons d'un grand coup de talon. Pas envie qu'ils appellent les flics discrètement alors que nous n'avons pas terminé. Il nous reste le meilleur à gérer.

Nous avançons lentement côte à côte sur Bridget, planquée derrière le canapé. Je l'attrape par-dessus le dossier, la tire puis la plaque contre le mur sur lequel je la maintiens en lui écrasant une joue sur le béton. Je dois me faire violence pour ne pas lui tordre le cou. Elle se débat, crie qu'elle a mal, alors j'assure encore ma prise.

– Plus tu bouges et plus je serre ! Tu piges ?

Apparemment, oui, elle s'immobilise. En un appel à l'aide désespéré, elle regarde ses potes à terre. Là, elle panique, persuadée que nous lui réservons le même traitement. Mais non, nous avons prévu bien mieux.

– Vous n'allez pas taper une fille, ça se fait pas !

– Ça ne t'a pas dérangée pour ma sœur !

– De toute façon, tu n'es pas une fille, ni une femme. Juste une ordure, assène Alex.

– Et maintenant ferme-la, on ne veut pas entendre ta sale voix.

– On y va, ordonne Matt.

Je la tire en avant, elle se met à hurler de terreur en se débattant comme une hystérique, alors je fais ce que je n'aurais jamais pu faire avant de la connaître : je la gifle. Sonnée, son cri s'arrête net et nous la traînons vers la sortie, enjambant les gars qui gémissent. Ceux qui sont encore lucides nous observent sans oser bouger, jugeant plus sage de se faire oublier.

Revenus au 4 × 4, Matt ouvre le coffre et en extrait le rouleau de scotch gris qu'il tend à Alex. Il déchire une bande et bâillonne la folle en la lui plaquant brusquement sur la bouche. Une autre autour des poignets, puis les chevilles, et pour finir, un sac en tissu sur la tête. Nous la soulevons et la jetons dans le coffre. Et voilà, prêts pour la suite !

Nous partons en direction du centre-ville, où nous avons rendez-vous. Nous arrivons à bon port et nous garons dans une ruelle sombre, mais la fille s'agite comme une acharnée, alors Matt la calme d'une claque sur le crâne. Sonnée pour de bon, elle nous fichera la paix, je la charge sur mon épaule et salue Pedro qui nous ouvre la porte arrière de sa boutique. C'est mon ami tatoueur. Son salon est bien sûr fermé à cette heure-ci, il est venu exprès pour nous. Pedro sait pourquoi nous sommes là, il ne pose donc aucune question et nous montre le chemin, puis nous désigne un fauteuil sur lequel je lâche la fille. Nous lui enlevons son jean et attachons ses pieds et ses poignets aux montants en métal.

– Je m'occupe du reste, déclare Pedro qui prépare son matériel. J'en ai pour une bonne heure, alors allez vous laver les mains dans la cuisine sans foutre du sang partout et servez-vous à boire. Il y a de la bière dans le frigo et du café dans le thermos.

Inutile de nous le répéter, nous filons sans demander notre reste. Une fois assis autour de la petite table, nous avalons de longues gorgées fraîches sans échanger un mot. Encore sous le coup de l'adrénaline, nous évacuons la pression.

Pedro nous rejoint bien plus tard.

– C'est fini. J'ai dû l'endormir une nouvelle fois, elle est toujours dans les vapes. Aussi, je me suis un peu laissé emporter, mais vous ne m'en voudrez pas, s'amuse-t-il en attrapant une canette.

Nous allons aussitôt découvrir son travail et nous éclatons de rire. C'est parfait ! Nous avions beaucoup d'idées pour la punir, ma préférée étant de tatouer un mot au-dessus de chaque sourcil.

Des adjectifs qui lui ressemblent. Mais nous avons finalement opté pour la fête du poil. Pedro a dessiné de bons gros sourcils, une belle moustache, et des poils de singe sur les jambes qui devraient lui ôter l'envie de les montrer à quiconque. Elle voulait être un homme ? Ben voilà, c'est fait !

Nous remercions Pedro, rhabillons la fille puis repartons avec. Nous roulons deux heures jusqu'à une ville et la déposons à un croisement qui lui permettra de faire du stop. Nous savons qu'à notre place elle nous aurait laissés crever dans un fossé, mais nous ne pouvons pas nous résoudre à être aussi pourris qu'elle. En espérant qu'elle retienne la leçon et ne tente plus de nous nuire avec sa bande.

Rien n'est moins sûr, car à peine libérée de son bâillon, elle nous hurle des insultes en nous promettant de se venger. Sans un mot, nous regagnons le 4 × 4 et rentrons à Boise.

Si nous sommes satisfaits d'avoir agi, l'inquiétude monte insidieusement au fil des kilomètres. Nous allons certainement payer cette virée, mais nous ne savons pas encore comment.

CHAPITRE 31
Nuit de folie

NELL

Il est deux heures du matin. Toujours dans le canapé, je somnole sur Ben, alors que Raven est endormie dans l'angle, au chaud sous le plaid que j'ai étendu sur elle. Ma tête glisse sur l'épaule de mon frère, il quitte l'écran des yeux.

– Va te coucher, je vais les attendre.

– Non. Je ne te laisse pas seul. Pas envie de l'être non plus, je ne suis pas tranquille.

– Emmène Oups, ça te rassurera.

– C'est vrai, mais je suis quand même mieux dans tes bras à défaut de ceux de Wade.

– Alors viens là, dit-il en s'allongeant sur le côté et en m'attirant contre lui. Ne t'inquiète pas, ils vont revenir.

Je commence à m'endormir, quand des coups résonnent contre la porte d'entrée. Oups se lève immédiatement et part en trottinant. Il passe la truffe tout autour, mais ne grogne pas. J'en déduis qu'il n'y a pas de menace malgré l'heure tardive. Pourtant, une fois devant le battant, j'hésite. Avec les derniers évènements, on ne sait jamais, alors je me renseigne :

– Qui est-ce ?

– C'est Tyron !

J'ouvre aussitôt et il entre en trombe, me bousculant au passage. Je vacille mais tiens bon. Il est tout fébrile et se précipite dans le salon, mais stoppe net face à Oups qui montre les dents, grognant son désaccord à cette soudaine agitation qu'il ne comprend pas.

– Sage, Oups. Tyron, ne déboule pas chez nous comme une tornade, enfin !

– OK. Gentil le toutou, dit-il en rejoignant Ben calmement.

Raven émerge et se redresse en se frottant les yeux, je m'assieds en posant la main sur Oups, toujours méfiant.

– Pourquoi viens-tu en pleine nuit ?

Tyron recommence à s'agiter en faisant de grands gestes.

– J'étais au Jack's et un pote a reçu un texto d'un autre pote comme quoi il y a eu du grabuge dans la zone industrielle et plus exactement avec la bande à Bridget.

Cette information ne nous perturbe pas vraiment, ça aurait surtout tendance à nous réjouir. D'ailleurs, je ne comprends même pas pourquoi il nous réveille en pleine nuit pour ça. Pourtant, ça intrigue Ben.

– Et ? Tu en sais plus ? Qui ou quel genre de bagarre ?

– Grosse baston du style règlement de comptes. Tu vois ce que je veux dire ?

Alors là ! Il obtient toute notre attention. Les garçons ont déconné. Nous soupirons de concert. Je m'affale dans le canapé pendant que mon frère part à la pêche aux informations.

– Je ne vois que trop bien. C'était quand ?

– Une heure, à peine.

Ben grogne et attrape son fauteuil posé sur le côté.

– Tu m'emmènes !

– Il nous emmène, je corrige en me levant.

– Ouais. On y va tous, déclare Raven.

– Non. Raven, tu restes ici. On ne sait rien et il est hors de question que tu sois encore mêlée à des histoires, ordonne Ben avant de s'adoucir lorsqu'elle fait la moue. S'il te plaît. C'est plus sage, pense à tes examens. On te tient au courant, c'est promis.

Elle bougonne mais cède parce qu'il a raison. Elle travaille dur pour réaliser son rêve de devenir infirmière. Elle doit songer à elle, pas toujours à nous.

Je me prépare en vitesse, enfile ses baskets à Ben et lui passe une veste, puis Tyron le pousse pendant que je prends Oups en laisse. Par chance, Tyron a une grosse voiture et il peut ranger le fauteuil plié dans le coffre.

Nous sommes anxieux pendant le trajet. Une foule de scénarios se bousculent dans ma tête et aucun ne me plaît. Je ne sais pas trop à quoi m'attendre, mais j'imagine qu'il y a déjà beaucoup de monde sur place. De ce fait, en pénétrant dans la zone industrielle, je cherche de l'agitation, des gyrophares, quelque chose qui bouge. Rien. Les allées sur lesquelles nous roulons lentement sont vides et sombres. Puis, au détour d'une rangée, juste une lumière sur le sol devant un box ouvert.

Tyron stoppe le véhicule et nous inspectons les alentours. Aucun mouvement, alors il avance, prêt à remettre les gaz pour se sauver en vitesse. Mais arrivé devant la porte, il s'immobilise et nous restons sans voix. Ce local a visiblement subi le passage d'une tempête ! Il coupe le moteur et défait sa ceinture.

– Je vais voir, ne bougez pas !

Il jette un œil en restant sur le seuil puis revient pour sortir le fauteuil du coffre. Une fois Ben installé dessus, nous nous approchons, moi en serrant la laisse de Oups qui se colle à ma jambe.

Nous sommes figés devant l'entrée. J'assimile difficilement l'étendue des dégâts. Pas matériels, mais humains. Six gars vautrés sur le sol qui gémissent de douleur, les vêtements tachés de sang, les visages tuméfiés, méconnaissables. Ils ont pris cher !

Certains relèvent la tête, ceux qui le peuvent, et nous reconnaissent. Très sincèrement, je n'ai pas le souvenir d'avoir déjà terrifié des hommes de la sorte. Ils doivent penser que venons leur mettre une seconde dérouillée. Pourtant, même après ce qu'ils nous ont fait subir, ils font tellement pitié que je ne leur cracherais pas dessus, alors les frapper encore moins. Les lâches, ce sont eux, pas nous.

Ben ricane devant le spectacle, je ne peux pas lui en vouloir. Il avance son fauteuil et les toise.

– C'est donc vous les minables qui attaquent à six contre deux. À vous voir, on dirait bien que vous n'avez pas pu cogner par-derrière, cette fois-ci.

Misérables, ils gesticulent avant de se figer en grimaçant de douleur. Finalement, l'un d'eux a le courage de répondre :

– On n'aurait pas dû vous faire ça. Bridget nous a fait faire n'importe quoi. On est désolés.

– Pourtant, je ne suis pas certain qu'il y a deux heures, juste avant de prendre ta rouste, tu étais désolé. Tout allait bien dans ta tête, n'est-ce pas ? Tu ne croulais pas sous les remords, connard !

– Ben arrête, ça ne sert à rien. Je n'ai pas envie d'entendre leurs excuses foireuses.

– Tu as raison, approuve-t-il avant de les épingler d'un regard noir. D'ailleurs, si vous n'avez pas contacté les secours, c'est bien que vous avez quelque chose à vous reprocher. Allez ! On a vu, maintenant, on se casse.

– Hé ! s'exclame l'un d'eux. Ils ont pété nos portables. Appelez les secours, s'il vous plaît.

Ben grogne, fait pivoter son fauteuil et donne des coups rageurs sur les roues pour partir. Moi, je reste figée devant ces gars en loque. Ils ont beau être des pourritures, je ne suis pas comme eux et je refuse de le devenir. J'attrape le fauteuil de Ben pour l'immobiliser.

– Ben, on prévient les secours.

– Nell ! Ils ont failli nous tuer !

– Oui, ce sont des ordures. Mais pas nous !

Il me scrute quelques secondes, puis souffle d'agacement avant de ronchonner :

– Tyron, appelle les secours, s'il te plaît.

– Tu es au courant qu'on devra rendre des comptes si on les contacte ? Il n'y a pas de cabine ici.

– Oui, je le sais. Nell, ça ne t'a pas échappé non plus, j'espère ?

– Non. Ils traceront l'appel si on s'en va, j'en suis tout à fait consciente.

Tyron s'exécute à contrecœur. Lorsqu'il rengaine son appareil, il se tourne vers nous, soucieux.

– Nous avons quelques minutes pour nous mettre d'accord sur la version à servir aux flics.

Les possibilités ne sont pas nombreuses et le passage ici par hasard ne fonctionnera pas, il suffit de nous regarder. Peu importe, car le point qui me préoccupe le plus est la conséquence sur Matt, Wade et Alex, je leur expose donc mon idée. Tout d'abord sidérés, ils éclatent de rire et ne s'arrêtent plus. Je déteste passer pour une demeurée, alors pendant qu'ils s'en remettent, j'appelle Raven et lui raconte. Elle fait des bonds de deux mètres en me criant de rentrer tout de suite et d'oublier mes bêtises. Ils sont pénibles ! Mon plan est le plus sensé et aucun n'a mieux à proposer.

À peine ai-je raccroché que le son des sirènes retentit au loin. Les deux clowns ravalent leurs rires au fur et à mesure que le bruit se rapproche.

– Bon, nous y voilà, déclare Ben. Prêts pour le show ?

– Prête et aucun regret.

– Tu as raison, Nell. C'est la meilleure solution.

– C'est aussi la plus drôle, abonde Tyron.

La première ambulance apparaît, puis une seconde. Très vite, c'est un grand bazar, qu'il me plaît de pouvoir admirer comme spectatrice et non comme actrice, cette fois. Une dizaine d'hommes en uniformes courent et virevoltent dans tous les sens, criant des ordres et des consignes. Un ballet captivant dont j'apprécie toute la grâce et la fluidité en étant sur mes deux pieds, bien plus que lorsque j'avais le nez sur le bitume.

Les policiers débarquent à leur tour. Les choses vont rapidement se corser. Nous nous trouvons à l'écart, mais nous ayant reconnus, deux d'entre eux viennent droit sur nous pour nous enjoindre d'attendre le shérif, qu'ils s'empressent d'appeler. Ils doivent craindre une nouvelle embrouille à la Barett, alors ils délèguent au chef. Ça nous va très bien puisque, tiraillé entre son rôle de justicier et son amitié avec nos parents, il est plus enclin à se contenir, là où ses hommes ne nous feraient aucun cadeau.

Nous profitons du spectacle en attendant. Nous ne sommes pas plus émus que cela face au défilé de brancards, après tout, ils nous ont fait bien pire. Notre attention est soudainement attirée par une voiture roulant à vive allure, et qui pile quelques mètres devant nous dans un crissement de pneus.

– Le voilà. Nous allons entrer dans le vif du sujet, marmonne Ben.

Le shérif s'éjecte de son véhicule étoilé. Tout raide, il fait un tour d'horizon rapide. Un policier vient à sa rencontre, ils échangent quelques mots, puis il tourne vivement la tête et nous épingle de son regard d'aigle. Nous retenons notre respiration. Nous retrouvons notre souffle lorsqu'il est déconcentré par son adjoint qui le rejoint, un café à la main et visiblement contrarié. C'est un trentenaire que je n'avais jamais vu avant ma visite à Matt dans leurs locaux. De belle allure, svelte, un visage agréable avec des traits fins. Ils nous jaugent, nous n'osons même plus cligner des paupières.

– Les deux chefs se déplacent pour nous. Ils doivent s'attendre au pire, chuchote Ben en ricanant.

– C'est qu'ils commencent à vous connaître. Toi et Matt avez quelques exploits à votre actif, s'amuse Tyron.

Le shérif nous pointe du doigt.

– Vous trois ! Vous ne bougez pas d'ici ! ordonne-t-il avant de se diriger vers le box avec son adjoint.

Ils l'inspectent rapidement et font le point avec le chef des secouristes, non sans nous garder à l'œil. Enfin, ils reviennent dans notre direction et se plantent devant nous, Burke avec un calepin dans une main, un stylo dans l'autre.

– Je vous écoute !

Nous nous observons, faisant mine de ne pas comprendre de quoi il retourne. L'adjoint lève les yeux au ciel et Burke souffle. S'ils sont déjà agacés, ça promet une belle fin de nuit.

– Ne me dites pas que vous passiez par là et que vous avez vu de la lumière. Je ne suis pas d'humeur pour les conneries, alors, je vous écoute. Que faites-vous ici ?

J'agite un doigt devant lui.

– Ah, mais ce n'est pas du tout ça. Nous ne sommes pas ici par hasard.

– Alors pourquoi êtes-vous là ? s'impatiente-t-il.

– Nous avons appris que c'étaient nos agresseurs, répond Ben.

– Ah oui ? Et comment avez-vous eu connaissance de cette information ?

– Ils s'en sont vantés devant des amis qui nous ont prévenus et eux viennent de nous l'avouer.

– Je vois. Mais encore ? Que faites-vous ici ?

– Nous sommes venus pour les rencontrer.

– D'accord. Et vous êtes aussi venus avec votre frère et…

– Non, je le coupe. Juste Ben et moi. Tyron est présent uniquement pour m'aider avec le fauteuil roulant.

Les deux policiers échangent un regard suspicieux.

– Bien. Pourquoi êtes-vous venus les voir exactement ?

– Pour leur casser la figure ! je m'exclame en gonflant le torse. Et comme vous l'avez constaté, nous l'avons fait et bien fait !

L'adjoint recrache son café et le shérif laisse tomber son stylo. Il se baisse, le ramasse, puis me fixe en soufflant d'exaspération.

– Nell, ne commence pas tes âneries, alors on reprend. Vous avez assisté à leur attaque ?

– Oui !

– Bien, on avance, ricane l'adjoint.

– Qui était là à part vous deux et les six gars dans le box ?

Je la vois la pente glissante sur laquelle tu nous entraînes, gros malin.

– Tyron, mais il est resté dans la voiture.

L'intéressé confirme en hochant vivement la tête, alors le shérif ferme les yeux, luttant pour conserver son calme. Il doit commencer à nous maudire.

– Puisque vous étiez là, pouvez-vous me dire qui les a frappés ? Combien étaient-ils ?

– Deux. Ils étaient deux.

– Et qui était-ce ? demande-t-il d'une voix traînante.

– Eh bien, nous ! Nous te l'avons déjà dit.

Il se pince l'arête du nez et se tourne d'un bloc. Il inspire très fort avant de nous faire à nouveau face en ricanant.

– Ben et toi ? Vous avez mis les six mecs à terre dans le box ?

– Voilà. C'est ça, je confirme d'un ton plein d'assurance.

– Et ce n'est que justice, ajoute Ben.

Silence. Puis l'adjoint éclate de rire, alors que le shérif semble désespéré. Ils pensent impossible que nous ayons pu nous rendre justice nous-mêmes, c'est mesquin. Même s'ils ont raison. Mais c'est surtout vexant et ça me fait mal de voir Ben pincer les lèvres, encaissant le violent rappel qu'il n'est plus capable de se défendre seul. Dans un esprit revanchard, je les attaque sèchement :

– Je peux savoir ce qui est drôle ? Vous osez vous moquer de mon frère handicapé ?

Mes mots agissent sur eux comme une douche froide. Ils s'empressent de lever les mains avec un air contrit.

– Non ! Bien sûr que non !

– Loin de nous cette idée !

Ben a un mal fou à conserver sa mine offusquée, je continue sur un ton de professeur courroucé :

– Ah, je préfère. Je vous assure que nous sommes parfaitement capables de rétamer une bande de misérables.

Burke grogne.

– Nell, je t'en prie. Arrête ça, s'il te plaît.

– On vous respecte, mais on sait très bien que ce n'est pas vous qui avez fait ça.

– Et pourquoi donc ? grince Ben.

– Bah… euh… enfin, tu ne peux pas… pas dans ton fauteuil.

Piqué au vif, Ben s'emporte :

– Bien sûr que si ! Vous voulez que je vous colle à chacun mon poing dans la figure pour vous le prouver ?

– Non. Ça va aller, on va éviter d'aggraver les choses, grommelle Burke. Donc, vous maintenez que vous avez rétamé les six gars ? Nell taillée comme une asperge et toi de ton fauteuil ?

– Voilà. C'est comme on vous le dit. Nous avons mis une raclée à ces six lopettes.

– Notez qu'ils l'avaient bien méritée, non ? j'ajoute, doctement.

– Non, Nell, et tu le sais très bien. Vous n'avez pas à vous faire justice vous-mêmes.

– Oui, mais vous ne faites rien aussi !

– Et comment pourrions-nous intervenir si vous ne nous dites rien ?! s'agace l'adjoint.

– Parce que si on vous l'avait raconté, vous seriez venus leur casser la figure à notre place ?

– Bien sûr que oui ! tempête Burke.

L'adjoint cille, perturbé, et le reprend :

– Euh… non. Shérif, enfin.

– Bordel ! Ils me font dire n'importe quoi ! Je n'arrive pas à y croire.

Nous ricanons discrètement mais retrouvons notre sérieux quand il nous épingle de son regard sévère.

– Bien sûr que non, je ne leur aurais pas cassé la figure ! Mais je serais venu les arrêter afin qu'ils soient jugés pour ce qu'ils vous ont fait.

– Pffff, tu parles. Ils auraient nié et puis c'est tout, réfute Ben, maussade.

– Vous me gonflez, les Barett, à ne jamais vouloir me laisser faire mon travail ! D'ailleurs, où est Matt ?

– Eh bien, nous ne savons pas trop en fait, sûrement parti pour une virée en ville avec Wade. Nous avons profité de leur absence pour affronter les types qui nous ont attaqués.

– Et leur coller une raclée puisque vous ne voulez pas le faire, j'ajoute.

L'adjoint n'en peut plus, il s'esclaffe derrière son poing, alors que le shérif fulmine. Bien sûr qu'il ne croit pas à notre histoire, on ferait plus crédible, mais peu importe, le but est de les empêcher de s'en prendre aux autres. Notre plan est d'être accusés à leur place. Nous espérons bénéficier de circonstances atténuantes, ou de la pitié du juge, et d'être donc moins sévèrement punis.

C'est ce qui a fait bondir Raven, après avoir hurlé de rire sur la première partie où nous cassions des tronches – au passage, Ben commence à en avoir soupé que ça amuse tout le monde. Après réflexion, Raven se range à notre avis quant à une peine plus clémente, mais elle n'aime pas l'idée de me voir aller en prison. Pour être tout à fait franche, moi non plus. Loin d'être aussi insouciante qu'ils veulent bien tous le penser, je ne me lance pas en me disant « youpi, youpi, quelle aventure ! » Concernant Ben, vu sa situation, il y a peu de risques qu'il soit incarcéré, du moins on l'espère.

Raven est donc chargée de prévenir les garçons dès leur retour, et de les menacer si nécessaire pour empêcher ces entêtés de tout faire capoter.

Pour l'instant, Burke fait quelques pas pour se calmer, alors l'adjoint continue l'interrogatoire :

– Et toi, Tyron, qu'as-tu vu ?

– Rien du tout. J'ai allumé la radio et j'ai piqué un roupillon. Vous savez, je travaille beaucoup en ce moment…

– Ça va, on a compris. Tu n'as rien vu et rien entendu.

– Voilà, c'est ça, confirme-t-il en souriant. Si j'avais su, vous pensez bien…

– Petit, arrête de te foutre de moi. Je vais vraiment m'énerver.

Il y en a un pour qui c'est manifestement déjà le cas, la tempête gronde en Burke, et elle explose :

— Allez ! Ras-le-bol de votre cirque, tout le monde au poste ! Ça va vous faire du bien, les rigolos !

– D'accord, répond Ben. On vous rejoint là-bas.

Les deux officiers en restent cois. Bien qu'exaspéré, le shérif se reprend vite. Il colle son index sur le torse de Ben et se penche sur lui :

– Alors, écoute bien, Ben. Je vais t'expliquer comment ça fonctionne. On va vous mettre dans « nos » voitures et c'est « nous » qui vous emmenons au poste. Pigé ?

– C'est comme vous voulez, c'est vous qui invitez.

– Ben, arrête ça ! Ce n'est pas un rendez-vous pour boire une bière. Alors non, ce n'est pas comme je le veux, mais comme le prévoit la loi. Vous êtes usants !

– Et fois trois, marmonne l'adjoint.

– Le second véhicule vient d'arriver, vous grimpez dedans. Ouste !

Excellent comme ils décollent vite. C'est tellement drôle de les rendre chèvre que nous transformons l'installation de Ben dans la voiture de patrouille en scène épique. Pour le hisser sur le dos d'un cheval, cela n'aurait été ni plus compliqué, ni plus long. Mais au bout de dix minutes d'indications du genre « sa cheville ainsi », « non, son bras par-dessus », etc. ils nous démasquent. Je crois que le coussin pour ses fesses était la demande de trop, car le shérif m'a regardée de travers, avec cette petite étincelle de fureur qui m'enjoignait de ne pas ajouter un mot de plus.

Embarqués, attachés, Oups à mes pieds, c'est parti pour une virée en bonne compagnie.

CHAPITRE 32
Ne poussez pas !

Nous voici au poste, Oups au chenil le temps que Wade vienne le récupérer, chacun assis face à un officier de police. Je tire le gros lot, j'ai le shérif pour moi toute seule, Ben s'adjoint l'adjoint, ce qui est très laid à dire. Quant à Tyron, il affiche un sourire débile, aux anges d'avoir une ravissante blondinette comme interlocutrice. Il est bien le seul à être heureux dans cette salle.

– Bon, Nell. On va être sérieux, maintenant.

– Mais bien sûr. Sérieuse, pas de problème.

– Bien. Tu me racontes précisément le déroulement de ta soirée, je veux tous les détails. Vas-y doucement, je tape au fur et à mesure. C'est parti, je t'écoute.

– Alors nous étions à la maison et Matt m'a appelée vers dix-neuf heures pour manger. Il avait préparé des pâtes au saumon, j'adore ça. Vous savez avec la crème…

– Stop ! Arrête ça tout de suite !

– Ben, stop !

Il est coordonné avec son adjoint qui rappelle mon frère à l'ordre. La nuit n'est pas terminée, les triplés jouent leur meilleur rôle. Le shérif se passe la main sur le visage.

– Quand je te disais d'être précise, ce n'était pas à ce point. Je parle d'horaires, de lieux, de personnes, tu vois ?

– Ah d'accord ! Alors à dix-neuf heures, j'ai mangé. À vingt et une heures, Tyron est venu nous apprendre où se trouvait la bande qui nous a agressés. À vingt et une heures trente, Tyron nous a déposés, Ben et moi, devant le box. Lui, il est retourné nous attendre dans la voiture. Ensuite, Ben et moi avons cassé la figure aux six abrutis qui nous l'avaient eux-mêmes démontée il y a quelques mois. J'étais quand même un peu fatiguée, le manque d'habitude, sûrement, alors je n'ai pas surveillé l'heure, mais comme nous ne sommes pas aussi mauvais que ces raclures, nous avons appelé les secours. Vous êtes arrivés juste après. Voilà, vous savez tout.

Un large sourire de fierté barre mon visage, alors que Burke semble hésiter à réclamer une camisole.

– Nell…

Il ferme les yeux quelques secondes, puis s'adosse à son fauteuil en soufflant tout l'air de ses poumons. Je me penche en avant et tapote de l'index sur son bureau.

– C'est comme je l'ai dit, shérif. Tu peux écrire, c'est tout comme ça.

À quelques mètres, Ben me fait signe. Il mime je ne sais quoi, c'est incompréhensible. Je me serais trompée sur notre version de la soirée ? Il souffle d'exaspération, puis se décide à utiliser un moyen de communication plus clair :

– Tu as de l'argent sur toi ?

– Ah, non. Je n'ai pas pris mon sac, je me suis dit qu'il m'encombrerait vu ce qu'on allait faire.

Sa demande fait naître un doute, alors j'interroge Burke :

– Il faut payer pour être ici ?

Il me jauge pendant quelques secondes, puis répond avec le plus grand sérieux :

– Bien sûr. Et il y a un supplément pour les draps de soie et le room service.

– Nell n'a jamais mis les pieds dans un poste de police, me défend Ben.

– Contrairement à ton frère et toi, marmonne l'adjoint.

– Ouais, peut-être. Bref, je voudrais juste un café. Je pense que la nuit sera longue.

– Si ça ne dérange pas, j'en prendrais bien un moi aussi, dis-je en prenant soin de travailler ma bouille de petite fille. Allez shérif, s'il te plaît.

Il se tape le front alors que l'adjoint lève des feuilles devant lui pour ricaner en toute discrétion. Burke fouille dans sa poche, y récupère des pièces qu'il jette sur le bureau de l'effronté, et l'envoie chercher nos cafés en guise de punition.

Pour être honnête, je m'en veux un peu de me comporter de la sorte avec lui. Je l'aime bien, il a toujours été adorable avec nous. C'est encore le cas aujourd'hui vu la patience dont il fait preuve.

Et heureusement qu'il en est pourvu d'une bonne dose, parce que notre audition dure deux heures, pendant lesquelles nous mettons ses nerfs à rude épreuve. Nous ne démordons pas de notre version. Ils nous assènent qu'ils ne sont pas dupes. Nous la répétons, alors ils mettent à nouveau en doute les capacités de Ben. Je contre en montant d'un cran dans l'esbroufe en me penchant en avant pour murmurer :

– Écoutez… c'est gênant, mais… comment dire ça… En fait, c'est moi qui ai presque tout fait. Il ne faut pas en parler devant Ben, il a sa fierté. Ce n'est pas facile pour lui d'être moins fort que moi.

Il est médusé, l'adjoint aussi, qui, en bonne fouine de policier, buvait mes paroles. Quant à Ben, il est consterné et me foudroie d'un regard noir.

– Tu vas me le payer, grince-t-il.

Le shérif frappe du poing sur le bureau en métal, nous sursautons.

– Bon ! Ça suffit pour aujourd'hui ! J'ai ma dose d'absurdités ! Vous allez faire un tour en cellule, ça va peut-être vous remettre un peu de plomb dans le crâne !

– Alors… si on pouvait éviter ça, dis-je en pointant son arme du doigt.

– Ne la ramène plus, Nell ! Debout, on y va !

Je m'apprête à pousser Ben mais l'adjoint me bouscule et s'empare du fauteuil.

– Laisse, je commence à m'habituer à promener les Barett.

– Tyron, tu peux rentrer chez toi. Je ne te félicite pas pour les avoir encouragés, gronde le shérif.

Après avoir franchi portes et couloirs en silence, ils nous invitent... Non, c'est un très mauvais choix de terme, ils nous escortent jusqu'à une cellule et nous y enferment. Un tout moche cube de béton du sol au plafond, dont le côté donnant sur le couloir est composé de barreaux. Bien glauque. Côté confort, des banquettes longent les murs. Entendons-nous bien, elles n'ont aucune ressemblance avec un divan, même pas un clic-clac. Là, nous sommes plus proches du strapontin de métro et sans le rembourrage. Lorsque je pose mes fesses sur ladite banquette, un vieux souvenir remonte à la surface, celui du muret en pierre de notre ancienne maison, casse-fesses au possible, et pourtant sur lequel nous passions des heures à lire ou à faire des bulles de savon.

Je grimace d'inconfort sous le regard moqueur de nos deux geôliers.

– Non, mais franchement, vous pourriez faire un effort sur le moelleux des assises, quand même. Vous craignez que les gens se sentent si bien qu'ils ne veuillent plus partir ?

– Tu vas voir, ça aide à la réflexion, rétorque l'adjoint avec un grand sourire.

– Un coussin ? C'est possible ?

– Bonne nuit ! cingle Burke.

Et ils s'en vont. Ils nous abandonnent dans notre magnifique chambrette. Qui sent bizarre, d'ailleurs. Je renifle pour détecter l'origine des effluves qui embaument l'air. Plutôt désagréables, comme si une meute de fennecs avait campé ici récemment. J'inspecte la banquette et me viennent des images de trucs louches ayant pu s'y poser, comme un cul crade dans un jean mouillé d'urine. Horrifiée, je me lève d'un bond et me précipite devant les barreaux pour m'égosiller :

– Shérif ! Reviens ! Tout de suite !

Il daigne faire demi-tour avec son jeune double. Je savais qu'il bluffait ! Jamais il ne nous laisserait croupir dans cet épouvantable endroit. Il se plante devant moi et m'interroge du regard.

– Je ne peux pas poser mon cul là-dessus. C'est crade, ça pue, c'est juste impossible. Tu veux bien me donner de quoi nettoyer et désinfecter cette banquette, s'il te plaît ? Je veux bien faire le ménage, mais il me faut l'outillage.

– Tu veux faire le ménage ? Mais tu vas me faire la totale, ce soir ? raille-t-il.

– Ai-je le choix ? Je vais attraper une cochonnerie. Mon système immunitaire n'est pas équipé pour affronter une telle attaque de bactéries. Et pourtant, j'ai vécu en France.

– C'est toi qui as décidé de venir ici. Tu veux revoir ta déposition, peut-être ?

– Non. Ma déposition va bien, c'est la banquette qui ne va pas. À défaut de la rendre confortable, je dois au moins la nettoyer. S'il te plaît, Burke, je le supplie.

Je tape dans le vide. Aucun signe de remords, même pas un clignement de paupière quand il remue la tête de droite à gauche, puis tourne les talons.

– Perdu, Nell. Tu vas dormir ici, ricane Ben.

– Je vais plutôt passer la nuit debout. Maintenant que je me suis fait un film sur la banquette cracra, c'est mort, je n'arriverai plus à m'y asseoir. D'ailleurs, Ben, mon frère adoré, je peux venir sur tes genoux ?

– Je ne sens pas mes jambes. Si tu restes dessus trop longtemps, tu vas couper la circulation du sang et je ne le saurai même pas.

Il a raison. Dépitée, je tourne en rond pour m'occuper, mais j'en ai vite assez. Le shérif ne peut pas réellement me laisser croupir ici ! Il n'oserait pas. Il doit se cacher au fond du couloir et rire de mes déboires, le filou. Pour le vérifier, je jauge les barreaux et l'espace me semble suffisant pour ma tête, petite, mais bien faite. Malheureusement, c'est comme pour les créneaux, je n'ai pas un compas dans l'œil. J'ai beau forcer et me contorsionner, je ne peux pas voir le bout du couloir.

– Nell, ça ne sert à rien et tu vas finir par te coincer. Allez, viens t'asseoir un peu sur moi.

– Je ne pensais pas qu'il le ferait ! Non mais tu te rends compte ?

– Il est shérif avant d'être l'ami de nos parents, tu as oublié ?

– Je trouve son étoile beaucoup moins drôle, tout à coup.

Puisque Ben me propose ses genoux plus douillets que le béton, autant accepter. Je recule, et l'impensable survient. Non, ça ne se peut pas ! Je tire ma tête, encore. Grand moment de solitude. Je veux mourir foudroyée, là, tout de suite.

– Mais laisse, je te dis. Viens, ne sois pas aussi têtue.

– Je ne peux pas, je chuchote honteusement.

Ma position est grotesque. Les deux mains serrées sur le métal, cambrée avec les fesses en l'air, ma tête est coincée entre deux barreaux. J'ai envie de pleurer d'humiliation. Ben reste silencieux, il ne doit pas comprendre mon problème quand, tout à coup, un éclat de rire résonne derrière moi. Mon frère, plus du tout adoré à cet instant, part dans un tel fou rire que je me demande s'il ne va pas en tomber de son fauteuil. D'ailleurs, ce serait bien mérité.

Mon réel souci n'est pas qu'il se moque de moi, mais plutôt que je commence à souffrir, et la douleur augmente au fur et à mesure.

– Ben arrête et fais quelque chose. J'ai vraiment mal.

– Je vais appeler, mais il ne va jamais nous croire. Il va penser que c'est encore une de nos conneries et tu vas passer la nuit comme ça, se marre-t-il avant de se mettre à hurler pour demander de l'aide.

Après cinq bonnes minutes d'appels et de cris, quelqu'un approche enfin. Je ne vois que quatre pieds, mais je sais que ce n'est pas la personne que nous attendions.

– Pourriez-vous appeler le shérif, s'il vous plaît ? questionne Ben avec un surplus d'amabilité dans la voix.

– Il a autre chose à faire que de vous pouponner toute la nuit. Vous nous l'avez assez énervé comme ça, les Barett.

– Je suis d'accord avec vous, mais ma sœur a un problème.

– Ça, c'est sûr qu'elle en a un, et il va être encore pire une fois qu'elle sera en prison. D'ailleurs, reculez, je dois ouvrir pour faire entrer votre nouveau copain.

– Justement, c'est là que se situe le souci, voyez-vous. Je ne peux pas bouger.

– Vous vous moquez de moi ?

– Absolument pas, je n'oserais pas.

– Ma sœur est sérieuse, elle est réellement coincée.

– Incroyable ! Quelque chose me dit que ça ne va pas faire rire le chef, ricane-t-il avant de pousser son gars dans la cellule d'à côté.

Il repart en me charriant avec un « ne bougez pas » auquel je ne réponds pas. Les minutes passent et j'ai de plus en plus mal. Enfin, j'entends le shérif râler au bout du couloir. Mécontent ou pas, s'il me décolle de là avec ses pieds, ça va barder, tout flic qu'il est.

J'ai ses bottes sous mon nez et sa voix qui tonne au-dessus :

– Tu me fais quoi encore ?!

– Je me recoiffe, tu vois bien.

– Comment tu m'as fait un truc pareil en un quart d'heure alors que personne ne s'est jamais coincé la tête ici ?! vocifère-t-il.

– Parce que tu n'arrêtes que de grosses têtes de lard et non de délicates et jolies comme la mienne. C'est bien la preuve que je n'ai rien à faire ici.

– Fais attention, Nell. Je vais entrer et tu as la position parfaite pour prendre un pied dans ton gros cul.

– Ah non ! Ça, c'est interdit ! C'est petit de s'attaquer au physique, tu me déçois, shérif.

– Oh, ça va ! J'ai bien le droit de me venger un peu. Steven, va chercher du savon liquide dans le vestiaire.

Une demi-heure ! Une demi-heure à cinq pour me sortir de là ! Bon, j'admets que c'est uniquement parce qu'ils sont précautionneux sur ordre du shérif qui veille au grain. Je pense que si j'avais été un type peu recommandable, ils auraient été moins délicats, voire on pose un pied sur son front et on pousse fort.

À peine libérée, je tiens la pastèque qui remplace ma tête en gémissant. Burke écarte mes mains pour l'inspecter en ronchonnant.

– Tu as réussi à te faire deux belles barres parallèles sur les tempes. Bravo !

Magnanime, et certainement un peu inquiet, il me donne des lingettes et un tube de crème. Surtout, luxe extrême, il dépose deux couvertures propres sur la banquette.

– Merci, shérif.

– Maintenant, sages ! Laissez-moi travailler tranquille.

Il est bougon, mais adorable. Si je fais un séjour en prison, sûr que les matons seront moins sympas.

CHAPITRE 33
Point de résilience

WADE

Je ne comprends toujours pas pourquoi Matt tenait à ce que nous lâchions la folle aussi loin. Je ne suis pas mécontent d'arriver à Boise et de retrouver enfin Nell. Elle doit s'inquiéter et je n'ose pas lui envoyer de message qui risquerait de la réveiller. Je souris en l'imaginant au chaud sous notre couette, nue. Mes lèvres s'étirent plus haut en songeant à la suite, me déshabiller avec impatience, m'allonger sans bruit et la coller contre moi, que la chaleur de son corps se diffuse sur le mien. Maintenant que je connais ce plaisir, dormir seul me paraît triste à mourir. Je vais la réveiller doucement et puis nous…

– Wade, tu as encore ton air débile. Arrête de penser à ma sœur, c'est chiant à force, râle Matt.

– Il pense à elle s'il le veut ! le rembarre Alex. Non mais on rêve. Tu ne commanderas pas nos têtes, espèce de tyran. D'ailleurs, ne nous cherche pas trop, sinon Wade et moi on te raconte exactement ce à quoi nous pensions à l'instant, lui avec ta sœur, et moi avec ton frère.

Matt s'étrangle, j'éclate de rire avant d'en rajouter :

– Je préfère ne pas lui dire, c'était trop chaud.

– Oh ouais ! approuve Alex. Ils sont trop chauds patate, les Barett, le pied au plumard.

– Pas qu'au plumard parce que l'autre jour…

Je suis coupé dans ma phrase par un Matt rouge de colère, ou de honte, je ne sais pas trop.

– La ferme ! Sérieux, ne déconnez pas !

Objectif atteint, il est calmé, vaincu.

– Allez, on plaisantait. Promis, on ne le fait plus.

– Sauf si tu te mêles encore de nos pensées.

– C'est bon, faites ce que vous voulez avec eux dans votre tête, mais par pitié, que ça n'en sorte pas.

Nous approuvons, puis le silence s'installe quelques minutes, rompu par Matt qui aborde le sujet qui nous préoccupe.

– Vous avez une idée de ce qu'il va se passer pour la suite ?

– Aucune, répond Alex.

– À mon avis, on va se faire arrêter rapidement. La folle doit déjà avoir prévenu les flics et je ne serais pas étonné qu'ils nous attendent à l'entrée de Boise, dis-je en posant la tête contre la vitre.

– Vous regrettez ?

– Sûrement pas ! s'exclame Alex. On aurait dû le faire plus tôt pour mettre un terme à tout ça.

– Non plus, parce qu'elle aurait recommencé. Et toi, Matt, tu regrettes ?

– Oh non ! Je ruminais tellement que je n'en reviens pas d'avoir pu garder mon calme ce soir.

– J'assumerai pour la suite, pas de problème. Je préfère quelques mois en prison et Nell en sécurité que vivre avec le risque qu'il lui arrive quelque chose sans savoir quand.

– Alors nous sommes tous d'accord.

Nous voilà enfin chez nous. Matt n'a pas le temps de retirer la clef du contact que je saute hors de la voiture. Sans même les attendre, je fonce à la maison, pressé d'attraper Nell et de l'étouffer dans mes bras. J'ai l'impression d'être un drogué sous l'emprise de ma femme et ce n'est pas pour me déplaire quand je sais qu'il en est de même pour elle.

Je ne défonce pas la porte, mais presque, elle rebondit contre le mur. Quelle entrée ! Le cliché du retour du héros, ça me va. Je cherche Nell du regard, mais Raven est seule dans le salon. Hop, la chambre ! C'est parfait, elle est pile là où il faut pour un câlin réconfortant. Je m'apprête à y voler, quand Raven se lève et m'interpelle :

– Wade, reste ici avec les autres. Je dois vous parler, c'est important.

Je la regarde de travers, parce que là, tout de suite, j'ai mieux à faire.

– Oui, je sais. Inutile de me faire ton regard de psychopathe. Ça concerne justement Nell, alors viens et sans me bouffer, si c'est possible.

Une fois installés, nous l'écoutons sagement, malgré tout impatients d'en finir.

– Bon, je vais être brève et concise, mais avant toute chose : je vous interdis de m'interrompre.

Nous opinons de la tête, intrigués.

– Bien, allons-y. Nell et Ben ont été arrêtés, ils sont en cellule au poste de police.

Nous nous éjectons du canapé dans un seul mouvement en beuglant.

– Quoi ?!

– Calmez-vous, ça ne sert à rien de me crier dessus, OK ?! Ils ont été arrêtés pour avoir tabassé les six gars de la bande à Bridget.

Pardon ? Je crois qu'on s'attendait à tout sauf à ça. Nous nous interrogeons du regard, autant surpris que perdus. Matt se racle la gorge.

– Mais euh… comment ça ? C'est complètement débile, enfin. Comment les flics ont-ils pu penser qu'ils avaient frappé des mecs ?

– Parce qu'ils étaient sur place, que ce sont eux qui ont appelé les secours et qu'ils ont ensuite tout avoué au shérif.

– Mais ils n'étaient pas là-bas puisque… ils n'y étaient pas, je me rattrape à temps.

– Oh, ça va. Je ne suis pas demeurée. Je sais parfaitement que c'était vous. Votre fiesta n'est pas passée inaperçue, justement. Ce sont des Barett, je ne vous apprends rien. Ils sont munis du gène des chieurs qui se mêlent de tout, en plus de celui des têtus. Donc, ces deux mules sont allées voir l'étendue de vos dégâts. Et voilà, ils sont en cellule à votre place.

– Oh non, pas ça, gémit Matt.

– Mais ils sont débiles ou quoi ?!

– Mais pourquoi tu les as laissés faire ?!

– Hé, du calme ! Raven n'y est pour rien, s'interpose Matt.

– Vous pensez bien qu'ils ne m'ont pas écoutée ! Ils ne veulent pas que vous alliez en prison.

– Mais qu'ils sont stupides ! je m'exclame, furieux. Maintenant, ce sont eux qui y seront. Ils réfléchissent, des fois ? Comment peuvent-ils croire que je vais laisser ma femme être mise en taule ?

– Pareil, Ben n'ira pas non plus à ma place ! s'écrie Alex.

– Justement, ils ont envisagé les conséquences. Plus que vous, je pense. Ils savent que leur peine sera moins élevée que la vôtre en cas de condamnation.

– Il faut toujours qu'ils calculent tout, ces deux-là, grince Alex.

Matt soupire en se frottant la tête.

– Ils ont raison, bien sûr, mais je ne peux pas les laisser faire de la prison à ma place.

– Eux ou vous, ça ne m'enchante pas du tout et j'imagine qu'eux non plus. En revanche, nous serons séparés moins longtemps si ce sont eux, c'est leur idée.

– La belle affaire ! Et s'il lui arrive quelque chose ? Elle croit sûrement que c'est un camp de scouts. Elle n'est pas armée pour un endroit pareil !

– Ben ne l'est pas plus, maintenant, approuve Alex.

– Entièrement d'accord, ils n'iront pas à notre place, conclut Matt.

Raven s'approche de lui et l'enlace, puis affiche une moue désolée.

– Alors vous savez ce qu'il vous reste à faire.

Sauter dans la voiture et foncer au poste pour avouer, et certainement ne pas revenir avant un bon moment. Nous nous concertons rapidement pour anticiper ce dont ils auront besoin en notre absence, puis nous filons tout préparer.

Matt commence par Raven qu'il prend dans ses bras. Dire que je ne pourrai même pas embrasser Nell une dernière fois. Pendant que je monte les marches, Matt discute avec Raven :

– Tu sais que je ne suis pas aussi con que je veux bien le faire croire ? Tu le sais que je t'aime, hein ?

– Oui, grand bête. Je le sais et c'est bien pour ça que je supporte tes faux airs de macho débile.

J'apprécie Raven. Elle est intelligente, drôle et fiable. Tellement parfaite pour ce gros bourrin de Matt. Leur conversation me fait sourire, alors au diable leur intimité, je m'arrête en haut des marches pour les écouter.

– C'est vrai que tu m'aimes ?

– Oh que oui. Je t'aime, mon Metoo.

– À quel point ? Dis-le-moi et je pourrai penser à ça en attendant de t'avoir à nouveau dans mes bras.

– Au point que tu es fichu, tu m'appartiens. Je suis dingue de toi, au moins autant que tu es dingue tout court.

– Ouais, à toi. Ça me va, murmure-t-il avant de la serrer contre lui.

Bon, la situation risque de devenir scabreuse, alors je me sauve dans ma chambre. J'attrape un carnet sur lequel je note un maximum d'informations pour Nell, tout ce qui me vient à l'esprit afin de lui permettre de gérer sa vie sans moi. Ça va de mes contrats d'assurance à mes comptes en banque et à mes numéros de carte. Aussi, le code de mon local en ville où je stocke mes marchandises ainsi que mes dossiers clients et fournisseurs. Je rajoute des renseignements comme le nom du vétérinaire de Oups et ses rations.

Ensuite, je lui rédige une lettre, bien sûr.

« *Mon nord,*

J'aurais tellement aimé te prendre dans mes bras pour te murmurer ces mots au lieu de te les coucher sur un papier froid, et encore plus de n'avoir jamais à te les écrire.

Même si je comprends tes motivations, je refuse que tu assumes mes actes. Je suis comme ça, je t'aime et tu passes avant tout. Sache que je ne regrette pas de l'avoir fait. Il le fallait, pour ta sécurité. Alors, à moi d'en payer le prix.

Tout ce que je te demande, c'est de m'attendre sagement. Relis le mot "sagement" jusqu'à ce que tu t'en imprègnes totalement, et ce n'est pas un message codé.

Sur l'autre feuille, tu trouveras les informations pour faire face aux aléas pendant mon absence. Tu as déjà la procuration sur mes comptes, privé et professionnel. Ils sont aussi à toi, mon amour.

Je penserai à toi à chaque instant, à tes sourires, à tes bêtises et à ta façon si sexy de me montrer à quel point tu m'aimes. Nous serons séparés, mais je te garde en moi.

Prends soin de toi, c'est un ordre. Je t'aime, Nell.

Ton aimant, Wade. »

Ensuite, je ramasse une boîte à chaussures et j'y place la lettre, les consignes et tout ce qui va avec : cartes bancaires, clefs diverses et papiers. Je conserve mon permis de conduire et un billet de vingt dollars, ainsi que mon téléphone pour éviter que la police ne vienne le chercher. J'enlève mon tee-shirt et je le glisse sous l'oreiller avant d'en enfiler un propre, puis je retourne dans le salon avec ma boîte sous le bras.

Je la confie à Raven qui a déjà récupéré celle d'Alex et de Matt. Elle partira en même temps que nous, mais pour rentrer chez elle et les mettre à l'abri, au cas où les flics se pointent ici pour perquisitionner.

Voilà, nous sommes prêts. Nous nous observons en silence. Nous appréhendons la suite des évènements, mais aucun de nous n'hésite à les affronter.

Nous regrettons juste d'en arriver là. Raven nous enlace chacun à notre tour.

– Je vais rester avec Nell et Ben. Ne vous inquiétez pas pour nous.

– Merci Raven, dis-je en la serrant contre moi. Tu es une amie en or, tu le sais ?

– Même en platine, ne sois pas radin. Allez, filez. Ne les laissez pas plus longtemps en cellule et ça évitera que je me mette à chialer comme une madeleine, déclare-t-elle la voix tremblante.

Matt l'attrape par la taille et la serre contre lui pour un ultime câlin. Alex et moi sortons pour leur offrir encore quelques minutes d'intimité.

Le trajet se fait dans un silence pesant, mais aucun regret, bien déterminés que nous sommes à libérer u plus vite nos deux têtes de lard adorées. Nous pensions être attendus sur le parking, mais personne ne nous saute dessus. La tête rentrée dans les épaules et les mains dans les poches, nous pénétrons dans le commissariat.

– Ah ben quand même ! Vous voilà enfin ! aboie le policier derrière le comptoir. On ne peut pas dire que vous vous inquiétez beaucoup pour eux à les laisser croupir en cellule comme ça.

Piqué au vif, Matt décolle aussi sec.

– Qui es-tu pour me juger, toi ? Tu ne sais rien ! Alors ferme ta grande bouche de…

Paf ! Arrivé par-derrière, le shérif lui colle une claque sur le haut du crâne pour qu'il la boucle. Indigné, il se tourne d'un bloc pour lui faire face.

– Hé !

– Ça suffit ! Tu allais dire une grosse ânerie. Amuse-toi encore à insulter mes hommes et ça va barder.

– Il n'a pas à nous juger ce gros… euh… policier, ce gros policier.

– Matt a raison, j'interviens. On ne les a pas laissés tomber. On ne s'en fiche pas qu'ils soient ici !

– On a compris, mais connaissant votre nature un tantinet impulsive, il y a de quoi être surpris de ne pas vous avoir vus débarquer dans les trois minutes après les avoir bouclés.

– Mais pourquoi tu les as enfermés !

– Je n'avais pas le choix. Ils ont avoué être les auteurs du tabassage.

– Et tu les as crus ? Je te pensais plus affûté pour un shérif, raille Matt.

– Remballe ton insolence. Bien sûr que non ! Mais vas-y, toi. Va devant ton frère lui dire qu'il n'est plus en mesure de faire ça. Montre-moi, je veux te voir !

– Ah… euh… non merci.

– Non plus, marmonne Alex.

– Pas plus pour moi, j'ajoute en pinçant les lèvres.

– Bon, d'accord pour ça. Mais tu vas les coller en taule parce que tu n'oses pas lui dire qu'il n'en est pas capable ?! s'offusque Matt.

– N'importe quoi ! Mon intention était de les faire réfléchir, c'est tout. Mais ils sont plus tenaces que je ne le pensais, bougonne-t-il.

– Ouais, ben tu ne peux pas laisser dormir mon bébé en cellule ! s'écrie tout à coup Matt.

– Ce n'est pas ton bébé, c'est ma femme !

– Matt, c'est ta sœur, pas ton bébé, râle le shérif. Il faut vraiment que tu arrêtes ça. Tu n'es pas son père !

Matt se renfrogne, m'adresse un regard mauvais, mais baisse les yeux devant le shérif.

– J'ai le droit de m'inquiéter pour elle, non ?

– Bien sûr, c'est ta sœur et elle le sera toujours.

– Mais tu arrêtes avec tes phrases bizarres, là. C'est à moi de m'occuper d'elle, maintenant.

– J'ai quand même mon mot à dire, c'est ma famille !

– C'est aussi celle de Wade, désormais. Il est son mari et a légalement des droits et des devoirs envers Nell. Matt, nom d'un chien, il faut que tu l'acceptes ! rugit le shérif.

– Je comprends, capitule-t-il. Ça viendra.

Il donne l'impression d'être un enfant de six ans qui m'offre son dernier bonbon. Et peu partageur en ce qui concerne sa fratrie, ça lui crève le cœur.

– Bien ! On avance. Puisque vous êtes là, nous allons pouvoir les relâcher. Parce que nous sommes bien d'accord que vous êtes les seuls responsables de tout ce bazar, n'est-ce pas ?

Nous marmonnons un « oui », alors il hèle un de ses hommes :

– Bill ! Emmène Ben et Nell dans la salle de repos. Tu t'occupes d'eux, ils doivent avoir faim.

Il est vraiment attaché aux triplés, toujours à s'inquiéter pour eux. D'ailleurs, il est beaucoup plus cool avec moi depuis que je suis entré dans leur vie. Je suis sûr qu'il les épaulera s'ils ont des problèmes pendant notre absence. Notre absence… J'en suis malade. Je ne sais pas comment je vais gérer notre séparation. J'angoisse d'avance en triturant mon alliance. Matt me ramène sur terre en m'assenant un coup de coude. Je cille devant le shérif qui attend manifestement une réponse de ma part.

– Quoi ?

– Wade, tu serais gentil de rester concentré, ce n'est déjà pas facile. Alors je répète : tu es prêt à dire la vérité et à assumer tes actes ?

– Oui. Bien sûr que oui.

– Bien, nous allons vous entendre séparément pour prendre vos dépositions. Ensuite, vous irez en cellule, la place est chaude, en attendant la décision du juge. Ce que vous avez fait est grave, mais ça ne devrait pas trop mal se passer puisque vous vous êtes rendus et que vous avez des circonstances atténuantes.

– Pour Ben et Nell ? questionne Matt.

– Ils mangent et je les raccompagne moi-même. Vous ne pourrez pas les voir tant que vous n'avez pas fini votre déposition. C'est OK pour vous ?

Nous acquiesçons puis le suivons sagement jusqu'aux bureaux. Nous sommes crispés sur nos chaises, tracassés par la même chose et n'y tenant plus, nous l'interrogeons :

– Ils vont bien ?

– Vous ferez attention à eux ?

– Dites donc ! Je les ai enfermés, pas battus.

– On ne voudrait pas qu'ils subissent des représailles.

– Ils vont très bien et je vous promets de garder un œil sur eux.

– Nous ferons tous attention à eux, ajoute l'adjoint qui me fait face.

Les interrogatoires démarrent. Aucun mensonge de notre part, nous sommes d'accord pour tout révéler, même notre état d'esprit. Surtout lui, d'ailleurs, puisque ce sera notre circonstance atténuante. Pendant que j'explique le déroulement de la soirée à mon interlocuteur, le téléphone du shérif retentit. Il fait signe à Matt d'interrompre son récit pour répondre, puis semble se décomposer au fil des secondes, alors nous le fixons avec inquiétude. Il raccroche, se passe la main sur le visage et nous observe un par un. Ça ne sent pas bon et nous n'en menons pas large.

– Les choses se compliquent sérieusement. C'était le commissariat de Twin Falls. Ils viennent de retrouver le corps de Bridget Evert sur le bord d'une route.

À suivre…

Composition et mise en pages
Nord Compo à Villeneuve-d'Ascq